海底两万里

Veinte mil leguas de viaje submarino

[法]儒略 · 凡尔纳 / 著
[西]奥古斯丁 · 科莫托 / 绘
郑克鲁 / 译

中国经济出版社
CHINA ECONOMIC PUBLISHING HOUSE
· 北 京 ·

图书在版编目（CIP）数据

海底两万里／（法）儒略·凡尔纳著；（西）奥古斯丁·科莫托绘；郑克鲁译．--北京：中国经济出版社，2024．5

（银河少年科幻名著金奖美绘系列）

ISBN 978－7－5136－7627－4

Ⅰ．①海… Ⅱ．①儒… ②奥… ③郑… Ⅲ．①儿童故事－图画故事－西班牙－现代 Ⅳ．①I551．85

中国国家版本馆 CIP 数据核字（2024）第 015963 号

Originally published in Spanish by Nordica Libros SL（www. nordicalibros. com）.

Veinte mil leguas de viaje submarino, by Jules Verne

© illustrations by Agustín Comotto

The simplified Chinese transaltion rights arranged through Rightol Media（本书插画中文简体版权经由锐拓旗下小锐取得 Email：copyright@ rightol. com）and Oh！Books Literary Agency（Email：info @ ohbooks. es）

责任编辑　龚风光　陶栎宇

责任印制　马小宾

封面设计　平　平

出版发行　中国经济出版社

印 刷 者　北京艾普海德印刷有限公司

经 销 者　各地新华书店

开　　本　710mm × 1000mm　1/16

印　　张　32

字　　数　355 千字

版　　次　2024 年 5 月第 1 版

印　　次　2024 年 5 月第 1 次

定　　价　128．00 元

广告经营许可证　京西工商广字第 8179 号

中国经济出版社 **网址** www. economyph. com **社址** 北京市东城区安定门外大街 58 号 **邮编** 100011

本版图书如存在印装质量问题，请与本社销售中心联系调换（联系电话：010－57512564）

推荐序

幻海泛起智慧之光

王晋康

在地球的每个角落，都不乏喜爱科幻、奇幻文学的读者，尤其是青少年读者。对于这类作品的喜爱，或许源于人们仰望星空或纵览山川湖海时产生的对世间万物的向往与好奇，那神秘的未知世界，无时不激发着人类浪漫的想象力或理性的求知欲。回溯以往，仰视漫天璀璨星斗，是否点亮了初民对世界最初的思考？毕竟，智慧往往诞生于人类向外观察宇宙、向内审视自身的刹那间。

而现代人从外太空观察地球又是怎样的感受呢？2022年10月，意大利女航天员萨曼莎·克里斯托福雷蒂从国际空间站遥望地球时，引用中国古代书法家王羲之《兰亭集序》中的名句“仰观宇宙之大，俯察品类之盛，所以游目骋怀，足以极视听之娱，信可乐也”，引发了全球网友的热议，人们惊叹距今1600余年的先贤那超越时空的眼界与胸怀，也“刷新”了当代人对科学技术和人文学科相结合的认知——科学与文化的发展，如同人类文明的两翼，共同支撑起现代文明的坚实根基。

科技与人文的结合，也是“银河少年科幻 / 奇幻名著金奖美绘”丛书的出版初衷。丛书囊括了科幻小说、动物小说、冒险故事、童话和寓言，内容处处不离一个“幻”字——不论是科幻经典还是奇幻经典，都有着超越时代、常读常新的理性精神与艺术价值。

其中，科幻系列包括“科幻小说之母”玛丽·雪莱和“科幻小说之父”凡尔纳的名作：《科学怪人》《从地球到月球》《海底两万里》。作为科幻文学的开山之作，《科学怪人》以弗兰肯斯坦博士制造巨人为主线探索生命科学，以诗性的语言、充满戏剧张力的矛盾冲突，对科学发展与社会伦理作出振聋发聩的预言。同样是科幻文学的奠基之作，凡尔纳的《从地球到月球》《海底两万里》把视线投向了神秘的太空与深海，畅想了天文学、弹道学、力学、化学、材料学、海洋学、生物学等诸多学科在工业领域的应用。作品深刻影响了“火箭之父”冯·布劳恩、现代航天学和火箭理论奠基人康斯坦丁·齐奥尔科夫斯基、美国天文学家埃德温·哈勃、第一个进入太空的人加加林，也包括刘慈欣与我等科幻作家，虽然其中的一些细节已被时代所超越，但蕴含的开创意义和探索精神，至今熠熠生辉。

奇幻系列则包括情节更加奇特、浪漫的《变形记》《野性的呼唤》《出卖影子的人》《想当国王的人》，作者分别是文学大师卡夫卡、杰克·伦敦、沙米索和诺贝尔文学奖得主吉卜林。这些作品倾向于人文精神的启蒙，以讲述人与人的关系、人与世界的关系、人与自身的关系、人与梦想的博弈的四个寓言，对人性发出了终极的考问。

好故事离不开优秀的译本，精彩的插画则会为读者带来身临其境的感受。相信这套集“名著、名译、名绘”于一体的丛书的出版，会为青少年读者带来充满艺术气息、人文理想气息和经典气息的不同凡响的阅读体验，也希望每一代孩子都在科学熏陶和人文情怀下获得茁壮成长！

目录
CONTENTS

•••● 第一部分 ●••

•••第二部分•••

第一部分

一

飞逝的礁石

一八六六年以一件怪事为标志，这是一个难以解释，也不可理解的现象，毫无疑问，没有人忘记它。且不说流言蜚语使港口居民激动，令大陆公众精神兴奋不已，就连以航海为生的人也不同寻常地啧啧称奇。从事大宗买卖的商人、船主、轮船船长、欧洲和美洲大小船只的 skippers et masters[1]、各国的海军军官、两大陆[2]的各国政府，对这件事都表现出了最高的关注度。

确实，曾几何时，有轮船在海上遇到“一个庞然大物”，这是个长条形的梭状物体，有时像磷火闪闪发光；比鲸鱼大得多，游动也快得多。

有关它出现的事实，根据不同航海日记的记载，都相当准确、一致地指出这个物体或者这个动物的形状，它活动起来的速度闻所未闻，运转动力惊人的强大，似乎具有特别的生命力。如果这是一种鲸类，那么它的体积比迄今为止科学上加以分类的所有鲸鱼的体积要大得

[1] 法文 skippers 和 masters 两个词均为船长。

[2] 指欧洲和美洲。

多。无论是居维埃[1]、拉塞佩德[2]、杜默里[3]先生，还是德·卡特尔法热[4]先生，都没有承认过这种庞然大物的存在——除非他们见过，即这些学者所谓目睹过的东西。

保守地估计，认为此物长两百尺[5]；夸张地估计，说它宽一海里，长三海里。把这两种估计都撇开，对多次得到的观察取个平均数，可以断定，这个庞然大物远远超过鱼类学家至今承认的一切鱼类的体积——倘若它是存在的。

不过，它是存在的，事实本身已不容否认，根据人类相信神奇事物的倾向，就能理解这种神奇事物的出现在全世界引起的轰动。至于把它的出现斥为无稽之谈，则必须撇在一边，是不会得到赞同的。

事实上，一八六六年七月二十日，加尔各答－伯纳克轮船航运公司的汽船“希金森总督号”，在澳大利亚海岸以东五海里处遇上了这个活动的大家伙。起先，巴克船长以为面对的是一块未见过的礁石，他甚至打算测量礁石的准确位置，突然间，这个不可理解的物体喷出两根水柱，呼啸着冲上一百五十英尺[6]的空中。因此，除非这块礁石上有间歇性喷泉，否则，“希金森总督号”汽船遇到的就确实是某种至今不为人知的水栖哺乳动物，能通过鼻孔喷出混杂空气和蒸汽的水柱。

同年七月二十三日，西印度－太平洋轮船航运公司的“克里斯托巴尔·柯朗号”汽船，也在太平洋上看到了类似的东西。看起来，这头异

[1] 居维埃（1769—1832），法国博物学家，著有《比较解剖学课程》《化石骸骨研究》《鱼类博物史》。

[2] 拉塞佩德（1756—1825），法国博物学家、作家，著有《鱼类和鲸类博物史》。

[3] 杜默里（1774—1860），法国博物学家、医生。

[4] 德·卡特尔法热（1810—1892），法国博物学家、人类学家，著有《人类史》《进化论》。

[5] 这里似乎指法尺，一法尺合 0.325 米。

[6] 一英尺等于 0.3048 米。

乎寻常的鲸类动物能够以惊人的速度，从一个地方转移到另一个地方，因为在三天的间隔中，“希金森总督号”和“克里斯托巴尔·柯朗号”在两个相距七百古海里[1]的地点观察到了它。

十五天以后，在距此两千古海里的地方，国家轮船公司的“爱尔维修号”和王家邮船公司的“沙农号”，在美国与欧洲的大西洋海域迎面对开时，在北纬 42 度 15 分、西经 60 度 35 分同时看到了这个怪物。在这次共同观察中，可以估计这个哺乳动物身长在三百五十英尺[2]以上，因为“沙农号”和“爱尔维修号”长度要略小些，虽然两船从艏（shǒu）柱到艉（wěi）柱有一百米。可是，最大的鲸，也就是经常通过阿留申群岛[3]海域库拉马克岛和乌穆居里克岛的鲸，身长从来没有超过五十六米——至多达到这个长度。

这样的报告相继而来：横渡大西洋的“佩雷尔号”新近所做的观察，走依兹芒航线的“埃特纳号”与怪物的相撞，法国“诺曼底号”驱逐舰的军官们所做的记录，海军准将菲茨－詹姆斯的参谋部在“克莱德勋爵号”上测到的非常准确的方位，都引起公众舆论的广泛关注。在一些国家，生性幽默的人只是拿这件事开玩笑，但那些严肃务实的国家，像英国、美国和德国，对此却强烈关注。

在各大中心城市，谈论怪物成为时髦：咖啡馆里颂扬它，报纸上嘲弄它，舞台上演出它。小报碰到了好机会，胡编乱造。报纸上重新出现——毫无依据的、想象出来的巨大动物，从极北地区可怕的“莫比·狄克”[4]，到斯堪的纳维亚传说中的海妖，它的触角能把一条五百吨重的船缠住，

---

[1] 法国一古海里约合 5.556 千米。

[2] 三百五十英尺合 106.68 米。

[3] 阿留申群岛：属于美国，将白令海峡和太平洋分开。

[4] “莫比·狄克”：美国小说家麦尔维尔（1819—1891）的小说《白鲸》中神奇的白鲸。

拖到海底深渊。有人甚至援引古代史籍，搬出亚里士多德和普林尼[1]的观点，他们都承认这些怪物的存在。然后搬出彭托皮丹主教的挪威故事，保罗·赫格德的游记，最后是哈林顿先生的航海报告。他的诚信是无可怀疑的，他断言，一八五七年，他在“卡斯蒂朗号”上看到这条大蛇，而它只出没在以前的“立宪号”航行的海面上。

于是，在学术团体和科学杂志上，信者和不信者爆发了没完没了的笔战。“怪物问题”使人头脑发热。信奉科学的记者反对信奉神灵的记者，在这场值得大书特书的论战中倾注了何其多的墨水；甚至有些人还流了几滴血，因为他们始于海蛇论述，竟至最肆无忌惮的人身攻击。

论战持续了半年，双方各有胜负。对巴西地理研究所、柏林皇家科学院、大不列颠协会、华盛顿史密斯协会发表的重头文章，对《印度群岛报》、修道院院长穆瓦尼奥[2]主编的《宇宙》杂志、佩特曼[3]主编的《消息报》上组织的讨论，对法国和国外各大报的科学专栏文章，小报以不可遏止的激情给予批驳。它机智的作者们戏谑地模仿林耐[4]的一句话，被怪物的反对者援引，他们确实认为：“大自然不制造愚蠢的东西。”他们恳请同时代人决不要违背大自然，承认海妖、海蛇、“莫比·狄克”的存在，以及其他头脑发热的水手的胡言乱语。最后，在一份十分犀利的讽刺报发表的文章中，最受读者喜爱的编辑之一再加上一笔，指向怪物，如同希波吕托斯[5]那样给怪物最后一击，在哄笑声中把它结果。于

[1] 普林尼，指老普利尼（23—79），古罗马作家，著有《博物史》。

[2] 穆瓦尼奥（1804—1884），法国物理学家、数学家。

[3] 佩特曼（1822—1878），德国地理学家，多次组织到非洲考察，第一次组织德国科学家对格陵兰岛考察。

[4] 林耐：一译林奈（1707—1778），瑞典博物学家，研究给动植物分类。

[5] 希波吕托斯：希腊和罗马神话中的人物，雅典王之子。

是才智战胜了科学。

在一八六七年的头几个月里，这个问题似乎寿终正寝，看来不会死而复生，这时，公众又知道了一些新事实。这不再是要解决的科学问题，而是一个真实、严重、要避免的危险。问题具有了完全不同的面貌。怪物又变成小岛、礁石和暗礁，不过是个能飞驰而去、难以确定和行动莫测的礁石。

一八六七年三月五日，蒙特利尔大洋公司的“莫拉维扬号”夜里行驶到北纬 27 度 30 分、西经 72 度 15 分的海域，右舷尾部碰上一块岩石；任何地图都没有在这片海域标明这块岩石。这艘汽船在风力和四百马力的共同推动下，以十三节[1]的速度行进。毫无疑问，要不是船体质量上乘，“莫拉维扬号”就会在撞击中裂开，连同从加拿大运来的二百三十七名乘客一起沉没。

事故发生在清晨五点钟左右，正是破晓时分。值班的高级船员冲向船尾，聚精会神地观察洋面。他们一无所见，只在三链[2]处有碎成浪花的强烈漩涡，仿佛平静的洋面受到猛烈的一击。他们准确测量了此处的位置。“莫拉维扬号”继续航行，表面看来没有损坏。它是撞上了暗礁，还是沉船的巨大残骸呢？不得而知。可是，在干船坞检查了船的吃水线以下部位后发现，部分龙骨被撞碎了。

这件事虽然就其本身来说极其严重，但要不是三个星期以后，同样情况再次发生的话，也许会像其他许多事件一样被遗忘。仅凭新的一次相撞中受害船只的国籍，及其所属公司的显赫声名，事件就足以引起巨大反响。

无人不知的、大名鼎鼎的英国船主卡纳德——这个精明的实业家在

[1] 节是航速单位，每小时 1 海里，即每秒 0.5144 米。

[2] 链是旧日计量距离的单位，1 链等于 1/10 海里，合 185.2 米。

一八四〇年创办了一项邮递业务，拥有三艘四百马力、一千一百六十二吨转轮式的木体船，来往于利物浦和哈利法克斯[1]之间。八年后，公司增加了四艘六百五十马力、一千八百二十吨的船；再过两年，又增加了两艘马力和吨位更大的船。一八五三年，卡纳德公司运送急件的特权刚得到延期，相继增加了装备——“阿拉伯号”“波斯号”“中国号”“斯科蒂亚号”“爪哇号”“俄罗斯号”，都是速度一流，也是继“伟大的东方人号”之后在海上乘风破浪最大的船。一八六七年，公司拥有十二艘船，其中八艘是转轮式的，四艘是螺旋桨的。

我之所以简略地做出这些细碎的介绍，是为了让读者知道，这个因精明的管理闻名于世的海运公司多么重要。没有哪个远洋航运企业运转得如此灵活，没有哪件业务会获得更多的成功。二十六年来，卡纳德公司的轮船两千次横渡大西洋，没有耽误一次航行，没有一次晚点，没有丢失一封信、一个人，也没有毁掉一条船。因此，尽管法国与它进行了强有力的竞争，乘客们还是把卡纳德航线作为首选，正如最近几年官方文件制定的统计表所表明的。由此来看，该公司最好的一艘轮船出事引起轰动，就不足为奇了。

一八六七年四月十三日，大海美景如画，和风适于航行，“斯科蒂亚号”行驶到北纬 45 度 37 分、西经 15 度 12 分的海域。在一千马力的推动下，航速十三点四三节。转轮以完美的节奏拍击海水。当时的吃水线六点七米，排水量是六千六百二十四立方米。

下午四点十七分，乘客们集中在大厅里吃午饭，“斯科蒂亚号”船侧后半部和左舷转轮后面一点的船体产生了一下撞击，总体说不是很明显。

不是“斯科蒂亚号”去撞击，而是它被撞击了，与其说是被撞伤的，

[1] 哈利法克斯：加拿大港口，工业城市。

还不如说是被锐利的或者钻孔的工具撞击了。撞击看来很轻，船上没有人感到恐慌，要不是货舱监运员登上甲板大喊：“沉船了！沉船了！”也许谁也不会在意。

先是乘客惊慌万分；不过，安德森船长很快让大家放下心来。实际上，并没有迫在眉睫的危险。“斯科蒂亚号”由防水舱壁隔成七个舱，自可无虞地抵挡住进水。

安德森船长马上去了货舱。他确认是五号舱进水，进水速度表明洞很大。万幸的是，这个舱没有锅炉，否则火将立即熄灭。

安德森船长下令立即停航，派一个水手潜入水里确认损坏情况。不多久，证实轮船吃水线下方有一个两米宽的洞。这样大的裂口不可能被堵住，“斯科蒂亚号”的转轮虽淹到一半，但应能继续航行。当时离克利尔海岬尚有三百海里。比预定时间晚到三天，令利物浦的人强烈不安，直至轮船终于进入公司的船坞。

于是工程师们开始检查“斯科蒂亚号”，船放在干船坞上。工程师们简直不敢相信自己的眼睛。在吃水线下两米半处，开了一个很规则的裂口，是个等腰三角形。钢板的开裂非常干净利落，即使冲头也不会钻得这样稳当。因此，产生这个缺口的工具应该是通过不同寻常的淬火——而且这工具以惊人的力量冲击，把四厘米厚的钢板穿透以后，还能以一个令人无法理解的倒退动作撤离。

这个最近发生的事就是如此，结果是重新使公众舆论激动起来。打这时起，事实上，原因不明的海难就被算在怪物头上。这个怪物承担了所有这些海难的责任，不幸，其数量巨大；因为在维里塔斯局[1]里每年登记损失的三千艘船中，因失去消息而被当作连人和货物都葬送了的汽

[1] 维里塔斯局：法国技术监督机构。

船和帆船，数目不低于两百艘！

可是不管公道不公道，正是这个“怪物”为它们的消失顶罪，由于它，各大陆之间的通道变得越来越危险。公众说话了，明确地要求不惜一切代价，将这个可怖的鲸类动物从海洋里清除出去。

二

赞成和反对

这些事件发生时，我刚在美国内布拉斯加州的劣质土地上进行过一次科学考察后归来。我是作为巴黎自然史博物馆的编外教授，由法国政府派来参加这项考察的。我负责搜集珍贵标本，在内布拉斯加州待了六个月之后，在三月底来到纽约。动身回法国定在五月初。在此期间，我忙于整理我那些矿物、植物和动物标本，这时发生了“斯科蒂亚号”事件。

我对当下这个事件了如指掌，而且我怎能不知道呢？我反复看过欧美的所有报纸，却仍然对事实不甚了了。这个秘密令我困惑。我无法形成自己的观点，从一个极端摇摆到另一个极端。其中定有缘由，这是不容怀疑的，怀疑者应该受到邀请，去亲自触摸“斯科蒂亚号”的“伤口”。

我到达纽约时，这个问题正争论得热火朝天。浮岛、难以觉察的暗礁的假设仅得到几个缺乏权威的人士的支持，被彻底抛弃。实际上，除非这个暗礁在肚子里有一部机器，否则它怎么能以这样惊人的速度移动呢？

同样，存在一个漂浮的船体、一个巨大的漂浮物的设想也被推翻了，原因始终是移动速度太快。

于是，这个问题只剩下两个可能的答案，由此产生两派截然不同的拥护者：一方认为这是一个力大无穷的怪物，另一方认为这是动力异常强大的“潜水艇”。

但是，后一种假设纵然可以接受，却抵挡不住在两大陆进行的调查。个人掌握这样一部机械装置，很少有可能。它是在哪里，什么时候建造的？这样的秘密建造是怎样进行的？

唯有政府才能拥有破坏力如此强大的机器，在人类殚精竭虑增强战争武器杀伤力的灾难时代，有个国家瞒着其他国家研制这种可怕的武器是可能的。沙斯波枪[1]之后是鱼雷，鱼雷之后是潜水撞锤[2]，然后是——对抗。至少，我想是如此。

可是，这种战争武器的假设，在各国政府的声明面前不攻自破。由于这关系到公众利益，因为越洋往来要为此遭灾，各国政府的坦率是无法受到怀疑的。再说，建造这艘“潜水”艇怎会逃过公众的眼睛呢？在这种情况下保守秘密，对个人来说尚且十分困难，而对一切行动都受到强大对手坚持不懈地监视的国家而言，则断然做不到。

因此，在对英国、法国、俄国、普鲁士、西班牙、意大利、美国甚至土耳其进行过调查以后，海面下的高压水枪的假设最终被否决。

于是怪物重新浮上水面，由此不断有小报对其进行冷嘲热讽，顺着这个思路，不久人们的想象力发展到一种神奇鱼类的更加荒诞的梦呓。

我到达纽约以后，好些人赏脸向我咨询这个众说纷纭的现象。我在法国发表过一部两卷四开本的著作，书名是《大洋深底的秘密》。这本书学界甚为看重，我成了博物史这个相当模糊的领域里的专家。我的见解也就受到征询。只要我能否认此事的真实性，我便保持绝对的否定态度。但不久，我被逼到墙角，不得不明确表态。《纽约先驱论坛报》甚

[1] 沙斯波枪：19 世纪下半叶法军使用的一种后膛步枪，发明人是沙斯波（1833—1905）。

[2] 撞锤：古代攻城使用的羊角撞锤。

至催促“巴黎自然史博物馆尊敬的皮埃尔·阿罗纳克斯教授”发表一下看法。

我行动起来。因为不能沉默，我说话了。我从各个方面，从政治上，从科学上，论说这个问题，这里我将一篇在四月三十日《纽约先驱论坛报》上发表的内容充实的文章摘录如下。

“因此，”我写道，“在逐一研究过各种假设之后，所有其他设想都加以排除了，就必然承认存在一种力量极其强大的海洋动物。

“大洋深处我们一无所知。探测器达不到那里。深不可测的海底会发生什么？有什么生物能在海面下十二海里至十五海里处生存呢？这种动物的构造如何？人们几乎不能推测。

“但是，解决这个提给我的问题，可以运用两难推理的形式。

“要么我们了解生活在我们星球上千殊万类的生物，要么我们并不了解。

“如果我们不全了解，如果大自然在鱼类方面对我们还存在秘密，那么，承认存在新种甚至新属类的鱼或鲸鱼，就是可以欣然接受的了；它们的构造基本上‘适宜待在泥坑’，也就是待在探测器测不到的底层，如果出了什么事，或是一时兴起，要么可以说出于任性，使它越过长距离回到大洋的表面。

“相反，如果我们了解所有生物，那就必须在已经分类编目的海洋生物中寻找我们议论的动物，在这种情况下，我可以承认存在一种巨大的独角鲸。

“普通的独角鲸或者独角豚，身长往往达到六十英尺。把它增大五倍，甚至增大十倍，给这种鲸类与它体形相应的力量，扩充它的进攻武器，你就得到所要的动物。它会有‘沙农号’高级船员所确定的体积，有撞击‘斯科蒂亚号’所要求的手段，以及有攻击船体所需要的力量。

“实际上，独角鲸配备有一种象牙质的长剑，按某些博物学家的说法是一把戟。这是一颗主牙，坚硬如钢。我们发现过这种插入鲸鱼体内的牙齿，独角鲸总是这样成功地攻击鲸鱼。还有一些牙齿是从船体吃水线以下费劲拔出来的，船体被穿透了，就像钻头穿透一只木桶。巴黎医学院的博物馆拥有一颗这样的自卫武器，长达二点二五米，根部宽四十八厘米！

“那么，把这种武器设想得强大十倍，把这种动物的力量再扩大十倍，让它以每小时二十海里的速度出击，以它的速度乘以体重，就能得到造成灾难的冲击力。

“因此，直到获得更加广泛的信息之前，按我意，那是一头独角鲸，体形巨大，武器不再是戟，而是像装甲的大型驱逐舰或者战争中的‘rams[1]’那样的真正的冲角，它既有体积，也有驱动力。

“这种难以理解的现象只能这样解释——尽管有人瞥见过、看见过、反复感觉过，但除非这是子虚乌有，就仍然是可能存在的。”

最后几句我说得不像话，但是我想在一定程度上保住我教授的尊严，不让美国人太过笑话；美国人是很会取笑人的。我给自己留了个脱身之路。说白了，我承认有“怪物”。

我的文章引起激烈争论，闻名遐迩，争取到一定数量的支持者。再说，它提供的答案给了想象自由以驰骋的天地。人类头脑喜欢这种超自然生物的宏伟设想，而海洋恰好是它们最好的载体，是这类庞大生物唯一能够生殖和繁衍的地方——在它们身旁，陆地动物，如大象或者犀牛，只是侏儒。海洋承载着已知的最大哺乳动物，也许隐藏着大得无与伦比的软体动物，看起来可怕的甲壳类动物，比如百米长的龙虾，或者两百吨重的蟹！为什么没有呢？从前，各个地质时代的陆地动物，四足动物，

[1] 英文，撞锤。

四手动物，爬行动物，鸟类，都是按大模型造出来的。造物主把它们扔进一只巨大的模子里，时间将这模子逐渐缩小了。为什么大海就不能在不为人知的深底保留旧地质年代里广泛的生命标本呢？为什么地核几乎不断地变化，海洋却从不变动呢？为什么在海洋内部不会隐藏最后几样巨大物种呢？物种的年份以世纪核算，而世纪数以千计。

我陷入了幻想，而我不应再保持幻想！幻想必须停止，对我来说，时间已经把幻想变成了可怕的现实。我再说一遍，当时对这一现象的性质已形成共识，公众毫无异议地同意存在一种惊人的生物，它和传说中的海蛇毫无共同之处。

但是，即便有些人从中只看到一个有待解决的纯粹的科学问题，另一些人，尤其是更讲实际的美国人和英国人，则主张把这可怕的怪物从大洋中清除出去，以保证越洋之间的安全往来。工商业界的报纸主要以这种观点来对待这个问题。所有忠于保险公司的报刊，如《商船杂志》《船舶协会报》《邮船报》《海事与殖民地杂志》，在扬言要提高保险费的这一点上意见一致。

公众舆论表示过以后，美利坚合众国首先发表声明。纽约做了准备，要进行一次追逐独角鲸的远征。一艘高速驱逐舰“亚伯拉罕·林肯号”可以尽早启航。武器库向法拉格特舰长打开，他积极督促武装自己的驱逐舰。

如同经常发生的那样，正当决定追逐怪物时，怪物却不再出现了。在两个月内，再没有人听说谁遇到它，没有哪艘船遇上它。仿佛这头独角鲸知道对它策划的阴谋。而早先人们对它大谈特谈，甚至通过越洋电缆谈论它！因此，爱开玩笑的人说是这个机灵的调皮鬼经过电缆时，截获了电报，为己所用。

这样一来，武装好要远征，而且配备了巨大捕鲸炮的驱逐舰，不知要驶向何方。焦躁情绪日益增长，七月三日，人们得知，从加利福尼亚的旧金山开往上海航线的一艘轮船于三个星期之前，在北太平洋上又看到了这头动物。

这个消息引起极大的震动。法拉格特舰长被传令在二十四小时内立即出发。他的给养已经装上船，燃料舱里堆满了煤，船员名册上的人一个不缺。只消点燃锅炉，加热，启航了！当局不会原谅他延误半天！况且，法拉格特舰长也一心只求出发。

“亚伯拉罕·林肯号”离开布鲁克林的pier[1]之前三小时，我收到一封信，内容如下：

纽约第五大街饭店

巴黎自然史博物馆阿罗纳克斯先生

先生：

如果您愿意和“亚伯拉罕·林肯号”一起远征，合众国政府将欣然看到您代表法国参加这次活动。法拉格特舰长已为您准备好一间舱室。

顺致

亲切的敬意！

海军部秘书

J. B. 霍布森

[1] 英文，每艘船的专用码头。

三

听先生的吩咐

在J. B. 霍布森的信到达之前不久，我想得更多的是要穿越美国西北部，而不是追捕独角鲸。看完海军部可敬的秘书的来信，我终于明白，我真正的使命、此生的唯一目的，是捕获这令人不安的怪物，把它从世界上清除出去。

但是，我刚从一次艰苦的旅行中归来，疲惫不堪，渴望休息。我只想重新看到我的家乡，我的朋友们，回到我在植物园的小住宅，欣赏我看重的珍贵收藏品！可是什么也不能拖住我。我忘了一切，忘记了疲劳、朋友、收藏品，不假思索地接受了美国政府的邀请。

“再说，”我想，“条条道路通欧洲，独角鲸相当够意思，把我带往法国海岸！这神气十足的动物将会让人在欧洲海域里捕获——为了让我高兴——我带回自然史博物馆的独角鲸那象牙质的戟，不能少于半米。”

但在此期间，我必须在北太平洋寻找这头独角鲸；这与回法国正好走相反的道路。

“贡塞伊[1]！”我用焦急的声音喊道。

贡塞伊是我的仆人，一个忠诚的小伙子，在我所有的旅行中都陪伴

[1]贡塞伊，法语为 Conseil，意为建议。

着我；他是一个正直的佛兰德[1]人，我喜欢他，他对我也竭诚相待；他本性冷静，原则上有节制，习惯热情，对生活中的意外不会大惊小怪，心灵手巧，办事能干，尽管名字叫贡塞伊，却从不给人建议——别人也不向他讨建议。由于经常和我们植物园小圈子里的人接触，贡塞伊也学到了一点东西。我把他当成一个专家，他在自然史分类上很内行，可以像杂技演员一样灵巧地把门、纲、亚纲、目、科、属、亚属、种、变种的等级数个遍。不过，他的学问到此为止。分类，这是他生活中的事，不会知道得更多。他精通分类理论，实践上却知道得很少，我想，他会分不清抹香鲸和长须鲸！尽管他是个正直和高尚的小伙子！

贡塞伊跟着我到处去进行科学考察，至今已有十年。他从不考虑旅行会有多长时间，或者多么劳累。不管去哪个国家，中国还是刚果，也不管多远，扣好箱子就走，毫无异议。去哪里都一样，不多问一句。另外，他身强体壮，百病不惧，肌肉发达，不会神经质，没有这种迹象——也可以理解为缺乏思考。

小伙子三十岁，同主人年龄之比是十五比二十。因此我说我是四十岁，还请读者原谅。

不过，贡塞伊有一个缺点：过分拘泥于礼节，到了让人恼火的地步——他对我说话从来都用第三人称。

“贡塞伊！”我又喊了一声，一面兴奋地开始做动身的准备。

诚然，我对这个忠实的小伙子很有把握。一般说，我从来不问他跟我去旅行是不是方便；但是这一回是要去远征，不能确定延续多久，追逐一头能将驱逐舰撞沉，就像撞碎一颗核桃一样的动物，可是一件冒风险的事！即使对最沉着的人来说，也得考虑一下！贡塞伊会说什么呢？

[1] 佛兰德：比利时和法国地区名。

“贡塞伊！”我第三次喊道。

贡塞伊露面了。

“先生，叫我吗？”他进来时说。

“是的，小伙子。给我准备一下，你自己也准备一下。过两小时我们动身。”

“听先生的吩咐。”贡塞伊平静地回答。

“一分钟也不要耽误。把我旅行中的所有用品都塞进我的箱子里，衣服呀，衬衫呀，袜子呀，不用数，但尽量多带，快点！”

“先生的收藏品呢？”贡塞伊问。

“以后再说吧。”

“什么！先生的那些原始兽类、蹄兔目动物、羚羊属动物、chéropotamus[1] 和其他动物骨骼的标本怎么办呢？”

“都寄存在饭店里。”

“先生那头活鹿豚呢？”

“我们不在的时候会有人喂。另外，我会吩咐把笼子里的动物运到法国去。”

“那么我们不回巴黎吗？”贡塞伊问。

“回的……当然回……”我模棱两可地回答，“但要绕个弯子。”

“随便先生绕弯。”

“噢！不费什么事！路不那么笔直，如此而已。我们坐‘亚伯拉罕·林肯号’走。”

“先生觉得合适就行。”贡塞伊平静地回答。

“你知道，我的朋友，关系到怪物……那有名的独角鲸……我们要把它从海洋清除出去！……两卷四开本的《大洋深底的秘密》的作者不

[1] chéropotamus：原文如此，词义不详。

能回避同法拉格特舰长一起上船。使命光荣，但是……也危险！不知道到哪儿去！这类动物可能反复无常！但我们仍然要去！我们的舰长有胆有识。”

“先生做什么，我就跟着做。”贡塞伊回答。

“你好好考虑一下！因为我什么也不想对你隐瞒。这种旅行，不是一定能回来的！”

“听先生的吩咐。”

一刻钟以后，我们的几个箱子准备好了。贡塞伊很快就能把这些料理好，我确信什么也不缺，因为这个小伙子会将衬衫和衣服分类，恰如将鸟类和哺乳动物分类一样内行。

饭店的电梯把我们送到中二层的宽敞前厅。我下了几级台阶，来到一楼，在总是围满人的大柜台结了账。我吩咐把一包包填满麦草的动物标本和干枯植物寄往巴黎（法国）。我开出了一笔经费，足够养鹿豚的。之后，我跳上一辆马车，贡塞伊跟随着我。

马车跑这一趟是二十法郎。我们经过百老汇大街，来到合众国广场，再沿着第四大街，到达和鲍厄里大街相交的路口，拐进卡特琳大街，到第三十四号码头停下。“卡特琳号”渡轮把我们连同其他人、马和车运到布鲁克林。布鲁克林属于纽约大区，位于埃斯特河左岸。几分钟后，我们来到“亚伯拉罕·林肯号”停泊的码头，驱逐舰的两个烟囱正冒出源源不断的浓烟。

我们的行李马上被运到驱逐舰的甲板上。我急忙上舰，询问法拉格特舰长在哪里。有个水手把我带到艉楼，我见到了一个面目和蔼的军官，他把手伸给我。

“是皮埃尔·阿罗纳克斯先生吗？”他问我。

“正是在下，”我回答，“您是法拉格特舰长吗？”

“是我本人。欢迎您，教授先生。您的客舱为您准备好了。”

我行了礼出来，以便让舰长处理开航事务。我被带到为我准备的客舱。“亚伯拉罕·林肯号”被精心挑选出来，为完成新任务而装修一番。这是一艘高速驱逐舰，配备有高热装置，能使蒸汽达到七个大气压。在这样的气压下，“亚伯拉罕·林肯号”的平均时速达到十八点三海里，速度极快，但和那头巨大的鲸类动物相搏，这速度显然还不够。

驱逐舰的内部已改装为适应这次航海的要求。我对自己的客舱十分满意；这个客舱位于船尾，正对着高级船员的休息室。

“我们这儿会很不错。”我对贡塞伊说。

“先生别不高兴，”贡塞伊回答，“就像寄居蟹待在蛾螺壳里一样。”

我让贡塞伊把我们的箱子固定住，我则登上甲板，为了看看起航的准备情况。

这时，法拉格特舰长叫人把缆绳解开，“亚伯拉罕·林肯号”还被拴在布鲁克林码头上呢。因此，迟到一刻钟，甚至不到一刻钟，驱逐舰就会不等我启航，我便会错过这次特殊的、不同凡响的、难以置信的远征了。但真实地记录下来，可能也有人不信。法拉格特舰长连一天、一小时也不想耽搁，以便尽快驶到那头怪物刚出现的海域。他把工程师叫来。

“压力够了吗？”他问工程师。

“够了，先生。”工程师回答。

“Go ahead[1]。”法拉格特舰长喊道。

命令通过压缩空气装置传到机舱。机械师们听到命令，就让机轮开始起动。蒸汽呼啸着冲进半开的进气阀。水平排列的长活塞咿呀作响，推动主轴的连杆。螺旋桨的叶片越来越快地拍打水面，“亚伯拉罕·林

[1] 英文，走吧；启航。

肯号”在上百条渡轮和载满看客的小汽艇[1]的簇拥下，庄严地行进。

布鲁克林码头和埃斯特河岸纽约的整片地区，挤满了好奇的人。从五十万人的胸腔中发出的三下欢呼声，相继爆发出来。成千上万条手帕在密集的人群上面挥动，向“亚伯拉罕·林肯号”致意，一直送它到哈得孙河口，直至纽约长岛的尽头。

哈得孙河右岸景色优美，布满了别墅；驱逐舰沿着新泽西州海岸行驶，经过要塞时，要塞都以最大口径的大炮向它致意。“亚伯拉罕·林肯号”在后桅斜桁上的美国国旗来回升起三次，作为答礼；旗上的三十九颗星[2]闪闪发亮。随后，驱逐舰改变航向，驶往设置航标的航道，航道在桑迪·胡克海角形成的内海湾拐成弧形。驱逐舰驶过沙滩形成的长舌形岬角，几千名看客再一次向它欢呼。

护航的渡轮和小汽艇始终尾随着驱逐舰，直到信号船那里才离开；信号船上有两盏灯，标明那里是纽约水道的入口。

这时三点的钟声敲响了。领航员上了自己的小艇，朝停在下风等待的小双桅纵帆船驶去。火烧旺了，螺旋桨更快地拍打水面；驱逐舰沿着长岛黄色的低海岸行驶。晚上八点，长岛的灯光被甩在西北方，驱逐舰开足马力，在大西洋阴暗的海面上全速前进。

---

[1] 原文为英文 tenders，协助大轮船起航的小汽艇。

[2] 当时美国只有三十九个州。

四

内德·兰德

法拉格特舰长是一个优秀的水手，完全配得上他指挥的驱逐舰。他和驱逐舰形成一体，同时又是它的灵魂。关于鲸类动物的问题，他的脑海里不存在任何怀疑，他不允许在舰上谈论这头动物的存在。他相信有独角鲸，就像有些妇女相信有利维坦[1]——出于信仰，而不是出于理性。怪物是存在的，他要把它从大海里清除出去，他为此发过誓。他像罗德岛那个骑士[2]，像迎上前去和在岛上肆虐的巨蟒搏斗的迪厄多内·德·戈宗。要么是法拉格特舰长杀死独角鲸，要么是独角鲸杀死法拉格特舰长，没有折中余地。

舰上的军官同意他们头儿的意见。他们总是在谈话、讨论、争论、盘算狭路相逢的不同机遇，认为必须观察浩瀚无边的大洋。不止一个人争着到顶桅杆上值班，换了别的情况，大家是会咒骂这种苦差事的。只要太阳还没有西沉，桅杆上就会爬满水手，而甲板使他们的脚火烧火燎的，在那里待不住！但是，“亚伯拉罕·林肯号”离太平洋令人可疑的海面还远着呢。

至于水手，他们只求遇到独角鲸，捕获它，把它吊到船上，切成碎块。他们聚精会神地监视着海面。况且，法拉格特舰长已定下为数两千

---

[1] 利维坦：《圣经·以赛亚书》中象征邪恶的海中怪兽。

[2] 罗德岛是希腊在爱琴海中的一个岛，从1309年至1522年，罗德岛骑士团曾保护岛上的贸易。

美元的奖金，奖给发现那头动物的人，不管是谁，无论是见习水手还是水手，是水手长还是军官。“亚伯拉罕 · 林肯号”上人人的眼睛扫来扫去，这情景请读者去自己想象吧。

至于我，我不会受惠于别人，我不让任何人去做每天的那份观察。驱逐舰有上百个理由可以叫作阿耳戈斯[1]。所有人中只有贡塞伊唱反调，他对使我们激动的问题无动于衷，和舰上普遍的热情很不协调。

我说过，法拉格特舰长仔细地给他的驱逐舰装备了能够捕捉巨大鲸类动物的设备，即使是一条捕鲸船也不会装备得更好。我们拥有一切已知的设备，从用手投射的鱼叉，到喇叭口大炮发射的带倒刺的箭，打野鸭猎枪的爆炸弹。艄楼上架着一尊改进的大炮，从炮栓装弹，管壁很厚，炮膛很窄。这尊炮的原型应该出现在一八六七年的世博会上。这件珍贵的武器是美国造的，能毫不费劲地发射四千克重的锥形炮弹，平均射程为十六千米。

因此，“亚伯拉罕 · 林肯号”不缺少任何一种毁灭性武器。更有甚者，它拥有捕鲸之王内德 · 兰德。

内德 · 兰德是个加拿大人，身手不凡，在他险阻重重的生涯中，还没有遇到势均力敌的对手。他拥有灵活冷静、大胆狡猾这些品质，鲸必须非常狡猾，或者说抹香鲸必须异常狡诈，才能逃脱他那把带刺鱼叉的攻击。

内德 · 兰德约莫四十岁，身材伟岸——超过六英尺——孔武有力，气宇轩昂，不好打交道，有时暴跳如雷，招惹他不高兴时他会勃然大怒。他引人注目，尤其他那犀利的目光，奇异地强化了他的外貌特征。

我想，法拉格特舰长招聘这个人到船上是明智之举。就眼力和臂力而言，他一个人抵得上全体船员。我找不到更好的比喻，就把他比作一

---

[1] 阿耳戈斯：希腊神话中的百眼巨人，其中五十只眼总是睁开的。

架高性能望远镜，同时是一门准备好发射的大炮吧。

说他是加拿大人，就等于说他是法国人。即使内德·兰德有多么难打交道，我还是应该承认，他对我有某种好感。我的国籍可能吸引了他。对他来说，有说拉伯雷[1]时代的古老法语的机会，对我来说则有听这种法语的机会；那个时代的法语如今在加拿大的几个省还在使用。这个捕鲸手的家乡在魁北克[2]；在这个地区属于法国的时代，就已经出现了一批勇敢的捕鲸手。

内德逐渐有了谈话的兴趣，而我也喜欢听他讲在极地海洋里的冒险故事。他以浓郁而自然的诗意讲述捕鱼和搏斗。他的故事具有史诗的形式，我觉得像在听加拿大的荷马咏唱极北地区的《伊利亚特》。

我基于当下对他的了解，来描绘这个大胆的同伴。因为我们已经成了好朋友，被在艰苦卓绝的环境下产生和结成的牢不可破的友谊连在一起！啊！勇敢的内德！我但求再活一百年，更久地回忆起你！

现今，内德·兰德对这头海洋怪物是如何看待的呢？我应该承认，他并不太相信有独角鲸。舰上只有他一个人不赞同大家的信念。他甚至回避谈论这个话题，我得找一天试着说服他。

七月三十日，就是说我们动身后三个星期，夜色诱人，驱逐舰来到布朗角同一纬度的海域，在帕塔哥尼亚[3]海岸下风三十海里处。我们越过了南回归线，离南面的麦哲伦海峡不到七百海里。不出一星期，“亚伯拉罕·林肯号”就要在太平洋上乘风破浪了。

内德·兰德和我坐在艉楼甲板上，一边海阔天空地闲聊，一边望着这神秘的大海；至今，海的深度对人类来说仍然是深不可测的。我自然

[1] 拉伯雷（1483—1553），法国人文主义小说家，著有《巨人传》。

[2] 魁北克：位于加拿大东部，属于法语区。

[3] 帕塔哥尼亚：阿根廷南部地区。

而然地将话题扯到巨大的独角鲸上，分析这次远征成功或失败的各种可能。随后，看到内德只是听我说话，却不吭声，我就单刀直入地问他。

“内德，您怎么会不相信我们追逐的那头鲸类动物是存在的呢？您这样怀疑，难道有特别的理由吗？”

捕鲸手在回答之前，看了我一会儿，做了一个习惯的动作，用手拍了拍宽敞的脑门，闭上眼睛，仿佛在凝思，终于开言道：

“兴许有吧，阿罗纳克斯先生。”

“可是，内德，您，一个职业捕鲸手，熟悉巨大的海洋哺乳动物，您的想象力应该很容易接受巨大的鲸类动物的假设。在这样的情况下，您本应是最后一个怀疑的人。”

“教授先生，这您可就错了，”内德回答，“凡夫俗子相信有奇异的彗星穿过宇宙，或者相信地球内部有挪亚时代大洪水以前的怪物生存，还说得过去。可是，无论天文学家还是地质学家，都不承认这样异想天开的东西。同样，作为捕鲸手，我追捕过许多鲸类动物，捕获过不少，也杀死过几头，可是不管它们多么强大有力，武器多么厉害，无论是它们的尾巴，还是它们的牙齿，都不可能损坏一艘轮船的钢板。”

“但是，内德，有人举出过独角鲸的牙齿穿透了船板的例子。”

“木船有可能，”加拿大人回答，“而我连这个情况也从来没有见过。因此，直至有相反的证据之前，我否认长须鲸、抹香鲸或者独角鲸能造成这样的结果。”

“内德，您听我说……”

“不，教授先生，不。除了这个，您想说什么我都听。兴许是一条巨大的章鱼？”

“内德，那更不可能了。章鱼只是一种软体动物，这个名字本身就说明了它的肉不硬实。哪怕章鱼有五百英尺长，它也决不属于脊椎动物门，对‘斯科蒂亚号’或者‘亚伯拉罕·林肯号’那样的舰只，完全造不成伤害。因此，可以排除是海妖的壮举或者这类怪物的可能。”

“那么，博物学家先生，”内德·兰德用揶揄的口吻说，“您坚持承认存在这样巨大的鲸类动物喽？”

“是的，内德，我对您再说一遍，我是在事实逻辑的支持下获得这个信念的。我相信存在一种哺乳动物，结构强有力，属于脊椎动物门，像长须鲸、抹香鲸或者海豚，拥有一颗角质的牙齿，穿透力异常巨大。”

“哼！”捕鲸手像一个没被说服的人那样摇着头。

“请注意，我可敬的加拿大人，”我又说，“如果这样的动物存在，如果它居住在大洋深处，如果它经常在海面之下几千米的水层活动，它就必然具有坚实无比的体格。”

“为什么要有这样强大的体格呢？”

“因为它要待在深水层，顶住水的压力，必须具有难以估计的力量。”

“当真？”内德说，眨巴眼睛望着我。

“当真，几个数字就能毫无困难地向您证明这一点。”

“噢！数字！”内德反驳说，“用数字可以随心所欲地做想做的事！”

“做生意行，内德，但不是在数学上。您听我说。假定一根三十二英尺高的水柱的压力，代表一个大气压。实际上，水柱不会有那么高，因为这是海水，海水密度比淡水高。那么，内德，您潜到海里去，深度是三十二英尺的若干倍，您的身体就要承受同样倍数的大气压，就是说每一平方厘米的身体就要承受同样倍数千克的压力。由此得出，在三百二十英尺的深处，压力是十个大气压，在三千二百英尺的深处，压力是一百个大气压，在三万二千英尺的深处，即约二点五古海里的深处，压力是一千个大气压。这就等于说，如果您能到达大洋的这个深度，您身体的每一平方厘米将要承受一吨的压力。可是，我正直的内德，您知道您身体表面有多少平方厘米吗？”

“我没有考虑过，阿罗纳克斯先生。”

“一万七千平方厘米左右。”

“有这么多吗？”

“由于实际上气压略高于每平方厘米一千克的重量，您身上一万七千厘米此刻所承受的压力，就是十七吨五百六十八千克。”

“我感觉不到。”

“您感觉不到。您没有被这样的重量压垮，是因为空气以相等的压力进入您的体内。这样，内外压力保持平衡，使您毫不费力地承受住这样的压力。可是，在水里，就是另一回事了。”

“是这样，我明白了，”内德回答，变得更加聚精会神，“因为水包围住我，而不进入我的体内。”

“正是，内德。因此，在海面下三十二英尺的地方，您将遇到十七吨五百六十八千克的压力；在海面下三百二十英尺的地方，这种压力增加十倍，即一百七十五吨六百八十千克；在海面以下三千二百英尺的地方，这种压力增加一百倍，即一千七百五十六吨八百千克；在海面以下三万二千英尺的地方，这种压力增加一千倍，即一万七千五百六十多吨了；就是说，您将被压扁，仿佛把您从水压机的平台上拉出来！”

“见鬼了！”内德叫了一声。

“那么，可敬的捕鲸手，如果那些长几百米，体形巨大的脊椎动物待在这样深的地方，它们身体表面的面积有几百万平方厘米，所受的压力就必须承受几百万吨；您计算一下，要承受这样大的压力，它们的骨架得有多大的抗拒力，它们的身体得有多强的结构了！”

“它们非得像铁甲驱逐舰那样，”内德·兰德回答，“用八英寸厚的钢板制造。”

“内德，正如您说的那样，那就请设想，这样一个大家伙，以快车的速度冲向船体，会造成多大的破坏。”

“是的……确实……兴许是这样，”加拿大人回答，受到这些数字的震撼，但是仍然不愿服输。

“那么，我说服了您吧？”

“博物学家先生，有一点您说服了我，那就是，如果海底存在这样的动物，它们非得像您所说的那样强大。”

“但是，固执的捕鲸手，如果它们不存在，您怎么解释‘斯科蒂亚号’遇到的事件呢？”

“兴许是……”内德迟疑着说。

“往下说呀！”

“因为……这是莫须有的！”加拿大人回答，他不知不觉重复了阿拉戈[1]的一句名言。

不过这个回答只说明了捕鲸手的固执，说明不了别的什么。那天，我没有进一步逼他。“斯科蒂亚号”事件是不可否认的。那个窟窿确实存在，需要填补，我也不认为这个窟窿存在能不容置疑地把什么都说清楚。可是这个窟窿不是独立生成的，因为它如果不是海底礁石或者海底武器造成的，就必然是动物的穿甲工具凿穿的。

但是，据我看来，从上述的所有理由可以得出这样一个结论，这头动物属于脊椎动物门，哺乳动物纲，鱼目，亦即鲸类动物。至于属于什么科，抹香鲸科，还是海豚科，放在哪个种里合适，那是日后要弄清的问题了。为了解决这个问题，必须解剖这未知的动物，要解剖就得捕获它，要捕获它就需要捕鲸手——这是内德·兰德的事——这是水手的事——要看到它就必须遇上它——这就得凭运气了。

[1] 阿拉戈（1790—1855），法国作家，著有《环球旅行》。

五

瞎闯！

在一段时间里，“亚伯拉罕·林肯号”的航行没有遇到任何事故。但是，发生了一件事，显出了内德·兰德本事超群，表明别人对他多么信任。

六月三十日，在马卢伊纳群岛[1]外海，驱逐舰和多艘美国捕鲸船联络，我们得知，他们根本不知道有独角鲸。但是，其中一艘“门罗号”的船长知道内德·兰德在“亚伯拉罕·林肯号”上，请他帮忙追捕一条被发现的鲸。法拉格特舰长想看内德·兰德如何操作，同意让他上了“门罗号”。我们的加拿大人运气特好，他捕获了不止一头鲸，而是一连两炮击中两头，一炮击中右边那头的心脏，还有一头被另一炮追了几分钟后击中，也被捕获！

无疑，要是怪物遇上内德·兰德的炮箭，我打赌也会被捕获。

驱逐舰沿着美洲东南海岸飞速行驶。七月三日，我们来到麦哲伦海峡入口，和处女岬角位于同一纬度。但是法拉格特舰长不愿意走弯道，宁愿操作驱逐舰绕过合恩角。

船员一致赞成他的做法。说实话，有可能在这狭窄的海峡里遇上独角鲸吗？很多水手认为怪物不可能通过那里，“它太大了，通不过”。

[1] 马卢伊纳群岛：又称法尔克朗群岛，位于大西洋南面，面积 16853 平方千米。

七月六日，下午三点钟左右，“亚伯拉罕·林肯号”在南边十五海里处绕过这个孤立的小岛，这块在美洲大陆顶端的偏僻岩石，荷兰水手把家乡城市的名字“合恩”给了它，称其为合恩角。航路朝西北方向而去，第二天，驱逐舰的螺旋桨终于拍击太平洋的海水了。

“睁大眼睛！睁大眼睛！”“亚伯拉罕·林肯号”的水手一再喊道。

他们尽量睁大眼睛。眼睛和望远镜都有点模糊了，说白了，两千美元的奖金弄得大家一刻也不安宁。大家夜以继日地观察着洋面，那些患有昼盲症的人在黑暗中的视力增加了百分之五十，这对拿到奖金大为有利。

我呢，金钱的诱惑对我不太起作用，但我并非舰上最不注意观察的人。我只花几分钟吃饭，花几小时睡觉，对晴天或下雨毫不关注，不肯离开甲板。我时而俯于艏楼舷墙边，时而倚在艉楼的护栏上，用贪婪的目光注视白花花的海水中絮白色的航迹，直到一望无际的天边！多少次一头任性的鲸鱼将黑乎乎的背脊拱出水面时，我与军官和水手们一起激动万分。驱逐舰的甲板一刹那挤满了人。从油布罩下涌出如潮水般的水手和高级船员，他们个个气喘吁吁，目光闪烁，观察着鲸鱼的游动。我看得眼睛生疼，直到看不见东西，而贡塞伊始终很冷静，用平静的声音一再对我说：

“如果先生能不把眼睛睁得那么大，会看得更清楚的！”

但是，白白激动一番！让“亚伯拉罕·林肯号”改变航路去追逐的动物，原来是普通的长须鲸或者抹香鲸，它们不久就消失在一片咒骂声中！

不过，天气一直很有利，航行在良好的条件下进行。当时是南半球天气恶劣的季节，因为这个地区的七月相当于欧洲的一月；但海洋保持了好天气，很容易清晰地观察远方的情况。

内德·兰德始终坚持不懈地表示怀疑，他甚至在他不值班时装着绝不观察洋面——至少在看不见鲸鱼的时候。他出色的视力本可以帮上大忙。但十二小时里有八小时，这个固执的加拿大人只是睡在他的舱室里。我多次责备他的无动于衷。

“啊！”他回答，“阿罗纳克斯先生，什么也没有。即使有什么动物，我们就有运气看到吗？难道我们不是在瞎闯吗？说是有人又在太平洋的洋面上看到了这难觅的畜生，我愿意相信这件事；但是，自从这次相遇之后，两个月已经过去了，要相信您的独角鲸的脾气，它根本不喜欢长期滞留在同一海域！它具有惊人的游动能力。教授先生，您比我知道得更清楚，大自然不做自相矛盾的事，不会把快速游动的能力赋予天性缓慢的动物，因为它不需要以极快的速度移动。因此，即便那畜生存在，它也已经走得远远的了！”

对此，我不知道回答什么。显然，我们是在瞎闯。但是，有别的办法行动吗？我们的机会受到极大的限制吗？但还没有人怀疑我们不会成功，也没有一个船上的水手会打赌说独角鲸不存在，不会再出现。

七月二十日，我们从东经 105 度线上越过了南回归线，同月二十七日，我们又从东经 110 度线上越过了赤道。方位测定之后，驱逐舰更加坚定地向西方驶去，开往太平洋的中心海域。法拉格特舰长想得对，不如出没于深水区域，远离大陆或者海岛；这头动物看来在回避接近这些地方，“无疑是因为对它来说那里的水不够！”水手长说。驱逐舰于是穿过波莫图群岛[1]、马尔吉斯群岛[2]和桑威奇群岛[3]的海面，从东经 132 度线上越过了北回归线，朝中国海驶去。

[1] 波莫图群岛：属于波利尼西亚群岛，面积约 860 平方千米。

[2] 马尔吉斯群岛：属于波利尼西亚群岛。

[3] 桑威奇群岛：夏威夷群岛的古名。

我们终于来到怪物最近嬉戏的地方！一言以蔽之，船上的人活不下去了——心跳快得吓人，将来恐怕会得难以治愈的动脉瘤。全体船员得了神经过度兴奋症，我也说不出怎么回事。大家不吃不睡，一天有多少次，待在舵轮上的水手估计错误或是视力出现幻象而引起难以忍受的恐惧。这种激动重复多次，使我们处于极度兴奋之中，以致引起接下来的反应。

反应果然很快出现了。在三个月里，每天都是度日如年！“亚伯拉罕·林肯号”跑遍了北太平洋，追逐被发现的鲸鱼，有时突然偏离航线，有时猛然掉过头来，有时忽然停航，有时又全速航行，或者反向行驶，一次接一次，冒着损坏机器的危险，从日本海岸到美国海岸搜了个遍。什么都没有！只有浩瀚无垠的大海！没有任何东西像巨大的独角鲸，像海底小岛，像海难船只的残骸，像飞逝而去的礁石，像任何超自然之物！

于是反应出现了。先是泄气占据了大家的头脑，给怀疑打开了缺口。舰上出现了一种新情绪，三分羞愧，七分恼怒——竟然上了幻觉的当，真是“太笨”了，但更多的是气恼！一年来积累起的山一样高的论据，一下子土崩瓦解，每个人想的只是吃饭和休息，要把傻乎乎牺牲的时间补回来。

人的头脑天生变幻无常，喜欢从一个极端转向另一个极端。一件事最热衷的支持者不可避免地变成最激烈的反对者。反应从驱逐舰底层的司炉辅助工蔓延到高级船员休息室。要不是法拉格特舰长的意志坚如磐石，驱逐舰一准掉头向南了。但是，这种无效的寻找难以为继。“亚伯拉罕·林肯号”为了成功做了这一切，没有什么要自责的。从没有过哪一艘美国海军舰艇的船员表现出更多的耐心和更大的热情，不成功不能怪他们，剩下的是返航了。

一份关于这方面的提议交给了舰长。舰长坚持己见。水手们不再掩饰他们的不满，船上事务受到影响。我不想说船上发生了动乱，但是，双方合理地坚持了一段时间以后，法拉格特舰长像从前的哥伦布一样，要求大家耐心地等三天。如果在三天之内怪物没有出现，舵手就将舵轮转三圈，驱逐舰将朝欧洲海域驶去。

这个许诺是在十一月二日做出的。结果是使船员的松懈情绪为之一振。大家重新专心观察洋面，每个人都想朝海洋看上最后一眼，将全部记忆凝聚在这一眼里面。望远镜用个没完，这是对巨大的独角鲸最后的挑战。从情理上说，它不能回避这“出庭”的传票！

两天过去了。“亚伯拉罕·林肯号”低速行驶着。万一这头动物在这片海域出现，为了引起它的注意或者刺激它的麻木，什么方法都使用了。驱逐舰后面拖着大块的肥肉——应该说，这是为了最大限度地满足鲨鱼。“亚伯拉罕·林肯号”停航时，小艇朝四面八方划出去，不留下一处未被探索的海面。但直到十一月四日夜幕降临时，海底怪物的神秘面纱还没有揭开。

第二天，十一月五日，中午，严格规定的期限满了。过了这一刻，法拉格特舰长信守诺言，下令驶往东南方向的航路，最终放弃太平洋的北部海域。

驱逐舰位于北纬 31 度 15 分、东经 136 度 42 分的海域，日本列岛在下风离我们不到两百海里处。黑夜临近，八点的钟声刚刚敲过。大块乌云遮住了上弦月，波浪在驱逐舰的艏柱下静悄悄地起伏。

当时，我正在驱逐舰的前部，倚在右舷的舷墙上。贡塞伊守候在我身边，注视着前方。水手待在横缆上，观察逐渐缩小和变暗的天际。军官们手里拿着夜间使用的望远镜，搜索着越来越暗的海面。月亮不时从云缝中射出一注光芒，使昏暗的洋面闪烁着。随后，整片光亮消失在黑暗中。

我观察着贡塞伊，这个正直的小伙子多少受到了大家的影响。至少，我想他是如此。也许他的神经第一次在好奇心的作用下震颤起来。

“喂，贡塞伊，”我对他说，“要拿到两千美元，这是最后一次机会了。”

“请允许我告诉先生，”贡塞伊回答，“我从来不指望拿到这笔奖金，合众国政府就算许下十万美元，它也不会因此变穷了。”

“你说得对，贡塞伊。这是一件蠢事，我们参加进来真是太轻率了。丢掉那么多时间，那么多激情白费了！我们要是回到法国，已经有半年了……”

“回到先生的小套房，”贡塞伊接过话头说，“回到先生的小博物馆！我会将先生的化石分好类，先生的鹿豚也会被安置在植物园，吸引住首都所有好奇的人！”

“正如你所说的，贡塞伊，我想，还不算人家会笑话我们！”

“确实如此，”贡塞伊平静地回答，“我想人家会嘲笑先生。是否该说出来……”

“说吧，贡塞伊。”

“那么，先生是咎由自取。”

“不假。”

“有幸成为像先生那样的学者，不会冒险去……”

贡塞伊没有说完恭维话。因为在一片静寂中，有个声音刚刚传了过来。这是内德·兰德的声音，他在喊：

“嗨！是那个家伙，在下风，就在我们附近！”

六

全速前进

听到这喊声，全体官兵都朝捕鲸手跑过去，舰长、军官、水手长、水手、见习水手，还有离开机器的机械师，以及扔下锅炉的加煤工。已经下达停航的命令，驱逐舰只是靠余速向前移动。

这时天已经漆黑了，我就纳闷了，不管加拿大人的眼睛有多好，他怎么看得见，他怎么能看见东西。我的心跳得都要炸开了。但是内德·兰德没有搞错，大家都看到了他用手指着的那个东西。

在离“亚伯拉罕·林肯号”右舷后面两链处，海水似乎从下面被照亮了。这不是普通的磷光现象，对此谁都不会搞错。怪物露出水面几图瓦兹[1]，射出这种很强的、难以名状的光，好几个船长的报告提到过这种光。这种美妙的辐射光应是具有强光的原动力产生的。海上照亮部分画出一个极大的狭长椭圆形，中心凝聚成一个灼热的焦点，那里难以抵挡的光亮向外逐级减弱。

“这只不过是一种磷分子的堆积！”有个军官大声说。

“不是，先生，”我有把握地反驳，“海笋或海鞘产生不了这样的强光。这种光在性质上基本是电的……再说，你们看，你们看！它在移动！它在向前，又向后！它向我们冲过来了！”

[1] 图瓦兹：法国旧长度单位，一图瓦兹相当于 1.949 米。

驱逐舰上发出一片喊声。

“安静！”法拉格特舰长说，“迎风，满舵！倒车！”

水手们冲向舵轮，机械师们冲向机器。马上来了个急刹车，“亚伯拉罕·林肯号”向左转，在海面上画了个半圆。

“右满舵！向前！”法拉格特舰长喊道。

命令得到执行，驱逐舰迅速离开光源。

我搞错了。驱逐舰想离开，但是，那神奇的动物以比驱逐舰快一倍的速度接近过来。

我们气喘吁吁，惊愕远远超过恐惧，这使我们默不作声，一动不动。这头动物戏弄着追上我们。它绕着驱逐舰转了一圈，当时它以每小时十四海里的速度前进，以一种像发光的粉尘那样的一片电光罩住驱逐舰。然后，它退出两三海里，拖出一条发出磷光的航迹，赛过快车的火车头喷出的汽团。怪物在天际昏暗处蓄势，突然以惊人的速度冲向“亚伯拉罕·林肯号”，在离驱逐舰腰外板二十英尺处忽地停下来，光也熄灭了——并非沉到水下，因为它的光不是逐渐减弱的——而是陡然熄灭的，仿佛耀眼的光源突然枯竭了！然后，它又在驱逐舰另一侧出现，要么是绕过去的，要么是从驱逐舰船壳底下滑过去的。相撞随时可能发生，这对我们会是致命的。可是驱逐舰的操作让我感到惊讶——它逃跑了，没有攻击。它被追逐，而它应该去追逐啊，我对法拉格特舰长指出这一点。他的脸平常是不动声色的，眼下却露出难以形容的惊愕。

“阿罗纳克斯先生，”他回答我说，“我不知道在和一头有多么可怕的动物打交道。我不愿意在黑暗中不谨慎地拿我的驱逐舰去冒险。再说，应该怎样攻击这陌生的家伙，怎样自卫呢？等天亮吧，角色就会变换。”

“舰长，您对这动物的属性再没有疑惑了吧？”

“没有了，先生。这显然是一头巨大的独角鲸，但也是一头会放电的独角鲸。”

“也许是的，”我又说一句，“我们接近它不能比离电鳗或者电鳐更近！”

“确实是，”舰长回答，“它体内具有雷电般的力量，无疑这是出自造物主之手的最可怕的动物。因此，先生，我得保持谨慎。”

全体官兵整宿严阵以待，没有人想去睡觉。“亚伯拉罕·林肯号”在速度上无法与其比拼，索性减缓速度，放慢行驶。至于独角鲸，也模仿驱逐舰，任凭海浪荡漾，似乎决不放弃搏斗的舞台。

但是将近午夜，它消失了，或者更确切地说，它像一只巨大的萤火虫一样“熄灭”了。它逃走了吗？怕的就是这个，我们不希望它逃跑。

可是，凌晨差七分一点时，传来震耳欲聋的呼啸声，酷似以极大力量排出水柱产生的声音。法拉格特舰长、内德·兰德和我当时在艉楼上，一齐将贪婪的目光投向浓重的黑暗。

“内德·兰德，您时常听到鲸鱼吼叫吗？”舰长问。

“经常听到，但绝没有听到能获得两千美元奖金那样的鲸鱼叫声。”

“确实，您有权获得这笔奖金。但是，告诉我，这声音难道是鲸类动物通过鼻孔喷水的声音吗？”

“是同样的声音，先生，但是刚才的声音大得多。因此不会搞错。待在我们附近水中的确实是一头鲸类动物。请原谅，先生，”捕鲸手补充说，“明天黎明时，我们得向它说上两句。”

“如果它肯听您说话就好了，兰德师傅。”我用不那么信服的口气回答。

“但愿我在离它四鱼叉远的地方，”加拿大人回说一句，“那时它就必须听我的！”

“可是，为了接近它，”舰长又说，“我要给您准备一条捕鲸小艇吗？”

“当然，先生。”

“这是要拿我手下人的生命去冒险啊！”

“还有我的生命！”捕鲸手仅仅这样回答。

将近凌晨两点，光源在“亚伯拉罕·林肯号”上风五海里处重新出现。尽管有一段距离，尽管有风声和海浪声，仍然可以清晰地听到动物尾巴击水的巨大响声，甚至它的喘气声。似乎当巨大的独角鲸游到洋面上透气时，空气涌进它的肺部，如同蒸汽涌进两千马力机器的宽大汽缸里。

“嗯！”我想，“一头鲸鱼的力量抵得上一个骑兵团，这真是一头了不得的鲸鱼！”

直到天亮，大家一直在戒备，准备进入战斗。捕鱼器械沿舷墙摆放好了。大副吩咐将喇叭口短筒炮和打野鸭的长筒猎枪装上火药。喇叭口短筒炮能把捕鲸叉射出一海里远，而打野鸭的长筒猎枪的开花弹有致命的杀伤力，即使异常有力的动物也无法幸免。内德·兰德只满足于磨快捕鲸叉，那是他手里的可怕武器。

六点，开始拂晓，晨曦刚出现，独角鲸的电光便熄灭了。七点，天已大亮，但很浓的晨雾把天际缩小了，最好的望远镜也穿不透这雾。因此大家都很沮丧和恼怒。

我一直爬到后桅杆上。有几个军官已经待在桅杆顶上了。

八点，浓雾在波涛上滚动，大团的螺旋状浓雾逐渐消散。天际开阔了，同时变得清朗。

蓦地，像昨天一样，传来内德·兰德的声音。

“那家伙在左舷后面！”捕鲸手喊道。

所有的目光都转向他所指的地方。

那边，离驱逐舰一海里半处，一个黑乎乎的长条形物体高出海面一米。它的尾巴激烈地甩动，产生巨大的旋涡。从来没见过鱼尾巴以这样大的力量拍击海水，一道极大的航迹，白得耀眼，表明那头动物经过的路线，画出了一个长弧形。

驱逐舰靠近鲸类动物。我得以非常从容地观察它。“沙农号”和“爱尔维修号”的报告有点夸大了它的规模，我估摸它身长只有二百五十英尺。至于它有多大，我很难估计；但总的说来，我觉得这头动物长、宽、高的比例非常协调。

正当我观察这个庞然大物时，从它的鼻孔喷出两股蒸汽和水柱，升到四十米高，这使我专注于它的呼吸方式。我最终确定它属于脊椎动物门，哺乳动物纲，单子宫哺乳动物亚纲，鱼形动物中的鲸类动物目，至于属于哪个科……这里，我还不能说清楚。鲸类动物目包括三个科——鲸鱼科、抹香鲸科和海豚科，独角鲸被分在海豚科。[1] 每一科又各自分成几个属，属再分成种，每个种又有变种。独角鲸属于什么变种，什么种，什么属，什么科，我还不能确定，但是我不怀疑，靠着上天和法拉格特舰长的帮助，我能把分类补全。

官兵们焦急地等待舰长下令。舰长仔细观察过这头动物以后，叫人把机械师喊来。机械师跑来了。

“先生，”舰长说，“压力够吗？”

“够，先生。”机械师回答。

“很好。加大火力，全速前进！”

水手们以三下欢呼声迎接这个命令。战斗的时刻来临了。过了一会儿，驱逐舰的两个烟囱冒出了滚滚黑烟，在锅炉的颤动下，甲板也抖动

---

[1] 当代研究认为，鲸类动物目包括须鲸小目和齿鲸小目，这两个小目下包括露脊鲸科、灰鲸科、须鲸科、抹香鲸科、喙鲸科、海豚总科等十余个科，独角鲸科分属海豚总科。

起来。

“亚伯拉罕·林肯号”在强大的螺旋桨推动下，笔直地朝那头动物驶去。动物不以为然地让驱逐舰接近到半链远的地方，然后，不屑于下沉，摆出慢慢逃的姿态，只满足于保持这段距离。

这场追逐持续了三刻钟左右，驱逐舰对鲸类动物就是追不上两图瓦兹的距离。因此，显而易见，这样追逐下去，永远也追不上。

法拉格特舰长气急败坏地捻着下巴下面那撮浓密的胡子。

“内德·兰德呢？”他喊道。

加拿大人奉命来到。

“喂，兰德师傅，”舰长问，“您还建议我把小艇放到海里去吗？”

“不，先生，”内德·兰德回答，“这头畜生只有甘愿被擒，才会被抓住。”

“那怎么办？”

“先生，如有可能，就全速前进。至于我，请原谅，很明显，我要到艏斜桅的支索上去，如果我们行驶到捕鲸叉够得到的地方，我就投出叉去。”

“得了，内德，”法拉格特舰长回答，他喊道，“机械师，加大压力！”

内德·兰德到他的岗位上去了。火烧得更旺；螺旋桨每分钟转四十三圈，蒸汽通过阀门喷出来。航速表测出，“亚伯拉罕·林肯号”按照每小时十八点五海里的速度行驶。

可这该死的动物也是以十八点五海里的速度疾行。

驱逐舰保持这个速度又行驶了半小时，却连一图瓦兹的距离也没赶上！对于美国海军速度最快之一的舰只来说，这是很丢脸的。官兵们在生闷气，水手们在咒骂怪物，而怪物不屑于回答。法拉格特舰长不再满足于捻山羊胡子，而是用嘴去咬。

机械师又被叫来。

“压力达到最大限度了吗？”舰长问他。

“是的，先生。”机械师回答。

“阀门充满蒸汽了吗？”

“六个半大气压。”

“加到十个大气压！”

这算得上一道美国式命令，在密西西比河上，为了甩开“竞争者”的赌输赢的船，也不会做得比这更好！

“贡塞伊，”我对待在我身边的忠仆说，“你知道我们的驱逐舰可能爆炸吗？”

“炸就炸吧，先生！”贡塞伊回答。

什么！但我得承认，碰上这样的机会，冒爆炸的危险，我也愿意。

阀门充满了蒸汽。锅炉里加足了煤。鼓风机在炭火上吹出一团团空气。“亚伯拉罕·林肯号”速度加快。桅杆连基座都颤动着，滚滚的浓烟几乎无法通过狭窄的烟囱排出去。

又测量了一次航速。

“怎样，舵手？”法拉格特舰长问。

“十九点三海里，先生。”

“把火烧得更旺！”

机械师执行了命令。压力表显示十个大气压。但是，鲸类动物大概也“烧旺了火”，它毫无困难地也以每小时十九点三海里的速度疾行。

这是何等紧张的追逐啊！不，我无法描绘使我浑身颤抖的激动。内德·兰德守在他的岗位上，手里拿着捕鲸叉。有好几次，那头动物让人接近了一点。

“我们追上它了！我们追上它了！”加拿大人嚷着说。

待到他准备投掷时，鲸类动物又飞速逃掉，我估计速度不少于每小时三十海里。甚至在我们达到最高速度时，它竟然绕了驱逐舰一圈，似乎在嘲笑我们！人人都被气得嗷嗷叫！

中午，我们与它相距仍然和早晨八点时一样远。

法拉格特舰长于是决定运用更直接的方法。

“啊！”他说，“这头动物比‘亚伯拉罕·林肯号’跑得更快！那么，我们就来看看它是否能快过锥形炮弹。水手长，带人到前面的大炮那儿去。”

艏楼的那门炮立刻装上炮弹，瞄准好了。炮弹发射出去，但是从离我们半海里的鲸类动物几英尺的上方飞过去了。

“换一个打得更准的！”舰长喊道，“谁能打中这个穷凶极恶的畜生，赏五百美元！”

一个胡子花白的老炮手——我还历历在目——目光平静，面容冷漠，走近大炮，调整炮位，久久地瞄准。响起“轰隆”一声，官兵们发出了欢呼。

炮弹打中目标，命中动物，可是打得不正，从它滚圆的身体上滑了过去，落在两海里以外的海中。

“啊，居然这样！”老炮手怒气冲冲地说，“这无赖准是用了六英寸的装甲钢板。”

“该死！”法拉格特舰长大声说。

追逐重新开始，法拉格特舰长俯身对我说：

“我要追到底，直到我的驱逐舰爆炸。”

“好的，”我回答，“您做得对。”

我们盼望这头动物筋疲力尽，希望它不会像蒸汽机那样对疲劳漠然置之。但是，它一点儿也不累。几小时过去了，它却没有一点儿疲惫不

堪的迹象。

不过，“亚伯拉罕·林肯号”坚持不懈地斗争，倒是应该表彰的。我估计，在十一月六日这个倒霉的日子里，它跑了不止五百千米！但夜幕降临，夜色笼罩了汹涌澎湃的大海。

这时我认为我们的远征已经结束，再也看不到那头不可思议的动物了。然而，我搞错了。

晚上十点五十分，在驱逐舰上风三海里处，电光又出现了，和昨天夜里一样纯净和强烈。

独角鲸似乎一动不动，任凭海浪起伏的颠簸。也许，累了一天，它睡着了。这是个机会，法拉格特舰长决定加以利用。

他下了命令。“亚伯拉罕·林肯号”放慢速度，谨慎地前进，以免惊醒对手。在大洋上遇到熟睡的鲸鱼，趁机攻击成功，并不罕见，内德·兰德就不止一次捕获熟睡的鲸鱼。加拿大人又到艏斜桅的支索、他的岗位那里去了。

驱逐舰无声无息地靠近，在离动物两链处停了下来，靠余速前进。舰上的人屏息静气，甲板上鸦雀无声。我们离灼热的光源不到一百英尺，光越来越强，令人炫目。

这时，我倚在艏楼的栏杆上，望着下方的内德·兰德，他一手抓住大衣后腰带，另一只手挥动可怕的捕鲸叉。他和那头纹丝不动的动物之间还不到二十英尺。

突然，他的手臂猛地伸开，捕鲸叉被抛了出去。我听到武器响亮的撞击声，似乎遇到了坚硬的物体。

电光倏地熄灭，两股像龙卷风掀起的巨大水柱落在驱逐舰的甲板上，仿佛一道激流，从前甲板冲到后甲板，掀翻了人群，冲断了缆绳。在可怕的撞击下，我来不及稳定自己，从栏杆上被抛了出去，落到大海中。

七

一条种类闻所未闻的鲸

虽然我对这次意外的坠落感到吃惊，但是仍然对自己当时的感觉留有十分鲜明的印象。

起先，我被拖下约二十英尺深的海水中。我是个游泳好手，尽管不敢和拜伦和爱伦·坡那样的高手相比。这样沉下去一点儿没有使我昏头，我后脚使劲蹬了两下，便浮出了海面。

我第一件关心的事就是用目光寻找驱逐舰。官兵们看到我消失了吗？“亚伯拉罕·林肯号”是否改变了航向？法拉格特舰长放了一只救生艇下水吗？我大约有希望获救吧？

一片黑暗。我瞥见一团黑黢黢的东西朝东消失了，上面的航行灯在远远地逝去——这是驱逐舰。我感到自己完蛋了。

“救命啊！救命啊！”我喊叫着，绝望地划动手臂，朝“亚伯拉罕·林肯号”游去。

衣服非常碍事。水将衣服粘在身上，使我的动作僵硬。我在往下沉！我感到窒息！

“救命啊！”

这是我发出的最后一声呼唤。我的嘴里灌满了水，我在挣扎，被拖向深渊……

突然，我的衣服被一只有力的手抓住，我感到被猛地拉回水面，我听到，是的，我听到耳畔响起话语声：

“如果先生肯乐意趴在我的肩膀上，游起来就轻松多了。”

我用一只手抓住忠实的贡塞伊的手臂。

“是你！”我说，“是你！”

“是我，”贡塞伊回答，“听先生吩咐。”

“这下撞击把你和我同时抛进了海里吗？”

“才不是呢。但是，由于要伺候先生，我就跟着先生下来了。”

可敬的小伙子感到这一切很自然！

“驱逐舰怎么样了？”我问。

“驱逐舰嘛，”贡塞伊翻身仰游，回答说，“我认为先生最好还是别太指望驱逐舰！”

“你说什么？”

“我说，在我往海里跳的时候，我听到掌舵那些人在喊：‘螺旋桨和舵都撞碎了……’”

“撞碎了？”

“是的！被怪物的牙撞碎的。我想，‘亚伯拉罕·林肯号’只受到这点损伤。但对我们来说就麻烦了，舵不管用了。”

“那么，我们完蛋了！”

“也许吧，”贡塞伊平静地回答，“我们还有几小时可以支配，几小时里能做许多事！”

贡塞伊的沉着冷静使我精神为之一振。我更有力地游起来；可是，衣服像一件铅斗篷缚住我，我感到支撑下去极其困难。贡塞伊发现了。

“请先生允许我撕开衣服。”他说。

他把刀打开，伸进我的衣服，从上到下迅速一刀划开。然后，他灵

巧地帮我脱掉衣服，而我托着他一起游。

轮到我帮贡塞伊脱衣服，然后我们继续并排“航行”。

但是局面仍然可怕。也许我们的消失并未引起注意，即便被发现了，驱逐舰也无法向我们返回，因为它没有舵了。因此可以指望的只有它的救生艇。

贡塞伊对这个假设进行了冷静的推理，并按此提出他的计划。了不起的个性！这个冷静的小伙子就像在自己家里一样！

既然确定我们唯一的得救机会是被“亚伯拉罕·林肯号”的救生艇搜索到，我们就应该安排一下，以便尽可能久地等待救生艇。于是我决定把我们的力气分开来用，不要同时用尽。这就是商量好的办法：我们两人中的一个仰卧水面，一动不动，两臂交叉，双腿伸直，另一个游泳，推着仰卧者向前。这种“拖轮”的角色不应该超过十分钟。这样倒换，我们能漂浮几小时，也许能一直漂浮到天亮。

希望微乎其微！可是，希望是深深扎根在人心中的！再说我们是两个人。最后，我断定——虽然这看来不可能——即使我力图摧毁心中的一切希望，即使我想“绝望”，我也办不到！

驱逐舰和鲸类动物相撞发生在夜里十一点左右。因此，到日出我打算要游八小时。两个人倒换着游，是完全可行的。大海风平浪静，我们不太疲劳。有时，我力图透视这浓重的黑暗，而只有我们的动作引起的粼光穿透这黑暗。我看着这发光的波浪在我的手上碎成浪花，闪烁的海面波光粼粼，我们好像沉浸在水银浴场里。

将近凌晨一点，我感到极度疲惫。我的四肢剧烈痉挛，变得僵硬。贡塞伊不得不扶住我，保全我们两个人生命的任务落在他一个人身上。不久，我听到可怜的小伙子气喘吁吁，他的呼吸变得短促。我明白，他也支持不了多久了。

“放开我！放开我！”我对他说。

“抛弃先生！决不！”他回答，“我打算在先生前面沉下去。”

这时，一大片乌云被风吹走，月亮从云缝中露出脸来，海面在月光下闪闪发光。明亮的月光使我们的力量振奋起来。我挺起头，向天际的四面八方张望。我看见了驱逐舰，在离我们五海里的地方，只是黑乎乎的一团，几乎看不见。但是根本没有救生艇！

我想喊叫。这么远的距离，何必呢！我肿胀的嘴唇发不出一个音来。贡塞伊还能嘟囔几个字，我听见他好几次说：

“救救我们！救救我们！”

我们的动作停了一会儿，我们在侧耳细听。虽然耳朵因充血而嗡嗡作响，我还是觉得有人对贡塞伊的呼喊做出了回应。

“你听到吗？”我嗫（niè）嚅（rú）着说。

“听到了！听到了！”

贡塞伊又向空中发出一次绝望的呼喊。

这一回，不可能有错！一个人的声音在回答我们的呼救！这是落难者的声音吗？是来自驱逐舰受到撞击时被抛到大海中的另一个受难者吗？说得更准确点，是驱逐舰的一只救生艇上的人在茫茫夜色中呼唤我们吗？

贡塞伊使出最大的努力，撑着我的肩膀，而我在最后一次痉挛中硬撑着，他半个身子探出水面，又筋疲力尽地倒下去。

“你看见什么了？”

“我看见了……”他嗫嚅着说，“我看见了……但是别说话……保存我们所有的力气吧！……”

他看见什么啦？这时，我不知怎么回事，我的脑海里第一次想起了怪物！……可是这个声音呢？……如今不再是约拿[1]藏在鲸鱼肚子里的时代了！

可是，贡塞伊还往前推着我。他有时抬起头来，望着前面，发出一下认出了人的叫声，有个越来越近的声音回应他。我几乎听不见这声音。我的力气用尽了；我的手指收不拢；我的手再也支撑不了；我的嘴痉挛地张开，灌满了咸涩的海水；寒冷侵入我体内。我最后一次抬起头来，然后，我沉了下去……

这时，一样坚硬的物体撞上了我，我抓住它。随后，我感到有人在拽我，把我提到水面上，我的胸脯瘪下去了，昏厥过去……

显而易见，由于有人给我摩擦身体，我很快恢复了知觉。我微微睁开眼睛……

“贡塞伊！”我喃喃地说。

“先生叫我吗？”

这时，凭着降到地平线的月亮最后的几缕光线，我看到一张脸，这不是贡塞伊的脸，但我立即认出来了。

“内德！”我叫道。

“正是我，先生，想得到奖金的那个人！”加拿大人回答。

“您是在驱逐舰受到撞击时被抛到海里的吗？”

“是的，教授先生，但是我比您幸运，我几乎立刻站在一个浮动的小岛上。”

“一个小岛？”

“或者说得更确切些，是在我们巨大的独角鲸上。”

“请您解释一下，内德。”

---

[1] 约拿：《圣经》中的先知，在海上遇到风浪，藏在鲸鱼肚子里三天，终于获救。

“只不过，我很快就明白了，为什么我的捕鲸叉不能叉住它，还在它的皮肤上被磨钝了。”

“为什么？内德，为什么？”

“因为这头畜生是钢板制造的，教授先生！”

说到这里，我必须振作起来，重新勾起往事，检查我以前的说法。

加拿大人的最后一句话使我脑子里的观点产生了完全的倒转。那个成了我们的避难之地的动物或者物体，一半露在海面上，我很快爬到它的顶部。这显然是一个穿不透的坚硬物体，不是形成巨大的海洋哺乳动物的软体。

但是这个坚硬的物体可能是甲壳，如同挪亚大洪水时代的动物甲壳，我把这怪物归到两栖类的爬行动物，比如龟或者鼍（tuó）。

但是不对！托住我的黑乎乎脊背，平坦、光滑，没有鳞状花纹。敲击之下，它发出金属的响声，不管多么令人难以置信，怎么说呢，它像是由螺栓固定在一起的金属板制造的。

更不可能怀疑了！那个使整个学术界感到困惑，使两个半球的海员想入非非、琢磨不透的动物、怪物或自然现象，必须承认，是一种更为令人惊讶的东西，一种人造奇观。

即使发现存在最具有传奇性、最神秘的生物，也不会使我的理智受到如此程度的震撼。神奇的东西出自造物主，这再普通不过。可是，在眼皮底下突然发现一种由人工制造的不可能有的神秘之物，这就使人摸不着头脑了！

但用不着犹豫。我们躺在一种潜水艇的背上，我尽可能做出判断，它呈现出一条钢铁巨鱼的形状。内德对此提出自己的看法，贡塞伊和我只能赞成。

“那么，”我说，“这个装置内部有动力器械和操作它的船员了？”

“显然是，”捕鲸手回答，“不过，我待在这个浮岛上已经有三小时，它还没有显出生命迹象呢。”

“这艘船没有动过？”

“没有，阿罗纳克斯先生。它任凭海浪颠簸，但是一动不动。”

“可是，我们知道它航速极快，这一点不容置疑。不过，产生这样的速度，要有一台机器，这台机器有一个机械师操纵，我得出结论……我们得救了。”

“哦！”内德·兰德有保留地应了一声。

这时，仿佛要给我的议论提供证据似的，这奇特的装置后面掀起了浪花，它的推进器显然是一架螺旋桨，螺旋桨开始运作了，我们只来得及抓住它露出水面约八十厘米的顶部。幸亏它的速度不是很快。

“只要它保持在水平面航行，”内德·兰德喃喃地说，“我就没有什么要说的。但是，如果它任性地往下沉，我这条命也就不值钱了！”

实际上还不如加拿大人所说的。因此，当务之急是要和待在这部机器里的随便哪一个人取得联系。我试图在机器表面寻找一个开口，一块舱盖或者一个“人员出入口”——这是专业用语；但是只在钢板连接处，清楚地看到一排整齐的螺栓，牢牢地将其钉死。

再说，这时月亮也隐没了，我们处在一片漆黑中。必须等到天亮，才能想办法进入这部机器里面。

所以，我们的得救只能靠操纵这部装置的神秘舵手的兴之所至了。如果他们下沉，我们就完蛋！除去这种情况，我不怀疑有可能和他们联系上。如果他们不是自己制造空气，就必须时不时地升上洋面，更新他们呼吸的空气。因此，必须有一个开口，使内部与空气连通。

至于盼望法拉格特舰长来搭救的念头，则必须彻底放弃。我们被带往西边，我觉得机器跑得相对平稳，每小时达到十二海里。螺旋桨按部

就班地拍打着波涛，不时露出水面，把粼光闪闪的水花溅得很高。

早上四点钟左右，这部装置的速度加快了。海浪有如鞭子抽打在我们身上，我们勉为其难地顶住这令人昏眩的拖行。幸而内德的手碰到一个很大的系缆环，环固定在钢板船脊的顶端，我们牢牢地抓住了它。

漫漫长夜终于过去。我记忆不全，无法记下所有的印象，只有一个细节留在我的脑子里。在海浪和风平静下来的时候，我有好几次似乎听到模糊的声音，是由远方传来的转瞬即逝的悦耳声音。这个让全世界徒劳地寻找答案的海下航行的秘密是什么呢？什么样的人生活在这艘奇特的船里呢？是怎样的机械使它以如此神奇的速度航行呢？

拂晓时分，晨雾笼罩着我们，但很快就散去了。这艘船的顶部像个平台，我正要仔细观察船体，这时我感到它在逐渐下沉。

“唉！见鬼了！”内德·兰德喊道，用脚把钢板跺得咚咚响，“你们这些不好客的航海家，把门打开啊！”

可是，螺旋桨震耳欲聋的拍打声，很难让人听到声音。幸亏下沉停止了。

突然，从船里传出猛烈推动铁板的声音。一块钢板掀了起来，一个人出现了，他怪叫一声，立即消失。

过了一会儿，八个身板结实的蒙面壮汉静悄悄地出现，把我们拖进这可怕的机器里。

八

动中之动

这起绑架干得如此粗暴，以闪电的速度完成，我的两个同伴和我都来不及搞清是怎么回事。我不知道他们被带进这座浮动监狱是什么感受，但对我来说，一阵迅速掠过的寒战使我的皮肤冰凉。我们在跟什么人打交道？大概是一些新型的海盗，以自己的方式在海上进行劫掠吧。

狭窄的舱盖刚在我身后关上，浓重的黑暗便笼罩着我。我的眼睛从光亮的地方骤然进入黑暗中，如今什么也看不见。我感到我赤裸的双脚踩在铁梯子上。内德·兰德和贡塞伊被牢牢地抓住，跟在我后面。在梯子底下，一道门打开了，马上又“咣当”一声在我们身后关上。

只剩下我们三个人。在哪里呀？我说不出来，几乎想象不出。周围漆黑一团，伸手不见五指。几分钟后，我的眼睛仍然无法抓住一丝不确定的微光，那是在浓黑之中也漂浮着的。但内德·兰德气不过以这样的方式行事，大发雷霆。

“活见鬼了！”他嚷道，“在待客方面，这些人胜过喀里多尼亚[1]人了！就差吃人了！即使那样，我也不会感到吃惊，但是我要声明，我

[1] 喀里多尼亚：苏格兰的古名。

不会束手待毙，让人吃掉！”

“冷静点吧，我的朋友，冷静点，”贡塞伊平静地回答，“先别发火，我们还没有进烤炉呢！”

“进烤炉，不会的，”加拿大人反驳说，“不过一准是在炉子里！这里相当黑。幸亏我的 bowie-knife[1] 没有离身，使用起来我总是看得很清楚。这些强盗中第一个将手落在我身上……”

“别生气，内德，”我对捕鲸手说，“不要做无谓的强硬反抗，这反而连累我们。谁知道他们是不是在偷听我们说话呢！还不如尽量弄清楚我们是在哪里呢！”

我摸索着走动起来。走了五步之后，我撞到一面铁墙，这墙是用螺栓钉起来的。然后，我回过身来，撞上了一张木桌，桌子旁边摆着几张凳子。这间牢房的地板上铺着新西兰麻编织的厚席子，能消除脚步声。光秃秃的墙上根本没有门窗的痕迹。贡塞伊朝反方向转一圈，赶上了我，我们又回到这个舱室的中央，房间大约有二十英尺长、十英尺宽。至于高度，内德·兰德是高个子，也摸不到顶。

半小时已经过去，局面却没有变化，突然，我们的眼睛从漆黑中一下子过渡到最强烈的光亮中。我们的牢房蓦地大放光明，也就是说，充满了发光的物质，明亮得我起初忍受不了。从光线亮如白昼，强烈得刺眼来看，我认出就是那种电光，它在潜水艇周围产生磷光的壮观现象。我不由自主地闭上眼睛，然后睁开，我看到光源是从房顶上部一个圆鼓鼓的磨砂半球体中发出来的。

“终于看得清楚了！”内德·兰德大声说，他手里拿着刀，摆出自卫的姿态。

[1] 英文，美国人经常带在身上的一种宽刃刀。

“是的，”我回答，大胆地提出一个相反的看法，“但是局面仍然晦暗不明。”

“先生耐心一点嘛！”沉着的贡塞伊说。

舱室突然大放光明，使我能够观察最细小的部位。里面只有一张桌子和五张凳子。门看不见，大概是密封的。任何声响都传不到我们的耳鼓里。这艘船的内部一片死寂。船在行驶吗？停在水面上吗？潜到海底了吗？我猜不出来。

可是，发光的球不会无缘无故地亮起来。要是想遗忘什么人，那是不会照亮地牢的。

我没有搞错。响起门闩声，门打开了，有两个人出现了。

一个是小个子，肌肉发达，宽肩熊背，脑袋很大，头发浓黑，髭须密集，目光活跃锐利，整个人有着南方人的活力，这种活力体现了法国普罗旺斯人的特点。狄德罗[1]正确地认为，人的动作有隐喻性，这个小个子无疑是这种论断的一个生动证明。可以感觉到，在他的习惯语言中一定要大量使用拟人法、换喻和换置[2]。不过，我没法印证，因为在我面前，他总是使用一种古怪的、不可理解的方言。

第二个陌生人值得更详细地描述。格拉蒂奥莱[3]或者恩格尔[4]的弟子能从他的脸上看出很多东西，像看一本打开的书那样。我毫不费力地认出他的主要品质——自信，因为他的脑袋在肩膀曲线构成的弧形上高傲地昂起来，他的黑眼睛冷静而又坚定地望着；冷静，因为他的皮肤白皙

[1] 狄德罗（1713—1784），法国启蒙思想家、文学家，《百科全书》主编。

[2] 换置：修辞方法，如将直接宾语和间接宾语的位置对换。

[3] 格拉蒂奥莱（1815—1865），法国生理学家、比较解剖学教授，著有《论人的脑子皱褶》《勒雷的神经系统比较解剖学》第二卷。

[4] 恩格尔（1741—1802），德国哲学家、批评家、小说家，被看作启蒙时代的人民伦理家，著有《为了世界的哲学》《君王之镜》。

而不带颜色，表明他的血流平稳；有毅力，他眉毛间的肌肉快速收缩将这种性格显现出来；最后是勇敢，因为他深沉的呼吸体现了旺盛的生命力。

我要补充的是，这个人非常高傲，他坚定而冷静的目光似乎反映了高深的思想，从他整个人身上，从他的举止和表情的一致中，按照生理学家的观察，得出的是无可争辩的坦率。

由于他在场，我感到“不由自主地”放心了，我预料我们的会面结果会很好。

这个人在三十五岁到五十岁之间，我不能确定。他的个子很高，天庭宽广，鼻子挺直，嘴巴轮廓鲜明，一口皓齿，皮肤光洁、双手修长，套用手相学的术语，非常“通灵”，就是说能为一个高尚而有热情的心灵效力。这个人一准是我见过的人中最杰出的典范。特殊的细微之处是他两眼间距比常人的稍宽，能够同时看到近四分之一的地平线。这个功能——后来我证实了——使他的视力比内德·兰德还要高出一倍。当这个陌生人盯住一样东西时，他的眉毛便皱起来，宽眼皮互相接近，控制瞳孔，这样缩小视野广度，然后死死盯住！多么犀利的目光啊！他能把因远离而缩小的事物放大！他能一直穿透别人的心灵！他能透视我们的眼睛看不清的海水，看到海洋的最深处！

两个陌生人，头戴海獭皮贝雷帽，脚上穿着海豹皮防水靴，身上穿的衣服用的是特殊面料，显出身材，让人行动极其自由。

那个大个子——显然是船长——极其仔细地观察我们，一言不发。然后，他转向同伴，用一种我听不懂的语言和同伴交谈。这种方言声音响亮、和谐、柔顺，元音的重音好像有很多变化。

另一位以点头来回答，说上两三个完全不可理解的字。然后，他用目光直接询问我。

我用纯正的法语回答，我听不懂他的语言；但是他似乎不理解我的话，局面变得相当尴尬。

“先生把我们的经历告诉他们吧，”贡塞伊对我说，“这两位先生也许能听懂几个字。”

我讲了一遍我们的历险，每个音节发音都很清楚，不遗漏一个细节。我说出我们的名字和身份；然后我按照通常习惯，介绍阿罗纳克斯教授、他的仆人贡塞伊、捕鲸手内德·兰德师傅。

目光柔和沉静的那个人静静地听我说话，甚至彬彬有礼，聚精会神。但是他的表情丝毫没有显示他听懂了我的叙述。

我说完了话，他一言不发。

还有个办法，说英语。这种语言几乎是世界性的，也许能让人听懂。我懂英语，也懂德语，能够流利地阅读，但是说得不太地道。而在这里，可得让人听懂。

“来吧，轮到您了，”我对捕鲸手说，“轮到您了，兰德师傅，请把盎格鲁－撒克逊人讲得最好的英语搬出来，尽量做到比我更幸运。”

内德不等人请第二遍，把我的故事又讲了一遍，我几乎听懂了。内容一样，但形式不同。加拿大人受到性格牵制，说得热烈生动。他强烈抱怨被关了起来，抗议这是蔑视人权，质问根据什么法律这样监禁他，他援引 habeas corpus[1]，威胁要追究非法监禁他的人。他异常激动，指手画脚，喊叫起来。最后，他以一个明白无误的动作使人明白，我们饿得要命。

这是千真万确的，不过我们几乎忘记了。

使捕鲸手惊讶的是，看来他的话和我的一样不被理解。来者连眉头

[1] 拉丁文，人身保护法。

也不皱一下。显然，他们既不懂阿拉戈的语言，也不懂法拉第[1]的语言。

“如果先生允许，我用德语把事情对他们说说。”

“怎么回事？你会德语？”我嚷道。

“像佛兰德人一样，先生别见怪。”

“相反，我很高兴。说吧，小伙子。”

贡塞伊用平静的声音第三次叙述我们曲折的经历。尽管讲述者用词讲究，音调铿锵，德语还是没有获得成功。

末了，被逼无奈，我只好搜索枯肠，把当初学的东西集中起来，竭力用拉丁语讲述我们的经历。西塞罗[2]会塞住自己的耳朵，把我打发到厨房去，但是，我总算摆脱出来了。即便结果是否定的。

这最后的努力终于失败，两个陌生人用他们难以理解的语言交换了几句，抽身走了，甚至连世界通用的、使人放心的手势也没有打一个。门重新关上。

“无耻之极！”内德·兰德嚷道，他又一次怒气冲天，“怎么！我们对这两个浑蛋讲法语、英语、德语、拉丁语，竟然没有一个人出于礼貌回答。”

“冷静一点，内德，”我对急躁的捕鲸手说，“发火毫无用处。”

“可是，教授先生，”我们这位易怒的同伴又说，“您知道在这个铁笼子里，我们真会饿死吗？”

“啊！”贡塞伊说，“达观一点，我们还能支持很久。”

“朋友们，”我说，“用不着绝望。更糟糕的情况我们也遇到过。因此，最好还是等一下，你们对这艘船的船长和船员有什么看法。”

---

[1] 法拉第（1791—1867），英国物理学家、化学家，创立“法拉第法则”，发现苯等。阿拉戈见前注。

[2] 西塞罗（前 104—前 43），古罗马政治家、演说家、散文家，有 58 篇演说传世。

“我的看法是现成的，”内德·兰德说，“这是一群浑蛋……”

“好！是什么国家的人？”

“浑蛋国的！”

“我勇敢的内德，这个国家在世界地图上还没有标出来呢。我承认，这两个陌生人的国籍很难确定！不是英国人，不是法国人，也不是德国人，这是能够确定的。但是，我很想承认，这个船长和他的助手生在低纬度地区。他们身上有南方人特征。可是，他们是不是西班牙人、土耳其人、阿拉伯人或者印度人？他们的体型不能使我确定。至于他们的语言，绝对不可理解。”

“这就是不懂得所有语言的麻烦所在，”贡塞伊回答，“也可以是没有一种统一语言的不利之处！”

“说这个毫无用处！”内德·兰德回答，“您难道没有看到，这两个人有他们自己的语言。创造出这种语言，为的是让要求吃饭的好人绝望！但是，在世界各国，张开嘴巴，启动上下颌，咬牙切齿，翕动嘴唇，不就能说明是什么意思吗？无论是在魁北克，在波莫图群岛，在巴黎，还是在地球上的各个对跖（zhí）点，意思不都是说：我饿了！请给我吃饭！”

“噢！”贡塞伊说，“有些人就是这样笨！”

他说这句话时，门打开了。一个 steward[1] 走了进来。他给我们送来了衣服，是海上穿的上衣和裤子，是用一种我不认识的料子做的。我赶紧穿上，我的两个同伴也模仿我。

这时，侍者——不说话，也许是聋哑人——摆好了桌子，放上三副餐具。

“倒是正儿八经的，”贡塞伊说，“这是好兆头。”

[1] 英文，船上的侍者。

“啊！”耿耿于怀的捕鲸手回答，“在这个地方您想吃到什么鬼东西啊？都是龟的肝、鲨鱼背脊肉、海狗排骨！”

“咱们等会儿看！”贡塞伊说。

菜盘扣着银罩子，对称地摆在台布上，我们入了席。我们准定是在和文明人打交道，如果没有电光笼罩我们，我会以为是在利物浦的阿德尔菲饭店或者巴黎的大饭店的餐厅里呢。不过，我要说，完全没有面包和酒。水是清纯的，但这只是水——不合内德·兰德的口味。在给我们上的几道菜中，我认出烹调精美的各种鱼；有些菜虽然非常好，我却叫不出名字，甚至不知道原料的性质是属于动物界的还是植物界的。至于服务，高雅而完美。每样器皿，勺子、叉子、刀、碟子，都带着一个字母，围着半圆形的题铭，准确地复原如下：

中 之

动 动

N

动中之动！这个题铭贴切地用在这部潜水机器上，其中的介词用的是英语的 in[1]（表示“在……之中”），而不是“在……之上”。N 无疑是在海底指挥的神秘人物名字的第一个字母！

内德和贡塞伊没有深入思考。他们狼吞虎咽，我很快也学他们的样。再说我对我们的命运也放了心，显而易见，我们的主人们并不想让我们饿死。

不过，人间的一切都有个了结，都会过去，甚至十五个小时没吃饭的饥饿也过去了。肚子满足了，睡觉的需要就迫切地感觉到了。我们在

[1] 原文为 mobilis in mobile。

和死神无休无止地搏斗了一宿之后，这是非常自然的反应。

“说实话，我真想睡了。”贡塞伊说。

“我呀，我要睡了。”内德·兰德回答。

我的两个同伴躺在船舱的地毯上，马上沉沉入睡。

至于我，我不那么容易向强烈的睡眠需要让步。我的脑海里积聚了太多的想法，有太多得不到解决的问题拥挤在那里，太多的意象使我的眼皮半睁半闭！我们在哪儿？什么样神奇的力量承载着我们？我感到——说得更准确点，我以为感到——这部机器正潜入海底最深处。噩梦般的骇人想象纠缠着我。在这个神秘的栖身之所，我隐约看到黑压压一群闻所未闻的动物，这艘潜水艇仿佛是它们的同类，活生生地游动，像它们一样可怕！……随后，我的脑子平静下来，我的想象融化在蒙眬的睡意里，不一会儿，我也酣然入睡。

九

内德·兰德怒气冲天

这一觉睡了多久，我不清楚，但应该很长，因为我们的倦意全消。我头一个醒来。我的两个同伴还一动不动，有如了无生气的东西躺在角落里。

我刚从不算太硬的铺位上坐起来，便感到头脑清醒，思路畅快。于是，我又开始仔细观察我们这间牢房。

里面一点没变。牢房还是牢房，囚徒还是囚徒。但那个侍者利用我们沉睡之际撤走了桌上的东西。没有什么表明接下来这种局面有什么改变，我认真地自问，我们是不是注定要无限期地待在这个牢笼里。

尤其是我的脑海摆脱了昨天的乱象纠缠，这幅前景对我来说就更加难受了，我感到胸脯古怪地受压抑。我的呼吸困难，混浊的空气已不够让我的肺部呼吸。虽然牢房很大，显然我们已经消耗了这里的大部分氧气。事实上，每个人在一小时内要消耗一百升空气中所含的氧气，而空气中一旦含有几乎等量的二氧化碳时，人就无法呼吸了。

因此，当务之急是更新我们牢房里的空气，也就是潜艇的空气。

这是出现在我脑子里的一个问题。这个浮动居所的指挥是怎样进行换气的呢？他是用化学方法，通过加热把钾碱氯酸盐中的氧气释放出来，并用苛性钾把碳酸吸收掉，这样获得空气的吗？在这种情况下，他应该和大陆保持某种联系，以便获得这种化合操作所必需的物质。他仅仅局限于用高压储存空气，然后根据船员的需要，把空气释放出来吗？也许是的。或者，采取更方便、更经济因而也可行的办法，就是回到水面上去换气，如同鲸类动物那样，隔二十四小时浮出水面换一次气？无论如何，不管采用什么方法，我觉得不能耽搁，需要换气了。

事实上，我不得不加快呼吸频率，以便吸取这个牢房里少得可怜的一点氧气。这时，突然吹进一股清新而带有盐味的空气，我感到神清气爽。这是海风，沁人肺腑，带有碘味！我张大嘴巴，我的肺部充满清新的氧气分子。同时，我感到身体摇摆，是一次幅度不大的倾斜，但可以确定是一次倾斜。显然，这只船，这个钢铁怪物浮上了水面，像鲸鱼那样呼吸。这只船的换气方式也就完全得到确认了。

当我大口地呼吸新鲜空气时，同时在寻找通气道，或者说“呼吸道”，我很快找到了这个让有益健康的空气进入我们体内的通道。门上方有一个通气孔，让一股股新鲜空气涌进来，更新牢房里的混浊空气。

我正在观察，这时内德和贡塞伊在使人充满活力的空气的刺激下，几乎同时醒过来。他们揉了揉眼睛，伸了伸胳膊，转眼间站了起来。

“先生睡得好吗？”贡塞伊像往常那样礼貌地问我。

“非常好，小伙子。”我回答，“您呢，内德·兰德师傅？”

“睡得深沉，教授先生。我不知道是不是搞错了，我觉得我呼吸到一股海风？”

一个水手在这方面不可能搞错，我告诉加拿大人在他睡着时发生的事。

“好！”他说，“我们在‘亚伯拉罕·林肯号’上看到那头所谓的独角鲸时听到的那种吼声，现在真相大白了。”

“一点不假，兰德师傅，这是它的呼吸！”

“不过，阿罗纳克斯先生，我摸不清眼下是什么时间，莫非要吃晚饭了？”

“要吃晚饭了，我可敬的捕鲸手？恐怕至少是要吃午饭了，因为我们一准是从昨天睡到今天。”

“这表明，”贡塞伊回答，“我们睡了二十四小时。”

“我也这么看。”我回答。

“我根本不反驳你们，”内德·兰德回嘴说，“但是，不管晚饭还是午饭，侍者是受欢迎的，他端来哪一种都行。”

“两种都端来吧。”贡塞伊说。

“对，”加拿大人回答，“我们有吃这两顿饭的权利。我呢，我对这两顿饭来者不拒。”

“那么，内德，咱们等吧，”我回答，“显然，这些陌生人无意让我们饿死，否则，昨天那顿晚饭就毫无意义了。”

“除非是要喂肥我们！”内德反驳说。

“我反对，”我回答，“我们绝对没有落在食人肉的生番手里！”

“一顿饭不能作数，”加拿大人严肃地回答，“谁知道这些人是不是很久没吃到新鲜肉呀。在这种情况下，三个体格健康而结实的人，像教授先生、他的仆人和我……”

“要排除这种想法，兰德师傅，”我回答捕鲸手，“尤其不要因此而对我们的主人们动怒，这只能使局面变得糟糕。”

“无论如何，”捕鲸手说，“我饿得饥肠辘辘，不管晚饭还是午饭，饭都还没有端来呢！”

“兰德师傅，”我反驳他说，“必须适应船上的规矩。我想，我们的肚子跑在厨师领班的钟点前面了。”

“那么，就让厨师准时吧。”贡塞伊说。

“我算认得您，贡塞伊老弟，”加拿大人不耐烦地反驳，“您从来不着急发火！总是那么冷静！您可以还没念饭前经，就做饭后感恩祈祷，宁可饿死，也不抱怨！”

“着急发火有什么用呢？”贡塞伊问。

“但可以出出气！这管点儿用。如果这些海盗——我说海盗是客气的，为的是别让教授先生不高兴，他不让人管他们叫食人肉的生番——如果这些海盗以为，把我关在这个憋气的闷罐子里，就不会品尝到我的臭骂，他们就搞错了！得了，阿罗纳克斯先生，坦率地说出来吧。您以为他们会长期把我们关在这个铁盒子里吗？”

“说实话，兰德老弟，我不比您知道得更多。”

“您究竟是怎么想的呢？”

“我认为，我们凑巧知道了一个重大的秘密。如果这艘潜艇的船员关注保守这个秘密，而且这个利益比我们三个人的生命还重要，我认为我们就命悬一线了。在相反的情况下，一有机会，这个把我们吞噬了的怪物，就会把我们送回我们的同类居住的世界。”

“要不就是把我们编入船员之中，”贡塞伊说，“把我们这样扣住……”

“一直到有一天，”内德·兰德接过话头，“有一艘比‘亚伯拉罕·林肯号’更快、更灵活的驱逐舰占据这个海盗巢穴，把船员和我们赶到主桁顶端去，做最后一次呼吸。”

“推论得真妙，兰德师傅，”我反驳说，“但就我所知，对此，他们还没有向我们提出过建议。因此，讨论我们需要时应该打什么主意毫无用处。我对您再说一遍，咱们看情况来决定，什么也别干，因为没有什么可干的。”

“相反！教授先生，”捕鲸手回答，他不想松口，“必须干点事。”

“那么，干什么事呢，兰德师傅？”

“咱们逃走。”

“从‘陆地上’的监狱逃出去往往已经很困难，而从海底监狱逃出去，我觉得这绝对办不到。”

“得了，兰德老兄，您对先生的反驳怎么回答？”贡塞伊问，“我无法相信，一个美洲人会理屈词穷！”

捕鲸手显然很尴尬，沉默不语。在我们碰巧落入的处境下，逃走是绝对不可能的。但一个加拿大人是半个法国人，内德·兰德师傅以自己的回答让人清楚地看到这一点。

“因此，阿罗纳克斯先生，”他沉吟了一下，然后说，“您猜不出不能从监狱逃出去的人该怎样做吗？”

“猜不出，我的朋友。”

“非常简单，那就必须想办法待在里面。”

“当然！”贡塞伊说，“待在里面比待在上面或下面好！”

“但是，得先把狱卒、看守和卫兵都扔出去。”兰德补充说。

“什么，内德？您认真考虑过要夺取这艘船吗？”

“非常认真地考虑过。”加拿大人回答。

“这不可能。”

“为什么不可能，先生？指不定会出现有利时机，我看不出有什么会妨碍我们去利用。如果他们在船上只有二十来个人，就抵挡不了两个法国人和一个加拿大人，我想是这样！”

接受捕鲸手的建议比进行争论好。因此，我只是回答：

“咱们让机会来临吧，兰德师傅，看看再说。但是，迄今为止，我请您还是耐心点。咱们只能智取，动怒是不可能产生好机会的。因此，答应我，接受现状，不要大发雷霆。”

"我答应您，教授先生。"内德·兰德回答，语调不怎么令人放心，"哪怕伺候饭食不像所希望的那样准时，我也不会说一句粗话，不会做出一个粗鲁的举动。"

"我记住您的话，内德。"我对加拿大人说。

谈话中断了，我们每个人开始在心里琢磨。我要承认，至于我，尽管捕鲸手做出保证，我仍然不抱任何幻想。我认为不会出现内德·兰德所说的有利机会。为了确保运作，潜艇需要很多船员，因此，一旦交起手来，我们要和非常强大的对手打交道。况且，首先必须获得自由，而我们没有自由。我甚至想不到有任何可以逃出如此密封的钢铁牢房的办法。只要这个奇怪的船长稍微保守一点秘密——看来至少是可能的——他就不会让我们在他的船上自由行动。现在，他会用暴力摆脱我们吗？还是有一天会把我们抛在地球的某个无人知晓的地方？我觉得所有这些假设非常合情合理，只有捕鲸手这样的人才会盼望重新获得自由。

此外我明白，内德·兰德的想法，会随着占据他头脑的思考而变得激烈起来。我渐渐听到在他的喉咙里发出低沉的咒骂声，我看到他的动作又变得咄咄逼人。他站起来，犹如一头笼中的猛兽在转圈，对着墙拳打脚踢。再说，时间在流逝，饥饿越来越令人难受，这一回，侍者没有出现。即使他们对我们确有善意，可是对我们遇难者的处境也忘得太久了。

内德·兰德受到他强健的胃不断痉挛的折磨，情绪越来越激动，尽管他有言在先，但我真的担心他面对一个船员时会发起火来。

过了两小时，内德·兰德的怒火爆发了。他大喊大叫，可是徒劳无功，钢板墙是隔音的。我甚至听不到船里有任何声音，一片死寂。它一动不动，因为我能明显地感觉到船体在螺旋桨驱动下的颤动。它无疑又沉到海的深处，不再与陆地发生关联。阴沉沉的寂静十分可怖。

至于把我们丢在一边，独守在这个牢房之中，我不敢猜测可能会持续多久。在我们和船长见面之后，我抱有的希望逐渐烟消云散了。那个人温柔的目光，宽容的表情，高贵的举止，一切都从我的记忆中消失了。我又看到那个像谜一样的人物，他必定是无情的、残忍的。我觉得他没有人性，与一切怜悯感无缘，是他的同类的冷酷敌人，对他们必然抱着挥之不去的仇恨。

可是，这个人难道就这样把我们关在这间狭窄的牢房里，让我们在饿得发昏中产生可怕的意图，直至饿死吗？这个恐怖的想法在我的脑子里变本加厉，在想象力支持下，我觉得自己吓得要发狂了。贡塞伊依旧平静，而内德·兰德咆哮如雷。

这当儿，外面传来了响声。金属板上响起了脚步声。有人在开锁，门打开了，侍者出现。

加拿大人向这个倒霉的家伙扑过去，我来不及举手阻挡他；他把侍者推翻在地，掐住他的喉咙。侍者在他有力的手下喘不过气来。

贡塞伊竭力从捕鲸手的手中拽出憋得半死的倒霉鬼，我正要助贡塞伊一臂之力，这时，我突然听到几句法语，顿时惊得呆在原地：

“消消气，兰德师傅。您呢，教授先生，请听我说！”

十

驰骋海上的人

这样说话的是艇长。

听到这话，内德·兰德忽地站了起来。几乎窒息的侍者，看到他的主人的手势后，踉踉跄跄地走了出去；艇长威信非常高，以至侍者对加拿大人没有流露出一点本应有的怨恨。贡塞伊不由自主地受到感染，我则呆呆的，我们一言不发地等着看这个场面如何结束。

艇长倚在桌子角上，交叉抱着手臂，聚精会神地观察我们。他迟疑于要如何开口吗？他后悔刚才用法语说话了吗？可以这样以为。

过了一会儿，我们中间没有人想打破沉默。

“先生们，”他用平静而令人印象深刻的声音说，“我能说法语、英语、德语和拉丁语。因此，我本来可以在我们第一次见面时就和你们交谈，但是我想先了解你们，然后思索一下。你们把事实经过复述了几遍，内容上绝对相同，使我确信了你们的身份。如今我知道，凑巧来到我跟前的是巴黎自然史博物馆博物史教授皮埃尔·阿罗纳克斯先生，他的仆人贡塞伊，还有美利坚合众国海军驱逐舰‘亚伯拉罕·林肯号’的捕鲸手、加拿大人内德·兰德。”

我带着赞同的神态欠了欠身。艇长不是向我提出问题，因此，用不着回答。这个人表达起来十分自如，不带一点口音。他的句子明晰，用词准确，讲话异常流利。但我“感觉”不出他是我的同胞。

他接着说了这番话：

“先生，您可能感到，与您的第二次见面姗姗来迟。这是因为你们的身份得到确认以后，我想慎重考虑，掂量一下要对你们采取的措施。我非常犹豫不决。最令人不快的事态把你们带到我面前，而我是一个和人类断绝了关系的人。你们的到来扰乱了我的生活……”

“那是无意的。”我说。

“无意的？”艇长回答，略微提高了声音，“‘亚伯拉罕·林肯号’在各大洋追逐我是无意的？你们登上那艘驱逐舰是无意的？你们的炮弹打到我的艇上是无意的？内德·兰德用捕鲸叉攻击我是无意的？”

在这番话中，我感觉出包含着一股怒气。但是，对他的非难，我可以做出合乎情理的回答，于是我这样做了。

“先生，”我说，“您无疑不知道在美洲和欧洲对您有过的议论。您不知道，您这艘潜水机器的撞击引起的多起事故，使两大陆的公众舆论激动不安。人们寻求解释无法解释的现象，只有您一个人掌握这个现象的秘密；而人们做了无数的假设，我就不一一对您细说了。可是要知道，‘亚伯拉罕·林肯号’追逐您，一直到太平洋的浩瀚洋面上，还以为在追逐一头强大的海洋怪物，想不惜一切代价把它从海洋里清除出去呢！”

艇长的嘴唇张开，绽出一点微笑，然后，用更加平静的声调回答：

“阿罗纳克斯先生，您敢确定你们的驱逐舰不会像对付一头怪物那样，追逐和炮轰一艘潜水艇吗？”

这个问题把我难住了，因为法拉格特舰长肯定不会犹豫的。他会认为摧毁这样一种机器，如同摧毁一头巨大的独角鲸一样，是他的责任。

“先生，所以您明白，”这个人继续说，“我有权把你们当敌人看待。”

我无言以对，原因不必说了。当强权能够摧毁出色的议论时，何必讨论这样的主张呢？

“我犹豫了很久，”艇长继续说，“没有什么理由非要我款待你们。我应该和你们分手，我没有任何兴趣再见到你们。我将你们放回这艘船的平台上，它曾用作你们的避难地。我潜入海里去，忘掉你们曾经存在过。难道这不是我的权利吗？”

“这也许是一个野蛮人的权利，”我回答，“这不是一个文明人的权利。”

“教授先生，”艇长旋即反驳，“我不是您所说的什么文明人！我和整个社会已经决裂，其理由只有我一个人有权评判。因此，我决不服从社会的准则，而且我奉劝您永远不要在我面前提出这些准则！”

话说得斩钉截铁。愤怒和蔑视的闪光照亮了这个人的眼睛，在这个人的生活中，我看到非同寻常的经历。他不仅把人类法律置之度外，而且他特行独立，极致地践行，以此排除了一切伤害！既然在海面上他能使攻击他的企图败北，那么还有谁敢在海底追逐他呢？什么样的船只抵挡得住这艘潜艇的撞击呢？什么样的铁甲，不管有多厚，能经受得住它的冲击呢？世人不能要求他交代他的所作所为。如果他相信天主，如果他有良心，那么，唯有天主和良心是他能依附的法官。

这些思索迅速掠过我的脑际，这时那个怪人保持缄（jiān）默，全神贯注，仿佛在思索。我既恐惧又夹杂着兴味地观察他，可能就像俄狄浦斯注视斯芬克司那样。[1]

经过相当长的沉默之后，艇长又说话了。

“因此我犹豫，”他说，“但是我想，我的关注所在能够与一切人

---

[1] 希腊神话中，俄狄浦斯猜出了狮身女首怪物斯芬克司关于人的谜语，怪物跳崖而死。

都应有的怜悯心相协调。既然命运把你们抛到我的艇上，你们就待在这里吧。你们会是自由的，为了换取这相当有限的自由，我只要你们遵守一个条件。你们说一声服从，对我来说就够了。”

“说吧，先生。”我回答，“我想，这个条件是一个正直的人都能接受的吧？”

“是的，先生。条件是：有可能出现一些意料不到的事件，迫使我把你们关在这个舱室里几小时或者几天，视情况而定。我想永远不要诉诸武力，在这种情况下，我期望你们在任何情况下都要无条件服从。这样做的话，保护你们的责任由我包了，我完全解除你们的责任，因为是我不能让你们看到不应看的东西。您接受这个条件吗？”

因此，艇上至少要发生一些怪事，是尚未置身于法律之外的人决不应该看到的！与后来我遇到的吃惊相比，这一次惊讶应该不是微不足道的。

“我们接受，”我回答，“不过，先生，请允许我提一个问题，只提一个。”

“说吧，先生。”

“您说过我们在您的艇上是自由的吧？”

“完全自由。”

“我就要问了，您所说的自由是怎么回事。”

“走来走去、四处看看的自由，甚至观察在这里发生的一切的自由——除了几个很少的例外——总之是我的同伴和我，我们享受的自由。”

很明显，我们彼此并没理解。

“对不起，先生。”我又说，“但这样的自由，不过是囚徒在监狱里转悠的自由吧！这对我们是不够的。”

“可是，这对你们来说应该是足够的！”

“什么！我们要永远放弃重见我们的祖国、我们的朋友、我们的亲人的权利！”

“是的，先生。但是，人们以为陆地上难以承受的枷锁是自由，放弃重新戴上这样的枷锁，说不定并不像你们想象的那么艰难！”

“啊，”内德·兰德嚷道，“我永远不会做出承诺，不设法逃走！”

“我没有要您做出承诺，兰德师傅。”艇长冷冷地回答。

“先生，”我不由自主生起气来，“您滥用自己的有利局面来对待我们！这是颐指气使！”

“不，先生，这是仁慈！我们打过仗，你们是我们的俘虏！我一句话就可以把你们重新沉入海底，我却把你们留了下来！你们攻击过我！你们来到这里发现了一个世上任何人都不应该探到的秘密，我全部生活的秘密！你们以为我会把你们送回到不应再知道我的陆地上，决不！把你们留下来，我要保护的不是你们，而是我自己！”

艇长这番话表明，他已经做出一个决定，任何议论都无济于事。

“因此，先生，”我又说，“您是仅仅让我们做出生死的抉择？”

“仅仅如此。”

“我的朋友们，”我说，“对这样提出的问题，没有什么可回答的。我们也用不着向这位艇长做出任何承诺。”

“不用做出任何承诺，先生。”艇长回答。

然后，他用更为温柔的声音说：

“现在，请允许我把要对你们说的话说完。我认识您，阿罗纳克斯先生。您和您的两个同伴不一样，对于把您和我的命运联系在一起的偶然事件，您也许不会抱怨。您发表过一部有关海底的著作，这本书对我的研究有所帮助。我经常阅读它。您把您的著作推到陆地科学所能达到的深度。但是您并非知道一切，您没有看到一切。因此，教授先生，让我告诉您，您不会遗憾在我的船上度过的时间。您会到奇妙之境去漫游，惊讶和惊愕可能是您的思想的常态。您会看到百看不厌、目不暇接的景致。我会在一次新的海底世界环游中——也许是最后一次，谁知道呢——再看看我在多少次周游过的海底所能研究的一切，您将是我的研究工作伙伴。从今天起，您将进入一个新环境，会看到还没有任何人——我和我的同伴不算在内——看见过的东西，由于我的缘故，我们的星球会把它最后的秘密摆在您面前。”

我不能拒绝他；艇长这番话对我产生了强烈的效果。这里，我被自己的弱点抓住了，我一时间忘了，为了观赏这些妙不可言的东西，失去自由是不值得的。再说，我打算将来再解决这个严重的问题。因此，我只是回答：

“先生，虽然您已和人类决绝，但我仍然愿意相信，您并没有拒绝一切人类情感。我们是海难者，被您仁慈地收留在您的船上，我们会矢志不忘。至于我，我不否认，倘若对科学的兴趣压倒了对自由的需要，我们的相遇给我带来的好处，会对我做出巨大的补偿。”

我想，艇长会向我伸出手来，表示缔结这项协议，可是他没有任何动作。我为他感到惋惜。

“最后一个问题……”我说，这时，这个让人难以理解的人似乎想抽身走掉。

“说吧，教授先生。”

“我该怎么称呼您？”

“先生，”艇长回答，“对您而言，我只是奈莫[1]艇长，您的同伴和您，对我来说只是‘鹦鹉螺[2]号’的乘客。”

[1]奈莫，拉丁文 Nemo，意为“不存在的人”。

[2]鹦鹉螺：远古生物，现已绝迹。它的螺壳极为罕见且珍贵。

奈莫艇长喊了一声。一个侍者出现。艇长用一种我无法理解的陌生语言吩咐他做事。然后，回过身来对加拿大人和贡塞伊说：

“在你们的舱室里已为你们准备好一顿饭，请跟着这个人走。”

“我不拒绝！”捕鲸手回答。

贡塞伊和他终于走出这间牢房，他们已在里面关了三十多个小时。

“现在，阿罗纳克斯先生，我们的午餐已经准备好了。请允许我走在您前面。”

“听您的吩咐，艇长。”

我跟在奈莫艇长后面，一出舱门就踏入一条被照得亮晃晃的过道，酷似一艘船的纵向通道。走了十来米，第二扇门在我面前打开。

于是我走进一间餐厅，装潢和家具趣味严谨。橡木的高靠背椅镶嵌着乌木装饰，耸立在餐厅两端，在餐具柜的格子里，呈波浪形摆放的价值不菲的陶器、瓷器和玻璃器皿闪闪发光。明亮的天花板上有一些精美的画，投下来的光使之变得柔和；平底餐具在光照中闪烁发亮。

在餐厅中间是一张桌子，摆着丰盛的食物。奈莫艇长指给我该坐的位子。

“请坐，”他对我说，“大概饿得够呛吧，多吃点。”

午餐由一定数量的菜肴组成，都是只有海里才有的东西，有几道菜我不知道是什么和产自哪里。我得承认，很好吃，但有一股特别的味道，我很容易就习惯了。各类菜我觉得都带有磷质，我寻思应该是来自海里的。

奈莫艇长望着我。我什么也没问他，但是他猜出我的想法，主动回答我迫切想向他提的问题。

“大部分菜您并不了解，”他对我说，“不过您食用时大可放心。它们很卫生，又有营养。我早就不吃陆地的食物了，我并没有身体不好。

我的船员身强力壮，他们吃的跟我没有两样。”

“如此说来，所有这些食物都是海产品啰？”

“是的，教授先生，海洋满足我所有的需要。有时，我放下拖网，到快要撑破时才拉上来。有时我到似乎人类无法接近的海水中去捕猎，制服潜伏在我的海底森林中的猎物。我的畜群，像涅普图努斯[1]这位老牧人的畜群一样，毫无恐惧地啃食海洋广阔牧场的青草。我有广大的海洋产业，亲自经营，造物主的手总是在那里播种万物。”

我带着一点惊讶望着奈莫艇长，回答他说：

“先生，我非常理解，您的拖网为您的餐桌提供了美味的鱼；我不太理解的是，您怎么在您的海底森林追捕水生猎物；我完全不理解的是，您的菜里怎么有一块肉，尽管很小。”

“先生，”奈莫艇长回答我，“我从来不用陆地动物的肉。”

“但这个呢，”我又说，一边指着一只盘子，上面还有几片里脊肉。

“教授先生，您以为是肉的东西，不是别的，只是海豚的脊肉。这儿同样是海豚肝，您大概把它当成炖猪肉了。我的厨师做菜灵巧，善于保存各种各样的海产品。尝尝所有这些菜吧。这儿是保存下来的海参，有个马来人说它是世上无与伦比的；这儿是奶油，奶是鲸类动物的乳房提供的；糖是从北海的大墨角藻提取的；最后，请允许我给您一点海藻酱，它能与最美味的果酱媲美。”

我都尝了尝，好奇多于嘴馋，奈莫艇长则在旁边给我讲述他那些令人难以置信的故事。

“阿罗纳克斯先生，这大海啊，”他对我说，“这神奇的、取之不尽的乳母，她不仅养育我，还提供我穿着。您身上这件衣服，是由某种贝壳动物的足丝织成的；用古人喜欢的大红染色，再用地中海的海兔身

[1] 涅普图努斯：罗马水神，同希腊神话中的波塞冬混同后成为海神。

上提取的紫色变化一下色调。您在舱室卫生间里会找到的香水，是从海洋植物中提取的产品。您的床是用海洋里最柔软的大叶藻铺成的。您的笔将是鲸须，您的墨水则是乌贼或者枪乌贼分泌的汁液。眼下我的一切都来自大海，有朝一日，一切都会返回大海！”

“艇长，您热爱大海。”

“是的，我热爱它。大海是一切！它覆盖着地球的十分之七。它的呼吸是纯净和健康的。它茫茫无边，但人在里面从来不孤独，因为人能感到生命在他身边搏动。大海只是超自然而又神奇的生命载体，它只是运动和爱，就像你们的一位诗人所说的，是无限大的生命体。教授先生，说白了，大自然的三大界，矿物界、植物界和动物界都展现在其中。海里的动物界有四个植形动物类，三个纲的节肢动物，五个纲的软体动物，三个纲的脊椎动物——哺乳动物、爬行动物和无数的鱼类。鱼是动物中无限多的一个种类，超过一万三千种，只有十分之一属于淡水。大海是大自然广阔的水库。可以说，地球先是以大海开始，谁知道是不是最终以大海结束呢！那里是最高程度的平静。大海不属于暴君。在海面上，暴君还能行使极不公平的权力，在那里搏斗，互相吞噬，把陆地上的各种恐怖转移到海上来。但是在海面下三十英尺的地方，他们的权力就中止了，他们的影响力消失了，他们的力量无影无踪了！啊！先生，在大海的怀抱里生活吧！独立只存在于这里！我不承认这里有什么主人！我在这里是自由的！”

奈莫艇长在从内心迸发的激情之中戛然而止。难道他任由自己超越了惯常的矜持吗？他说得太多了吗？有好一阵，他非常激动地走来走去。然后他平静下来，表情恢复平时的冷漠，转身对着我说：

“教授先生，现在，如果您想参观‘鹦鹉螺号’，我听从您吩咐。”

十一

“鹦鹉螺号”

奈莫艇长站了起来，我跟随着他。设在餐厅后部的一道双扇门打开了，我走进一个和餐厅大小相等的房间。

这是一个图书室。黑色檀木、镶铜的高书架，在宽宽的格子上摆着许多一律精装的书。书架沿墙围了一圈，底下是宽大的沙发，栗色皮面，形成曲线，坐下非常舒适。轻巧的活动小桌，能自如地分开和合拢，让人摆放阅读的书籍。房间中央有一张大桌子，摆满了小册子，几张旧报纸散放其中。电灯光将整体照得十分和谐，光线是从四个在天花板上半嵌入涡形装置里的磨砂玻璃球形灯射下来的。我赞赏地望着这个布置得如此独具匠心的图书室，简直不敢相信自己的眼睛。

“奈莫艇长，”我对我的主人说，他刚刚靠在沙发上，“这个图书室能使大陆不止一个巨宅增光呢。想到这个图书室能随您来到最深的海底，我真吃惊。”

“教授先生，在什么地方能找到更多的清净和安宁呢？”奈莫艇长回答，“您的博物馆工作室能给您提供更加完美的休息环境吗？”

“不能，先生。我应当加上一句，比起您的图书室，它是过于简陋了。您在这里拥有六七千册书……”

“阿罗纳克斯先生，是一万二千册。这是我和大陆的唯一联系。可

是，从我的‘鹦鹉螺号’第一次下水那一天起，对我来说，世界已经不存在了。那一天，我买下最后一批书，最后一批小册子，最后几张报纸，从此，我便认为人类不再思索，不再写作。教授先生，这些书归您使用，您可以自由支配。”

我感谢奈莫艇长后，走近书架。用各种文字写成的科学著作、伦理学著作和文学著作十分丰富；可是，我看不到一本政治经济学著作，它们似乎完全从艇上被排除出去了。奇怪的一点是，所有的书不管是用哪种语言写成的，都没有明确分类，这种杂乱表明，“鹦鹉螺号”的艇长随便抽出一本书来，就能流利地阅读。

在这些著作中，我注意到一些古代和现代大师的杰作，就是说人类在历史、诗歌、小说和科学方面创作的所有最美作品，从荷马到维克多·雨果，从色诺芬[1]到米什莱[2]，从拉伯雷到乔治·桑夫人，他们的作品都包括其中。不过，这个图书室花钱最多的则是科学著作：机械学、弹道学、水道测量学、气象学、地理学、地质学的书，等等，它们占据的位置不亚于博物史著作，我明白它们形成艇长的研究重点。

我看到整套洪堡[3]全集、阿拉戈全集，福科[4]、亨利·圣克莱尔·德维尔[5]、沙勒[6]、米尔恩－爱德华兹[7]、卡特尔法热[8]、廷德尔[9]、法拉第、

[1] 色诺芬：公元前 6 世纪古希腊诗人、哲学家。

[2] 米什莱（1798—1874），法国历史学家、散文家，著有《法国史》《鸟》《大山》等。

[3] 洪堡（1769—1859），德国自然科学家、探险家，著有《新大陆热带地区旅行记》《植物地理学论文集》等。

[4] 福科（1819—1868），法国物理学家，研究光速、电流、地球自转等。

[5] 亨利·圣克莱尔·德维尔（1818—1881），法国化学家，研究水蒸气、煤气等。

[6] 沙勒（1793—1880），法国数学家，研究几何学。

[7] 米尔恩－爱德华兹（1800—1885），法国生理学家，著有《解剖学和生理学教程》。

[8] 卡特尔法热（1810—1892），法国博物学家，研究动物学，著有《人的历史》《进化理论》。

[9] 廷德尔（1820—1893），爱尔兰物理学家，发现再结冰现象，研究光的散射。

贝特洛[1]、塞奇神父[2]、彼特曼[3]、莫里船长[4]、德·阿加西兹[5]等人的著作，还有科学院的论文集，各国地理学会的通报，等等。我的两本著作摆在显著位置，这些也许博得了奈莫艇长对我相对宽厚的接待。在约瑟夫·贝特朗[6]的著作中，《天文学的奠基者》一书甚至给我提供了一个确切的日期；由于我知道此书是一八六五年出版的，由此我得出结论，“鹦鹉螺号”的安装不可能晚于这一年。所以，奈莫艇长在海底生活至多只有三年。另外，我期望发现更近的著作，让我能准确地确定这个时间；但是，我有时间来做这个研究，我不愿意在此耽搁，想出去走一遭，看看“鹦鹉螺号”上的神奇设施。

“先生，”我对艇长说，“感谢您让我使用这间图书室。这里有科学的瑰宝，我会利用的。”

“这个房间不仅是一个图书室，”奈莫艇长说，“也是一间吸烟室。”

“一间吸烟室？”我嚷道，“这么说，艇上可以吸烟啰？”

“毫无疑问。”

“那么，先生，我不得不相信，您和哈瓦那保持过联系。”

“毫无联系！”艇长回答，“阿罗纳克斯先生，请接受这支雪茄，虽然不是来自哈瓦那的，如果您是内行，您会感到满意的。”

我接过他递给我的雪茄，它的形状令人想起专销英国的那种雪茄，但仿佛是用金箔卷成的。我在一个安装着高雅的青铜支架的小火盆上点燃了雪茄，像一个喜欢抽烟的人两天没抽到烟那样，美滋滋地吸了

---

[1] 贝特洛（1827—1907），法国化学家、政治家，曾任国民教育部部长，著有《论化学力学》。

[2] 塞奇神父（1818—1878），意大利天文学家，研究恒星光谱。

[3] 彼特曼（1822—1878），德国地图绘制家、地理学家，几次组织到非洲探险。

[4] 莫里船长（1806—1873），美国水文学家。

[5] 德·阿加西兹（1807—1873），瑞士博物学家，著有《化石鱼研究》《冰川研究》。

[6] 约瑟夫·贝特朗（1822—1900），法国数学家、数学物理专家。

几口。

“好烟，”我说，“不过，这不是烟草。”

“不错，”艇长回答，“这种烟草既不是来自哈瓦那，也不是来自东方。这是一种藻类，含有丰富的尼古丁，是大海给我提供的，只是这种藻类并不多。先生，您留恋专销英国的那种雪茄吧？”

“艇长，从今天起，我对那种烟嗤之以鼻。”

“那您就随心所欲地抽吧，用不着琢磨这种雪茄的产地。任何专卖局不会加以检验，但是我想质量仍然是上乘的。”

“确实如此。”

这是一间四边形大厅，长十米，宽六米，高五米，隅角是斜面的。亮晃晃的天花板装饰着轻巧的阿拉伯图案，向集聚在这个博物馆中的所有珍宝投射出明亮而柔和的光。因为这确实是一个博物馆，有一只明智而慷慨的手，把大自然和艺术的各种瑰宝汇聚在里面，并像艺术家那样随意乱放，堆砌得像一个画室。

三十来幅大师的油画，统一样式的画框，由闪闪发光的全副甲胄隔开，装饰着蒙上严肃图案挂毯的板壁。我看到一些价值不菲的画幅，其中大部分我在欧洲的私人收藏和画展中欣赏过。这里有不同流派的大师的代表作：拉斐尔[1]的圣母像，达·芬奇[2]的圣母像，科雷奇[3]的仙女，提香[4]的女人，韦罗内兹[5]的礼赞，穆里洛[6]的圣母升天图，霍尔拜因[7]的肖

---

[1] 拉斐尔（1483—1520），意大利画家，擅长画圣母，线条柔和、优美。

[2] 达·芬奇（1452—1519），意大利画家、雕塑家、建筑家、理论家，作品有《最后的晚餐》《蒙娜丽莎》，还有多幅圣母像。

[3] 科雷奇（1494—1534），意大利画家，擅长宗教与神话题材。

[4] 提香（1490—1576），意大利画家，属于威尼斯画派，善画美女，题材多样。

[5] 韦罗内兹（1528—1588），意大利画家，风格和题材多样。

[6] 穆里洛（1617—1682），西班牙画家，作品有《年轻的乞丐》，善画风景与肖像。

[7] 霍尔拜因（1490—1543），德国画家、雕刻家，善画肖像，是德国文艺复兴时期的代表画家。

像画，韦拉盖兹[1]的修士，里贝拉[2]的殉道者，鲁本斯[3]的主保瞻礼节，特尼埃[4]的两幅佛兰德风景画，热拉尔·杜[5]、梅特苏[6]、保罗·波特[7]的三小幅风俗画，籍里柯[8]和普鲁东[9]的两幅画，巴克赫伊森和韦尔内[10]的几幅海洋景色。现代画家的作品中，有署名德拉克洛瓦[11]、安格尔[12]、德康[13]、特罗瓦荣[14]、梅索尼埃[15]、多比尼[16]等画家的油画。这个出色的博物馆的角落里，有几座大理石或青铜的塑像，是根据古代最美的典范制作的缩小仿作，十分华美，耸立在基座之上。“鹦鹉螺号”的艇长对我预言看了会惊讶不已，这种状态已经开始占据我的头脑。

“教授先生，”这时那个怪人说，“请原谅我接待您不拘礼节和这个厅堂笼罩的混乱。”

“先生，”我回答道，“我不想探究底细，非要知道您是何许人，

[1] 韦拉盖兹（1599—1660），西班牙画家，题材多样。

[2] 里贝拉（1588—1656），西班牙画家、雕刻家，作品有《圣巴托罗缪的受难》等。

[3] 鲁本斯（1577—1640），佛兰德尔画家，喜欢表现肉体的丰满和场景的富足。

[4] 特尼埃（1610—1690），佛兰德尔画家、雕刻家，擅长民间题材和农村场景。

[5] 热拉尔·杜（1613—1675），荷兰画家，伦勃朗的学生，擅长圣经题材和肖像，善用明暗对比，如《医生》。

[6] 梅特苏（1630—1667），荷兰画家，擅长室外场景和家庭聚会。

[7] 保罗·波特（1625—1654），荷兰画家，善于表现阳光和潮湿的效果，作品有《倒映的母牛》。

[8] 籍里柯（1791—1824），法国画家，作品有《美杜兹的木筏》。

[9] 普鲁东（1758—1825），法国画家，作品有《安托尼夫人和她的孩子们》《约瑟芬皇后在玛尔梅宗》，人物忧郁、沉静。

[10] 韦尔内（1758—1836），法国画家，擅长历史题材、打猎和海洋景色。

[11] 德拉克洛瓦（1799—1863），法国画家，作品有《自由引导着人民》《十字军进入君士坦丁堡》，善于表现激情。

[12] 安格尔（1780—1867），法国画家，作品有《浴女》《土耳其浴室》。

[13] 德康（1803—1860），法国画家，作品有《土耳其小学放学》。

[14] 特罗瓦荣（1813—1865），法国画家，善画风景、母牛。

[15] 梅索尼埃（1815—1891），法国画家，擅长风俗画和军事题材，得到拿破仑三世的赞赏。

[16] 多比尼（1817—1878），法国画家，属于巴比宗画派，注意表现气氛和光的效果。

能允许我把您看作一个艺术家吗？”

“至多是个艺术爱好者，先生。从前我喜欢搜集这些由人的手创作出来的杰作。我曾是一个孜孜矻（kū）矻的追求者，一个不知疲倦的搜索者，我能够以高价搜罗一些作品。对我来说，陆地已经消亡，这些是陆地最后的纪念品。在我看来，你们现代的艺术家已经是古人，存在了两三千年，在我的脑子里已经混在一起——大师是没有年龄的。”

“而这些音乐家呢？”我问，并指着韦伯[1]、罗西尼[2]、莫扎特、贝多芬、海顿[3]、梅耶比尔[4]、埃罗尔[5]、瓦格纳、奥伯[6]、古诺[7]和其他许多音乐家的乐谱，它们被散放在一架大型管风琴上面，这架琴占据了大厅的一面墙。

“这些音乐家，”奈莫艇长回答我说，“是俄耳甫斯[8]的同时代人，因为时代的差别在死人的记忆里已经消失——教授先生，我是死人，和您那些长眠地下的朋友们一样！”

奈莫艇长打住了，仿佛陷入深沉的遐想中。我非常激动地端详他，默默地分析他古怪的表情。他手臂支在有装饰画的珍贵桌子上，不再看我，似乎忘记了我的存在。

---

[1] 韦伯（1786—1826），德国作曲家，作品有十多部歌剧、许多器乐曲和钢琴曲。

[2] 罗西尼（1792—1868），意大利作曲家，作品有《塞维利亚的理发师》。

[3] 海顿（1732—1809），奥地利作曲家，作品极其丰富，包括100多部交响乐、20部钢琴协奏曲、20多部歌剧和大量宗教音乐。

[4] 梅耶比尔（1791—1864），德国作曲家，作品有《魔鬼史贝尔》《先知》。

[5] 埃罗尔（1791—1833），法国作曲家，作品有歌剧《庄帕》。

[6] 奥伯（1782—1871），法国作曲家，曾任巴黎音乐学院院长，作品有歌剧《泥瓦匠》《曼侬·莱斯柯》。

[7] 古诺（1818—1893），法国作曲家，作品有歌剧《萨芙》《浮士德》《罗密欧与朱丽叶》，在抒情乐方面占有地位。

[8] 俄耳甫斯：希腊神话人物，他的演奏能使草木点头、石头移动、猛兽驯服。

我尊重他的沉思，继续浏览满屋子的收藏品。

在这些艺术品旁边，天然的珍品占据一个重要位置。主要是植物、贝壳和其他海洋产物，它们应是奈莫艇长个人搜集的。大厅中间有一个喷水池，被电光照亮，水回落到由一只砗磲[1](chē qú)做成的承水盆里。这是最大的无头软体动物的贝壳，边缘经过加工，精细地做成齿形，周长约有六米；因此它的个头超过威尼斯共和国送给弗朗索瓦一世[2]的那些美丽砗磲，圣苏尔皮斯教堂用这些贝壳做了两个巨大的圣水盆。

这个承水盆周围，被青铜架固定住的精美玻璃柜的下面，分门别类，并贴上标签的是最宝贵的海产品，这些珍品从未映入一个博物学家的眼帘。我作为博物学教授的喜悦可以想见。

植形动物门的两种奇特标本，分属珊瑚虫棘皮动物的两个群。在珊瑚虫的群中，有笙珊瑚、扇状的柳珊瑚、叙利亚软海绵、摩鹿加群岛[3]的海木贼、刺胞亚门腔肠动物、挪威海里出色的逗点珊瑚、各种各样的伞状珊瑚、海鸡冠珊瑚，还有一系列石珊瑚，我的老师米尔恩－爱德华兹对这些珊瑚有远见地分过类，我在其中注意到绝妙的扇状珊瑚、波旁岛[4]眼状珊瑚、安的列斯群岛的“海神战车”、各种各样美妙的珊瑚虫，最后是各类奇形怪状的珊瑚骨：这些珊瑚骨聚集起来便形成了一个个岛，有朝一日这些岛会变成大陆。在外表多刺的棘皮动物群中，有海盘车、海星、转星球、流盘星、海胆、海参，等等，代表这个群的个体的完整搜集。

---

[1] 砗磲：热带海底的软体动物，介壳略呈三角形，大的长达一米左右，肉能吃。

[2] 弗朗索瓦一世（1494—1547），法国国王。

[3] 摩鹿加群岛：属于印度尼西亚，位于最东方，总面积超过 47000 平方千米。

[4] 波旁岛：留尼汪岛的旧名，在印度洋马达加斯加岛的东面，面积 2512 平方千米。

更多的玻璃柜里陈列的是软体动物标本，一个多少有点神经质的贝类学者，面对这些玻璃柜准定会惊讶得发愣。我看到的是价值难以估计的收藏，来不及全部描述出来。在这些产品中，仅仅根据记忆，我举出这一些：有印度洋美妙的T形双贝壳，红棕色的壳上鲜明地显出排列整齐的白点。颜色鲜艳的上等海菊蛤，浑身竖起一根根刺，在欧洲的博物馆里是罕见的标本，我估计值两万法郎。新荷兰海里的双壳类软体动物，很难弄到。塞内加尔富有异国情调的唇贝，双瓣的白色贝壳容易碎裂，似乎一口气就能把它像肥皂泡一样吹破。爪哇的好几种喷水壶状贝类，像有钙质的管子，边缘是带有叶状的褶皱，在收藏家中十分抢手。一系列马蹄螺，有的黄绿色，从美洲海域捕获；有的红棕色，是新荷兰海里的常客；部分来自墨西哥海湾，以鳞状贝壳引人注目；部分呈星形的，是在南部海域找到的；最罕见的是新西兰绝美的马刺状贝。另外还有美丽的硫黄质樱蛤，珍贵品种的帘蛤和维纳斯贝，特伦克巴尔海岸的网纱状钟面贝、带有发光螺钿（diàn）质大理石般的蝾螺，中国海的绿色鹦鹉螺，锥形贝中几乎不为人知的芋螺，在印度和非洲用作货币的各种各样“宝贝”螺，东印度最珍贵的贝类“大海的荣耀”。最后是滨螺、燕子螺、金字塔螺、海蛤、卵形贝、螺旋贝、斧蛤、笔螺、铁盔螺、荔枝螺、蛾螺、竖琴螺、骨螺、法螺、长辛螺、风螺、双翼贝、帽贝、水晶贝、棱形贝，都是精巧易碎的贝壳类动物，分类学给了它们非常迷人的名字。

除此以外，在一些特别的格子里，摆着一串串美不胜收的珍珠，电灯光一点又一点地落在上面。粉红珍珠取自红海的江珧（yáo），绿珍珠取自鲍鱼，黄珍珠、蓝珍珠、黑珍珠，这些是各个大洋不同软体动物和北方河流某些贝类的稀奇古怪的产物；最后是几个价值难以估计的标本，以最罕见的珠母精制而成。这些珍珠中有几颗大小超过了鸽子蛋；它们的价值甚至超过旅行家塔维尼埃[1]以三百万的价格卖给波斯国王的那颗珍珠，而且胜过马斯喀特[2]伊玛目[3]的那一颗珍珠，我认为这颗珍珠是举世无双的。

因此，可以说，这项收藏的价值无法估计。奈莫艇长不得不花费几百万巨资才搞到这些不同的标本，我在寻思他有什么财路，来这样满足其收藏家的兴致，这时，我被这些话打断了思路：

“教授先生，您在观看我的贝类标本，它们确实能引起博物学家的兴趣；但对我来说，它们另有一种魅力，因为是我亲手搜集的，地球上没有一个海洋漏过我的搜寻。”

“我明白，艇长，我明白在这样丰富的收藏中漫步多么快乐。您属于亲自搜宝的那种人。欧洲任何一个博物馆都没有这样多的海洋产品收藏。如果我对这项收藏叹赏不已，我对承载它们的潜艇又有何赞词呢！我根本不想洞悉您的秘密！但我承认，这艘‘鹦鹉螺号’潜艇，它本身拥有的原动力，能使它运转的机械，推动它的如此强大的动能，这一切激起了我最大的好奇心。我看到大厅墙上挂着一些仪器，我不知道它们的用途。我能知道吗？”

“阿罗纳克斯先生，”奈莫艇长回答，“我对您说过，您在我的艇上是自由的，因此，‘鹦鹉螺号’上的任何部分对您都不是禁区。所以您可以仔细参观，我很乐意当您的向导。”

“先生，我不知道怎么感谢您，但我不会滥用您的好意。我只想问您，这些仪器的功能是什么？”

---

[1] 塔维尼埃（1605—1689），法国旅行家，旅行过欧洲和东方许多国家，著有《塔维尼埃的六次旅行》。

[2] 马斯喀特：阿曼首都。

[3] 伊玛目：某些伊斯兰国家元首的称号。

“教授先生，同样的仪器我的房间里也有，到那里我会给您解释它们的用途。但在这之前，您来看一下给您准备的舱室。您必须知道您是被怎样安顿在‘鹦鹉螺号’上的。”

我跟随着奈莫艇长，他通过开在大厅每面墙的几扇门中的一扇，把我带回纵向通道。他带着我往前走，我来到的不是一间舱室，而是一个雅致的房间，有床、洗漱用具和各种家具。

我十分感谢我的主人。

“您的房间和我的房间相连，”他一面对我说，一面打开一扇门，“我的房间就通向我们刚才离开的那个大厅。”

我走进艇长的房间。它看来很朴素，几乎像修士的住所。一张小铁床，一张办公桌，几件洗漱用具。房间里光线半明半暗，没有任何舒适的东西，仅仅是些必需品。

奈莫艇长指给我一个座位。

“请坐。”他对我说。

我坐下来后，他说了这番话。

十二

一切都用电

“先生，”奈莫艇长一面说，一面指着挂在他房间墙上的那些仪器，“这是‘鹦鹉螺号’航行所需要的仪器。在这里就像在大厅里一样，我总是看在眼里，它们向我指出我在海洋中的准确位置和方向。有些仪器您知道，例如指示‘鹦鹉螺号’内部温度的温度计；测出空气重量和预报天气变化的气压计；指明大气干湿度的湿度计；风暴预测计——那个玻璃瓶里面的混合物一分解，就预示风暴来临；测量航向的罗盘；通过测出太阳高度使我知道纬度的六分仪；测量经度的经线仪；最后是白天和黑夜使用的望远镜，‘鹦鹉螺号’浮出水面后，我要用望远镜搜索洋面。”

“这是航海家的常用仪器，”我回答，“我知道怎样使用。但这里还有几种仪器，无疑是满足‘鹦鹉螺号’特殊需要的。我看到的这个表盘有个活动的指针，是不是压力计？”

“确实是压力计。它和水通连，显示水的压力，由此也告诉我潜艇所处的深度。”

“这是新型探测器吗？”

“这是温度探测器，报告不同水层的温度。”

“其他仪器呢？我琢磨不出是什么用途。”

“教授先生，这里，我要给您一些解释，”奈莫艇长说，“请听我说。”

他沉吟了一会儿，然后说：

“在我的艇上有一种动力，强大、听指挥、快速、方便，怎样使用都行，起主宰作用。我能通过它实现一切。它为我照明，给我供热，是我所有机械的灵魂。这个动力就是电。”

“电！”我相当吃惊地嚷道。

“是的，先生。”

“可是，艇长，您拥有极快的前进速度，这和电能不相称呀。迄今为止，电的动能十分有限，只能产生很小的力量！”

“教授先生，”奈莫艇长回答，“我的电不是大家所用的电，您能让我告诉您的也就是这些了。”

“先生，我不问下去，我仅仅对这样的结果感到惊讶。只提一个问题，如果问得很鲁莽，您可以不回答。为了产生这神奇的动力，您使用的元素应该消耗得很快。例如锌，既然您和陆地再没有任何联系，您用什么来代替它呢？”

“您的问题不难回答，”奈莫艇长答道，“我首先告诉您，海底有锌矿、铁矿、银矿、金矿，开采肯定是办得到的。但是我丝毫没有借助这些陆地上的金属，我只向大海寻求产生电的方法。”

“向大海寻求？”

“是的，教授先生，我不缺少办法。事实上，我把沉到不同深度的金属线连接成电路，可以通过金属线感应到不同温度产生电，但是我愿意采取一种更为实用的办法。”

“什么办法？”

“您了解海水的成分。从一公斤海水里可以提取 96.5% 的水，大

约 2.66% 的氯化钠，另外是少量的氯化镁、氯化钾、溴化钠、硫酸钠、硫酸盐和碳酸盐。因此您看到，氯化钠占有明显的比例。我从海水里提取的正是这种氯化钠，我用它组成使用的元素。”

“那元素是钠吗？”

“是的，先生。和汞混在一起，就构成了汞合金，能够代替本生灯[1]电池里的锌。汞永远用不完，只有钠会被消耗掉，而大海为我提供钠。我还可以告诉您，钠电池应被看作能量最强的电池，它的电动能是锌电池的两倍。”

“艇长，我明白在您的处境中钠是最管用的。大海中有钠，很好。可是，还必须制造钠，一句话，要提取出来。您是怎么提取的呢？您的电池显然可以用作这种提取；但是，如果我没有搞错，那些电器所消耗的钠超过了提取的数量。因此，就出现为了提取钠而消耗的钠超过了提取数量的情况！”

“所以，教授先生，我不通过电池去提取钠，我仅仅利用地下的煤的热能。”

“地下的？”我强调这一点。

“如果您愿意，就说是海里的煤吧。”奈莫艇长回答。

“您能够开采海底煤矿吗？”

“阿罗纳克斯先生，您会看到我们开采的。我只请您耐心一点，因为您有时间保持耐心。只要记住这一点：我的一切有赖于大洋；它产出电，电给‘鹦鹉螺号’热量、光、动力，一句话，电给了‘鹦鹉螺号’生命。”

“不过没有你们呼吸的空气吧？”

---

[1] 本生灯：德国物理学家本生（1811—1899）发明的一种煤气灯，利用硝酸和不能极化的电池制成。

“噢！我能制造我需要消耗的空气，但是用不着，因为我乐意的话，就浮上水面。虽然电不给我提供呼吸的空气，但至少它能启动强大的泵，把空气储存在特殊的储气舱中，使我能够在需要时延长在深水中的时间，想待多长时间都可以。”

“艇长，”我回答，“对此我非常赞赏，很明显，您已经找到人类有朝一日无疑会获得的真正电动能量。”

“我不知道别人会不会找到，”奈莫艇长冷冷地回答，“无论如何，您已经了解是我首先应用了这种珍贵的动力。它均匀地、持续地提供给我们，这是阳光做不到的。现在请您看看这座钟，它是电动的，走得很准，可以和最好的精密计时器媲美。我把它分成二十四小时，像意大利的钟那样，因为对我来说，不存在白天与黑夜、太阳与月亮，只有我带到海底的人造光！您看，现在是上午十点。”

“好极了。”

“电还有其他用途。挂在您眼前的这个仪表，用来指出‘鹦鹉螺号’的速度。一条电线把它和航速计连在一起，它的指针向我指明潜艇的真正速度。您看，我们现在正以中速行驶，每小时十五海里。”

“太妙了！”我回答，“艇长，我明白了，您用这种动力来代替风、水和蒸汽，做得真对。”

“阿罗纳克斯先生，我们还没有看完呢，”奈莫艇长站起来说，“如果您愿意跟我走，我们就去参观‘鹦鹉螺号’的后部。”

确实，我已经了解潜艇的整个前部，从中间到艇艄，精确地被分为：五米长的餐厅，被一堵密封的、不透水的墙和图书室隔开；五米长的图书室；十米长的大厅，被第二堵密封的墙和艇长的房间隔开；我那个二点五米长的房间；最后是七点五米长的储气舱，一直延伸到艇艄。总长三十五米。密封防水隔板墙上开有门，用橡胶条密封着。万一出现漏水，这些隔板墙能保证“鹦鹉螺号”安然无恙。

我跟随奈莫艇长，穿过艇翼的纵向通道，来到潜艇的中心部位。那里有个井一样的设置，开在两道防水隔板墙中间。墙上固定着一架铁梯，通到顶端。我问艇长，这架梯子有什么用途。

“它通到小艇。”他回答。

“什么！您有一条小艇？”我相当惊讶地反问。

“当然。一条出色的小艇，很轻，不会沉没，用来兜风和钓鱼。”

“这么说，您想坐小艇的时候，就不得不回到海面？”

“绝对用不着。小艇附在‘鹦鹉螺号’艇身的上部，在一个安放它的穴里。小艇用甲板完全封没，绝对防水，用结实的螺钉固定住。这架梯子通到开在‘鹦鹉螺号’艇身的出入口。正是通过这双重的开口，我登上小艇。别人替我关上‘鹦鹉螺号’的开口，我用气压螺丝刀关上另一个开口，即小艇的开口；我松开螺钉，小艇就飞速升到海面。于是我打开直到此刻仍然密封着的甲板舱盖，支起桅杆，升起船帆，或者拿起桨来，开始兜风。”

“但是，您怎样回到潜艇上来呢？”

“阿罗纳克斯先生，我不回来，是‘鹦鹉螺号’回到我身边。”

“听从您的命令？”

“听从我的命令。有根电线让我和潜艇相连。我发出电报，这就够了。”

“事实上，”我说，这些神奇的操作令我沉醉，“这是再简单不过的。”

穿过通到平台的梯井之后，我看到一间两米长的舱室，贡塞伊和内德·兰德在里面大快朵颐，吃得津津有味。随后，一扇门打开了，面前是一个长三米的厨房，位于偌大的食品储藏室中间。

在这里，烹调都用电，电比煤气能量大，好调节。电线引到炉灶下，把热传到铂绒，这种热散发均匀，很有规律。它同样加热蒸馏器，通过蒸馏，提供优质饮用水。厨房旁边是一间浴室，非常舒适，水龙头随意提供冷热水。

紧挨着厨房的是船员舱室，长五米。但门关着，我看不到里面的设置，要不然我也许能确定操作“鹦鹉螺号”所需要的人数。

最靠里耸立着第四道防水隔板墙，它把这个位置和机舱隔开。一扇门打开了，我来到奈莫艇长安置他的动力机械的房间——他无疑是个一流的工程师。

这个机舱被照得通明，长不少于二十米，自然地分成两部分：第一部分安置发电设备，第二部分安置把动力传送到螺旋桨的设备。

我首先对充满这个房间的 sui generis[1] 的气味感到吃惊。奈莫艇长看到了我的表情。

“这是使用钠而逸出的气体，但只不过是轻微的弊端。”他对我说，“再说，每天早上，我们都用强风扫除，净化艇内的空气。”

但我仍然带着很容易想象的兴味，观察“鹦鹉螺号”的机器。

“您看到了，”奈莫艇长对我说，“我使用的是本生发电装置，而不是鲁姆科夫[2]发电装置，后者可能功率不够大。本生装置件数不多，但功率强大，经过试验，证明更好。产生的电送到后面，通过大块的电磁铁，作用于由杠杆和齿轮组成的特殊装置，再由这个装置给螺旋桨的轴传送动力。螺旋桨的直径是六米，桨距七点五米，每秒钟的转速可以达到一百二十转。”

“那么，您得到的航速呢？”

[1] 拉丁文，特殊的。

[2] 鲁姆科夫（1803—1877），德国机械师、电力专家，1851 年发明了电磁设备和感应线圈。

“每小时五十海里。”

这里有一个秘密，但是我没有坚持了解。电怎么能够以这样大的能量去作用呢？这个几乎无限大的力量来自哪里呢？是来自新式线圈获得的高压吗？还是来自一个不为人知的杠杆体系[1]能够无限增大的传送？这是我所无法理解的。

“奈莫艇长，”我说，“我看到了结果，我不寻求解释。我见过‘鹦鹉螺号’在‘亚伯拉罕·林肯号’面前是怎么运转的，现在我知道它速度快是怎么回事了。但是，行驶还不够。必须看怎么行驶！它必须能右能左，能上能下！您怎么到达海底，能够承受越来越大的压力，一直到几百个大气压呢？您怎么升到洋面的？最后，您怎么保持在适合您的地方呢？我这样问您是不是太唐突了？”

“丝毫没有，教授先生。”艇长稍稍迟疑一下以后，回答我，“既然您永远不应该离开这艘潜艇，请您到客厅里去。这才是我们真正的工作室，在那里，您会获得关于‘鹦鹉螺号’您想知道的一切！”

[1] 恰好有人谈到这种发现，新式的杠杆传动产生巨大的力量。发明家难道和奈莫艇长会过面吗？——作者原注

十三

几组数据

不久，我们坐在客厅的一张沙发上，嘴里叼着雪茄。艇长把一张图放在我面前，那是“鹦鹉螺号”的平面图、剖面图和立视图。然后他开始描述：

“阿罗纳克斯先生，这是承载您的潜艇的各种尺寸。一个很长的圆柱体，末端呈锥形。它明显具有雪茄的形状；这种形状已经在伦敦好几艘同类船舶的建造上采用过。这个圆柱体的长度，从这头到那头，正好七十米，它的宽度在最宽处是八米。所以，它不完全像你们的快艇那样，是按照一比十的比例建造的；但它的长度已经足够，铸造得十分狭长，水流很容易滑过去，绝对不会妨碍它行驶。

“这两个尺寸能使您通过简单计算，得出‘鹦鹉螺号’的面积和体积。它的面积是一千零一十一点四五平方米，体积是一千五百零七点二立方米——这等于说，完全潜入海里后，它的排水量或者说重量，是一千五百立方米或者一千五百吨。

“我为这艘潜艇画草图时，我想让它在水中保持平衡，下潜十分之九，仅仅有十分之一浮出水面。因此，在这种条件下，它的排水量只有体积的十分之九，即一千三百五十六点四八立方米，就是说，它的重量只有同样数目的吨数。所以，在按照上述尺寸建造时，我必须让它不超过这个重量。

“‘鹦鹉螺号’由两层艇壳组成，一在里，一在外，用工形钢连接，给潜艇极大的牢固度。实际上，由于这种蜂窝状，它像一整块那样有抗拒力，仿佛是实心的。艇壳不会裂开；它靠的是自身的附着力，而不是靠铆钉拧得紧。由于部件组装得好，建造比例均匀，使它能经得住最猛烈的狂风恶浪。

“这两层艇壳都是用钢板制造的，钢板密度是水的十分之七到十分之八。第一层壳的厚度不低于五厘米，重三百九十四点九六吨。第二层壳，龙骨高五十厘米，宽二十五厘米，本身重量六十二吨，加上机器、压舱物、各种附属设备、装备、隔板和内部支撑物，重九百六十一点六二吨，加上三百九十四点九六吨，就达到总重一千三百五十六点四八吨的要求。明白吗？”

“明白。”我回答。

“因此，”艇长继续说，“在这种条件下，‘鹦鹉螺号’待在水中时，它露出十分之一。可是，如果我设置一些相当于这十分之一容积的储水容器，即容量为一百五十点七二吨，又如果我在储水罐中装满水，于是潜艇的排水量就是一千五百零七点二吨，或者有这么重，会完全沉没。教授先生，实际情况就是这样。这些储水罐放在‘鹦鹉螺号’底层的侧翼。我打开水龙头，这些容器就灌满水，潜艇就会来到水平面。”

“很好，艇长，但我们遇到真正的困难了。您可以来到水平面，我理解。但更低，沉到水平面以下，您的潜艇不就要遇到压力吗？还要遇到自下而上的浮力，水下大约每三十英尺一个大气压，亦即每平方厘米大约经受一千克的压力吧？”

“完全正确，先生。”

“除非您把‘鹦鹉螺号’完全装满水，我看不出您怎么能把它带到海面下。”

“教授先生，”奈莫艇长回答，“不要把静态和动态混为一谈，否则，我们会犯严重错误。要沉到大洋的下层，并不困难，因为物体有一种‘沉到底’的倾向。请听我的理由。”

“洗耳恭听，艇长。”

“为了让‘鹦鹉螺号’下沉，我想确定必须增加的重量时，我只要关注海水的体积要随着加大深度而缩小。”

“显而易见。”我回答。

“然而，如果不是绝对不能压缩的，至少也压缩得很少。实际上，根据最新的计算，在一个大气压下，或者深度每增加三十英尺，水的压缩是百万分之四百三十六。如果下潜一千米，那么我考虑海水的压缩如同受到一千米水柱的压力，就是一百个大气压。这时，压缩将是万分之四百三十六。因此我要增加的重量是使潜艇的总重达到一千五百一十三点七七吨，而不是一千五百零七点二吨。结果，只增加六点五七吨。”

“就这些？”

“就这些，阿罗纳克斯先生，这个计算很容易验证。我增加了几个储水罐，能装一百吨水。这样，我能下潜到可观的深度。当我想浮上水面并保持同一水平时，只需放掉附加的水，如果我想让‘鹦鹉螺号’露出十分之一，就得把储水罐的水排净。”

对根据数字做出的推理，我没有什么好反驳的。

“我同意您的计算，艇长。”我回答，“否定这些计算会不合情理，因为经验每天都证明计算是对的。但是眼下我预感到会面对一个真正的难题。”

“先生，什么难题？”

“您在深度一千米的时候，‘鹦鹉螺号’的板壁承受的压力是一百个大气压。如果这时您想将附加的储水罐里的水排净，减轻潜艇重量，使潜艇浮出水面，您的水泵就必须能够克服这一百个大气压的压力，即每平方厘米一百千克。因此需要的力量……”

“只有电能够给我提供，”奈莫艇长急着说，“先生，我再说一遍，我的机器的动力几乎是无限的。‘鹦鹉螺号’的水泵有惊人的力量，您应该看到过的，水柱像急流一样向‘亚伯拉罕·林肯号’冲去。再说，我只在潜到一千五百米到两千米时才动用附加储水罐，这是为了爱惜设备。因此，我心血来潮，想去看看水下两三千米的大洋深处，会使用更慢的操作方法，不过并非不可靠。”

“艇长，什么方法？”我问。

“这就很自然导致我告诉您，‘鹦鹉螺号’是怎样操作的。”

“我急不可耐地想知道呢。”

“为了控制潜艇左转、右转和转向，一句话，我用通常固定在船艉柱上，以轮子和复滑车启动的宽板舵，沿着水平面行驶。但是我也能让‘鹦鹉螺号’从下到上、从上到下地垂直运动，其方法是利用附在艇身两侧吃水线中央的两个斜面板；斜面板很灵活，能够变换各种位置，并以强有力的杠杆从艇内操纵。斜面板和潜艇保持平行的时候，潜艇便沿着水平方向行驶。斜面板倾斜时，‘鹦鹉螺号’依据倾斜度和螺旋桨推进的程度，要么沿着我控制长度的对角线下沉，要么沿着对角线上升。如果我想更快地回到水面，我就催动螺旋桨，水压就会使‘鹦鹉螺号’垂直上升，如同一个充满氢气的气球迅速飞上天空。”

“妙极了，艇长！”我大声说，“但是，舵手怎么能按照您在水中指给他的路线前进呢？”

“舵手待在一个玻璃驾驶室里，驾驶室凸出于‘鹦鹉螺号’艇身的上部，安上透镜玻璃。”

“玻璃能抵挡得住这样大的压力吗？”

“完全能够。水晶容易撞碎，但具有巨大的抗压力。一八六四年在北海进行过一次电灯光下捕鱼的试验，人们看到过这种水晶片，厚度只有七毫米，却抵挡得住十三个大气压，同时能让不均匀地发出热量的强大炙热光线通过。我使用的玻璃中心部位不少于二十一厘米，就是说，比那种水晶片厚三十倍。”

“奈莫艇长，我没有异议；但是，为了观看，毕竟要让亮光驱散黑暗吧，我纳闷，在水的一片黑暗中，怎么……”

“在驾驶室后面，安放了一个强大的电光反射器，能把半海里距离的海面照亮。”

“啊！好极了，妙不可言！艇长，我现在明白了那头所谓的独角鲸发出的磷光现象是怎么回事了，它曾使学者们大惑不解！对了，我想问您，‘鹦鹉螺号’和‘斯科蒂亚号’相撞，当时反响巨大，是偶然相遇的结果吗？”

“先生，纯粹是偶然的。相撞发生时，我正在水面下两米处航行。不过，我看到并没有任何麻烦的后果。”

“绝对没有，先生。至于你们和‘亚伯拉罕·林肯号’的相遇呢？……”

“教授先生，我很遗憾，这是英勇的美国海军最优秀的军舰之一，但它攻击我，我不得不自卫！可是我只不过使驱逐舰处于不能损害我的地步——它到最近的港口修补一下损失，并不费事。”

“啊，艇长！”我自信地大声说，“您的‘鹦鹉螺号’确实是一艘神奇的潜艇！”

“是的，教授先生，”奈莫艇长真正兴奋地回答，“我爱它就像爱我的亲生骨肉一样！待在你们那些在大洋里听天由命的船上，一切都是危险，荷兰人詹森[1]说得真对，来到海上的第一个感觉是如临深渊，但在‘鹦鹉螺号’上，人的心理恐惧就荡然无存了。不用担心艇身变形，因为这艘潜艇的双层艇身具有钢铁的坚硬，没有帆缆绳索，摇晃和颠簸会使之老化；没有风帆，暴风不会刮走；没有锅炉，蒸汽不会使之爆炸；不用担心火灾，因为潜艇是钢板而不是木材制造的；不怕耗尽了煤，因为电是它的机械动力；不用担心相撞，因为只有它在深水中航行；不用和暴风雨搏斗，因为它在水底下几米的地方找到绝对的平静！先生，就是这样。这是美轮美奂的船！如果说，确实是在对船的信任程度方面，设计师超过造船者，造船者又超过船长本人，那么您就明白，我同时是这艘船的艇长、设计师和建造者！”

奈莫艇长口若悬河。他目光如火，举止冲动，这使他变了个人。是的！他爱自己的潜艇，犹如父亲爱自己的孩子！

但有一个问题，也许是鲁莽的，却自然而然地冒了出来，我忍不住向他提出来。

“那么，您是设计师喽，奈莫艇长？”

“是的，教授先生。”他回答我，“当我还是个大陆居民的时候，我在伦敦、巴黎和纽约学习过。”

“可是，您怎么能秘密地制造出这艘出色的‘鹦鹉螺号’呢？”

“阿罗纳克斯先生，这艘潜艇的每个部件，我都是从地球的不同地方搞来的，而且隐瞒了用途。龙骨是在法国的克勒索铸造的，螺旋桨轴是在伦敦的庞尼公司制造的，艇体钢板是利物浦利尔德厂生产的，螺旋桨是格拉斯哥的斯科特厂生产的。储水罐是巴黎卡伊有限公司的产品，主机是普鲁士的克虏伯生产的，艇艏冲角是瑞典的莫塔拉厂生产的，精

[1] 詹森（1580—约 1638），荷兰发明家，发明了第一架望远镜。

密仪器是纽约的哈特兄弟工厂的产品，等等。每一位供应商收到的是我不同署名的图纸。”

“但是，”我又说，“这样生产的部件，必须安装、调试吧？”

“教授先生，我在大洋的一个荒岛上建立了我的车间。在那里，我的工人们，也就是我经过培训的忠实伙伴，和我一起安装好‘鹦鹉螺号’。工程结束以后，一把火销毁了我们在这个小岛上待过的一切痕迹，要是能炸掉，我会让人炸掉这个小岛。”

“那么，我想，这艘潜艇的成本是天价吧？”

“阿罗纳克斯先生，一艘钢铁的船造价是每吨一千一百二十五法郎。‘鹦鹉螺号’的吨位是一千五百吨。因此，成本应该是一百六十八万七千法郎左右，加上装修费一共是二百万法郎，连同艇上的艺术品和收藏品，统共是四五百万法郎。”

“最后一个问题，奈莫艇长。”

“说吧，教授先生。”

“那么您很富有喽？”

“富可敌国，先生，我可以毫无困难地支付法国的上百亿欠债！”

我死盯住这个如此对我说话的怪人。他是不是滥用了我的信任？未来会告诉我这是怎么回事的。

十四

黑　河

地球被水占去的部分，约为三百八十三亿两千五百五十八万平方千米，即超过三百八十万公顷。海水的体积为二十二点五亿立方海里，可以形成一个直径为六十古法里[1]，重三百亿亿吨的球体。为了理解这个数字，应该设想，一百亿亿与十亿之比，有如十亿与一之比，就是说，在十亿里面有多少个一，在一百亿亿里面就有多少个十亿。而海水的总量，差不多就是陆地上的所有河流在四万年中流到海里的全部的水。

在漫长的地质年代里，火纪之后是水纪。起初，海洋铺天盖地。然后，逐渐地，到了志留纪[2]，山顶露了出来，一些岛也浮出水面。洪水时期，山顶和岛消失又再露出来，连成一片，形成大陆。最后，陆地就定型为我们今天看到的样子。地球的固体从液体中夺得了三千七百六十五万七千平方海里，即一亿两千九百六十一万公顷的面积。

大陆的形状把海洋分成五大部分：北冰洋、南冰洋[3]、印度洋、大西洋、太平洋。

---

[1] 古法里，旧时长度单位，一古法里约合 4000 米。

[2] 志留纪：古生代的第三纪，延续约 4000 万年，在这个纪中，地壳相当稳定，但末期有强烈的造山运动。海中的无脊椎动物很发达。这个时期形成的地层叫志留层，因古代住在英国威尔士西南部的志留人而得名。

[3] 南冰洋指南极，南极地区其实是陆地，只不过上面覆盖着冰层，当时并未发现真相。

太平洋从北极圈伸展到南极圈，从西到东是在亚洲和美洲之间，横跨经度一百四十五度。它是最平静的海洋，水流宽广、缓慢，浪潮平缓，雨水丰沛。命运首先召唤我在最奇特的条件下游历的就是这个大洋。

“教授先生，”奈莫艇长对我说，“如果您愿意，我把我们的方位准确记下来，定为这次旅行的起点。现在是中午差一刻。我就要升到海面上了。”

艇长按了三次电铃。水泵开始排出储水罐里的水；气压计的指针由于压力不同而发生变化，表明“鹦鹉螺号”在上升，然后船止住不动。

“我们到达水面了。”艇长说。

我走向通到平台的中央梯子，爬上金属梯，通过打开的舱盖，来到“鹦鹉螺号”的顶部。

平台只浮出八十厘米。“鹦鹉螺号”从前面到后面的形状呈纺锤形，正好比作一支长长的雪茄。我发现潜艇的钢板有点呈鳞状，酷似陆地大型爬行动物的身体。此时我自然明白了，为什么望远镜再好，这艘潜艇也总是被看作一头海兽。

约在平台中部，半插进艇身的小艇形成一个小鼓包。前后升起两个不高的外罩，壁面倾斜，部分由厚厚的透镜玻璃封闭：一个用作舵手操纵“鹦鹉螺号”，另一个里面闪耀着光线很强的导航灯。

大海波平浪静，天空清澈澄明。长条形的潜艇感受到的仅仅是辽阔大洋的涌动。东面吹来的和风使海面泛起涟漪。云开雾散，能极目远望到天际。

我们什么也望不到。没有礁石，没有小岛。已看不见“亚伯拉罕·林肯号”。浩瀚无边，茫茫一片。

奈莫艇长手里拿着六分仪，在测量太阳的高度，由此可以得知船所在的纬度。他等了几分钟，让太阳与水平线相交。他观测时，肌肉毫不颤动，即使仪器在一只大理石雕像的手上，也不会这样一动不动。

“正好中午，”他说，“教授先生，您想不想？……”

我最后看了一眼靠日本那边有点发黄的大海，重新回到大客厅里。

在那里，艇长测定位置，精密地计算了所处纬度，通过刚观测到的时角进行调整。然后他对我说：

“阿罗纳克斯先生，我们眼下位于西经 37 度 15 分……”

“以哪条子午线为准？”我紧接着问，期待艇长的回答也许能给我指明他的国籍。

“先生，”他回答我，“我有好几架经线仪，分别以巴黎、格林威治和华盛顿的子午线为准。出于对您的敬意，我会使用以巴黎的子午线为准的经线仪。”

这个回答没有透露给我任何信息。我欠了欠身，艇长又说：

“在巴黎子午线以西的西经 37 度 15 分、北纬 30 度 7 分，就是说，在距离日本海岸约三百海里的地方。今天是十一月八日正午，我们在海下的探险旅行正式开始。”

“愿上帝保佑我们！”我回答。

“现在，教授先生，”艇长又说，“我先走一步，您做您的研究吧。我确定的航向是东北偏东，下潜五十米。这里有大体的航海图，您在图上可以看到我们的航线。客厅供您使用，恕我失陪。”

奈莫艇长向我鞠了个躬。我独自留下，全神贯注地思索。所有想法都是关于这个“鹦鹉螺号”的艇长。这个怪人自诩不属于任何国家，我最终能否知道他是哪国人呢？他对人类的仇恨，也许正在让他寻求可怕的报复，是谁激起了这种仇恨呢？他是个被埋没的学者吗？照贡塞伊的说法，是那种“被搞得伤心欲绝的”天才之一，或者是一个像美国人莫里那样的科学家，一生事业被政治革命断送了？我还不能确定这一点。

我呀，我刚被命运甩到他的艇上，生命操纵在他手里，他冷淡地接待我，不过很客气。只是他从来没有握过我伸给他的手，也从来没有伸手给我。

整整一小时，我沉浸在这样的思索中，想洞悉这个对我来说如此有兴味的秘密。然后，我的目光盯住摊在桌上那一大张地球平面球形图，我把手指放在观测得到的经纬度交叉点上。

大海像陆地一样也有河流。这是一些特别的水流，可以根据温度和颜色来识别，其中最值得注意的是众所周知的墨西哥湾暖流。在地球上，科学研究确定了五条主要水流的流向：第一条在北大西洋，第二条在南大西洋，第三条在北太平洋，第四条在南太平洋，第五条在南印度洋。甚至有可能第六条水流以前存在于北印度洋，那里的里海、咸海和亚洲的大湖连在一起，形成一片汪洋大海。

在地球平面球形图上标出的那个点，有其中一条水流经过，日本人称为黑河。黑河发源于孟加拉湾，被回归线垂直的阳光晒热，穿过马六甲海峡，沿着亚洲海岸延伸，绕北太平洋一圈，直到阿留申群岛，输送着樟木和其他原地的产物，其温热的水的纯湛蓝与太平洋的波浪截然不同。“鹦鹉螺号”走的就是这条水流。我用目光追随着它，看到它消失在浩瀚的太平洋中，觉得自己随它而去，这时内德·兰德和贡塞伊出现在客厅门口。

我的两个忠实伙伴看到眼前堆积的珍宝时都惊呆了。

“我们在什么地方？我们在什么地方？”加拿大人大声说，“是在魁北克博物馆吗？”

“如果先生乐意，”贡塞伊反驳说，“不如说是在索默拉尔的府邸呢！”

“朋友们，”我打手势让他们进来，回答说，“你们既不在加拿大，也不在法国，而是在‘鹦鹉螺号’上，在海平面之下五十米的地方。”

“既然先生这样肯定，应该相信，”贡塞伊说，“不过坦率地说，这个客厅布置得甚至连我这样的佛兰德人都感到惊奇。”

“你就惊奇吧，我的朋友。看看吧，对你这样一个有功力的分类学家来说，这里的确有事可干。”

我不需要鼓励贡塞伊。正直的小伙子已经俯向玻璃橱窗，用博物学家的语言念念有词了：腹足纲、蛾螺科、宝贝属、马达加斯加蚧蛤种，等等。

这时，不太懂贝类学的内德·兰德问我和奈莫艇长会面的情况。我是否发现他是谁，从哪儿来到哪儿去，要把我们带到多深的海底？总之，我没有时间回答的上百个问题。

我把自己所知道的情况，或者说得更确切点，我所不知道的情况都告诉了他。我问他，他听到和看到了什么。

“什么也没有听到，什么也没有看到！”加拿大人回答，“我甚至没有看到船员。难道船员也会是通电的？”

“通电的？”

“说实话，真会让人相信是这样。但是您，阿罗纳克斯先生，”内德·兰德问，他总是有自己的想法，“您能说艇上有多少人吗？十个？二十个？五十个？一百个？”

“我无法回答您，兰德师傅。况且，请相信我，眼下要抛弃夺取‘鹦鹉螺号’或者逃走的想法。这艘潜艇是现代工业的杰作，要是没有见到它，我会遗憾的！有很多人哪怕只是为了在这些珍宝中逛一圈，也会接受我们当下的处境。因此，请冷静下来，尽量看看您周围发生的事。”

“看看！”捕鲸手嚷道，“但是什么也看不到，在这钢铁牢房里什么也看不到！我们像瞎子一样走路和航行……”

内德·兰德正说着话，这时黑暗突然降临，真是漆黑一团。天花板的光熄灭了，那样迅速，我的眼睛感到一阵难受，有如从漆黑中突然转到耀眼的强光中产生的感受。

我们缄默无声，一动不动，不知道等待着我们的是喜是悲。不过听传来的滑动的声音，好像是“鹦鹉螺号”的艇侧板在活动。

“玩儿完了！”内德·兰德说。

“水母目！”贡塞伊低声说。

倏地，光从客厅的每一侧，通过椭圆形的开口射进来。海水被电光照得通明透亮。双层水晶玻璃把我们和海水隔开。我先是瑟瑟发抖，想到这易碎的玻璃可能爆裂；不过坚固的青铜支架支撑着玻璃，使其有几乎无限的抗力。

在“鹦鹉螺号”周围一海里的范围内，大海情形清晰可见。多么瑰丽的景色啊！笔墨无法描绘！谁能把光线通过这一大片透明的水的效果，以及海洋从低层到高层接连的光线变化描画出来呢！

大家知道海水的透明度。众所周知，海水的清澈超过岩缝里冒出来的清泉。海水里悬浮着的矿物质和有机物，甚至增加了海水的透明度。在大洋的某些部分，如安的列斯群岛，一百四十五米的水里，沙床惊人地清晰可见，阳光的穿透力可以达到三百米的深处。不过，在“鹦鹉螺号”穿越这片海域时，电灯光是从水中产生的。这不再是发光的水，而是流动的光。

艾伦伯格认为海底有磷光，如果承认他的假设，大自然准定是把它最为壮观的景色之一留给了海洋生物，我可以在这里通过这种光的千变万化做出判断。客厅的每一边都有一扇舷窗，对着这未曾探测过的深渊。客厅的暗反而使外面更亮，我们望出去，仿佛这纯净的水晶是一个巨大水族馆的玻璃。

“鹦鹉螺号”似乎一动不动。这是因为没有参照物。不过，有时被艇艏冲角劈开的水流，从我们眼前飞快地滑过。

我们惊诧莫名，倚在舷窗前，愣住了，谁也没打破静默，贡塞伊突然说：

“内德兄弟，您不是想看吗？您看！”

“稀奇！真稀奇！”加拿大人说，他受到无法抗拒的吸引，把愤怒和逃跑计划都扔到九霄云外，“为了欣赏这幅奇景，就是再远也要来！”

“啊！”我嚷道，“我明白这个人的生活了！他为自己开辟了另外一个世界，把最惊人的奇迹留给自己！”

“可是鱼呢？”加拿大人指出，“我看不到鱼。”

“这有什么关系，内德兄弟，”贡塞伊回答，“因为您分不清鱼。”

“我呀！一个捕鱼的会分不清啊！”内德·兰德嚷道。

对此，两个朋友掀起一番争论，因为他们知道鱼，但两人的认识方式迥然不同。

大家知道，鱼类构成脊椎动物的第四纲，也就是最后一个纲。对鱼类的界定非常准确：“双循环的冷血水生脊椎动物，用鳃呼吸。”

鱼包括两个不同的系列：一个系列是硬骨鱼，就是说脊椎是硬骨的；另一个系列是软骨鱼，就是说脊椎是软骨的。

加拿大人也许知道这个分类，但贡塞伊知道得更多，眼下他虽然和内德结下友谊，却不能承认自己知道得比对方少。因此他说：

“内德兄弟，您是一个鱼的杀手，是个捕鱼能手。您捕到过大量这种有意思的动物。但是，我敢打赌，您不知道怎么给鱼分类。”

“知道，”捕鲸手严肃地回答，“人们分成可以吃的鱼和不可以吃的鱼！”

“这是馋鬼的分法，”贡塞伊说，“请告诉我，您知道硬骨鱼和软骨鱼之间的区别吗？”

“兴许知道，贡塞伊。”

“这两大类鱼再细分呢？”

“我拿不准。”加拿大人回答。

“那好！内德兄弟，听好了，请记住！硬骨鱼分为六个目：第一，棘鳍目，上颌完整，能活动，两鳃像梳子的形状。这一目包括十五个科，就是说包括四分之三已知的鱼。典型是河鲈。”

“相当好吃。”内德·兰德回答。

“第二，”贡塞伊接着说，“腹鳍目，腹下悬有肚鳍，在胸鳍后面，不附着在肩胛骨上。这一目又分五个科，包括大部分淡水鱼。典型是鲤鱼、白斑狗鱼。”

“呸！”加拿大人有点轻蔑地说，“这些淡水鱼！”

“第三，”贡塞伊说，“短鳍目，腹鳍附着在胸鳍下面，紧挨肩胛骨悬着。这一目包括四个科。典型是鲽（dié），黄盖鲽、大菱鲆、菱鲆、鳎（tǎ）鱼，等等。”

“味道好极了！味道好极了！”捕鲸手大声说，他只想从食用的角度来看待鱼。

“第四，”贡塞伊从容不迫地接着说，“无鳍目，体长，无腹鳍，皮厚，往往是黏糊糊的——这一目只有一个科。典型是鳗、电鳗。”

“一般！一般！”内德·兰德说。

“第五，”贡塞伊说，“总鳃目，上下颌完整，能活动，但鳃是由一小束、一小束组成的，分成对沿着鳃弓分布。这一目只有一个科。典型是海马、海天狗。”

“蹩脚！蹩脚！”捕鲸手说。

“最后是，第六，”贡塞伊说，“固颌目，颌骨牢牢地固定在颌间骨一侧，形成上颌，但是，腭骨的弓和头骨啮合，使颌不能动。这类鱼

没有真正的腹鳍，分为两个科。典型是单鼻豚、翻车豚。”

“烹调这种鱼连锅都糟蹋了！”加拿大人嚷道。

“内德兄弟，您明白了吗？”博学的贡塞伊问。

“一丁点儿都不明白，贡塞伊兄弟，”捕鲸手回答，“不过您继续说吧，因为您说得挺有意思的。”

“至于软骨鱼，”贡塞伊沉着地继续说，“只有三个目。”

“好极了。”内德说。

“第一，圆口目，颌连成一个活动的环，几个鳃有许多窟窿张开来。这个目只有一个科，典型是七鳃鳗。”

“应该有人喜欢这种鱼。”内德·兰德回答。

“第二，横口亚目，鳃与圆口鱼的鳃相像，但下颌是活动的。这是软骨鱼里最重要的一个目，包括两个科。典型是鳐鱼、鲨鱼。”

“什么！”内德·兰德嚷道，“鳐鱼和鲨鱼在同一个目！那么，贡塞伊兄弟，为鳐鱼着想，我劝您不要把它们放在同一个鱼缸里！”

“第三，”贡塞伊回答，“鲟鱼目，鳃旁长着鳃盖骨，鳃通常只张开一条缝。这个目分四个科。典型是鲟鱼。”

“啊！贡塞伊兄弟，您把最好的东西放到最后——至少我这么看。就这些？”

“是的，高尚的内德，”贡塞伊回答，“请注意，知道了这些，还是什么也不知道，因为科要分成属、亚属，种、变种……”

“那么，贡塞伊兄弟，”捕鲸手俯向舷窗说，“游过去的就是一些变种？”

“是啊！都是鱼，”贡塞伊大声说，“真以为是在水族馆前面呢！”

“不是的，”我回答，“因为水族馆不过是鱼篓子，而这些鱼自由来去，就像鸟儿在空中飞翔。”

“那么，贡塞伊兄弟，说出它们的名字吧！”内德·兰德说。

“我呀，”贡塞伊回答，“我做不到！这是我主人的事！”

正直的贡塞伊确实是个分类迷，但绝不是一个博物学家，我不知道他是否能区分金枪鱼和地中海舵鲣（jiān）。总之，他和加拿大人相反，内德·兰德能毫不犹豫地叫出所有这些鱼的名字。

“这是一条鳞鲀。”我说。

“一条中国鳞鲀。”内德·兰德回答。

“鳞鲀种，硬皮马勃属，固颌科。”贡塞伊小声说。

内德和贡塞伊结合起来，一准能造就一个杰出的博物学家。

加拿大人没有搞错。一群金枪鱼，身体压得扁平，皮肤像鸡皮疙瘩，背上长着一根刺，在“鹦鹉螺号”周围嬉戏，摆动着尾巴两侧竖起的四行刺。它们的皮肤上面是灰色的，下面是白色的，金色斑点在昏暗的漩涡中闪闪发光，没有什么比这更好看的了。它们中间有一些鳐鱼在起伏游动，好像迎风招展的一面桌布。在这些鳐鱼中，令我高兴的是，我看到一条中国鳐鱼，上半身淡黄，肚皮底下浅玫瑰色，眼睛后面长着三根刺；这是一种稀有的鱼，拉塞佩德[1]当时甚至怀疑它的存在；拉塞佩德只是在日本的一本画册中见过这种鱼。

两个小时里，一整支水族大军给“鹦鹉螺号”护航。它们在嬉戏和跳跃中比美丽、比闪光、比速度。我区分出绿窿头鱼；身上有两道黑条纹的海绯鲷（diāo）；通体皆白、布满紫斑、尾巴浑圆的虾虎鱼；日本海银色头蓝色身的美丽鲭鱼；名字就给人美感、身上有条纹、蓝黄两色鳍的闪光鲷鱼；身上有不同颜色横纹、尾巴有一条黑带的真鲷；身上有六条带子、像优雅地穿上紧身衣的鲷鱼；嘴长得像笛子或小号的管口鱼，有的长达一米；日本蝾螈；海鳝；七英尺长、小眼睛灵活、大嘴有牙的

[1] 拉塞佩德（1756—1825），法国博物学家、作家，参与布封《博物史》的写作，著有《欧洲通史》。

海蛇；等等。

我们的赞赏始终保持在最高点，惊叹持续不断。内德报出鱼名，贡塞伊给以分类。我呢，我对这些体态活泼、形状美丽的鱼十分着迷。我从来没有见过生活在自然环境中自由自在的生物。

我们被搞得眼花缭乱，日本海和中国海的各种鱼都在游动，我不能一一列举。这些鱼比天上的鸟还多，无疑是被闪亮的光源吸引，追逐而来。

蓦地，客厅里大放光明。钢护板重新合上了。迷人的景致消失。但我仍然长久地在遐想，直至我的目光盯住墙上挂着的那些仪器。罗盘始终指着东北偏北方向，气压计显示有五个大气压，说明潜艇处于五十米的深度，电航速表标明潜艇每小时行驶十五海里。

我等待奈莫艇长。但他没有露面。时钟指着五点。

内德·兰德和贡塞伊回到他们的舱室。我呢，我回到自己房间。我的晚餐已经放在那里。汤是用最嫩的海龟做的，一盘稍稍抹了点黄油的白色羊鱼，单独做的羊鱼肝味道鲜美；还有金鲷鱼的脊肉，我觉得味道比三文鱼好。

这天晚上我用来阅读、写东西和思索。然后，我困了，就躺在铺着大叶藻的床上，酣然入睡，此时，“鹦鹉螺号”穿过黑河的激流前行。

十五

邀请信

第二天，十一月九日，我睡了十二小时的长觉才醒过来。贡塞伊来了，按照他的习惯，想知道“先生晚上睡得怎样”，然后伺候先生。他把他的加拿大朋友留在舱室，让内德像一辈子都在睡觉的人一样待在那里。

我任由贡塞伊随兴之所至絮叨，不太回答他。我关心的是昨晚我们观赏海景时奈莫艇长没有露面，我希望今天再看到他。

我很快再次穿好牡蛎足丝做的衣服。这件衣服的质地不止一次引起贡塞伊的议论。我告诉他，这衣服是用江珧吐在岩石上的又细又亮的丝做的；江珧是一种贝类，在地中海沿岸多如牛毛。从前的人用来织出漂亮的料子、袜子、手套，因为这种丝十分柔软、保暖。“鹦鹉螺号”的船员可以物美价廉地穿衣，压根儿用不着去求助于陆地上的棉纺工人、绵羊和蚕宝宝。

我穿好衣服后，就来到大客厅。里面空无一人。

我沉迷在研究堆积在玻璃柜里的贝类珍宝之中。我也看大本的植物标本集，里面都是最珍贵的海洋植物，尽管它们已经干了，依然保留鲜艳的颜色。在这些贵重的水生植物中，我发现轮生海苔、孔雀团扇藻、葡萄叶藻、粒状水马齿、猩红色的细洁海草、扇形海菰和压得很扁的蘑菇状菌盖——很长时间以来被列入植形动物，最后是一系列海藻。

整个白天过去了，奈莫艇长不肯赏光来看我。客厅的钢护板没有打开过。也许是不想让我们对这些好看的东西生厌。

“鹦鹉螺号”的航向保持在东北偏东，航速十二海里，深度在五六十米。

第二天，十一月十日，同样的置之不理，同样的孤独。我没有见到任何一个船员。内德、贡塞伊和我一起度过大部分白天。他们对艇长难以解释的不露面感到诧异。这个古怪的人生病了吗？他想改变处置我们的计划吗？

照贡塞伊看来，不管怎样，我们享受了一整天的自由，我们的饭菜很精美，很丰盛。我们的主人说话不便。我们不能抱怨；再说，我们本身命运奇特，给我们这么好的补偿，以至我们没有权利去责备他。

这一天，我开始写日记，我以最细致的准确把这些经历记录下来。有意思的是，我是写在大叶藻制作的纸上的。

十一月十一日，一大清早，“鹦鹉螺号”中弥漫的新鲜空气告诉我，我们又回到洋面上更新储存的氧气了。我朝中央梯子走去，登上平台。

这时是六点。我看到是阴天，大海灰蒙蒙的，但风平浪静。我期待能在这里遇到奈莫艇长，他会来吗？我只看见被困在玻璃驾驶室里的舵手。我坐在小艇形成的凸出处，惬意地呼吸有海腥味的空气。

晨雾在阳光的作用下逐渐消散。灿烂的太阳突破东方的天际。大海在阳光的照射下，仿佛迅速地燃烧起来。分散在高空的浮云，色彩绚丽，千变万化，许多“猫舌云”[1]预示着整个白天都将刮风。

可是，“鹦鹉螺号”连暴风雨都不怕，风又怎样奈何得了它呢！

于是我欣赏起这日出的美景，那么喜气洋洋，那么充满生机，这时，

[1] 猫舌云：小块白云，轻盈，四周呈锯齿状。——原注

我听到有人登上平台。

我准备向奈莫艇长致意，但出现的是他的大副——我已经在艇长第一次拜访时见过他了。他朝平台走来，好似没发觉我的存在。他把高倍望远镜放在眼睛上，聚精会神地探索天际的四面八方。察看完毕后，他走近舱盖，说了一句话。我记住了这句话，因为每天早晨他都在同样的情况下重复一遍。话是用这几个词说的：

“Nautron respoc lorni virch.”

话的意思，我说不出来。

说完这句话，大副就走下去了。我想，“鹦鹉螺号”又要在海下航行了。于是我走到舱盖那里，通过纵向通道，回到我的房间。

五天这样过去了，情况没有发生变化。每天早上，我登上平台，听同样的人说出同样的句子。奈莫艇长仍然不露面。

我打定主意，不再想着见他，这时，十一月十六日，我同内德和贡塞伊回到我的房间，我看到桌上有一张写给我的便条。

我急不可待地打开便条，上面的字写得潇洒、清晰，但有点哥特体风格，使人想起德语文体。

这张便条由这几句话写成：

阿罗纳克斯教授先生：

兹定于明晨在克雷斯波岛的森林举行打猎活动，奈莫艇长邀请阿罗纳克斯先生参加。他希望教授先生排除干扰出席，并期望他的两个同伴一同前往。

“鹦鹉螺号”指挥官奈莫艇长

一八六七年十一月十六日于“鹦鹉螺号”

“打猎！”内德嚷道。

“而且在克雷斯波岛的森林里！”贡塞伊补上说。

“那么说，这个怪人要到陆地上去了？”内德·兰德又说。

“我觉得这上面说得很明白。”我重读了一遍信，说道。

“那好！必须接受！”加拿大人说，“一旦踏上陆地，我们就会想出一个主意。再说，能吃到几块新鲜的野味，我不会感到不高兴。”

我没有考虑怎样调和奈莫艇长讨厌大陆和海岛与邀请我们到森林打猎的矛盾，仅仅回答：

“咱们先看看克雷斯波岛在哪儿吧！”

我去看地球平面球形图，在北纬 32 度 40 分和西经 167 度 50 分的地方，找到一个小岛，是克雷斯波船长于一八〇一年发现的，以前的西班牙地图上标的名字是罗卡·德·拉普拉塔，就是说“银礁”，距离我们的出发点约有一千八百海里。“鹦鹉螺号”航向稍有改变，正朝东南方向行驶。

我向同伴们指点这个隐没在太平洋中的小岩礁。

“即使奈莫艇长有时到陆地上去，”我对他们说，“他至少会选择绝对荒无人烟的小岛！”

内德·兰德点点头，没有回答，然后，贡塞伊和他离开了。我吃完那个无言和冷漠的侍者给我送来的晚饭后，怀着心事躺下了。

第二天，十一月十七日，醒来时我觉得“鹦鹉螺号”纹丝不动。我敏捷地穿好衣服，走进大客厅。

奈莫艇长在那里。他在等我，见到我后站了起来，向我打招呼，问我陪伴他是否合适。

由于他绝口不提这一星期消失不见的原因，我也避免和他谈起，仅仅回答他，我的同伴们和我乐意跟着他走。

“只不过，先生，”我加上一句，“我能向您提一个问题吗？”

“说吧，阿罗纳克斯先生，如果我能回答，就会回答的。”

“那好，艇长，您已经和陆地断绝一切关系，您怎么在克雷斯波岛拥有森林呢？”

“教授先生，”艇长回答我，“我拥有的森林不需要阳光和热量，既没有狮子、老虎、豹子，也没有任何四条腿的动物光顾。这片森林只有我一个人知道，只为我一个人生长。这绝不是陆地森林，而是海底森林。”

“海底森林？”我大声说。

“是的，教授先生。”

“您请我去的就是那里？”

“正是。”

“走路去？”

“甚至连鞋都不会湿。”

“去打猎？”

“去打猎。”

“手里拿着枪？”

“手里拿着枪。”

我望着“鹦鹉螺号”的艇长，没有一点儿谄媚他的神态。

“他脑子准定有毛病，”我想，“他这次犯病持续了一星期，甚至要继续下去。真遗憾！我宁愿他人怪，而不是发疯！”

这个想法清晰地流露在我的脸上，可是奈莫艇长仅仅请我跟着他，我像个逆来顺受的人，跟在他后面。

我们来到餐厅，早饭已经准备好了。

“阿罗纳克斯先生，”艇长对我说，“我请您和我共进早餐，不要客气。我们边吃边谈。我答应了您到森林里漫步，但并没有向您保证在森林里能遇到饭馆。所以您得饱餐一顿，因为可能要很晚才吃晚饭呢。”

我津津有味地吃饭。早餐菜里有几种鱼、几片海参、美味的植形动物，都是用非常开胃的海藻调制的，像青红片海藻、苦乳味海藻[1]。饮料是清水，我学艇长的样，在水里加了几滴发酵的液体，这是根据堪察加人的方法，从一种名为“掌状蔷薇”的海藻中提取出来的。

起先，奈莫艇长光吃饭，闷声不响。然后他对我说：

“教授先生，我请您到我的克雷斯波森林去打猎，您会以为我做事自相矛盾吧？等我告诉您那是海底森林以后，您会以为我疯了吧？教授先生，绝对不应该轻率地判断人。”

“但是，艇长，请相信……”

“请听我说，您就知道是否要指责我发疯还是做事自相矛盾。”

“我听您说就是。”

“教授先生，您和我都一样清楚，人戴着氧气设备，能在水下生活。工人在海底作业时，身穿防水服，头戴金属罩，通过压力泵和送气控制器，获得外界的空气。”

“这是潜水服。”我说。

“确实是，但在这样的条件下，人不自由。他和通过橡皮管给他供气的泵连在一起，这条真正的链子把人和陆地相连。如果我们要这样被拴在‘鹦鹉螺号’上，我们就走不了很远。”

“有办法自由行动吗？”我问。

“用卢凯罗尔－德奈鲁兹[2]的装置就可以，这是您的两个同胞发明

[1] 原文为拉丁文，Porphyria laciniata、Laurentia primafetida。

[2] 卢凯罗尔（1848 年生于埃斯帕利翁，是工程师和作家）与德奈鲁兹合作制作出第一套潜水服（1865 年）。

的，但我使用时做了改进，它能让您在新的重量条件下去探险，而您的肌体不受任何伤害。它有一个厚钢板制作的罐，我用五十个大气压输入空气。这个罐用带子固定在背上，就像士兵的背包一样。罐的上部是个匣子，在送气机械的控制下，空气只能在正常压力下才从匣子里逸出。在卢凯罗尔原来的装置中，有两根橡皮管从匣子里伸出，一直通到把使用者的鼻子和嘴都封住的喇叭罩里：一根管子用来吸气，另一根用来排气。根据呼吸的需要，用舌头堵住这一根或那一根管子。但我面对的是海底的巨大压力，所以不得不把我的头封闭在潜水服那样的青铜头盔里，就是说，把那两根吸气和呼气的管子也通到头盔里。”

“好极了，奈莫艇长，不过您带着的空气应该很快用完，一旦空气中只剩下百分之十五的氧气，就变得不宜呼吸了。”

“毫无疑问，但我对您说过，阿罗纳克斯先生，‘鹦鹉螺号’的泵能使我在巨大的压力下往罐里装气，在这种条件下，装置的罐能够供应九至十小时的可呼吸空气。”

“我再提不出什么异议了，”我回答，“艇长，我只问您，在海底您怎样能够照亮道路呢？”

“阿罗纳克斯先生，用鲁姆科夫灯光装置。气罐背在背上，灯光装置挂在腰间，这装置用的是本生电池，我不是用重铬酸钠，而是用重铬酸钾来起作用。一个感应线圈接收发出来的电，把电输送到一盏特制的灯里。在这盏灯里有一根蛇形玻璃管，管里只容纳一点煤气。灯一开，煤气就亮起来，发出持续不断的白光。这样装备好，我既能呼吸，又能看路。”

“奈莫艇长，对我提出的问题，您都作了不容置疑的回答。不过，虽然我不得不接受卢凯罗尔和鲁姆科夫的装置，但对您要把我武装起来的那支枪，我仍然要做些保留。”

"但这根本不是一支火药枪。"艇长回答。

"这么说是一支气枪了？"

"当然。我既没有硝石，也没有硫黄，还没有木炭，您让我怎么在艇上制造火药啊？"

"况且，"我说，"在水里射击，在比空气密度大八百五十倍的水里射击，需要克服巨大的抗力。"

"这不能成为理由。有些枪，在富尔顿[1]改进之后，又经过英国人菲利普·科尔和伯利、法国人菲尔西、意大利人兰蒂的改进，具有一套特别的封闭装置，能够在水中射击。但是，我要再说一点，由于没有火药，我只能用高压空气代替，'鹦鹉螺号'的泵给我提供大量的压缩空气。"

"但是这种压缩空气很快就会用完的。"

"是啊！我不是有卢凯罗尔罐在需要时给我提供压缩空气吗？为此，只消有一个 ad hoc[2] 阀门。何况，阿罗纳克斯先生，您会亲自看到，在海底打猎时，费不了多少压缩空气和子弹。"

"但是我觉得，在这种半明半暗中，在比空气密度更大的密度中，枪不能打得很远，也很难有杀伤力吧？"

"先生，正相反。用这种枪，枪枪都是致命的，一只动物被命中，不管伤得多么轻，都会马上倒下毙命。"

"为什么？"

"因为这种枪射出去的不是平常的子弹，而是玻璃小雷管——这是奥地利化学家莱尼布罗克发明的——我得到充足的供应。这种玻璃雷管

[1] 富尔顿（1765—1815），美国机械师。1799 年，他在法国建造了第一艘螺旋桨潜艇（"鹦鹉螺号"由此而来），后来又研究蒸汽船。

[2] 拉丁文，专门的。

覆盖着一层钢套，有一层铅底加重，是真正的小莱顿瓶[1]，里面电压非常高。轻轻一碰，就会爆炸，动物不管多么凶猛，中枪后也要倒毙。我还要补充一点，这些雷管不比四号子弹大，一支普通的枪，能装十粒。”

“我不再有疑问了，”我回答，从桌旁站起来，“我拿枪就是。还有，您去哪儿，我跟着去。”

奈莫艇长带着我朝“鹦鹉螺号”的后面走去。经过内德和贡塞伊的舱室时，我叫上我的两个同伴马上跟我们走。

我们来到一个靠近机房的侧室，我们要在那里穿上在水中行走的衣服。

[1] 莱顿瓶：初期的静电器，由荷兰莱顿大学的教授发明。

十六

海底平原漫步

确切地说，这间屋子是“鹦鹉螺号”的弹药库和更衣室。一打潜水装备挂在墙上，等着到海底漫步的人使用。

内德·兰德看到这些装备时，表现出明显的不想穿。

“可是，我正直的内德，”我对他说，“克雷斯波森林只是海底森林！”

“好啊！”捕鲸手沮丧地说，他看到吃鲜肉的梦想破灭了，“而您呢，阿罗纳克斯先生，您要穿这种衣服吗？”

“必须穿，兰德师傅。”

“这是您的自由，先生。”捕鲸手耸耸肩回答，“至于我，除非强迫我穿，我决不钻到里面去。”

“没有人强迫您，兰德师傅。”奈莫艇长说。

“贡塞伊要冒险试试吗？”内德问。

“先生去哪儿，我跟着去。”贡塞伊回答。

在艇长的一声招呼下，两名水手过来帮我们穿上这沉重的防水服。防水服是用橡胶做的，不是缝制的，能够承受巨大的压力。好像是既灵活又有抗力的骨架。裤子和上衣连在一起。裤子底下是厚底鞋，装上沉重的铅鞋底。上衣有铜片支撑，构成护胸甲，保护胸部抵抗水压，让肺自由呼吸；袖子底端形成柔软的手套，绝不妨碍手的动作。

可以看出，那些未经改进的、难看的潜水服，比如十八世纪发明和受到吹嘘的软木护身衣、无袖外套护身衣、海洋服和潜水箱，和眼前的防水服相比，两者真有天壤之别。

奈莫艇长，他的同伴——一个应该是膂（lǚ）力过人的“赫拉克勒斯”[1]，贡塞伊和我，我们很快穿好潜水服。就剩下将脑袋伸进金属头盖里。但在此之前，我请艇长允许我看看要发给我们的枪。

“鹦鹉螺号”上的一个人递给我一支普通的枪，枪托用钢板制作，是空心的，规格很大，用来储存压缩空气，由扳机操纵的阀门把压缩空气送进金属的枪管里，子弹夹能装二十来粒电力弹，利用弹簧，子弹自动上膛。打出一发之后，另一发子弹便准备好就位。

“奈莫艇长，”我说，“这件武器很完美，操作简便。我但求试它一试。可是，我们怎么到达海底呢？”

“教授先生，眼下‘鹦鹉螺号’正停在离海底十米处，我们这就出发。”

“可是，我们怎么出去呢？”

“您就会看到的。”

奈莫艇长把头伸进球形帽子里。贡塞伊和我也那样做了，只听到加拿大人对我们抛出一句有讽刺意味的“打猎快乐”。潜水服的上端是带螺丝的铜衣领，金属头盔就用螺丝固定在上面。三个洞由厚玻璃护住，只要在帽子里转动头，便可以朝四面八方观看。头盔一戴上，安装在背上的卢凯罗尔设备便开始运转，我呢，我觉得呼吸自如。

我腰上挂着鲁姆科夫灯，手里拿着枪，准备出发。但是，坦率地说，囚禁在这身沉重的衣服里，脚下被铅底鞋钉在甲板上，简直寸步难移。

[1] 赫拉克勒斯：希腊传说中最有名的英雄，立下十二件奇功。

但是，这种情况是意料之中的，我感觉到有人把我推到和更衣室相连的小房间去。我的同伴同样被人推着，跟随着我。我听到一扇密封的门在我们身后关上，周围一片漆黑。

几分钟后，一下尖厉的哨声传到我耳朵里。我感到一阵凉意从脚底升到胸部。很明显，阀门正在从艇里打开，外面的水漫进来，将我们浸没，这个房间很快被灌满水。开在“鹦鹉螺号”侧面的第二道门打开了。微光照射着我们。很快，我们的脚便踩到海底。

现在，我怎样才能把这次海底漫步给我留下的印象描写出来呢？叙述这些奇观，语言真是无能为力！连画笔都不能表现水的特殊魅力，笔墨又怎能再现呢？

奈莫艇长走在前面，他的同伴在我们后面几步紧跟。贡塞伊和我，我们紧挨着，仿佛通过我们的金属外罩，可以交流话语。我已经感觉不到衣服、鞋子、空气罐和厚头盔的沉重，我的脑袋在头盔里像杏仁在核里一样晃动。所有这些东西，在水里失去了一部分重量，正相当于排水量。我清楚地体会到阿基米德发现的这条物理定律。我再不是惰性物体，我活动的自由度相对大了。

阳光能够照到水面下三十英尺的地方，其强度令我吃惊。它很容易穿过这片海水，使海水失去颜色。我清晰地分辨出相距一百米的东西。再远，海底就产生像天青石色彩的细微减弱那样的变化，在远处呈现蓝色，然后消失在一片朦胧的黑暗中。我周围这片水，其实也只是一种空气，比陆地上的空气更稠密，但几乎是一样的清澈。在我头顶上，我看到平静的海面。

我们行走在一片细沙上，细沙不像海滩那样保留波浪的痕迹。这耀眼的地毯，是真正的反射镜，以令人吃惊的强度把阳光折射回去。这广袤的反射由此深入所有的液体分子中。如果我肯定地说，在这三十英尺的深处，我看东西像在大白天一样清楚，会有人相信我吗？

我在这片亮晶晶的沙地上走了一刻钟。沙地上散布着一层纤细如粉的细碎贝壳。“鹦鹉螺号”的艇体就像一块长长的暗礁一样呈现着，并逐渐消失。当黑夜降临到海水中时，那盏舷灯投射出非常清晰的光线，会方便我们回到潜艇。对于只在陆地上见过一片白茫茫海水滚滚而来的人来说，这是难以理解的现象。陆地上，空气饱含尘埃，而尘埃给海面一片发光的雾气的表象；但在海上和海底，电灯光却无比明晰地传播出去。

我们一直在走，沙地的广阔平原似乎无边无际。我用手分开水帘，水帘又在我身后合拢，我的脚印在水的压力下迅速消失。

不久，远处有什么东西，朦朦胧胧地映入我的眼帘。走近了，我认出是嶙峋的岩石，上面长满一层堪称最美样品的植形动物，这个地方首先给我留下一个特殊印象。

这时是上午十点。阳光斜照在海面上，被折射分解，就像穿过棱镜，花、岩石、胚芽、贝壳和珊瑚虫，在边沿上产生阳光的七彩变化。这种色彩的混合，构成真正的万花筒，折射出绿色、黄色、橙色、紫色、靛青色、蓝色，总之，像一个出色的画家的整块调色板。这是一幅奇景，令人大饱眼福！我怎样才能对贡塞伊传达我的强烈感受，来同他一起发出赞叹呢！我也不知道怎么像奈莫艇长和他的同伴那样，用约定好的手势交流我的想法！因此，没有更好的办法，我只好对自己说话，我在套住我脑袋的铜盔里喊叫，这些废话兴许消耗了里面更多的空气。

面对这美景，贡塞伊和我一样停下来。显然，好小伙子看到这些植形动物和软体动物的样品，一直不停地分类。满地都是珊瑚虫和棘皮动物。各种叉形虫；孤立生存的角形虫；过去称为“白珊瑚”的完整无损的复眼珊瑚；蘑菇状的有刺的菌生虫；用吸盘附着地上的银莲花，这一

切形成一个花坛，这花坛点缀着环状的、天蓝色触角的红花石疣；散布在沙上的海星；瘤状的海盘车，就像仙女刺绣的精细花边，在我们走过时激起的微波中荡漾。散布在地上的有成千上万的软体动物，都是出色的标本，踩在我脚下真叫我心疼。其中有同心扇贝、槌贝；有水叶甲，那是真正能够蹦跳的贝类；马蹄螺、红冠螺、天使翅－龙卷风螺、叶纹螺，以及这取之不尽的大洋里其他数不胜数的产物。但必须往前走，一路上，成群的僧帽水母在我们头上漂游，它们拖着天青石色的触角；白色或淡红色伞膜、天蓝色边饰的水母，遮住了我们头上的阳光。暗处的浮游生物，在我们经过的路上洒满磷光。

在四分之一海里内，我观赏着所有这些奇妙生物，几乎没有停下来，跟在奈莫艇长后面，他向我打着手势。不久，地上的自然景况变了。在沙地平原之后，是一层黏稠的淤泥，美洲人称之为“奥阿兹”，完全由硅质和石灰质的贝壳构成。然后我们走过一片海藻地，这种深海植物还没有被海水冲掉，生长得很快。这片由密密麻麻的海藻构成的草坪，脚感柔软，赛过人工织成的最柔软的地毯。但绿茵在我们脚下伸展的同时，并没有忘掉我们的上方。一道海洋植物形成的绿廊在海面上搭成；这类海洋植物属于生长繁盛的海藻科，已知的超过两千种。我看到墨角藻的长带子，有球形的，也有管状的；我也看到红花藻，叶子纤细的苔藓，类似仙人掌的扇状蔷薇藻。我观察到绿色植物更靠近海面，而红色植物占据中等深的地方，海洋深层则留给了黑色或棕色的水生植物，让它们形成花园或草坪。

海藻真是造物的奇迹，植物世界的奇观之一。这个科既有地球最小的植物，也有最大的植物。因为我们可以在五平方毫米的地方，数出四万个难以觉察的胚芽，也可以采集到长度超过五百米的黑角藻。

我们离开“鹦鹉螺号”已经有一个半小时左右。时间快近中午。我发觉阳光是直射的，不再反射。色彩的变幻逐渐消失，绿宝石和蓝宝石的细微差别也在我们头顶上消失了。我们步履均匀地走着，脚步在地上发出惊人的轰响。最小的声音也能飞速地传出去，耳朵在陆地上待久了感觉不习惯。确实，对声音来说，水是比空气更好的载体，在水里传播要比在空气中快四倍。

这时，地面出现明显的坡度。光线的色彩变得单调。我们到达了一百米的深度，要忍受十个大气压。但我的潜水服适应这种情况，我丝毫未感到压力。我只感到手指关节有些妨碍，而且这种不适很快就消失了。至于走两小时的路，我又有点不习惯穿这么重的衣服，本应该疲倦，却一点儿也没有。水有助于我的动作，出人意料地活动自如。

到达三百英尺的深度时，我还能看见阳光，不过很微弱，从耀眼转成了淡红色的黄昏，像在白天与夜晚之间。但我们足以看清前行的路，还不需要启用鲁姆科夫灯光装置。

这时，奈莫艇长停住脚步。他等我赶上他，用手指给我看一片黑乎乎的东西，在不远处的黑暗中显现出来。

“这就是克雷斯波岛的森林。”我想，我没有搞错。

十七

海底森林

我们终于到达森林边缘，这无疑是奈莫艇长无边领地中最美的产业之一。他把它看作自己的属地，自认为对它有着创世之初第一批人拥有的同样权利。再说，谁会跟他争夺拥有这片海底产业呢？还有哪个更大胆的先驱者，手持大斧，跑来开发这片阴暗的森林呢？

这片森林由巨大的乔木组成，一走进它广大的拱顶中，我的目光马上被枝叶的排列方式吸引住了——我至今还没有见过那样的排列。

地面上根本没有铺草，灌木枝条既不在地上蔓延，不下垂，也不向水平方向伸展。每一根都伸向海面。没有细枝条，没有带状的枝叶，灌木不管多么细，都像铁丝一样笔直。墨角藻和藤本植物受到海水密度控制，都垂直地向上生长。这些植物一动不动，我用手一拨，枝干就马上恢复原状。这里是垂直线的王国。

不久，我习惯了这种奇特的排列，也习惯了我周围的相对黑暗。森林的土地布满尖石块，很难躲开。我觉得这里的海底植物相当全，甚至比北极地区或者热带地区还要多。但是，在几分钟里，我无意中混淆了它们之间所属的“界”，将植形动物看作水生植物，将动物看作植物。谁不会搞错呢？在这个海底世界里，动物区系和植物区系相邻得这样近！

我观察到，所有这些植物界的产物，只由表面的树根固定在地上。它们没有根，只要是固体，无论是沙子、贝壳、甲壳还是鹅卵石，都可以支撑它们，它们只要求有一个支撑点，而不是生命力。这些植物都是起源于自身，它们存在的要素是支持并给它们营养的水。它们大部分没有叶子，长出奇形怪状的薄片，颜色有限，只有玫瑰色、胭脂红、绿色、橄榄色、浅黄褐色和棕色。我在这里又看到“鹦鹉螺号”上的那些样品，但不是干枯的标本；还看到像扇子一样打开的、让人期待和风的孔雀团扇藻，猩红色的瓷贝，拖着可吃嫩芽的片形贝，高达十五米的、弯曲纤细的古铜藻，茎在顶端变大的一丛丛瓶形水草，还有许多深海植物，全都不开花。一位风趣的博物学家说：“在海洋奇特的环境中，有种古怪的反常现象，那里动物界开花，植物界不开花！”

在这些大如温带地区树木的各种灌木中，在这些灌木的潮湿阴影下，麇集开着生意盎然的鲜花的真正丛林，一排排植形动物；植形动物上面绽放布满弯曲条纹的脑珊瑚，触角透明的淡黄色石竹珊瑚，长成丛草一样的石花珊瑚。——为了补全想象——蝇鱼在树枝间飞舞，就像一群蜂鸟，而颌骨翘起、有尖鳞的黄色囊虫鱼、飞鱼和单鳍鱼，好像一群沙雉从我们脚下跳起来。

将近一点，奈莫艇长示意休息。我对这个信号相当满意，我们躺在海藻的绿廊下，海藻的细长带子像箭一样竖起。

我觉得这段休息时间十分惬意。我们只缺少交谈。在这里不可能说话，不可能回答。我仅仅把我偌大的铜头盔靠近贡塞伊的头。我看到这个好小伙子高兴得眼睛放光，这是满意的表示，他在空气罩里做着滑稽的表情。

这样走了四个小时以后，我很惊讶并没感到有强烈的吃东西需要。胃的这种状态怎么回事，我说不清楚。相反，我感到难以克服的睡意，所有的潜水者大抵如此。因此我的眼睛不久就在厚玻璃后面闭上了，

堕入不可克制的假寐中，唯有走路才能一直抗拒。奈莫艇长和他强壮的同伴躺在这水晶般透明的水中，给我们做出睡觉的示范。

我陷入这种半睡中多长时间，无法估计；但是，我醒来时，我觉得太阳沉向地平线。奈莫艇长已经起来，我开始伸展四肢，这时，出现了一样意料不到的东西，使我猛然翻身，站了起来。

几步以外，一只可怕的海蜘蛛，高一米，斜着眼睛看我，准备向我扑来。虽然我的潜水服相当厚，可以抵挡这只动物的咬，我还是禁不住做了一个惊恐的动作。贡塞伊和“鹦鹉螺号”的水手这时醒了过来。奈莫艇长向他的同伴指了指可怕的甲壳动物，马上一枪把它撂倒，我看到怪物吓人的爪子在剧烈的痉挛中抽搐。

这次遭遇使我想到，别的更加可怕的动物大概要光顾这阴暗的海底，我的潜水服不能保护我抵御它们的攻击。此前我还不曾想过这一方面，我决意有所戒备。另外，我以为这次休息是我们漫步的终点；但我搞错了，奈莫艇长非但没有回到“鹦鹉螺号”，反而继续进行他大胆的旅行。

地面始终下斜，坡度更为明显，把我们引向更深处，眼下差不多三点，我们来到一个峡谷。两边是高高的陡壁，位于海底一百五十米。靠了我们完善的装备，我们超越了大自然至今给人类设下的海底旅行深度九十米的极限。

我估计有一百五十米，虽然没有任何设备使我测量出这段距离。但是我知道，即使在最清澈的水中，阳光也不可能穿透得更深。然而，恰在这时，变得黑咕隆咚了。在十步开外，什么也看不见。于是我摸索着前行，这时，我看见一股相当强烈的白光陡然出现。奈莫艇长刚刚打开了电灯。他的同伴模仿他。贡塞伊和我也追随他们。我拧了一下螺丝，将线圈和蛇形玻璃管接通。在二十五米的圆周内，海洋被我们的四盏灯照亮。

奈莫艇长继续深入昏暗的森林深处，林中的灌木越来越少。我观察到，植物的生命消逝得比动物快。深海植物已经放弃变得贫瘠的土地，而多得惊人的动物，如植形动物、节肢动物、软体动物和鱼，还在这里大量繁殖。

我一边走一边想，我们的鲁姆科夫灯光装置必然会吸引这些阴暗水层的某些动物。但是，如果它们接近我们，至少和我们这些猎人保持令人懊恼的距离。有好几次，我看到奈莫艇长停下来，举枪瞄准；观察了一会儿，他又站起来，重新前进。

最后，将近四点时，这次神奇的旅行结束了。一堵壮观的、巍然耸立的墙矗立在我们面前，这是巨大的石块堆积，巨大的花岗岩峭壁，黑森森的岩洞，却没有任何可以攀登的斜坡。这是克雷斯波岛的暗礁。这是陆地了。

艇长突然站住。他打了一个手势让我们停下，纵然我很想穿越这堵墙，但也不得不止住脚步。这里，奈莫艇长的领地终止了。他不想超越。再远，就是地球上他不应踏入的部分了。

开始返回。奈莫艇长又走在这支小小队伍的前头，始终毫不犹豫地往前走。我觉得我们没有按原路返回“鹦鹉螺号”。这条新路陡峭，因此很难走，却可以很快把我们带回海面。回到水的上层不是很快，水的减压并不太快，否则会给我们的肌体带来严重损害，对潜水员造成致命内伤。光亮立即重新出现、增强，由于太阳已经落到天际之上，折射重新给各种物体罩上一圈七色光环。

在十米深的地方，我们行走在一群各类小鱼中间，鱼比空中飞鸟还多，也更灵活，但我们眼前还没有一只值得我们开枪的水生野味出现。

这时，我看到艇长急忙端起枪瞄准，盯着荆棘丛中一只活动的东西。枪响了，我听到一声微弱的呼啸，一只动物在几步远的地方倒毙了。

这是一只出色的海獭，是唯一专门生活在海里的四足动物。这只海獭长一百五十厘米。它的皮，上面是栗褐色，下面是银白色，在俄罗斯和中国的市场上，算是非常抢手的珍贵毛皮之一。它的毛细密而有光泽，价值至少是两千法郎[1]。圆头，短耳，圆眼，像猫一样的白胡子，蹼足带趾，尾巴的毛浓密，我非常欣赏这种珍奇的哺乳动物。这种珍贵的食肉兽，受到渔民追逐和围猎，于是变得罕见，主要跑到太平洋的北极圈内躲藏起来，但是这种动物在那里也会很快灭绝的。

奈莫艇长的同伴走过去把猎物捡起来，扛到肩上，大家重新上路。

在一个小时里，我们前面展开一片平坦的沙地，往往升到距离海面不足两米的深度。于是我看到我们的映像清晰地反映出来，不过是倒影，我们头顶上，出现一群相同的人，重现我们的动作和姿态，一句话，除了走路时头朝下，脚朝上，都一模一样。

另外一种现象值得记下来。就是厚厚的云层掠过，形成一团，又很快消失；但是经过思索，我明白了，这些所谓的云彩，只不过是海底的长浪不断变化的厚度，我甚至发现起泡沫的“白帽浪”，它们的尖顶粉碎以后又纷纷洒到水面上，我看到它们迅速掠过海面的情景。

我有机会目睹能打动猎人心弦的好枪法。一只大鸟，展开宽阔的双翼，清晰可见，飞了过来。就在它飞到离浪涛只有几米的地方，奈莫艇长的同伴瞄准后开枪。大鸟倒毙了，坠落下来，正好经过灵巧的猎人伸手可及的地方，他一把抓住。这是一只美丽的信天翁，是能飞越重洋的、令人赞叹的一个鸟类品种。

我们的行走没有因为这件事而停下来。在两个小时内，我们时而走在平坦的沙地上，时而走在海藻地上，穿过时十分艰难。说实话，我走不动了，这时我看到半海里处有朦胧的光，冲破了海水的黑暗。这是“鹦

[1] 海獭和下文的信天翁如今被列入保护动物，禁止捕猎。——编者注

鹉螺号”的舷灯。不到二十分钟，我们就应该能回到艇上，在那里我便能自由呼吸了，因为我觉得我的储气罐里只有十分可怜的一点氧气。但是我没料到又遇到一件事，多少耽误了我们到达的时间。

我落在后面有二十来步，这时我看到奈莫艇长突然向我转回来。他用有力的手把我按倒在地上，他的同伴也这样对待贡塞伊。起先我对这突然袭击不知道怎么回事，但我看到艇长也躺在我身边，一动不动，便放下心来。

于是我躺在地上，正好被一丛海藻挡住，我抬起头来时，看到几个庞然大物，身上放着磷光，哗啦啦而过。

我的血在血管里冻住了！我认出是可怕的角鲨，威胁着我们。这是一对火鲛，可怕的鲨鱼，尾巴很大，目光暗淡、呆滞，口鼻周围的一些孔里散发出带磷的物质。它们的样子就像怪物般的小火轮，张开血盆大口，能把整个人嚼碎！我不知道贡塞伊是否有心思把它们归类，但我呢，我在观察它们银白色的肚子，嘴中可怕的牙齿根根竖起，这种观察不具科学性，此刻的我与其说作为博物学家，不如说作为受害者。

万幸的是，这些贪婪的畜生看不清东西。它们没发现我们便游过去了，只用淡褐色的鳍扫到我们一点儿。我们奇迹般地脱了险。这种危险准定比在森林里遇到老虎大得多。

半小时后，在电灯光的指引下，我们到达“鹦鹉螺号”。潜艇外侧的门始终是打开的，在我们走进第一间小屋后，奈莫艇长把这门关上。然后他摁了一个按钮。我听到潜艇内水泵操作的声音，感到周围的水在下降，不一会儿，小屋的水完全排干了。这时里面的门打开，我们走进更衣室。

在更衣室里，脱下我们的潜水服确实费了一些劲。我精疲力尽，又饿又困，回到自己房间，心里对这次海底惊人的旅行称羡不已。

十八

太平洋水下四千海里

第二天，十一月十八日早上，我从前一天的疲劳中完全恢复过来，正当“鹦鹉螺号”的大副说出平日那句话时，我登上平台。这时我偶然想到，这句话与海面情况有关，或者不如说意味着：“我们一无所见。”

洋面上确实空空荡荡。天际没有一片帆影。克雷斯波岛的高处在夜间已经消失不见。大海吸收了棱镜折射出来的色彩，只把蓝光向四面八方反射，呈现令人赏心悦目的靛蓝。浪花闪闪，波纹很宽，在起伏的波浪上规则地呈现。

我在欣赏大洋的美景，这时奈莫艇长出现了。他似乎没有看到我，开始进行一系列天文观测。观测完以后，他走过去倚着舷灯罩，目光投射在洋面上。

“鹦鹉螺号”上的二十来个水手，个个孔武有力，体格健壮，登上了平台。他们是来拉起夜里放下水的渔网的。这些水手虽然看上去都是欧洲人的体型，但显然来自各个国家。我不会看错，认出有爱尔兰人、法国人、几个斯拉夫人、一个希腊人或者克里特岛人。此外，这些人少言寡语，他们之间用的是那种奇怪的方言，我甚至猜不出是哪里话。因此，我不得不放弃询问他们。

网被拖到艇上。这种拖网和诺曼底沿岸的拖网相似，几个大网袋由一根浮动桁木和一条连接在下边网眼中的链子半撑开。这些网袋就这样拖在铁钩上，扫过洋底，搜罗所过之处的一切海产。这一天，他们网到这片渔区一些有意思的鱼：海蛙鱼，动作滑稽，得了“小丑”的外号；有长触须的黑鲽鱼；浑身是红带子的皱皮鳞豚；毒性特大的月牙儿形箱豚；橄榄绿的七鳃鳗；长满银白鳞的海豹鱼；旋毛鱼，身上的电相当于电鳗和电鳐的电；有褐色横条纹的鳞片纹翅鱼；浅绿色的鳕鱼；不同种的虾虎鱼；等等。最后是几种更大个儿的鱼：一种头上凸起的加朗鱼，长一米；几条漂亮的鲣鱼，有蓝色和银白色的装饰；还有三条美丽的金枪鱼，尽管游得快，却也逃脱不了拖网。

我估计，这一网鱼有一千多磅，十分可观，不过并不令人吃惊。事实上，这些网拖在后面几小时，就能网到一大批水产。“鹦鹉螺号”的快速和它的电灯光的吸引力，能够不断更新，我们应该不会缺乏高质量的食物。

这些不同的海产，立即经过舱盖，落入食品储藏室，有些是立刻要吃的，有些是要储藏的。

捕鱼结束，空气更新，我想，“鹦鹉螺号”要重新进行海底航行了。我准备返回房间，这时，奈莫艇长转向我，开门见山地对我说：

“教授先生，请看这片大洋，难道它不具有真正的生命吗？没有愤怒和温柔吗？昨天，它像我们一样沉睡，过了平静的一夜，现在又醒过来了！”

既不道早安，也不道晚安！这个怪人难道不想继续和我进行已经开始的谈话吗？

“您看，”他又说，“在太阳的温存下，它醒过来了！它要重新开始白天的生活了！追踪它的机体活动，是很有意思的研究。它有脉搏、动脉、痉挛，我认为那位学者莫里[1]说得对，他发现大洋有一个循环系统，像动物身上的血液循环一样真实。”

显然，奈莫艇长并没等待从我那里得到任何回答，我觉得用不着对他说“显然”“肯定是”“您说得对”之类的话。不如说他在自言自语，每句话之后停顿很长时间。这是一种边说话边思考的沉思方式。

“是的，”他说，“大洋具有真正的循环系统，为了让它运作起来，创造万物的造物主只要在大洋里增加热量、盐和微小生物。热量确实产生不同的密度，带来海流和逆向海流。蒸发在北极地区不存在，在赤道地区却很活跃，造成热带地区和极地地区海水的不断交流。另外，我发现这些自上而下和自下而上的海流，形成海洋真正的呼吸。我看到海水分子在表面晒热以后，回落到海底，一直落到零下二摄氏度、密度最大的地方，然后冷却，变得更轻，随后上升。在极地，您看到这种现象造成的结果，您便会明白，通过有先见之明的大自然这条规律，结冰从来只在水的表面产生！”

奈莫艇长说完这句话时，我心想：“极地！难道这个大胆的人想把我们带到那里去吗？”

但是艇长沉默了，望着被他彻底地、不间断地研究过的元素，然后说：

“教授先生，海里有大量的盐，如果您把溶解在海水里的盐都提取出来，就能够堆成一座四百五十万立方法里的山，铺在地球上，会形成十多米厚的一层。不要以为存在这么多盐是大自然任意造成的。不是。盐使海水不易蒸发，使风不能把太多的海水的水蒸气带走，太多的水蒸气会化成水把温带地区淹没。盐的作用巨大，在地球的总体协调中，盐起着制衡作用呢！”

---

[1] 莫里（1817—1892），法国学者。

奈莫艇长止住了，甚至站起来，在平台上走了几步，又回到我身边说：

“至于纤毛虫，这些几十亿的微生物，一滴水里就有几百万个，而八十万个才有一毫克重，它们的作用并非微不足道。它们吸收海水的盐分，吸取水里的固体物质，是石灰质大陆的真正制造者，它们生产珊瑚和石珊瑚！水滴要是缺乏矿物养料，就会变轻，升上海面，在那里吸收蒸发后留下的盐，变重后又沉下去，给微生物带去可以吸收的新物质。由此产生了双重的水流升降，不断运动，不断创造生命！生命比在大陆更加紧密，更加旺盛，更加无穷无尽，在大洋的所有部分都生意盎然。有人说，海洋是人的死亡因素，对不可胜数的动物却是生命因素——对我来说，也是这样！”

奈莫艇长这样说话的时候，大为变样，引起我内心异乎寻常的激动。

“因此，”他又说，“这里才是真正的生活！我将设计建立一些海洋城市，一些海底居民区。它们像‘鹦鹉螺号’一样每天早上回到海面上换空气。如果可能，就建立一些自由城市，独立的城市！不过，谁知道是否有个暴君……”

奈莫艇长以一个激烈的手势结束自己的话。然后，他直截了当地问我，仿佛要驱散一个不祥的想法：

“阿罗纳克斯先生，您知道大洋有多深吗？”

“艇长，至少我知道几次重大的测量为我们提供的数据。”

“您能给我列举一二吗？让我在必要时核对一下。”

“有些我还记得，”我回答，“如果我没有搞错，北大西洋的平均深度是八千二百米，地中海的平均深度是两千五百米[1]。最出色的几次

[1] 据现代测得的数据，地中海的平均深度是 1458 米，最深处是 5121 米，在马塔旁海角南面。地中海的面积约为 2969000 平方千米。

测量是在南纬35度的南大西洋进行的，测到的深度分别是一万二千米、一万四千零九十二米和一万六千零四十九米。总之，有人估计，如果海底被拉平，海的平均深度约为七千米[1]。”

“教授先生，很好。”奈莫艇长回答，“我希望我们会给您提供更确切的数据。至于太平洋这部分地区的平均深度，我要告诉您，只有四千米。”

说完，奈莫艇长就朝舱盖走去，消失在梯子下面。我跟随着他，回到大客厅。螺旋桨马上运转起来，航速表指出速度为每小时二十海里。

在以后的日子里，一连几个星期，奈莫艇长都很少来拜访。我难得见到他。他的大副有规律地观测方位，我在航海图上能找到这个方位，所以我能准确指出“鹦鹉螺号”的航线。

贡塞伊和兰德长时间和我待在一起。贡塞伊向他的朋友叙述了我们那次跋涉见到的奇景。加拿大人后悔没有跟我们一起去。而我希望还有机会探索海底森林。

客厅的舷窗几乎每天都打开几小时，我们目不交睫，想洞悉海底世界的秘密。

“鹦鹉螺号”的大方向是东南，深度维持在一百米到一百五十米之间。但有一天，不知怎么，是心血来潮吧，“鹦鹉螺号”依靠侧翼斜面板，沿着对角线沉下海去，一直到达两千米深的水层。温度计指出的温度是四点二五摄氏度。在这样的深度，看来所有纬度水温都是相同的。

十一月二十六日，凌晨三点，“鹦鹉螺号”从东经172度处越过北回归线。二十七日，望见了桑威奇群岛。一七七九年二月十四日，大

[1] 据现代测得的数据，大西洋的平均深度为3000米，最深为8000米，在波尔托·里科海沟。大西洋的面积约为一亿平方千米。

名鼎鼎的库克[1]就是在那里遇害的。此时，我们从起点开始已经航行了四千八百六十海里。早上，当我来到平台时，在下风两海里处看到了夏威夷岛，那是夏威夷群岛七个岛中最大的岛。我清晰地看到开垦区域边缘的几条和海岸平行走向的山脉，海拔五千米的、凌驾于火山群之上的摩纳凯阿山[2]。在捕捞这片海域的海产时，拖网打上来的有孔雀扇状珊瑚，这是一种被压得扁平的、形状可爱的珊瑚虫，为这片海域所特有。

“鹦鹉螺号”维持在东南航向。十二月一日，从东经 142 度处穿过赤道；经过几天快速而顺利的航行，同月四日，我们望见了马克萨斯群岛[3]。我看到，离我们三海里处，南纬 8 度 57 分、西经 139 度 32 分，奴库希瓦的马丁角，这是法属群岛中的主要海岛。因为奈莫艇长不喜欢离陆地太近，我只看到地平线上呈现的、树木葱郁的群山。那里，拖网拉上来鱼的美丽样本，有科里芬鱼，金尾蓝鳍，肉味举世无双；有裸鱼，几乎无鳞，但味道鲜美；有骨鳃鱼，颌是硬骨；有淡黄色的塌萨鱼，能和金枪鱼媲美。这些鱼值得分门别类储存在潜艇的配膳室里。

离开这些迷人的法属海岛以后，从十二月四日到十一日，“鹦鹉螺号”航行了大约两千海里。值得一提的是，途中遇到一大群枪乌贼，这是很有意思的软体动物，接近墨鱼，法国渔民命名为枪乌贼，归类为头足纲，双鳃科，同属这个科的还有墨鱼和船蛸（shāo）。古代博物学家研究过这类动物，根据生活在加利尼埃斯[4]之前的希腊医生阿泰纳[5]所说，这种动物为古代希腊政治广场上的演说家提供了许多打比喻的素材，

[1] 库克（1728—1779），英国航海家，他的航行促进了对太平洋的了解。

[2] 摩纳凯阿山：意为白山，夏威夷岛的最高峰，在岛的东北面，海拔约 4205 米，两侧多树木，山坡种咖啡。

[3] 马克萨斯群岛：属于法国的波利尼西亚群岛，由火山组成，面积 1274 平方千米。

[4] 加利尼埃斯（218—268），古罗马皇帝，他结束了对基督教徒的迫害，后被暗杀。

[5] 阿泰纳（2-3 世纪），古希腊修辞学家、语法学家。

同时也是一些富有公民的美味盘中餐。

“鹦鹉螺号”遇到这群特别在夜间出没的软体动物，是在十二月九日到十日的夜里。这些软体动物数以百万计。它们沿着鲱鱼和沙丁鱼的路线，从温带地区向更热的地方迁移。我们通过厚水晶玻璃，观看它们利用动力唧管活动，倒着游，速度极快，追逐鱼和软体动物，吃掉小的，被大的吃掉，在一片难以描述的混乱中，晃动着大自然给它们安在头上的十只足，活像充气蛇的头发。“鹦鹉螺号”尽管速度快，在这群动物中依然航行了几个小时，拖网打上来无数这种动物，其中我认出九种被多比尼[1]分为是太平洋出产的。

可以看到，在这段航程期间，大海不断展示最奇妙的景观，无穷地变换，改变背景和演出，让我们赏心悦目，不仅吸引我们欣赏造物主在海洋中的杰作，还让我们洞悉大洋中最可怕的秘密。

十二月十一日的白天，我一直在大客厅里埋头看书。内德·兰德和贡塞伊通过半打开的舷窗板，观看被照亮的水。“鹦鹉螺号”一动不动。它的储水罐装满了水，潜艇停在一千米的深处，这是大洋中生物栖息很少的地方，只有一些大鱼偶尔出现。

我这时看的是让·马塞[2]非常吸引人的一本书——《胃的奴仆》，我正在品味机敏的告诫，这时贡塞伊过来打断了我的阅读。

“先生能过来一下吗？”他用一种古怪的声音对我说。

“有什么事，贡塞伊？”

“先生来看看吧。”

我站起来，走去靠在舷窗前，往外看去。

---

[1] 多比尼（1802—1857），法国博物学家、人种学家，著有《在南美洲航行》等。

[2] 让·马塞（1815—1894），法国教育家、出版家，《共和国报》主编，创建法国教育联盟。

在明亮的电灯光中，一个黑黢黢的庞然大物一动不动，悬在水中。我仔细观察它。竭力辨认这条巨大的鲸鱼是什么属。一个想法突然掠过我的脑际。

“一条船！”我嚷道。

“是的，”加拿大人回答，“一条失去控制，触礁沉没的船！”

内德·兰德没有搞错。我们面对的是一条船。断了的帆索还挂在铁柱上。船身看来完好无损，它沉没只有几小时。三根桅杆在甲板上面两英尺的地方被砍断，表明这艘船在倾斜时被迫放弃了桅杆。但是，已经侧倒的船灌满了水，继续向左舷倾斜。沉没在海里的船惨不忍睹，更惨的是甲板上看到有几具尸体，被绳索缠绕着，还躺在那里！我数了数有四具——四个男人，其中一个在舵旁站着——还有一个女人，一半露出在艉楼甲板天窗之外，怀里抱着一个孩子。这个女人很年轻。我能看清她的脸容被“鹦鹉螺号”的灯光照得雪亮，还没有被海水腐蚀。她使出最大的力气，把她的孩子高举过头，可怜的小家伙用手臂抱住母亲的脖子！我觉得四个水手的姿态很可怕，他们在痉挛中扭成一团，做出最后的努力，要摆脱把他们和船缚在一起的绳索。唯有舵手更为沉静，面容清晰而严肃，花白的头发贴在额头上，痉挛的手紧握舵轮，似乎依然驾驶着沉没了的三桅帆船，穿过大洋的深处！

多么悲惨的景象啊！面对这可以说是在最后一刻拍摄下来的海难现场，我们默默无言，心怦然乱跳！我已经看到，在人肉诱饵的吸引下，红了眼的巨大鲨鱼游过来了！

这时，“鹦鹉螺号”围着沉船绕了一圈，往前驶去，霎那间，我看到船后面的牌子：

森德兰港，佛罗里达号。

十九

瓦尼可罗岛

这可怕的景象揭开了“鹦鹉螺号”在航程中要遇到的一系列海难。自“鹦鹉螺号”沿着船只更频繁往来的海面行驶以来，我们经常看到在海水中腐烂的沉船，更深的地方有大炮、炮弹、锚、铁链，千百种各式各样的铁器，都生满了锈。

我们在潜艇上过着与世隔绝的生活，一直被“鹦鹉螺号”带着走。十二月十一日，我们看到了波莫图群岛，从前叫布干维尔，是个“危险的群岛”，在南纬13度30分到23度50分、西经125度30分到151度30分之间，从东南偏东延伸到西北偏西，即从杜西岛到拉扎雷夫岛为止，有五百海里的范围。这个群岛的面积有三百七十平方法里，由六十来个海岛群组成，其中有一群叫甘比尔，法国将其置于自己的保护之下。这些海岛都是石灰质珊瑚岛。在珊瑚虫的作用下，海岛缓慢而不断地隆起，有朝一日会连成一片。新岛以后又和附近的群岛连成一块，第五个大陆就会从新西兰和新喀里多尼亚[1]延伸到马克萨斯群岛。

那天，我在奈莫艇长面前阐述这个理论时，他冷冷地回答我：

“地球上需要的不是新大陆，而是新人！”

巧的是，“鹦鹉螺号”正好驶往克莱蒙特－托内尔岛，这是群岛中

[1] 新喀里多尼亚：属于法国，在太平洋西南面，面积约19200平方千米。

最有意思的一个岛，一八二二年由“密涅瓦女神号”的船长贝尔发现。于是我可以对产生于大洋海岛的这些石珊瑚体系进行研究。

必须小心，不要把石珊瑚和一般珊瑚混淆，石珊瑚有一层石灰质硬壳，其结构变化使我的老师米尔恩－爱德华兹先生把它们分为五种。给珊瑚骨分泌液体的微生物，数以十亿计地生活在它们的细胞中。正是石灰质的沉淀物变成了岩石、暗礁、小岛和海岛。这里，它们形成一个圆圈，围绕一个潟（xì）湖或者一个小小的内湖，湖的缺口与海相通。那里，它们形成一些礁坝，类似新喀里多尼亚海岸和波莫图的一些海岛的礁坝。在其他地方，比如留尼汪和毛里求斯，它们筑起一些裾礁，像陡直的高墙，附近的海水深不可测。

从克莱蒙特－托内尔暗礁再过去几链远的地方，我赞叹这些微生物劳工完成的巨大工程。这些高墙是孔珊瑚、细孔珊瑚、星珊瑚、脑珊瑚的特殊杰作。这些珊瑚虫在海面的动荡水层里发育得特别好，因此，它们是从上部开始构建的，和支撑着的分泌渣滓一起逐渐往下延伸。至少，达尔文[1]的理论是这样解释珊瑚岛的形成——还有一种理论，认为沉入海面几英尺的山顶或火山顶是珊瑚礁的基础。在我看来，达尔文的理论更高明。

我可以就近观察这些奇特的高墙，因为，从陡墙下探，测到的深度超过三百米，我们的电灯光将这发亮的石灰质照得闪闪发亮。

贡塞伊向我提出一个问题，这些巨大的礁坝形成时间有多长，我回答他，学者估计一世纪增长八分之一英寸，这使他大为吃惊。

“那么，要立起这些高墙，”他对我说，“需要？……”

“十九万二千年，我正直的贡塞伊，这就将《圣经》所记载的日子不可思议地延长了。再说，煤炭的形成，就是被大洪水卷入泥潭的森林

[1] 达尔文（1809—1882），英国博物学家，著有《物种起源》《人的后裔》，进化论创始者。

的矿化，需要的时间还要多得多。但是我要补充一点，《圣经》所说的天数只是一些时期，而不是两次太阳出来的间隔，因为根据《圣经》的说法，太阳不是从创世的第一天就有的。”

“鹦鹉螺号”重新回到海面以后，我可以全景饱览这个低矮的、树木苍翠的克莱蒙特－托尔内岛。很明显，珊瑚石在龙卷风和风暴作用下变成沃土。土里混有腐烂的鱼和海草，形成腐殖质，某一天，被风暴从邻近地区刮来的种子落在上面。一只椰子随波逐流，来到这个新海岸。胚芽生了根。小树长大了，阻止水汽蒸发。小溪诞生。植物越来越茂盛。攀附在被拔起的树干上的微生物、虫子、昆虫，从上风的海岛上飘来。海龟到这里来产卵。鸟儿到树上来筑巢。这样，动物的生活发展起来，人受到绿树和沃土的吸引，也出现了。这些海岛是这样形成的，它们是微生物浩大的作品。

将近傍晚，克莱蒙特－托尔内消失在远方，“鹦鹉螺号”的航线也发生明显变化。在东经135度处抵达南回归线以后，潜艇朝西北偏北方向驶去，又回到热带地区。尽管夏天烈日炎炎，我们却一点儿也不热，因为在水下三四十米，温度不超过十摄氏度到十二摄氏度。

十二月十五日，我们从东面掠过诱人的社会群岛[1]和太平洋上的王后——妩媚迷人的塔希提岛[2]。早上，我在下风几海里处看到这个岛高耸的顶峰。那片海域为潜艇提供的鱼有鲭鱼、金枪鱼、白化鱼，还有一些被称作鳗鱼的海蛇。

“鹦鹉螺号”已航行了八千一百海里。汤加－塔布群岛[3]是“阿尔戈号”“亲王港号”和“波特兰公爵号”的船员遇难的地方，航海家群

[1] 社会群岛：波利尼西亚群岛中居民最多的海岛，面积1747平方千米。

[2] 塔希提岛：社会群岛中最大的岛，面积1005平方千米。

[3] 汤加－塔布群岛：在南太平洋，属于波利尼西亚群岛。现在汤加已独立。

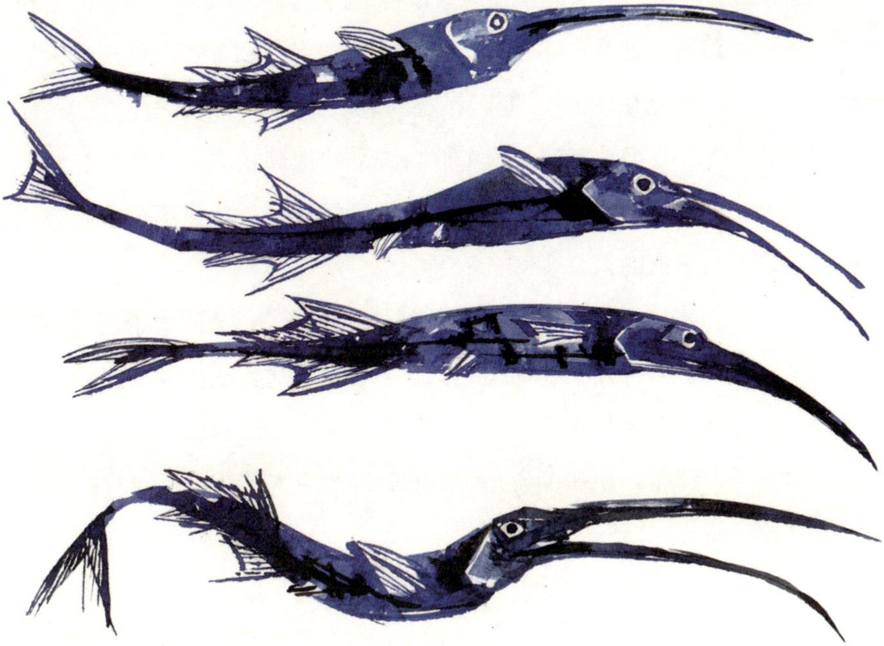

岛是拉彼鲁兹[1]的朋友朗格勒船长被害之处。“鹦鹉螺号”从这两个群岛之间驶过时，计程仪显示的数字是九千七百二十海里。随后看到维提岛[2]，那里的土著人杀死了“聪明号”的水手和“可爱的约瑟芬号”的船长——南特人比罗。

这个群岛从北到南延伸一百法里，从东到西宽九十法里，位于南纬6度到2度、西经174度到179度之间，由一些海岛、小岛和暗礁组成，其中包括维提－勒乌岛、瓦努阿－勒乌岛[3]和坎杜邦岛。

[1] 拉彼鲁兹（1741—1788），法国航海家，率领船队考察太平洋，在瓦尼可罗岛附近遇难。

[2] 维提岛：菲基群岛中最大的岛，面积10386平方千米，岛上的维多利亚峰高1323米。

[3] 瓦努阿－勒乌岛：维提群岛中第二大岛，面积5535平方千米。

塔斯曼[1]是在一六四三年发现这个群岛的；同一年，托里切利[2]发明了气压计，路易十四登上了王位。读者可以去考虑一下哪一件事对人类最有益。随后，库克在一七一四年，昂特勒卡斯托[3]在一七九三年，杜蒙·杜维尔[4]在一八二七年，搞清了这个群岛混乱的地理状况。“鹦鹉螺号”驶近怀莱亚湾，这是迪荣船长进行可怕冒险的舞台，他是第一个搞清拉彼鲁兹遇难的秘密的人。

这个海湾盛产上好的牡蛎，我们捕捞了好几次。我们按照塞涅卡[5]的告诫，在桌子上打开了牡蛎就吃，毫无节制。这类软体动物以薄壳牡蛎的名字著称，在科西嘉岛海域非常普遍。怀莱亚海滩应该很大，如果不是遭到多次破坏，牡蛎将会充满海湾，因为有人计算，一只牡蛎就能产两百万颗卵。

内德·兰德师傅这次没有因贪吃而后悔，这是因为牡蛎是唯一不会引起消化不良的食物。事实上，满足一个人一天必需的三百一十五克含氮营养物质，需要吃到十六打这种无头软体动物。

十二月二十五日，“鹦鹉螺号”在新赫布里底群岛[6]中航行，盖罗[7]在一六〇六年发现了这个群岛，布干维尔[8]在一七六八年进行开发，库克给了它现在这个名字。这个群岛由九个岛组成，在南纬2度到15度、

---

[1] 塔斯曼（1603—1659），荷兰航海家，航行至菲律宾、日本、印尼、新西兰、维基群岛等地。

[2] 托里切利（1608—1647），意大利物理学家，有多项实验与发明。

[3] 昂特勒卡斯托（1737—1793），法国航海家，著有《昂特勒卡斯托寻找拉彼鲁兹》。

[4] 杜蒙·杜维尔（1790—1841），法国航海家，在瓦尼可罗岛发现拉彼鲁兹的沉船，著有《环球航行和发现，寻找拉彼鲁兹》《南极和大洋洲航行》。

[5] 塞涅卡（前4—65），古罗马悲剧作家、哲学家，写过9部悲剧，其中有《特洛亚妇女》《费德尔》。

[6] 新赫布里底群岛：今称瓦努阿图群岛，瓦努阿图是太平洋西南岛国。

[7] 盖罗（1560—1614），葡萄牙航海家。

[8] 布干维尔（1729—1811），法国航海家，著有《环球旅行》。

东经 164 度到 168 度之间，构成一条从西北偏北到东南偏南的一百二十法里长的带子。我们从奥鲁岛附近经过，这时正是中午，我觉得这个岛看起来像一大片翠绿的树林，一座高山耸立其上。

这一天是圣诞节。我觉得内德·兰德非常留恋庆祝圣诞节，这是新教徒非常热衷的家庭团聚的节日。

十二月二十七日早上，奈莫艇长走进大客厅，我已经有一星期没有见到他，他的神态总是像刚刚离开你五分钟的样子。我正在地球平面球形图上确认“鹦鹉螺号”的航行路线。艇长走进来，将一根手指按在地图的一个点上，只说了一句：

“瓦尼可罗。”

这个名字有魔力。这是拉彼鲁兹的船队失事处的一些小岛的名字。我登时站起来。

“‘鹦鹉螺号’要把我们载到瓦尼可罗岛吗？”

“是的，教授先生。”艇长回答。

“我能看看这些有名的海岛吗？‘罗盘号’和‘星盘号’就是在那里撞毁的。”

“随您高兴，教授先生。”

“我们什么时候到达瓦尼可罗岛？”

“我们已经到了，教授先生。”

我登上了平台，奈莫艇长跟在后面。从那里，我的目光贪婪地巡视海面。

东北方向有两个大小不等的火山岛，被周长四十海里的珊瑚礁环绕着。我们正对着那个瓦尼可罗岛，杜蒙·杜维尔硬要将它称为探索岛。我们恰好面对瓦努小港湾，它处于南纬 16 度 4 分、东经 164 度 32 分。从海滩直到岛内的山顶，全岛好像披上绿装，高达四百七十六图瓦兹的卡波戈峰凌驾其上。

“鹦鹉螺号”经由一条狭窄航道，穿过岩石组成的外环带，来到防波堤内，那里的海水深三四十英寻[1]。在红树葱绿的树荫下，我看到几个土著人，在我们靠近时显出极大的惊奇。看到这个在水面上前进的狭长黑家伙，他们是不是以为见到了一头应该加以防范的巨大鲸类动物呢？

这时，奈莫艇长问我是否知道拉彼鲁兹遇难的情况。

“这是人所共知的事，艇长。”我回答他。

“您能告诉我人所共知的那些事吗？”他用略带讥讽的口吻问我。

“太容易不过了。”

我把杜蒙·杜维尔最后的著作所披露的情况告诉他，简略说来如下。

拉彼鲁兹和他的大副朗格勒船长，一七八五年受路易十六派遣，完成一次环球航行。他们登上“罗盘号”和“星盘号”三桅帆船，一去不复返了。

一七九一年，法国政府对两条三桅帆船的命运感到担忧，装备了两条大补给舰“探索号”和“希望号”，在布吕尼·德·昂特勒卡斯托的指挥下，于九月二十八日，离开了布雷斯特[2]。两个月后，从“阿伯马尔号”舰长鲍恩的陈述中得知，沉船的残骸在新乔治亚海岸被发现了。但是德·昂特勒卡斯托不知道这个消息——况且消息也不可靠——他向海军部群岛[3]驶去，亨特艇长的一份报告中说这是拉彼鲁兹遇难的地方。

他的寻找是徒劳的。“希望号”和“探索号”甚至经过瓦尼可罗岛也没有停留。总之，这次航行非常不幸，因为它使德·昂特勒卡斯托和

[1] 英寻：水深单位，一英寻约合 1.83 米。

[2] 布雷斯特：法国布列塔尼的西端港口。

[3] 海军部群岛：在太平洋西南，由 40 个岛组成。

他的两个副手以及船上的好几个水手丢了性命。

第一个找到遇难者确凿踪迹的，是太平洋航线的老手迪荣船长。一八二四年五月十五日，他的船“圣帕特里克号”经过新赫布里底群岛中的蒂科皮亚岛。一个印度水手驾着一只独木舟，靠近他，卖给他一把银柄剑，上面有刻字。这个印度水手还说，六年前，他在瓦尼可罗岛住过，看见过两个欧洲人，他们是多年前在这个岛的暗礁遇难的船只上的水手。

迪荣推测，这是拉彼鲁兹的两条船，它们的失踪曾经震惊全世界。他想到瓦尼可罗岛，据印度水手说，那里有很多沉船的残骸；但是风向和水流妨碍他成行。

迪荣回到加尔各答。在那里，他想办法让亚细亚公司和印度公司对他的发现感兴趣。于是一条名为“探索号”的船归他使用，在一个法国官员的陪同下，于一八二七年一月二十三日出发。

“探索号”在太平洋的几个地方停泊过，一八二七年七月七日，在瓦尼可罗岛停靠在瓦努这个避风港——就是此刻“鹦鹉螺号”抛锚之处。

迪荣在这里搜集到不少沉船遗物，有铁制的厨房用具、锚、滑车绳索、几门臼炮、一颗一百八十毫米口径的炮弹、天文仪器残片、一段船尾栏杆、一口铜钟，上面刻着一句题签——“巴赞为我制造的”，这是一七八五年布雷斯特海军造船厂的标记。因此，无须再有怀疑。

迪荣还补充情况，他在出事地点待到十月。然后，他离开瓦尼可罗岛，驶往新西兰。一八二八年四月七日，在加尔各答停靠，再返回法国，受到查理十世[1]热烈迎接。

但这时杜蒙·杜维尔不知道迪荣的作为，已经出发，到别的地方寻找海难地点。实际上，人们从一条捕鲸船的报告得知，在路易西亚德群

[1] 查理十世（1757—1836），法国国王，1830 年七月革命后被推翻。

岛[1]和新喀里多尼亚岛的土著人手中找到一些勋章和一枚圣十字架。

“星盘号”船长杜蒙·杜维尔就这样出了海，在迪荣离开瓦尼可罗之后两个月，他在霍巴特城[2]停靠。在那里，他得知迪荣获得的成果。另外，他获悉加尔各答“联盟号”名叫詹姆斯·霍布斯的大副，曾经在位于南纬 8 度 18 分、东经 156 度 30 分的一个岛上登陆，看到过这一带海域的土著使用的铁条和红色衣料。

杜蒙·杜维尔相当困惑，不知道是否要相信那些不可信的报纸报道，最后决定去追寻迪荣的踪迹。

一八二八年二月十日，“星盘号”出现在蒂科皮亚，请了一个待在岛上的逃兵当向导和翻译，驶向瓦尼可罗岛。二月十二日，他们看到了这个岛，沿着暗礁航行到十四日，二十日才停泊在瓦努避风港的防波堤内。

二十三日，好几个高级船员在岛上转了一圈，带回来几件不太重要的遗物。土著一问三不知，一味推托，拒绝带他们去出事地点。这种做派十分可疑，使人怀疑他们虐待过遇难者，他们确实担心杜蒙·杜维尔是来替拉彼鲁兹和他不幸的同伴们报仇的。

但在二十六日，土著得到礼物，也明白不必担心任何报复，便下了决心，带领大副雅吉诺先生去沉船地点。

到了那儿，在帕库和瓦努暗礁之间三四英寻的水下，躺着锚、大炮、压舱铁和压舱铅，都粘在结块的石灰中。“星盘号”的小船和捕鲸小艇划向这个地方，船员们费了好大的劲，才把一只重九百千克的锚、一尊八十毫米口径的铸铁炮、一块压舱铅和两门铜臼炮捞上来。

杜蒙·杜维尔还从土著那里打听到，拉彼鲁兹在这个岛的暗礁上失

---

[1] 路易西亚德群岛：在波利尼西亚的东南，由海岛和珊瑚礁组成。

[2] 霍巴特城：澳大利亚塔斯马尼亚的港口。

去两条船后，造了一条较小的船，第二次又沉没……在哪儿？没人知道。

“星盘号”的船长于是让人在一丛红树下立了一个碑，纪念这位著名的航海家和他的同伴。这是一个普通的四角锥形建筑，坐落在一个珊瑚礁座上，上面没有任何铁器，不会引起土著的贪婪之心。

然后，杜蒙·杜维尔打算起航；可是他的船员们都染上了这些不卫生的海岸的热病，他自己也病得很重，直到三月十七日才起航。

但法国政府担心杜蒙·杜维尔不知道迪荣的工作，将勒果阿朗·德·特罗默兰指挥的“巴约内兹号”三桅帆船派到瓦尼可罗；这艘船正停在美洲西海岸。“巴约内兹号”在“星盘号”出发后几个月才停靠在瓦尼可罗，仅仅证实了土著人尊重拉彼鲁兹的陵墓。

这就是我对奈莫艇长讲述的故事的主要内容。

“这么说，”他对我说，“还不知道在瓦尼可罗岛建造的第三条船在哪里失事？”

“没人知道。”

奈莫艇长什么也没说，示意我跟着他到大客厅。

“鹦鹉螺号”潜入海面下几米的地方，舷窗板打开了。

我朝玻璃窗冲过去，在覆盖着菌类植物、管状植物、珊瑚、海草的珊瑚石下面，透过无数好看的鱼——鲚鱼、条纹鱼、颅骨鱼、金鲷等，我认出一些拖网无法打捞上来的残骸，有铁镫、锚、大炮、炮弹、绞车索具、一根艏柱，所有的东西都来自遇难船只，如今长满了活生生的植物。

正当我注视着这些凄凉的残骸时，奈莫艇长用严肃的声音对我说：

“拉彼鲁兹船长是在一七八五年十二月七日率领‘罗盘号’和‘星盘号’出发的。他首先停泊在植物学湾[1]，访问了朋友群岛[2]、新喀里多

[1] 植物学湾：澳大利亚东海岸的海湾，库克于1770年发现。

[2] 朋友群岛，即汤加群岛，在南太平洋，属于英国，面积675平方千米，约有150个岛。

尼亚岛，再转向圣克鲁斯群岛[1]，在哈帕伊群岛中的纳穆卡岛停靠。然后，这两条船来到瓦尼可罗岛无人知晓的暗礁。‘罗盘号’行驶在前面，在南岸搁浅。‘星盘号’赶来救援，同样搁浅。第一艘船几乎马上毁掉。第二艘船在下风的沙滩上搁浅，坚持了几天。土著给遇难者相当好的款待。遇难者被安顿在岛上，用两条大船上的东西建造了一条较小的船。有几名水手自愿留在瓦尼可罗岛。其余人，体弱的、生病的，跟着拉彼鲁兹走了。他们前往所罗门群岛[2]，在这个群岛主岛西岸的失望岬和满意岬之间船毁人亡！”

“您是怎么知道的？”我大声问。

“我这里有最后出事现场找到的东西！”

奈莫艇长指给我看一只白铁匣子，上面打着法国军队的印记，已经完全被盐水腐蚀。他打开匣子，我看到一捆发黄的纸，但上面的字还能看得清。

这是海军部部长给拉彼鲁兹的指示，空白处有路易十六[3]的御批！

“啊！对海员来说，这也是死得其所了！”奈莫艇长这时说，“这座珊瑚墓是一座安静的坟墓，上天保佑，但愿我的同伴和我，我们永远不会有别样的坟茔！”

---

[1] 圣克鲁斯群岛：在西南太平洋，属于英国，面积 938 平方千米。

[2] 所罗门群岛：在太平洋西南，面积 29785 平方千米。

[3] 路易十六（1754—1793），法国国王，在大革命中被处死。

二十

托雷斯海峡[1]

十二月二十七日至二十八日的夜里，“鹦鹉螺号”以高速离开瓦尼可罗的海域。它的行驶方向是往西南去，在三天内，穿越了七百五十法里，从拉彼鲁兹遇难的群岛来到巴布亚的东南角。

一八六八年一月一日，一大清早，贡塞伊就到平台上和我相会。

“先生，”这个正直的小伙子对我说，“请允许我祝你新年好！”

“瞧你说的，贡塞伊，就像我在巴黎植物园中的办公室一样！我接受你的祝愿，谢谢你。不过，我得问你，在眼下我们所处的环境里，‘新年好’意味着什么？是说这一年会结束我们的囚禁，或者说，这一年我们奇怪的旅行会继续下去？”

“说实在的，”贡塞伊回答，“我不太清楚对先生怎么说。确实我们看到了有趣的东西，两个月以来，我们没有时间去烦恼。最后看到的奇迹总是最惊人的，如果这样继续下去，我不知道会怎样结束。我的看法是，我们永远不会遇到同样的机会了。”

“永远不会，贡塞伊。”

“另外，奈莫先生确实证明了他的拉丁文名字的含义，他存不存在，对别人都不碍事。”

[1] 托雷斯海峡：连接印度洋和太平洋的海湾，将澳大利亚和新几内亚分开，宽约 160 千米，西班牙航海家托雷斯于 1606 年第一次通过。

“正像你说的，贡塞伊。”

“因此，我想，尽管您不乐意，请您别见怪，新年好是预祝这一年让我们什么都看看……”

“什么都看看，贡塞伊？时间可能太长了。但内德·兰德有什么想法呢？”

“内德·兰德想的正好跟我相反，”贡塞伊回答，“他头脑务实，胃口很大。光看鱼和总是吃鱼，不能满足他。没有酒、面包和肉，这不大适合一个真正的撒克逊人。他习惯吃牛排，一定量的白兰地和金酒不会吓倒他！”

“对我来说，贡塞伊，折磨我的绝不是这个，我很习惯潜艇的饮食制度。”

“我也一样，”贡塞伊回答，“我想待下来，就像兰德师傅想逃走一样。因此，如果刚开始的这一年对我来说不见得好，对他来说就很好，反过来也一样。这样，会有个人是满意的。总之，结论是，我预祝先生万事如意。”

“谢谢，贡塞伊。不过，我请你等以后再提新年礼物的问题，暂时以握握手来代替吧。我身上所有的也只有这样。”

“先生可从来没有这样豪爽过。”

说完，好小伙子走了。

一月二日，从日本海的出发点算起，我们已经行驶了一万一千三百四十海里，或者说五千二百五十法里。“鹦鹉螺号”的艏柱前面，延伸着澳大利亚的东北海岸，珊瑚海的危险海域。我们的潜艇往前行驶，距离这可怕的暗礁有几海里；一七七〇年六月十日，库克的那些船撞上暗礁，险些失事。库克乘坐的那艘船撞上一块岩石后之所以没有沉没，是因为被撞下来的那块珊瑚石正好插进了被撞开的船身中。

我渴望看看这个三百六十法里长的暗礁；始终波涛汹涌的海水，撞到暗礁上，发出雷鸣般的巨响。但这时，“鹦鹉螺号”的斜面板把我们带往深处，我根本看不到这些高耸壁立的珊瑚。我只好满足于观看拖网捕获上来的各个种类的鱼。其中我看到有白金枪鱼，这是一种像金枪鱼一样的大鲭鱼，腹部两侧呈淡蓝色，身上有横纹，随着鱼到生命尽头才消失。这种鱼成群地跟着我们，为我们的餐桌提供了一道极其可口的肉食。

我们也打上来大量青花鲷，半厘米长[1]，味同剑鱼；还有一种飞鱼，它是真正的海底燕子，在阴暗的夜里，带着磷光轮流地飞到空中和海水中。我在拖网的网眼里看到属于软体类、植虫类以及海鸡冠目的各种海产，有海胆、双壳贝、马刺螺、盘形贝、蟹守螺和玻璃贝。植物主要有美丽的漂浮海藻、昆布和大包囊，都附着从自己气孔渗出来的黏液。我从中挑出一种美妙的胶质海藻[2]，可列入博物馆的自然珍品。

穿越珊瑚海两天后，一月四日，我们看到了巴布亚海岸。奈莫艇长告诉我，他想通过托雷斯海峡去印度洋。他告诉我的信息到此为止。内德高兴地看到，这条航路使他重新接近欧洲海域。

托雷斯海峡被看作危险地带，有耸起的暗礁，居住在那里的土著人常常出没在海岸上。这个海峡将澳大利亚和巴布亚新几内亚岛分开。

巴布亚长四百法里，宽一百三十法里，面积四万平方法里，位于南纬 0 度 19 分到 10 度 2 分、东经 128 度 23 分到 146 度 15 分之间。中午，大副测量太阳高度时，我望见了阿尔法勒克斯的山峰，山峦层叠，顶部是几座尖峰。

这片土地是葡萄牙人弗朗西斯科 · 塞拉诺在一五一一年发现的，

---

[1] 原文如此，疑有误。

[2] 原文为拉丁文 ,Nemastoma geliniaroïde。

相继来过的人有：堂何塞·梅内塞斯在一五二六年，格里雅尔瓦[1]在一五二七年，西班牙将军阿尔瓦·德·萨伏德拉在一五二八年，朱伊戈·奥尔泰兹在一五四五年，荷兰人苏顿在一六一六年，尼古拉·斯吕伊克在一七五三年，塔斯曼[2]、丹皮埃[3]、福梅尔、卡特雷[4]、爱德华、布干维尔、库克、福雷斯特、马克·克吕埃、昂特勒卡斯托在一七九二年，杜佩雷[5]在一八二三年，杜蒙·杜维尔在一八二七年。德·里昂齐说过："占据整个马来西亚的是黑人家庭。"我并不怀疑，这次航行说不定会把我带到可怕的安达曼人[6]面前。

"鹦鹉螺号"来到地球上最危险的海峡入口，这是连最大胆的航海家都不太敢穿越的海峡，路易·帕兹·德·托雷斯从南边的大海回来时，在美拉尼西亚[7]面对的就是这个海峡。一八四〇年，杜蒙·杜维尔的两条三桅船在那里几乎搁了浅，船毁人亡。"鹦鹉螺号"虽然战胜了海上的一切危险，但是现在一样要见识这些珊瑚暗礁了。

托雷斯海峡约宽三十四法里，被无数的海岛、小岛、岩礁和岩石阻挡，使得航行几乎不可能。因此，奈莫艇长要小心翼翼地通过。"鹦鹉螺号"在海面上航行，中速前进。螺旋桨像条鲸鱼尾巴，缓慢地拍打海水。

我的两个同伴和我，利用这种局面，待在始终空无一人的平台上。我们面前是凸起的舵手驾驶室。我说没有人，要么是搞错了，要么是奈莫艇长在那里面，亲自指挥他的"鹦鹉螺号"。

---

[1] 格里雅尔瓦（1489 或 1490—1527），西班牙航海家，被印第安人杀害。

[2] 塔斯曼（1603—1659），荷兰航海家。

[3] 丹皮埃（1652—1715），英国航海家，著有《环球旅行》。

[4] 卡特雷：18 世纪英国航海家，卒于 1796 年，探索太平洋的赤道地区。

[5] 杜佩雷（1786—1865），法国水手、水文测量学家，做过几次环球航行。

[6] 安达曼人：居住在孟加拉湾安达曼群岛上的居民。

[7] 美拉尼西亚：太平洋岛屿的总称，约 965000 平方千米。名称出自希腊文，意为"黑色的岛"。

我眼前有几幅非常好的托雷斯海峡图，是河海测量工程师万桑东·杜莫兰和海军中尉——如今是海军司令——库旺－德布瓦测量、绘制的；杜蒙·杜维尔最后一次环球航行时，这两个人都是他的参谋。再加上金船长，这就是弄清这个狭窄通道的麻烦的最好地图了，我聚精会神地审视这些地图。

在“鹦鹉螺号”周围，大海怒涛翻腾。海水从东南向西北以每小时两海里半的速度流去，拍击在露出海面的多处珊瑚礁上。

“真是凶险的大海！”内德·兰德对我说。

“确实恶劣透顶，”我回答，“对‘鹦鹉螺号’这样一艘潜艇来说也够呛。”

“这个该死的艇长，”加拿大人又说，“得对航线非常有把握才行，因为我看到那边有一堆堆珊瑚礁，只要撞上了，就会把艇身撞成碎片！”

确实险象丛生，但是“鹦鹉螺号”仿佛有魔法，在这些峥嵘的暗礁中穿梭而过。它没有准确地按照“星盘号”和“探索号”的航线行驶，这条航线对杜蒙·杜维尔来说是致命的。它更往北一些走，沿着穆雷岛，又返回西南，向肯伯兰通道驶去。我以为它要直接通到那里，这时，它又往西北上溯，穿过一大群不知名的海岛和小岛，朝通德岛和莫韦海峡驶去。

我已经在寻思，这个鲁莽到疯狂地步的奈莫艇长，是否想把他的潜艇驶入杜蒙·杜维尔的两条三桅船到过的那条通道。这时，他第二次改变航向，笔直往西，朝格博罗阿尔岛驶去。

这时是下午三点。海浪汹涌，潮水近乎涨满。

“鹦鹉螺号”接近一个岛，岛上那片引人注目的班达树林，对我而言，至今仍历历在目。我们沿岛航行不到两海里。

突然，一下撞击把我掀翻。“鹦鹉螺号”刚刚触到一个暗礁，它一动不动了，有点向左倾斜。

我站起来时，在平台上看到奈莫艇长和他的大副。他们在查看潜艇的状况，用他们的难以理解的方言交谈了几句。

情况是这样：在右舷两海里处，是格博罗阿尔岛，岛的海岸从北到西呈弧形，仿佛一条巨大的手臂一样。在南面和东面，已经因退潮而露出几处珊瑚礁头部。我们在正当中搁浅，而且在潮水不大的海域里，这对“鹦鹉螺号”脱浅是很令人头疼的。但潜艇没有遭到任何损坏，艇身连接得非常牢固。但是，虽然它不会沉底，也不会裂开，却会非常危险地永远搁浅在暗礁上，那么，奈莫艇长的这个海底设备也就完了。

我这样思索着，这时奈莫艇长走了过来。他冷漠、沉静，总是能控制自己，既不显得激动，也不显得气恼。

“一次事故？”我问他。

“不，小事一桩。”他回答我。

“不过，”我反驳说，“这件小事，也许会使您重新变成您想逃离的这片陆地的居民呢！”

奈莫艇长神态古怪地望着我，做了个否定的手势。这相当清楚地告诉我，什么事也不会让他把脚重新踩上大陆。接着他说：

“再说，阿罗纳克斯先生，‘鹦鹉螺号’并没有遇险。它还会把您载到大洋的奇妙事物中间。我们的航行才刚刚开始，我不希望这么快就失去和您做伴的荣幸。”

“但是，奈莫艇长，”我又说，没有反击他的话中嘲弄人的语气，“‘鹦鹉螺号’在海水涨潮的时候搁浅。太平洋的潮水不大，如果您不能减轻‘鹦鹉螺号’的负荷——我看这是不可能的——我看不出潜艇怎么能脱浅。”

“太平洋的潮水是不大，您说得对，教授先生。”奈莫艇长回答我，“可是，在托雷斯海峡，在涨潮和退潮之间却有一米半的落差。今天是一月四日，过五天月圆。如果这个乐于助人的卫星不让海水升得足够高，不帮我这个忙，我会非常奇怪；我只想得到卫星的帮助。”

说完，奈莫艇长又下到“鹦鹉螺号”里面，他的大副跟着他。至于潜艇，则不再前行，一动不动，仿佛珊瑚虫用它们不可摧毁的胶结物，已经把它粘住了一样。

“先生，怎么样？”内德·兰德在艇长走后走近我，对我说。

“不怎么样！内德老弟，我们静等九日的海潮吧，因为看来月亮会好意让我们重新漂浮在波涛上。”

“就这么简单？”

“就这么简单。”

“艇长难道不会在大海里抛锚，调整导航系统，千方百计脱离险境吗？”

“因为涨潮就足够了！”贡塞伊简简单单地回答。

加拿大人瞅着贡塞伊，然后耸耸肩，以水手的身份反驳说：

“先生，您可以相信我，我告诉您吧。这个铁家伙无法航行了，既不能在海面上，也不能在海面下驶行。只能论斤卖掉。因此我想，和奈莫艇长不辞而别的时候到了。”

“内德老弟，”我回答，“我不像您那样，对这艘坚固的‘鹦鹉螺号’感到绝望；再过四天，我们对太平洋的海潮怎么样就会心中有数了。再说，要是能够看到英国或者普罗旺斯的海岸，逃跑的建议还算是适当的，但是，在帕努阿齐的海域，就是另一回事了。如果‘鹦鹉螺号’不能脱浅——我看作严重事件，再采取这种极端措施，总是来得及的。”

“至少我们可以探探路吧？”内德·兰德又说，“这儿有一个岛。

岛上有树。树下有陆地动物，那么就有牛排和烤牛排，我很想大快朵颐。”

“这回，内德老弟说得对，”贡塞伊说，“我赞成他的意见。先生能不能让你的朋友奈莫艇长把我们送到陆地上去呢？哪怕是不让我们忘掉脚踏实地的习惯呢？”

“我可以去要求，”我回答，“但是他会拒绝的。”

“先生大胆试试吧，”贡塞伊说，“我们好知道艇长的好心是怎么回事。”

令我大为吃惊的是，奈莫艇长同意了我的请求，做得那么潇洒，那么热情，甚至没有要求我答应回到艇上。可是，从新几内亚这块地方逃跑危险重重，我不会建议内德·兰德去尝试。最好还是囚禁在“鹦鹉螺号”上，而不要落在帕努阿齐的土著手里。

第二天早上，小艇供给我们使用。我没有问奈莫艇长是否陪我们去。我甚至想，不会从船员中派人给我们，只有内德·兰德来驾驶小艇。再说，陆地至多有两海里远，对加拿大人来说，驾驶这只轻舟在对大船来说是致命的暗礁中穿行，只不过像玩儿似的。

第二天，一月五日，小艇去掉罩，从安放它的地方取下来，从平台投到海里。做这件事两个人就够了。桨就在艇中，我们只消坐好。

八点，我们带着枪和斧头，从“鹦鹉螺号”上下来。大海相当平静。微风从岛上吹来。贡塞伊和我坐在桨旁边，我们使劲划起来，内德掌舵，在岩礁之间的狭窄通道中间行驶。小艇很好划，速度很快。

内德·兰德止不住高兴，像个逃出监狱的囚犯，全没想到他必须回去。

“有肉啊！”他一再说，“这么说我们就要吃到肉了，多好的肉啊！真正的野味！可惜没有面包！我没说鱼不是好东西，但不应该总吃鱼啊，一块新鲜野猪肉，放在炽热的炭火上烤一烤，变换一下我们的日常食物

有多好啊。”

“真馋！”贡塞伊回答，“说得我都流口水了。”

“还得了解一下，”我说，“这些树林里是不是有很多猎物，猎物是不是大得能把猎人吓跑了。”

“好吧！阿罗纳克斯先生，”加拿大人回答，他的牙齿就像磨快了的斧子刃，“要是这个岛没有别的四条腿动物，我就吃老虎，吃老虎的腰肉。”

“内德老兄要让人担心了。”贡塞伊说。

“无论如何，”内德·兰德又说，“凡是四条腿、没有羽毛的动物，或者两条腿、带羽毛的动物，就要吃我第一枪。”

“好啊！”我回答，“兰德师傅的鲁莽又要冒上来了！”

“别担心，阿罗纳克斯先生，”加拿大人回答，“使劲儿划吧！用不了二十五分钟，就能给您端上一盘我做的菜。”

顺利地通过环绕格博罗阿尔岛的一圈珊瑚礁以后，八点半，“鹦鹉螺号”的小艇轻轻地停在一片沙滩上。

二十一

陆地上的几天

我踏上陆地时，心潮澎湃。内德·兰德用脚试着踩地，仿佛要把这块土地据为己有。但按照奈莫艇长的说法，我们这些“鹦鹉螺号”的乘客，实际上就是艇长的囚徒。

在几分钟之内，我们离海岸已有一枪射程的距离。土地几乎完全是石珊瑚质的，但是一些干涸的河床里散布着花岗岩碎石，表明这个岛原始时期就形成了。地平线完全被挡在悦目的树林屏障后面。参天大树的枝干有时达到两百英尺，一团团藤萝把它们联结在一起，这是真正的天然吊床，在微风中荡漾。这里有合欢树、榕属植物、林麻黄属植物、柚树、木槿属植物、班达树和棕榈树，大量混杂在一起。在绿荫的穹顶覆盖下，在巨大的树干根部，生长着兰科植物、豆科植物和蕨类植物。

但是，加拿大人并不注意所有这些巴布亚植物志的美丽样品，他放弃好看的，追求实用的。他看到一棵椰子树，打下几只椰子，砸碎了，喝里面的椰汁、吃椰子肉，那份满意是对“鹦鹉螺号”平时伙食的抗议。

“好极了！”内德·兰德说。

“味道真好！”贡塞伊回答。

“我想，”加拿大人说，“你们的奈莫不会反对我们带些椰子回他的艇上吧？”

“我认为不会，”我回答，“但是他不会尝的。”

“那就去他的吧！”贡塞伊说。

“对我们这可是好事！”内德·兰德回了一句，“那样会剩下更多。”

“我只说一句话，兰德师傅，”我对捕鲸手说，他正准备去乱采另一棵椰子树，“椰子是好东西，但是，在装满小艇之前，确认一下这个岛是不是出产同样有用的东西，我看是明智之举。在‘鹦鹉螺号’的厨房里，新鲜蔬菜是大受欢迎的。”

“先生说得对！”贡塞伊回答，“我建议在我们的小艇里留出三个位置，一个放水果，另一个放蔬菜，第三个放野味，但我还没有看到一星半点猎物呢。”

“贡塞伊，绝对用不着失去希望。”加拿大人回答。

“那么我们继续探索吧，”我又说，“但是要看得仔细。尽管这个岛显得荒无人烟，但也可能隐藏着什么东西，他们对猎物可不会有我们那么挑剔。”

“嘿嘿！”内德·兰德说，嘴巴做了个意味深长的动作。

“怎么啦？内德！”贡塞伊大声说。

“说实话，”加拿大人回了一句，“我开始明白吃人肉的魅力了！”

“内德！内德！您胡说什么！”贡塞伊顶嘴说，“您，吃人肉！我在您旁边不会安全了，我和您是住在一个舱室里啊！有朝一日，我醒来时会不会被您吃掉一半呢？”

“贡塞伊老弟，我非常喜欢您，不到万不得已，我是不会把您吃掉的。”

“我不相信，”贡塞伊回答，“打猎去吧！绝对必须打到猎物，满足这个吃人肉的家伙；否则，哪一天早上，先生就只能找到他的仆人的碎片，无法伺候他了。”

正说着话，我们走进了树林阴暗的穹顶下，在两小时里，我们跑遍了树林的四面八方。

我们如愿以偿，幸运地找到了能吃的植物，热带地区最实用的产品之一，给我们提供了艇上缺乏的一种宝贵食物。

我想说的是面包树，在格博罗阿尔岛比比皆是，我主要注意无籽的品种，在马来语里叫作“里马”（Rima）。

这种树不同于其他树的地方在于，树干笔直，高四十英尺。树冠是优美的圆形，大叶子裂成几片，在博物学家眼里足以表明这是“面包果”，在马斯卡雷涅群岛[1]上已经移植成功。从浓密树叶中露出球形的大果实，直径有十厘米，外表凹凸不平，呈六边形。这是大自然赐予缺乏小麦的地区的一种有用植物，它不要求培植，一年有八个月都能结出果实。

内德·兰德很熟悉这些果实。他在无数次旅行中已经吃过，知道怎么去准备里面可食用的东西。因此，看到了这种果实，便激起了他的食欲，急不可耐了。

“先生，”他对我说，“如果我尝不到一点这种面包树的果实，我是白活了！”

“尝尝吧，内德老弟，随意尝吧。我们来这儿就是尝试的，那就尝尝吧。”

“时间不会长。”加拿大人回答。

他用凸透镜点燃一堆枯枝，树枝欢快地劈啪响起来。这时，贡塞伊和我选择了最好的面包树果实。有些果实还没有熟透，厚皮覆盖着白色的果肉，但纤维很少。其他一些，数量很大，淡黄色，呈胶质，只等采摘时机到来。

这些果实没有任何内核。贡塞伊捧给内德·兰德有十来个。内德把

[1] 马斯卡雷涅群岛：在印度洋，主要海岛是留尼汪岛。

果实切成一片片，放在炭火上，一边烤，一边反复说：

“先生，您会看到这种面包可好吃了。”

“尤其是很久没有吃到面包了。”贡塞伊说。

“甚至这不再是面包，”加拿大人补充说，“这是一种美味的糕点。先生，您从来没有吃过吗？”

“没有，内德。”

“那好！您准备尝尝美味的东西吧。如果您不想再吃，我就不再是捕鲸王了。”

过了几分钟，果实放在炭火上的部分完全烤焦了。里面出现白色的面团，像柔软的面包心，有一种朝鲜蓟的味道。

必须承认，这种面包很好吃，我吃得津津有味。

“可惜，”我说，“这种东西不能长时间保持新鲜，我看用不着大量采摘到艇上去。”

“相反，先生！”内德·兰德大声说，“您像一个博物学家那样说话，而我呢，我要像一个面包师傅那样行动。贡塞伊，采摘这些果实吧，我们回去的时候再带走。”

“您怎样储藏呢？”我问加拿大人。

“用果肉做成发酵面团，可以长期保存，不会腐烂。我想食用的时候，就在艇上的厨房里煮熟，尽管它的味道有点变酸，您还会感到好吃。”

“那么，内德师傅，有了这种面包，就什么也不缺了……”

“不，教授先生。”加拿大人说，“还缺水果，至少还缺点蔬菜！”

“咱们就找水果和蔬菜吧。”

摘完面包果，我们前去补充一下这顿“陆地”饭餐。

我们没有白找，将近中午，我们摘到了大量香蕉。这种热带地区的美味产品，一年四季成熟，马来人把它叫作“皮藏”，不是煮熟吃。采摘香蕉时，我们还采摘了味道很特别的雅克果、美味的杧果、大得令人难以置信的菠萝。收获占据了我们大部分时间，不过没有什么可后悔的。

贡塞伊始终在观察内德。捕鲸手走在前面，他穿过树林的时候，稳健地采摘美味的水果，补全他的品种。

“总之，”贡塞伊问，“内德老兄，您什么都不缺了吧？”

“哼！”加拿大人发出这个声音。

“怎么！您还有怨言？”

“所有这些水果不能构成一顿饭，”内德回答，“这是饭后吃的，是尾食。可是，汤呢？烤肉呢？”

“确实，”我说，“内德答应我们吃上牛排，我觉得很成问题了。”

“先生，”加拿大人回答，“打猎不仅没有结束，甚至还没有开始呢。耐心点嘛！咱们最终会遇到一只飞禽或者走兽的，在这里碰不上，在别的地方也会碰上的……”

“今天碰不上，明天也会碰上的，”贡塞伊补充说，“因为咱们不应走得太远。我甚至提议回到小艇上去。”

“什么，这就要回去？”加拿大人问。

“咱们应该在天黑前回去，”我说。

“现在几点啦？”加拿大人问。

“至少是两点。”贡塞伊回答。

“在坚实的陆地上时间过得真快！”内德·兰德嚷道，遗憾地叹了一口气。

“上路吧。”贡塞伊说。

我们于是穿过树林往回走，一面从沿路的树梢上采摘嫩芽，还采到我认得的马来人叫作“阿布鲁”的四季豆和质量上乘的薯蓣，补充我们

的收获。

我们到达小艇时，已经超载了。但是内德·兰德仍然觉得采摘的东西不够。不过命运眷顾他。正当上船的时候，他看到好几棵树，高二十五英尺至三十英尺，属于棕榈科。这些树和面包树一样宝贵，正确地被列入马来西亚最有用的植物之中。这是西谷椰子，一种野生植物，像桑树一样，靠自身的根和种子繁殖。

内德·兰德知道对待这些树的方法。他拿起斧头，使劲抡起来，不久就将两三棵西谷椰子树撂倒在地上,从散布在叶子上的白色粉末来看，可以断定树已经成熟。

我望着内德砍树，与其说是以博物学家的目光，还不如说是用饥肠辘辘者的目光去看他。他开始去掉每棵树厚一英寸的一长条树皮，树皮覆盖着网状长纤维的东西，形成分不开的结，黏成一种胶状的粉末。这种粉末就是可食用的西谷米，美拉尼西亚人主要以这种东西为食。

内德·兰德这时只是把树干砍成一段段，就像烧火的木柴，留着等待以后再取出粉末，用布过滤，把粉末和纤维韧带分开，放在太阳下晒干，再放在模子里压硬实。

末了，下午五点，我们满载而归，离开了岛的岸边。半小时后，小艇停在潜艇旁边，就在当初离开的地方。我们到达时没有人出现。巨大的钢板圆锥形艇身似乎空无一人。把东西搬上艇以后，我下到我的房间里。我看到饭已经准备好了。我吃过饭后睡下了。

第二天，一月六日，潜艇上没有什么新鲜事。声息全无，没有一点生命的迹象。小艇停在大船旁，就在我们停靠的地方。我们再回到格博罗阿尔岛。内德·兰德从猎人的角度出发，希望运气比昨天好，他打算去树林的另一边看看。

我们在日出时上路。小艇被波浪带往陆地，不一会儿就到达海岛。

我们上了岸，认为最好是相信加拿大人的直觉，我们跟着加拿大人走，他的长腿眼看把我们拉开了距离。

内德·兰德往西海岸走去，然后涉水过了几条湍急的河，来到高处的平地，茂密的树林环绕着这片平地。几只翠鸟沿着河流盘旋，但是不让人靠近。它们小心翼翼，表明这些飞禽知道跟我们这种两条腿的动物打交道会怎样。我断定，即使这个岛没人住，至少有人常来光顾。

穿过一片相当肥沃的草地后，我们来到一片小树林边上，大批鸟在鸣啭，飞来飞去，林子里热闹得很。

“还是只有鸟。”贡塞伊说。

“不过，有些鸟可以吃！”捕鲸手回答。

“根本没有，内德老兄，”贡塞伊反驳说，“因为我只看到普通的鹦鹉。”

“贡塞伊老弟，”内德严肃地回答，“鹦鹉在没有别的东西可吃的人看来，就是野鸡。”

“我要补充一句，”我说，“这种鸟只要烹调得法，是值得一吃的。”

在这树林厚厚的叶子下，确实有一大群鹦鹉在树枝间飞来飞去，等待着细心的调教，能说人的语言呢。眼下，雄鹦鹉正围着五颜六色的雌鹦鹉和一本正经的白鹦，咕哒咕哒地叫个不停；白鹦好像思索什么哲理问题，而那些鲜红的丝舌鹦，犹如一块被微风吹起来的薄纱，在簌簌响地飞翔的白鹦、有天蓝色细微变化的巴布亚鹦鹉、各种各样迷人的但不能吃的飞禽中间掠过。

但有种此地特有的鸟，却没有在这些岛中出现；这种鸟从来不飞出阿鲁群岛和巴布亚群岛的范围。不过，没有多久，命运就让我欣赏到这种鸟。

我们穿过一片不太浓密的矮树林，又遇到一片荆棘丛生的平地。于是我看到一群美丽的鸟飞起来，它们的长羽毛排列特殊，不得不迎风飞翔。它们上下起伏地飞行，在空中形成的优美曲线，斑驳的色彩，给人快感和令人赏心悦目。我没有费劲就认出它们。

“极乐鸟！”我嚷道。

“鸣禽目，直肠亚科。”贡塞伊回答。

“是小山鹑属吗？”内德·兰德问。

“我想不是，兰德师傅。不过，我指望着您的灵巧，打下一只热带大自然的迷人物种之一！”

“试试看吧，教授先生。尽管我不使枪，而更习惯用捕鱼叉。”

马来人用这种鸟和中国人进行大宗贸易，为了捕获这种鸟，有各种方法，而我们无法使用。有时，他们在极乐鸟喜欢待的树顶上下套，有时用黏性很强的粘鸟胶，能使鸟动弹不了。他们甚至在极乐鸟常去喝水的泉水中下毒。至于我们，我们不得不在它们飞行时射击，这使得我们很少有机会射中它们。事实上，我们确实白费了一部分装备。

将近上午十一点，我们翻过这个岛中央山脉的第一道山梁，却一只鸟也没有打死。我们饥饿难忍。我们这些猎人原来指望打到猎物，实在是犯错误了。

十分幸运的是，贡塞伊出乎意料地一枪两中，保证了我们的午餐。他打下一只白鸽和一只野鸽，我们灵巧地将鸽子去毛，挂在铁钎子上，在枯枝点燃的一堆旺火上烤起来。在两只美味的飞禽烤熟的时候，内德准备面包树果实。随后，白鸽和野鸽被吃个精光，只剩下骨头，大家都说味道好极了。这些鸟平时爱吃肉豆蔻，使得它们的肉很香，成了一道美味。

“这味道仿佛用香菌喂养的仔鸡。”贡塞伊说。

“现在，内德，您缺什么？”我问加拿大人。

“一只四条腿的野味，阿罗纳克斯先生。”内德·兰德回答，“所有这些鸽子只不过是冷盘，是满足嘴巴的小玩意儿！因此，只要我还没有打到有排骨肉的动物，我就不会满足！”

“我也不满足，内德，要是我逮不到一只极乐鸟的话。”

“那么咱们继续打猎吧，”贡塞伊回答，“不过要朝海边往回走了。我们已经到达山的前几道斜坡，我想最好是回到树林地区。”

这是明智的意见，大家接受了。经过一小时的步行，我们来到一片真正的西谷椰子林。几条不侵犯人的蛇从我们脚下溜走。极乐鸟在我们走近时躲了起来，逮不到它们让我实在失望，这时，走在前面的贡塞伊突然弯下了腰，发出一下胜利的叫声，回到我身边，带来一只美丽的极乐鸟。

“啊！棒极了，贡塞伊！”我大声说。

“先生过奖了。”贡塞伊回答。

“不，小伙子，你真有本事。活捉一只极乐鸟，而且是用手捉到的！”

“如果先生就近观察一下，就会看到，我没有什么了不起的。”

“为什么，贡塞伊？”

“因为这只鸟像鹌鹑一样醉了。”

“醉了？”

“是的，先生。它在豆蔻树下吃豆蔻吃醉了，我就是在豆蔻树下把它逮住的。您看，内德老兄，您看无节制的贪食后果多么可怕！”

“见鬼了！”加拿大人反驳说，“两个月来，我只喝了一点金酒，用不着责备我！”

我观察这只古怪的鸟。贡塞伊没有骗我。极乐鸟被芬芳的汁液迷醉了，处于浑身无力的状态。它不能飞，勉强能走。这并不使我担心，我会让它醒酒的。

这种鸟是巴布亚和附近群岛八种鸟中最美丽的一种。这是“大翡翠”极乐鸟，最罕见的一种。身长三十厘米，相对来说头比较小，眼睛长在喙旁，也很小。但是色彩变化混合得极好，喙黄色，脚爪棕色，翅膀浅褐色但尖端紫红色，脑袋和颈后淡黄色，脖子碧绿色，肚子和前胸深栗色。两根角质、毛茸茸的网状物竖起在尾巴之上，轻巧的、极其精细的长羽毛拖在尾巴上，这些颜色和羽毛使这种神奇的鸟儿整体完美无缺，当地人诗意地取名为“太阳鸟”。

我非常希望能把极乐鸟这种美丽的样品带回巴黎，赠送给植物园，园里连一只活的极乐鸟也没有。

“这确实很罕见吗？”加拿大人问，用的是极少用艺术去评价猎物的猎人口气。

“很罕见，我正直的同伴，尤其很难逮到活的。即使死了，这种鸟仍然是很重要的非法交易物。因此，当地人想办法造假，就像造假珍珠和假钻石一样。”

“什么！”贡塞伊嚷道，“有人制造假极乐鸟吗？”

“是的，贡塞伊。”

“先生知道当地人的造假方法吗？”

“完全知道。在季风时节，极乐鸟尾巴周围的美丽羽毛要脱落，博物学家把这种羽毛称为副翅羽。造假鸟的人搜集这些羽毛，把它们灵巧地插入事先被拔掉尾巴毛的可怜的虎皮鹦鹉身上。然后将缝合的地方染色，加以粉饰，再把这种用特殊技巧制造的产品，卖给欧洲的博物馆和收藏家。”

“妙啊！”内德·兰德说，“即使不是那种鸟，但总是它的羽毛。只要那种东西不是拿来吃的，我看不出有什么太大的坏处！”

虽然我有了这只极乐鸟，遂了心愿，但加拿大人的愿望还没有得到满足。幸亏两点左右，内德·兰德击倒一头挺肥的野猪，当地人称为“巴里－乌唐”。这畜生来得正好，很受欢迎，让我们得到了真正的四条腿动物的肉。内德·兰德对他那一枪得意扬扬。野猪被电光弹击中，直挺挺倒在地上死了。

加拿大人把它剥皮，掏空里面，剔出半打排骨，准备烤好了当晚饭。然后重新打猎，内德和贡塞伊的成绩仍然是引人注目的。

两个朋友拍打灌木丛，惊起一群袋鼠。袋鼠依靠有弹性的腿蹦跳，逃窜而去。但这些动物逃得再快，电光弹还是在它们逃跑途中击倒它们。

“啊！教授先生，”内德·兰德大声说，打猎的狂热已经袭上他的脑袋，“多么美妙的猎物啊，尤其是炖熟了！对‘鹦鹉螺号’来说，这是多好的储备啊！两只！三只！地上有五只！当我想到我们吃光这些肉，艇上这些傻瓜一点儿肉都吃不到时，真是大快人心啊！”

我相信，加拿大人在极度高兴中，要不是滔滔不绝地说话，会把整群袋鼠都杀光！他仅仅打死了一打这些有趣的有袋类动物。贡塞伊告诉我们，袋鼠属于无胎盘哺乳类动物中的第一目。

这些动物个头小，是一种“兔袋鼠”，习惯于睡在树洞，速度极快；即便它们体形小，也可以提供最被看好的肉食。

我们对打猎的成果十分满意。欢天喜地的内德提议第二天再回到这个迷人的岛上，他想把全部可吃的四条腿动物吃光。但是他没想到会出事。

傍晚六点，我们又来到海滩。我们的小艇停在原来的地方。“鹦鹉螺号”好像一长条暗礁，在离海岸两海里的地方露出海面。

内德·兰德毫不耽搁，忙着准备饭餐。做饭的事他得心应手。野猪排在炭火上烤着，不久就散发出香味，熏香了空气！……

我发现我也在步加拿大人的后尘，在烤新鲜野猪肉的面前被迷住了！请原谅我，就像我为了同样的理由原谅兰德师傅那样！

这顿饭美味可口。两只野鸡使这不同一般的菜单锦上添花。西谷椰子粉做的面条，面包果做的面包，几只杧果，半打菠萝，某些椰子的发酵汁，使我们乐开了花。我甚至以为，我的两个好伙伴不够清醒了。

“今晚我们不回到‘鹦鹉螺号’，好吗？”贡塞伊提议。

“我们永远不回去，好吗？”内德·兰德说。

就在这时，一块石头落在我脚旁，打断了捕鲸手的提议。

二十二

奈莫艇长的雷击

我们没有站起来，只望着树林那边，我的手在往嘴里送东西时停住了，内德·兰德的手将食物送进嘴里就不动了。

“一块石头不会从天而降，”贡塞伊说，“除非是陨石。”

第二块石头仔细地磨得圆圆的，从贡塞伊手上将一只野鸡的美味大腿打掉了，给他的判断增加了分量。

我们三个人都站了起来，举起枪，准备回应一切攻击。

“难道是猴子？”内德·兰德大声说。

“差不多，”贡塞伊回答，“是野蛮人。”

“上船！”我说，一面朝海边走去。

确实且战且退，因为二十来个土著带着弓箭和投石器，出现在一片矮树林边上，离我们也就一百步左右，把右边的地平线遮住了。

我们的小艇停在离我们十图瓦兹的地方。

土著人向我们逼近，没有奔跑，但是来势汹汹。石头和箭如雨点般落下。

内德·兰德不想抛弃他的食物，尽管异常危险，他一边夹着野猪肉，另一边夹着袋鼠，动如脱兔。

我们在两分钟内来到沙滩上。把食物和武器装上小艇，将它推到海里，拿好两支桨，这只是一刹那的事。我们还没有划出两链远，一百个土著人大喊大叫，指手画脚，蹚到齐腰深的水里。我观察他们的出现是不是引起了“鹦鹉螺号”平台上船员的注意。但是没有。巨大的机器就躺在公海上，绝对没有人影。

二十分钟以后，我们登上潜艇。盖板是开着的。把小艇系好以后，我们回到“鹦鹉螺号”里面。

我到客厅去，从里面传出琴声。奈莫艇长在那里，俯身在管风琴上，沉醉在音乐中。

“艇长！”我对他说。

他没听见我说话。

“艇长！”我又说，用手碰了碰他。

他哆嗦一下，回过身来。

“啊！是您，教授先生？”他对我说，“打猎尽兴吧？成功地采集了植物标本吧？”

“是的，艇长。”我回答，“不幸的是，我们引来了一批两条腿动物，与他们为邻令我觉得不安。”

“什么两条腿动物？”

“野蛮人。”

“野蛮人！”奈莫艇长用讥诮的语气回答，“教授先生，踏上地球上的一块陆地，您遇到野蛮人，会感到吃惊吗？野蛮人，哪儿没有呢？再说，您称为野蛮的人，他们比其他人更坏吗？”

“不过，艇长……”

“至于我，先生，我到处遇到野蛮人。”

“那么，”我回答，“您是否愿意在‘鹦鹉螺号’上接待他们呢？您最好小心为是。”

“放心吧，教授先生，没有什么可顾虑的。”

“这些土著人很多。”

“您数过有多少吗？”

“至少有百十来个。”

“阿罗纳克斯先生，”奈莫艇长回答，他的手指又放在琴键上，“即使巴布亚的所有土著都聚集在这个海滩上，‘鹦鹉螺号’也丝毫用不着害怕他们的攻击！”

艇长的手指于是在琴键上驰骋起来，我注意到他只弹黑色琴键，这使他的旋律带有一种明显的苏格兰的色彩。不一会儿，他忘记了我的存在，沉入梦幻之中，我再也不忍心打扰他的遐想。

我又登上平台。黑夜已经来临，因为在这样的低纬度地区，太阳沉落得很快，没有黄昏。我只模模糊糊看到格博罗阿尔岛。海滩上点燃的许多火把，表明土著不想离开这个岛。

我就这样独自待了几个钟头，时而想着这些土著，不过并不惧怕他们，因为艇长不可动摇的信心感染了我——时而忘掉他们，欣赏起热带夜晚的美景。随着黄道带的星星再过几小时就要照耀法国，我的思绪也飞向法国。月亮在头顶的星空中熠熠放光。于是我想，这颗忠实而又取悦人的卫星后天要来到同一位置，掀起波涛，将“鹦鹉螺号”从珊瑚礁上摆脱出来。将近午夜，我看到昏暗的波涛上和岸边树丛下都静悄悄的，便回到我的舱室，平静地入睡。

黑夜过去，没有发生不如意的事。巴布亚人只看到有只怪物停在海湾，无疑是害怕了，因为舱盖是敞开的，给他们提供机会，能轻而易举地进入“鹦鹉螺号”里面。

一月八日早上六点，我又登上平台。晨雾散去。雾消散后不久，岛露了出来，先是海滩，然后是山顶。

土著居民始终在那里，人数比昨天更多——也许有五六百人。有些人利用退潮，前进到珊瑚礁顶上，离“鹦鹉螺号”不到两链。我很容易看清他们。这是真正的巴布亚人，身材魁梧，天庭饱满，鼻子虽大，但并不扁平，牙齿雪白。蓬松的鬈发染成红色，黝黑发亮的身体与努比亚人[1]形成对照。耳垂割开，肿大，吊着骨串。这些人一般都赤身裸体。在他们中间，我注意到几个女的，从胯部到膝盖穿着草编的女裙，用一条植物腰带系着。有些首领脖子上戴着月牙形饰物和红白两色玻璃珠项链。几乎所有人都拿着弓、箭和盾牌，肩上挎着一种网袋，里面装着圆石，他们的投石器能灵巧地把石头投射出去。

首领之一走到相当靠近“鹦鹉螺号”的地方，仔细地观察它。他应该是地位很高的“玛多”，因为他披着一张用香蕉叶做成的席子，边上呈锯齿状，鲜艳的颜色使之显得突出。

这个土著离我很近，我可以轻而易举地把他击倒；但我想，最好等待真正出现敌对的行动再行动。在欧洲人和土著人相遇时，欧洲人不应攻击，以还击为上策。

在退潮的整段时间里，这些土著在“鹦鹉螺号”附近徘徊，但是他们没有闹闹嚷嚷，我听到他们经常重复的一个词“阿塞”，从他们的手势中我明白，他们邀请我到陆地去，我想还是拒绝为好。

因此，这一天，小艇没有离开潜艇，令不能补充食物的兰德师傅大为扫兴。这个灵活的加拿大人利用他的时间，准备好他从格博罗阿尔岛带回来的肉和粉。至于野蛮人，他们在上午十一点左右回到陆地，这时珊瑚礁的顶部开始消失在涨潮的波涛下面。但是我看到他们的人数在海滩上明显增加。有可能他们来自附近的岛，或者巴布亚本岛。可是我没有看到一条土著的独木舟。

---

[1] 努比亚人：东北非沙漠地区的居民。

由于没有什么更好的事可做，我想在清澈的海水中捕捞贝类；海水能让人看到大量的贝壳、植形动物和深海植物。况且，如果“鹦鹉螺号”像奈莫艇长所许诺的那样，第二天在涨潮时能漂浮起来，它在这片海域要度过最后一天了。

于是我把贡塞伊叫来，他拿给我一张轻巧的小网，和捞牡蛎那种网差不多。

“这些野蛮人会怎样啊？”贡塞伊问我，“先生别见怪，我觉得他们不太凶啊！”

“小伙子，这可是吃人肉的生番啊。”

“他们可以吃人，又可以老实巴交，”贡塞伊回答，“就像可以贪吃又正直一样。两者并不排斥。”

“好！贡塞伊，我同意你的话，他们是正直的吃人生番，就让他们正直地吞噬他们的俘虏吧，但是，由于我不想被人吞噬，即使是正直地吞噬也罢，我还是要严加防备，因为‘鹦鹉螺号’的艇长好像没有采取任何预防措施。现在，咱们干活吧。”

我们的捕捞卖力地进行了两小时，但没有抓到任何稀罕的东西。小网装满了米达鲍鱼、竖琴螺、黑贝，特别是我从来没有见过的漂亮槌贝。我们也捞到一些海参、珍珠牡蛎和一打小海龟，都准备送到潜艇的配膳室。

可是，就在我最料想不到的时候，我的手摸到一样珍宝，应该说我摸到了罕见的天然变形的东西。贡塞伊随即撒下一网，拉上来的网装满了各种各样相当普通的贝壳，他看见我蓦地把手伸进网里，取出一只贝壳，发出一声贝类学者的喊叫，就是说，人的喉咙所能发出的最尖厉的叫声。

“哎！先生，怎么啦？”贡塞伊非常吃惊地问，“先生被什么东西咬了？”

“没有，小伙子。不过，我宁愿用一根手指去交换我的发现！”

“什么发现？”

“就是这个贝壳。”我说，亮出我的战利品。

“但这只不过是个斑岩虎蛤啊，斧蛤属，斧蛤目，腹足纲，软体动物门……”

“是的，贡塞伊，但这个斧蛤的螺纹不是从右向左转，这个斧蛤的螺纹是从左向右转！”

“这可能吗？”贡塞伊嚷道。

“可能，小伙子，这是一只左旋斧蛤！”

“一只左旋斧蛤！”贡塞伊重复一遍，心怦怦跳。

“你看看它的螺塔吧！”

“啊！先生可以相信我，”贡塞伊说，用颤抖的手拿起珍贵的贝壳，“我可是从来没有这样激动过！”

确有激动的理由！众所周知，确实像博物学家指出的那样，右旋是一种自然规律。天体和它们的卫星，无论是公转还是自转，都是从右到左。人更多用的是右手而不是左手，因此，人的工具和器械、扶梯、锁、钟表的发条，等等，都是以使用起来从右到左这样一种原则安排的。大自然通常也遵循这条规律安排贝壳螺纹的旋转方向。除了罕见的例外，贝壳的螺纹都是右旋的。偶尔碰上螺塔左旋，收藏家会以同等黄金的重量来购得。

贡塞伊和我沉浸在观赏我们的珍宝之中，我打算用它来丰富博物馆，这时，不幸的是，土著扔过来的一块石头砸碎了贡塞伊手中的宝物。

我发出绝望的喊声！贡塞伊扑向他的枪，瞄准一个离他十米远，正在摆弄投石器的野蛮人。我想阻止他，但是他已经开枪，打碎了土著胳膊上面吊着的护身符。

“贡塞伊！”我大声叫道，“贡塞伊！”

“怎么！先生没看到这个吃人生番已经开始攻击了吗？”

“一只贝壳值不得一条人命！”我对他说。

“啊！无赖！”贡塞伊嚷道，“我宁愿他打碎我的肩膀！”

贡塞伊是真心实意的，但是我不同意他的想法。可是情况已经开始变化，而我们并没有觉察。这时，有二十来条独木舟围住了“鹦鹉螺号”。这些独木舟是用掏空的树干做成，这树干狭长，构造适宜行驶，靠浮在水面上的两根竹子摆杆保持平衡。划船的人半裸而灵巧，看到他们划过来我不免担心。

显而易见，这些巴布亚人已经和欧洲人有来往，他们认识欧洲人的船。但是这长长的圆柱体停在海湾，没有桅杆，没有烟囱，他们对此该如何设想呢？肯定觉得没什么好事，因为他们首先避而远之。可是看到它一动不动，他们逐渐恢复了信心，试图同它亲近。然而，必须阻止这种亲近。我们的武器爆破声不大，对这些土著只能产生轻微的效果，他们只对轰隆隆响的武器心怀畏惧。没有雷霆的轰鸣声，霹雳也不怎么吓人，虽然危险是在闪电中，而不是在雷声里。

这时，那些独木舟更靠近“鹦鹉螺号”了，箭如乌云般落向潜艇。

“见鬼！下雹子了！”贡塞伊说，“指不定是有毒的雹子呢！”

“必须通知奈莫艇长。”我边说边进了舱口。

我来到客厅，找不到人。我大着胆子敲艇长的房门。

里面应了一声“请进”。我走了进去，看到艇长正埋头于计算中，面前全是 X 和其他代数符号。

“我打搅了您吧？”我有礼貌地问。

“确实如此，阿罗纳克斯先生。”艇长回答我，“但我想，您有要紧的事来见我吧？”

“很要紧的事。土著的独木舟围困了我们，过几分钟，我们准定受到几百个土著人的攻击。”

“啊！”奈莫艇长沉着地说，“他们驾着独木舟来的吗？”

“是的，先生。”

“那么，先生，把舱盖关上就足够了。”

“对，我是来告诉您……”

“再简单不过了。”奈莫艇长说。

他按了一下电钮，把命令传达给值班水手。

“办妥了，先生。”过了一会儿，他对我说，“小艇放回原位，舱盖关上了。您不必害怕，我想，连你们驱逐舰的炮弹都不能损坏的钢铁壁垒，这些先生打穿得了吗？”

“打穿不了，艇长，但是仍然存在一个危险。”

“什么危险，先生？”

“就是,明天,在同样时间,必须打开舱盖给‘鹦鹉螺号’换空气……”

“毫无异议，先生，因为我们的潜艇像鲸类动物一样要呼吸。”

“可是，如果这时巴布亚人占据平台，我看不出您有什么办法阻止他们进来。”

“那么说，先生，您设想他们会登上潜艇吗？”

“我十拿九稳。”

“那么，先生，让他们上来吧。我看没有任何理由不让他们上来。说到底，这些巴布亚人是可怜悯的。我不希望，我来访格博罗阿尔岛，要让哪怕一个这些不幸的人付出生命！”

听他说完，我正要告退；但奈莫艇长留住我，请我坐在他身边。兴味盎然地问我到陆地探索的情况，我们的打猎活动，他好像不明白吃肉为什么使加拿大人那样激动。然后，谈话转移到各个方面，虽然奈莫艇长不比以前更好相与，却显得更亲切了。

除了别的事，我们谈到“鹦鹉螺号”的现状，潜艇搁浅的这个海峡，当年杜蒙·杜维尔险些出事的地方。由此引出他的下面一段话：

“这个杜维尔是你们伟大的，也是你们最聪明的航海家之一！他是你们法国人的库克船长。不幸的学者！他挑战南极的大浮冰、大洋洲的珊瑚礁、太平洋的吃人生番，却悲惨地死在火车里！如果这个强有力的人在生命的最后时刻能够思索，您想他最后的思考应是什么？”

这样说着，奈莫艇长显得很激动，我把这种激动看作积极进取的资质。

然后，我们拿起海图，重温这位法国航海家的业绩，他的环球旅行，那两次导致发现阿黛利陆地[1]和路易－菲利普陆地的尝试，最后是他在大洋洲主要海岛进行的水文测量。

“你们的杜维尔在海上所做的事，”奈莫艇长对我说，“我在海底下也做了，我做得更容易，比他更全面。‘星盘号’和‘探索号’受到风暴的不断颠簸，抵不上‘鹦鹉螺号’是一间安静的办公室，是大海中真正的居所！”

“但是，艇长，”我说，“在杜蒙·杜维尔的两艘三桅船和‘鹦鹉螺号’之间，有一点相似之处。”

“什么相似之处，先生？”

“就是‘鹦鹉螺号’像它们一样搁浅了！”

“先生，‘鹦鹉螺号’没有搁浅。”奈莫艇长冷冷地回答我，“‘鹦鹉螺号’能够停在海床上，而杜维尔要让他的三桅船浮起来，必须费尽

[1] 阿黛利陆地：在南极洲东部，面积 900000 平方千米，杜维尔在 1840 年发现，后以他妻子的名字命名。

心机和竭尽所能，我却不用这样做。‘星盘号’和‘探索号’差点遇难，但我的‘鹦鹉螺号’却安然无恙。明天，在说好的日子，说好的时间，潮水会使它安然地浮起，它会重新穿洋过海。”

“艇长，”我说，“我不怀疑……”

“明天，”奈莫艇长站起来，又补上一句，“明天下午两点四十分，‘鹦鹉螺号’会漂浮起来，完好无损地离开托雷斯海峡。”

这句话说得很干脆，奈莫艇长微微弯一下腰，这是示意我离开，于是我回到自己房间。

我在房间里看到贡塞伊，他很想知道我和艇长会面的结果。

“小伙子，”我说，“我提及他的‘鹦鹉螺号’受到巴布亚的土著威胁时，艇长含讥带讽地回答我。因此我只有一件事告诉你：相信他吧，安心睡觉。”

“先生不需要我伺候吗？”

“不需要，我的朋友。内德·兰德在做什么？”

“请先生原谅，”贡塞伊回答我，“内德老兄在做袋鼠肉糜，这会是一道佳肴！”

剩下我一个人，我躺下睡觉，但难以入眠。我听到土著的吵闹声，他们在平台上跺脚，发出震耳欲聋的喊声。

这一宿就这样过去，船员没有摆脱惯常的了无生气，不在乎这些吃人生番的存在，就像装甲堡垒不关心在装甲上攀爬的蚂蚁一样。

早上六点，我起床。舱盖没有打开。因此潜艇内部没有更新空气，但有机会便装满的储气罐已经启动，给“鹦鹉螺号”缺氧的空气注入几立方米的氧气。

我在房间里一直工作到中午，甚至一刻也没有看到奈莫艇长。潜艇似乎没有做任何出发的准备。

我又等了一会儿，然后去大客厅。挂钟指着两点半。再过十分钟，潮水就要达到最高点，如果奈莫艇长的诺言不至于太大胆，“鹦鹉螺号”马上就要摆脱搁浅了。否则，它要离开珊瑚礁，还要等许多个月。

不久，艇身可以感到震动的预兆。我听到底部珊瑚礁凹凸不平的石灰质在船壳上摩擦的嘎吱声。

两点三十五分，奈莫艇长出现在客厅里。

“我们就要出发了。”他说。

“啊！”我说。

“我已下令打开舱盖。”

“巴布亚人呢？”

“巴布亚人？”奈莫艇长回答，略微耸耸肩膀。

“他们不会冲进‘鹦鹉螺号’吗？”

“怎么进来？”

“通过您让人打开的舱盖。”

“阿罗纳克斯先生，”奈莫艇长平静地回答，“即使‘鹦鹉螺号’的舱盖开着，他们也不能轻易进来。”

我望着艇长。

“您不明白吗？”他问我。

“一点也不明白。”

“那么，您来看看。”

我走向中央梯子。内德·兰德和贡塞伊在那里非常困惑地看着几个船员打开舱盖，外面愤怒的喊叫声和可怕的咒骂声沸反盈天。

舱盖朝外打开。二十几张凶神恶煞的脸显露出来。但是，第一个把手放在梯子栏杆上的土著，被难以形容的看不见的力量抛向后面，逃逸而去，一面发出可怕的喊声，还伴随着乱蹦乱跳。

他的十个同伴步他的后尘，遭遇同样的命运。

贡塞伊看得发呆。内德·兰德生性暴烈，冲向楼梯。可是，当他双手抓住栏杆时，也被掀翻了。

“真见鬼了！”他嚷道，“我遭到雷击了！”

这句话使我茅塞顿开。这不再是栏杆，而是一根金属电缆，接通了潜艇上的电，通到平台。谁接触到它都会受到强烈的打击——要是奈莫艇长把潜艇上所有的电都通到这根导体上，这种打击是能致命的。可以说，在攻击者和他之间，他张开了一道电网，谁都不会不受惩罚地通过这张网。

惊慌失措的巴布亚人被打退了，恐惧万分。我们呢，半开玩笑地去安慰可怜的内德·兰德，给他按摩，他像个魔鬼附身的人那样咒骂。

这当儿，“鹦鹉螺号”被最后一次的涌浪抬了起来，离开了珊瑚礁的凹槽，正好在艇长确定的两点四十分。螺旋桨缓慢而稳当地拍打海水，速度逐渐加快。潜艇在洋面上航行起来，安全无虞地甩开了托雷斯海峡的危险通道。

二十三

强制睡眠[1]

第二天，一月十日，“鹦鹉螺号”又在水面下航行，不过速度惊人，我估计不低于每小时三十五海里。螺旋桨的速度快得我跟不上它的旋转，也数不出多少转。

我想，这神奇的电力给予“鹦鹉螺号”动力、热和光，保护它不受攻击，把它变成一个圣约柜[2]，任何冒犯它的人一触到它，无不受到电击。我的赞赏没有止境，赞赏随即从机器转到创造它的那个人身上。

我们直接往西驶去，一月十一日，我们绕过韦塞尔角，它位于东经135度、北纬10度，构成卡庞塔里亚海湾[3]的东端。暗礁仍然很多，不过分布得比较稀疏，极其精确地标在地图上。“鹦鹉螺号”很容易地避开左舷那边的莫尼暗礁和右舷那边的维多利亚暗礁，后者位于东经130度、北纬10度，我们严格地按照这条线行驶。

一月十三日，到达帝汶海海面，奈莫艇长了解位于东经122度的这个与海同名的岛。帝汶岛[4]面积是一千六百二十五平方法里，由印度王公统治。这些王公自称是鳄鱼的子孙，自认为出身于人类最古老的起源。

---

[1] 原文为拉丁文，AEGRI SOMNIA。

[2] 圣约柜：古代希伯来人的藏经柜。

[3] 卡庞塔里亚海湾：阿拉富拉海的延伸，在澳大利亚东北形成宽阔的缺口。

[4] 帝汶岛：在印度尼西亚群岛的东端，面积33925平方千米。

因此，他们披鳞披甲的“祖先”在岛上的河流里大量繁殖，成为特别受崇敬的对象。它们受保护，受宠爱，受奉承，受供养，还要献上面团做的年轻姑娘。还要让敢于触动这些神圣蜥蜴般动物的外来人倒霉。

但“鹦鹉螺号”和这些丑陋动物没有任何纠葛要分清。帝汶岛只在中午大副测量方位时稍纵即逝。同样，我只让人看一下罗地小岛，它属于帝汶群岛。岛上女人的美貌印象在马来的市场已经确立。

从这里开始，“鹦鹉螺号”改变航向，朝西南行驶。这个海角面向印度洋。奈莫艇长心血来潮，要把我们带往何方？他要重回亚洲海岸吗？他要靠近欧洲海岸吗？对于一个逃避有人居住的大陆的人来说，不太可能下定这样的决心！那么他是要南下吗？他要绕过好望角和合恩角，推进到南极吗？他最终要返回太平洋吗？他的“鹦鹉螺号”在那里航行自由自在，独立不羁……未来应会告诉我们。

过了卡捷礁、海伯尼亚礁、塞林加帕坦礁、司各特礁这些陆地和海洋相争的最后据点，一月十四日，我们就远离陆地了。“鹦鹉螺号”的速度古怪地放慢了，上下反复无常，时而潜入水中，时而浮上海面。

在这段航行里，奈莫艇长在不同深度、不同水温中做有趣的实验。在一般情况下，测量数据需用相当复杂的仪器获得，但仍不免受到怀疑，因为温度探测器的玻璃往往在水压下会破碎，而有的仪器则根据通电流的金属阻抗的变化来探测。这样获得的结果经不起充分检验。相反，奈莫艇长亲自到深海去测量温度，他的温度计和各层海水接触，能马上准确地显出度数。

就这样，有时靠储水罐注水，有时靠侧翼倾斜下沉，“鹦鹉螺号”相继下到三千米、四千米、五千米、七千米、九千米和一万米的深度，这些实验的最后结果是，在不同纬度，一千米深处的海水是恒温的，始终是四点五摄氏度。

我以最强烈的兴趣关注着这些实验。我往往寻思，他做这些观察目的何在？为了让人类利用吗？这不可能，因为有朝一日，他的工作会随着他一起葬身不知哪个海里！除非他把实验的结果留给我。但这就得承认，我这次古怪的旅行会有一个期限，而这个期限，我还没有看到尽头。

无论如何，奈莫艇长同样让我知道他所获得的数据，这些数据形成了地球主要海洋水密度的报告。

从给我信息这件事中，我得出个人的教诲，这与科学无关。

一月十五日上午，我和艇长在平台上溜达，他问我，是不是知道海水的不同密度。我说不知道，还说，这方面科学界缺乏严格的观察。

“这些观察我已经做过了，”他对我说，“我可以肯定这些观察的可靠性。”

“好，”我回答，“但是‘鹦鹉螺号’是一个特殊的世界，艇上学者的秘密传不到陆地。”

“您说得对，教授先生。”沉吟了一会儿以后，他对我说，“这是一个特殊世界，它和陆地格格不入，就像太阳周围和地球相伴的那些行星和地球不相干那样，地球上的人永远看不到土星或者木星上的学者们的研究。但是，既然命运把我们这两个生命联结在一起，我可以把我的观察结果告诉您。”

“我洗耳恭听，艇长。”

“教授先生，您知道海水比淡水密度大，但海水密度不是处处一样的。事实上，如果我把淡水的密度用一来表示，大西洋海水的密度就是一又千分之二十八，太平洋海水的密度是一又千分之二十三，地中海海水的密度是一又千分之三十……”

“啊！”我想，“他去地中海冒过险吗？”

“爱琴海海水的密度是一又千分之十八，亚得里亚海海水的密度是一又千分之二十九。”

可以断定，“鹦鹉螺号”没有躲开欧洲船只经常往来的海域，我得出结论——也许过不了多久——他会带我们去更加文明的大陆。我想，内德·兰德自然而然会满意地知道这个特殊情况。

有几天，我们就在各种实验中度过，研究有关不同深度的海水含盐度，有关海水带电的情况，有关海水的颜色，有关海水的透明度。在做所有这些实验时，奈莫艇长施展他的聪明才智，只有他对我的呵护可与之相比。然后，有好几天我又见不到他，重新在潜艇上孤单单的。

一月十六日，“鹦鹉螺号”似乎停在海面下只有几米处沉睡了。它的电器没有开动，螺旋桨一动不动，任由潜艇随海流回旋。我想，船员忙于内部修理，机器在经过激烈的机械运动后必然需要维修。

我的两个同伴和我，于是目睹了有趣的一幕。客厅的舷窗护板打开了，由于“鹦鹉螺号 ”的舷灯没开，海水一片朦朦胧胧。风雨欲来的天空布满云层，使大洋的表层也缺乏亮度。

我在这种条件下观察海里的情形，最大的鱼在我看来也是影影绰绰的。这时，“鹦鹉螺号”内部突然大放光明。我起先以为舷灯又点亮了，将电灯光投到海水里。我搞错了，迅速观察之后，我发现了自己的错误。

“鹦鹉螺号”漂浮在一层被磷光照亮的海水里，在这片黑暗中，磷光变得耀人眼目。它来自不可胜数的发光微生物，在闪光潜艇的金属壳上滑动，进一步增加了亮度。于是我发现，发亮的海水中的光就像熔炉里化了的铅水，或者白热化的金属块；这样，在对比之下，某些明亮的部分在火红之中反倒显得阴暗，而一切阴暗似乎应该从火红中排除出去。不！这不再是我们习惯的照明平静的辐射光！那里有一种奇特的活力和运动！这种光，你会觉得有生命！

其实，这是一群无数的深海纤毛虫、粟粒状夜光虫，它们是真正的半透明小水母球，拥有极细的触角，三十立方厘米的水里竟能容纳两万五千个。由于水母、海星、海月水母、海笋和其他发磷光的植形动物所特有的光，光亮加倍增强。这类植形动物浸透了海水分解的有机物油脂，或许还浸透了鱼分泌出来的黏液。

"鹦鹉螺号"几小时漂浮在这种发光的水里。看到大型海洋动物，比如蝾螈，在水里嬉戏，我们的赞赏增加了。在这片不燃烧的火中，我看到优雅而动作迅速的鼠海豚，它们是海洋中不知疲倦的丑角；有三米长的剑鱼，它们是风暴的聪明预言家，巨大的剑鳍有时触碰客厅的舷窗玻璃。然后出现的是较小的鱼，各种鳞鲀、鲭鱼、狼鱼，以及其他上百种的鱼，它们游过这片发光的水域时，划出一道道水纹。

这种令人炫目的景象充满魅力！许是某种大气条件增加了这种现象的强度？许是海面上风暴骤起？但在几米之下的深度，"鹦鹉螺号"觉察不到风狂雨暴，它在平静的海水中安然荡漾。

我们这样前进，不断为新的奇景所陶醉。贡塞伊观察植形动物、节肢动物、软体动物和鱼，进行分类。一天天很快过去，我不再计算。内德按照他的习惯，竭力改善潜艇的日常伙食。我们成了真正的蜗牛，只得待在我们的壳里，我断言，变成一只真正的蜗牛是很容易的。

我们觉得这样的生活很清闲，很好过，我们无法想象存在一种和地球陆地上不同的生活。这时发生了一件事，使我们想起我们处境的奇特。

一月十八日，"鹦鹉螺号"位于东经 105 度、北纬 15 度的海域。天气恶劣，大海风急浪高。大风从东面刮过来。气压计几天以来一直在下降，预示着一场风暴即将来临。

我登上平台，这时大副在测量时角。我像往常一样，等着他说出每天说的那句话。但是这一天，被另外一句话代替了，我仍然听不懂。我很快看见奈莫艇长出现了，他举着望远镜，目光朝天际那边望去。

有几分钟，艇长伫立不动，没有离开视阈封闭的那个点。随后，他放下望远镜，和大副交换了十来句话。大副似乎非常激动，但是徒劳地想克制。奈莫艇长比他能克制，仍然冷冰冰的。再说，他好像提出某些异议，大副报以确切的回应。至少，我从他们的语气和手势这样去理解。

至于我，我仔细注视他们观察的方向，什么也没有发现。水天一色，清晰地交融在海平面上。

奈莫艇长从平台的这一头走到另一头，没有看我，也许是没有看见我。他的步履坚定，但不像平时那样均匀。他有时停下来，双臂抱在胸前，观察着海面。在这一望无际的空间，他在寻找什么呢？“鹦鹉螺号”这时离最近的海岸也有几百海里啊！

大副又拿起望远镜，固执地瞭望天际，走来走去，跺着脚，他的神经质的激动劲儿和他的上司形成鲜明对照。

不过，这个秘密必将真相大白，因为不久，按照奈莫艇长的命令，机器加大了驱动力，让螺旋桨转得更快。

这时，大副又把艇长的注意力吸引过去。艇长中止了走动，将望远镜对准那个指定的点。他观察了很久。我呢，受到好奇心的驱使，我回到客厅，取来我平时使用的高倍望远镜。我把它靠在平台前面凸出的舷灯外罩上，准备好搜索海天相接的海面。

但是，我的眼睛还没有挨上望远镜，它就被人从手里一下子夺走了。

我回过身来。奈莫艇长站在我前面，但我认不出他来了。他脸容大变。他的眼睛闪耀着阴沉沉的火花，深陷在皱起的眉毛下面。他的牙齿半露出来。他的身子挺直，拳头紧握，脑袋缩在肩膀之间，表现出强烈的仇恨，他整个人将这种仇恨袒露无遗。他凝然不动。我的望远镜从他的手中跌落下来，滚到他的脚边。

难道是我刚刚无意中引起了他的这种狂怒吗？这个难以理解的人，

以为我发现了禁止让“鹦鹉螺号”上的客人知道的秘密吗？

不！这种仇恨不是冲着我来的，因为他没有看我，他的眼睛执着地盯住天际那个令人摸不着头脑的点。

奈莫艇长总算克制住自己。他的脸容刚才大变，此刻又恢复了平时的平静，他用陌生的语言对大副说了几句话，然后向我转过身来。

“阿罗纳克斯先生，”他用相当威严的口气对我说，“我要求您遵守您和我之间缔结的一个约定。”

“什么约定，艇长？”

“必须把您和您的两个同伴关起来，直到我认为可以还给你们自由为止。”

“您是主人，”我回答，定睛看着他，“但是我能向您提一个问题吗？”

“不能提任何问题，先生。”

听到这句话，我觉得用不着争论了，只能服从，因为一切抗拒都是无济于事的。

我重新下到内德·兰德和贡塞伊共用的那个舱室，把艇长的决定告诉他们。我请读者去想象一下加拿大人是怎样对待这个信息的。再说，也来不及解释。

四名水手等在门口，他们把我们带到我们在“鹦鹉螺号”度过第一夜的那个房间。

内德·兰德提出要求，可是门在他身后关上了，算是回答。

“先生，能告诉我这是什么意思吗？”贡塞伊问我。

我把刚才发生的事告诉我的两个同伴。他们像我一样惊奇，也一样莫名其妙。

我陷入沉思，脑际一直浮现着奈莫艇长奇怪的忧虑表情。我不能把两个合乎逻辑的想法联结在一起，我陷到最荒唐的假设中，这时，内德·兰德的一句话让我从凝想中摆脱出来：“看！午饭都准备好了！”

桌上果然都准备好饭了。显然，奈莫艇长在让“鹦鹉螺号”停航时，也做出了这个吩咐。

“先生允许我进一言吗？”贡塞伊问我。

“可以，小伙子。”我回答。

“那么，先生吃午饭吧，这样谨慎点，因为我们不知道会发生什么事。”

“你说得对，贡塞伊。”

“真倒霉，”内德·兰德说，“他们给我们吃的是艇上的老一套。”

“内德老兄，”贡塞伊顶了一句，“如果连午饭也完全免了，您会说什么呢？”

这句话把捕鲸手的非难堵了回去。

我们开始吃饭，大家默默不语。我吃得很少。贡塞伊总是出于谨慎，“克制着自己”，而内德·兰德不管有天大的事，照样一口也不少吃。吃完饭后，我们都靠在自己的角落里。

这时，囚室里那盏球形灯熄灭了，让我们陷入一片漆黑中。内德·兰德很快睡着了，让我吃惊的是，贡塞伊也沉沉入睡。我正思忖是什么使他这样急迫地需要睡觉时，我感到自己的脑子也麻木沉重起来。我尽管想睁开眼睛，却不由自主地闭上了。我沉入痛苦的幻觉中。显而易见，我们刚才吃的食物里掺了催眠药！为了不让我们知道奈莫艇长的计划，把我们关起来还不够，必须让我们睡着！

这时我听到舱盖重新关上的声音。使潜艇轻轻荡漾的海浪感觉不到了。“鹦鹉螺号”难道离开了洋面？它回到静止不动的水层了吗？

我想抗拒睡意。这是办不到的。我的呼吸减弱了。我感到要命的冰冷把我沉重的、仿佛瘫痪的肢体冻住了。我的眼皮有如戴上了铅帽，盖住我的眼睛，怎么也睁不开来。充满幻觉的睡意攫住我的身体。然后，幻觉消失，我就完全一无所感了。

二十四

珊瑚王国

第二天，我醒来时头脑出奇地清醒。令我非常吃惊的是，我在自己的房间里。我的两个同伴大概也和我一样，在一无觉察的情况下，重新被送回他们的舱室里。这一夜发生的事，他们像我一样一无所知，想揭开这个秘密，只能指望将来碰上机会了。

我想离开房间。心想我是又一次自由了呢，还是仍然是个囚徒？结果是完全自由了。我打开门，走到纵向通道，登上中央梯子。盖板昨天已经关上，眼下是打开的。我来到平台上。

内德·兰德和贡塞伊在那里等着我。我问他们，他们毫不知情。他们一夜沉睡，勾不起任何记忆，发现又待在自己的舱室里，惊讶不已。

至于“鹦鹉螺号”，我们觉得像往常一样沉寂和神秘。它漂浮在海面上。艇上看来没有任何变化。

内德·兰德用锐利的眼睛观察大海。海上白茫茫一片。加拿大人在海上没有发现任何新东西，既没有风帆，也没有陆地。西风吹来，猎猎作响，风刮起的长波浪使潜艇明显地颠簸。

“鹦鹉螺号”更换了空气后，一直维持在水下十五米的平均深度，以便能够立即返回海面。这种一反常态的航行方式，在一月十九日这一天反复运作了几次。大副这时登上平台，通常说的那句话在潜艇内回响起来。

至于奈莫艇长，他不露面。艇上的人，我只看到那个冷漠的侍者，他像平时那样准时给我送饭，一言不发。

两点钟左右，我在客厅里忙着整理笔记，这时艇长打开了门，走了进来。我向他致意。他给我还礼，动作几乎看不出来，但没有对我说话。我重新工作，期待他也许会给我解释昨夜发生的事件。他什么也没说，我望着他。我觉得他一脸倦容；他的眼睛通红，睡眠也没有让他休息过来；他的脸上显出深深的忧虑、真正的烦恼。他走来走去，坐下又站起来，随便拿起一本书，随即又放下，察看仪器，却又不像平常那样记录，似乎一刻也待不住。

最后，他朝我走来，对我说：

“阿罗纳克斯先生，您是医生吗？”

我料不到这个问题，我盯住他一会儿，没有回答。

“您是医生吗？”他又问了一遍，“您的同事里有好几个学过医，像格拉蒂奥莱、莫坎－唐东和其他人。”

“确实，”我说，“我是医生，也当过住院实习医生。在进博物馆之前，我当过几年医生。”

“很好，先生。”

我的回答显然令奈莫艇长满意。但是，由于我不知道他想干什么，我等他提出新问题，准备根据情况回答。

“阿罗纳克斯先生，”艇长对我说，“您同意给我的一名水手治疗吗？”

“您有病人？”

“是的。”

“我现在就可以跟您去。”

“来吧。”

我承认，我的心怦然跳动。我不知道为什么我看出这个水手的生病和昨天事件之间有某种关联，而这个秘密至少和病人一样让我关心。

奈莫艇长把我带到“鹦鹉螺号”后部，让我走进水手舱旁边的一间舱室。

床上躺着一个四十来岁的人，脸容刚毅，是典型的盎格鲁－撒克逊人。

我向他俯下身去，发现这不仅仅是个病人，还受了伤。他的头裹着被鲜血染红的纱布，枕在两只枕头上。我取下纱布，受伤的人两只大眼睛直愣愣地看着，任凭我解开，连一声呻吟都不哼。

伤口很骇人。头盖骨被钝器砸碎，脑浆都露出来了，伤势深及脑髓。流出来的东西中形成血块，像酒糟的颜色。脑子既被挫伤，又受震荡。病人的呼吸缓慢，肌肉痉挛了几下，使他的脸抽搐扭曲。大脑整个呈现蜂窝织炎，导致伤者失去感觉和动作瘫痪。

我给受伤的人把脉。脉搏是间歇的。身体的末端部分已经凉下来，我看到死亡临近，觉得无法阻止。我给这个不幸的人缠好绷带，又整理了他头上的纱布，朝奈莫艇长回过身来。

“他是怎么受伤的？”我问他。

“这有什么关系呢！”艇长含糊地回答，“‘鹦鹉螺号’撞了一下，折断了机器上的一根杠杆，砸了这个人。您觉得他的情况怎么样？”

我犹豫着没说话。

“您可以说，”艇长对我说，“这个人听不懂法语。”

我最后看了一下受伤的人，然后回答：

“这个人两小时后就要死去。”

“没有办法救他吗？”

“没有。”

奈莫艇长的手抖了一下，他流下几滴眼泪，我还以为他生来不会流泪呢。

我又观察了一会儿这个垂危的人，生命正逐渐离他而去。电灯光浴满他的床，他的脸显得越发苍白。我注视着他智慧的额头上早早留下的一条条皱纹，这是由不幸或者贫困早早刻下的。我试图从他嘴里吐出的临终话语里，截取他生命的秘密！

“阿罗纳克斯先生，您可以走了。”奈莫艇长对我说。

我让艇长留在垂死者的舱室里，回到自己房间，对这个场面仍然心潮难平。一整天中，我被不祥的预感弄得躁动不安。夜晚，我难以入睡，梦境常常被打断，我仿佛听到了远方的悲歌，如同丧葬时诵唱圣诗。难道是他们用我听不懂的语言吟诵悼念死者的祈祷词？

第二天早晨，我登上甲板。奈莫艇长已经在我之前到来了。他一看到我，便朝我走来。

“教授先生，”他对我说，“今天到海底一游，意下如何？”

“和我的两个同伴一起？”我问。

“如果他们乐意的话。”

“我们听您吩咐，艇长。”

“那就请穿上你们的潜水服吧。”

他绝口不提那个垂死者或者已经死去的人。我去找内德·兰德和贡塞伊，告诉他们奈莫艇长的提议。贡塞伊忙不迭地同意了；这回，加拿大人表示很愿意跟我们一同去。

这时是早上八点。到八点半，我们穿好为这次旅行准备的衣服，装备了两套照明和呼吸的设备。双重门打开了，在奈莫艇长和跟随着他的十二名船员的陪同下，我们踏在离海面十米深的地上，“鹦鹉螺号”就停在上面。

一道缓坡通到一个高低不平的底部，大约有十五法寻的深度。这个底部完全不同于我第一次在太平洋的海水里涉足时看到的海底。这里没有细沙，没有海底草地，没有深海森林。我马上看出，奈莫艇长今天让我们光顾的这个神奇地区，是珊瑚王国。

在植形动物门和海鸡冠纲里，有个柳珊瑚目，该目包括三个科：柳珊瑚科、木贼科和珊瑚科。珊瑚就属于最后这个科。它非常有趣，先后被归入矿物界、植物界和动物界。在古人那里是药物，在今人眼里是饰物。只是到了一六九四年，马赛人佩索内尔才把它最终列入动物界。

珊瑚是聚集在易碎的石质珊瑚骨上的微小动物群。珊瑚虫有个独特的生殖器官，可以进行无性繁殖，它们有各自的生活，同时又有共同的生活。因此，这是一种天然的社会主义。我读过关于这种奇特的植形动物的最新著作，根据博物学家极其准确的观察，珊瑚虫在形成树枝状结晶的同时就在矿化。对我来说，没有什么能比参观大自然在海底种植的石化森林更有趣的了。

鲁姆科夫灯光装置开始运作，我们向一个正在形成的珊瑚底座走去。随着时间的推移，这个珊瑚礁有朝一日会封闭印度洋的一部分海面。道路两边是杂乱无章、缠在一起的小珊瑚丛，上面开满了白色花瓣的星状小花。只不过，和陆地上的植物相反，这些附在地面岩石上的树枝状结晶，是从上往下生长的。

灯光照在这些色彩鲜艳的珊瑚枝叶上，产生了千百种迷人的效果。我好像看到这些膜状的圆柱形管足在水的涌动下摇曳。我真想采集带有细巧触角的新鲜花冠，有的刚刚盛开，有的含苞待放；一些轻巧的鱼儿，快速地摆动它们的鳍，像鸟儿掠过一样，擦着珊瑚枝而过。但是，我的手一旦接近这些有生命的花，这些有生命的含羞草，整个珊瑚群体就立即处于戒备状态。白色的花冠会缩进红色的花套里，花儿便在我的注视下消逝，珊瑚丛变成了一堆圆形的石头。

我偶然来到这里，面对植形动物的最珍贵品种。这里的珊瑚可以和地中海的法国、意大利和柏柏尔人地区[1]沿岸采集到的珊瑚媲美。这些珊瑚因色彩鲜艳，无愧于交易市场给最美的产品所起的“血红花”“血红泡沫”这类美名。这类珊瑚一千克卖到五百法郎。此地的各层海水覆盖着能让整个世界采集珊瑚的人发财的珊瑚。这种宝物往往和其他珊瑚骨混在一起，形成密集得难以厘清的整体，被称为“马克西奥塔”，我在上面看到一些红珊瑚的出色标本。

没多久，珊瑚丛变得更密了，树枝状结晶也变大。真正石化了的矮林和长跨度的奇特建筑出现在我们眼前。奈莫艇长踏入一条昏暗的长廊，长廊的缓坡把我们带到一百米的深处。我们的蛇形管灯光，照在天然拱顶凹凸不平的粗糙表面和分枝吊灯似的穹隅上，有时产生奇幻的效果。在矮珊瑚林中间，我观察到其他也很有趣的珊瑚虫，如海虱珊瑚和节叉鸢尾珊瑚，然后是几丛珊瑚藻，有绿的，还有红的，这是些带咸石灰质硬皮的真正海藻，博物学家经过长期争论，最终把它们纳入植物界。但是，按照一位思想家的意见，“这里也许是真正的起点，生命从石头似的睡眠中昏昏沉沉地崛起，还未脱离这艰难的起点”。

走了两小时之后，我们终于来到三百米左右的深处，就是说珊瑚开始形成的极限深度。但那里已经没有孤立的珊瑚丛，也没有普通的矮珊瑚林。这是广阔的森林，是巨大的矿化植物，是变成了化石的参天大树。这些大树被美丽的羽毛披带般的花冠聚集在一起，那是一些海洋藤类植物，千变万化，倒影各异。我们从大树伸进昏暗海水的高大枝叶下随意通过，而在我们脚下，笙珊瑚、脑珊瑚、石珊瑚、星形贝和菌贝，形成

[1] 柏柏尔人地区：19 世纪初对北非各国的称呼，因那里的柏柏尔人而得名。

分布着耀眼宝石般的鲜花毯。

真是笔墨难以形容的美景啊！啊！我们就是不能交流感想！为什么要禁锢在这个金属和玻璃的头盔里呢！为什么我们彼此不能说话呢！至少也要让我们像待在大海里的鱼儿那样生活啊，要不就让我们像两栖类动物那样，随心所欲，可以长时间地来往于陆地和水里这两个领域！

这时奈莫艇长停了下来。我的两个同伴和我也停住不走。我回过身来，看见他的手下在他们的头儿周遭围成一个半圆形。我更仔细地看，看到其中有四个人在肩上扛着一个狭长的东西。

我们站在一个宽阔的林中空地中央，周围是海底森林的高大树枝状结晶。我们的灯在这片空间投射出一种黄昏似的光，在地上拉出极长的影子。在林中空地边缘上，又变得更加昏暗，只现出珊瑚有活力的尖脊留住的点点星光。

内德·兰德和贡塞伊在我身边。我忽然想到，就要看到一个奇特的场面。我观察地面，看到有好几个地方是鼓起来的，因石灰沉淀物而略微隆起，排列有序，看得出是人为的。

林中空地中央，在一个粗糙地垒起来的岩石台座上，竖起一个珊瑚十字架，两边伸得很长，好像是石化的血做成的。

奈莫艇长做了个手势，他的一个手下往前走，停在离十字架几步远的地方，从腰带上取下一把十字镐，开始挖坑。

我什么都明白了！这个林中空地是一个墓地，这个坑是一座坟，这狭长的东西是夜里死去那个人的尸体！奈莫艇长和他的手下人来这里，把他们的同伴埋葬在这人迹不到的海底公墓中！

我的情绪从来没有这样激动过！我的头脑里从来没有过这样强烈的想法！我不愿看到眼前呈现的景象！

坟墓挖得很慢。鱼儿这里那里从它们被扰乱的隐藏地逃窜出来。我

看到石灰质的地上，十字镐遇到落在海底的燧石，有时冒出火星。

坑在变长，变宽，不久，深得可以容纳尸体了。

于是，抬尸体的人走上前去。用白色固着丝包裹起来的尸体，被放进潮湿的坟墓。奈莫艇长双手交叉在胸前，死者生前的所有朋友都跪下做祈祷……我的两个同伴和我也虔敬地低下头。

坟墓被刚挖出来的土重新填上，形成一个不大的坟头。

这些做完以后，奈莫艇长和他的手下站了起来；然后又走近坟墓，所有人再次跪下，伸出手做出诀别的手势……

于是，丧葬队伍又踏上回“鹦鹉螺号”的路，再从森林拱顶下经过，沿着矮珊瑚林和珊瑚丛，一直往上爬。

潜艇舷灯终于出现了。拖长的灯光引导我们返回“鹦鹉螺号”。一点，我们回到艇上。

一换好衣服，我就登上平台，我受到各种可怕想法的纠缠，走去坐在舷灯旁边。

奈莫艇长来找我。我站起来对他说：

“这个人像我所预料的，是这样在夜里死去的？”

“是的，阿罗纳克斯先生。”奈莫艇长回答。

“现在他是长眠在这个珊瑚公墓里，他的同伴的旁边了？”

“是的，他被人们遗忘了，但没有被我们忘记！我们挖了坟墓，珊瑚负责把我们死去的人永远封闭在坟墓里！”

艇长突然用抽搐的手掩住他的脸，徒劳地想止住呜咽。然后他说：

“那里是我们宁静的墓地，在海面之下有几百英尺！”

“艇长，您逝去的人至少能在那里安眠，避免鲨鱼的侵犯！”

“是的，先生，”奈莫艇长肃然地回答，“避免鲨鱼和人的侵犯！”

第二部分

一

印度洋

海底旅行的第二部分从这里开始。第一部分写到珊瑚墓激动人心的场面为止，这个场面给我留下了深刻印象。因此，奈莫艇长的生活全部是在广阔的海洋里度过的，就连坟墓他都在无法下探的深渊里准备好了。那里，没有一只海洋怪物去打扰“鹦鹉螺号”的船员们和那些朋友的长眠，他们不论生死，都紧密地连在一起！“也不受人的侵犯！”艇长当时补上了这么一句。

他对人类社会始终持有势不两立的、不可改变的不信任！

对我来说，我不再满足于使贡塞伊觉得满意的假设。这个好小伙子坚持认为，“鹦鹉螺号”的艇长只是被埋没的学者中的一个，这些学者用蔑视来回敬世人的冷落。对他来说，这是个不被理解的天才，厌倦对陆地的一再失望，不得不躲到这个难以企及的地方来，他天生的才能可以在这里自由发挥。但是，照我看来，这个假设只解释了奈莫艇长的一个方面。

事实上，那天晚上把我们关起来强制睡眠的奥秘；艇长出于谨慎，夺走我的望远镜，不让我观察海面，这样粗暴的举动；那个水手由于“鹦鹉螺号”不知何故的撞击而受了致命伤：这一切导致我自然有了新思路。不！奈莫艇长不仅仅是逃避人们！他了不起的设备不仅服务于他爱自由的本性，也许还服务于他一心想进行的我不知道的可怕报复。

眼下，对我来说，什么都不清楚，在黑暗中我只瞥见一点亮光，可以说，我应该只限于记录事件的发展经过。

再说,没有什么把我们和奈莫艇长联结在一起。他知道从“鹦鹉螺号”上逃跑是不可能的。我们甚至算不上凭口头保证而假释的囚犯。没有任何荣誉的担保约束住我们。我们只是几个囚徒，被勉强以礼相待，说成是客人的几个俘虏。但是，内德·兰德没有放弃重获自由的希望。他一准会利用偶然提供给他的一个机会。我无疑会像他一样做。不过，我对把艇长出于慷慨让我们洞悉“鹦鹉螺号”的秘密带走，总有一点歉意！因为说到底应该恨这个人，还是赞赏这个人？他是个受害者还是个刽子手？说实话，在永远离开他之前，我想完成环游海底世界；环游的开端真是妙不可言。我想观察地球的海底下集聚的全部无奇不有的事物。我想看到任何人还没有看到过的东西，为了满足这难以餍足的求知需要，哪怕要付出我的生命！至今我发现了什么呢？什么也没有，或者几乎什么也没有，因为我们越过太平洋才航行了六千海里！

但我清楚地知道，“鹦鹉螺号”正接近有人居住的陆地，一旦我们遇到逃生的机会,如果我为了追求未知事物的热情而牺牲我的两个同伴,那会是残忍的。必须紧随他们，甚至也许带领他们逃走。但这个机会会出现吗？一个被强行剥夺了自由的人,希望有这个机会,可是作为学者、好奇者，又怕出现这样的机会。

一八六八年一月二十一日，这天中午，大副来测量太阳的高度。我登上平台，点燃一支雪茄，看着他测量。我明显觉得大副不懂法语，因为有好几次我高声说出自己的想法，如果他听懂了，应该能够引起他不由自主地注意或表示，但是他无动于衷，默不作声。

正当他用六分仪进行观测时，“鹦鹉螺号”的一个水手——这个孔武有力的人在我们第一次到克雷斯波岛旅行时陪伴过我们——来擦舷灯的玻璃。于是我观察这个装置，它的强度由于透镜圆片像灯塔那样安装而增加百倍，把光集中在有用的镜面上。电灯组装能够发挥全部光能。事实上，它的光是在真空中产生的，这就保证了光的均匀和强度。真空也能节约石墨的尖端，光弧就在尖端中间释放能量。对奈莫艇长来说，这项节约很重要，因为不容易更新石墨棒。但在真空状态下，石墨棒的损耗微乎其微。

当“鹦鹉螺号”准备在水下航行时，我又下到客厅。舱盖重新关上，航路直接指向西面。

于是我们在印度洋上乘风破浪。印度洋的面积是五亿五千万公顷[1]，海水非常清澈，俯身对着海面，能令人头昏目眩。在印度洋，“鹦鹉螺号”一般是在一两百米的深度航行，几天里都是这样。换了不是像我如此酷爱海洋的人，可能会觉得时间漫长和单调。但是我每天在平台散步，沉浸在大洋爽人的空气中；通过客厅的玻璃观看蕴藏丰富的水景；阅读图书室的藏书；撰写回忆录。这一切占去我所有的时间，让我不感到疲累和憋屈。

我们的身体保持令人非常满意的状态。我们非常适应艇上的饮食，至于我，用不着翻新花样，而内德·兰德有抵触情绪，想方设法变换花样。再则，在这样的恒温中，甚至不用怕得感冒。还有，那种在普罗旺斯叫作“海茴香”的树形石珊瑚，潜艇上存了不少，和珊瑚虫的嫩肉放在一起，可以做出上等的咳嗽糖浆。

几天里，我们看到大量蹼足类水鸟，有海鸥或者大海鸥。我们灵巧地打下来几只，用某种方法烹调，成了很受用的海上野味。一些大鸟，

[1] 印度洋：世界第三大洋，面积 75000000 平方千米，平均深度 3900 米，最深处 7000 米，在巽他群岛南面。

在陆地之间作长距离飞行，飞得累了，就在水面上休息；我看到一些漂亮的信天翁，它们属长翼科，发出像驴叫一样难听的叫声。蹼足科的鸟，有飞得很快的军舰鸟，灵活地捕捉海面上的鱼，有大量的鹲或者麦草尾巴鸟，其中有麦草似的红毛鹲，大小如鸽子，白色的羽毛间以粉红色，使翅膀的黑色更显突出。

"鹦鹉螺号"的拖网打上来好几种玳瑁（dài mào）属海龟，背隆起，玳瑁很值钱。这种爬行动物可以轻而易举潜下水去，闭上鼻孔外边那块肉阀门，能够长时间待在水下。我们捉上来几只，它们还缩在龟壳里睡觉呢，为的是躲避海里的动物。海龟肉一般来说不怎么样，但是它们的蛋是一味佳肴。

至于鱼，当我们透过打开的舷窗板，发现它们水中生活的秘密时，总是能引起我们的赞叹。我注意到好几种我至今还没有机会观察的品种。

我主要可以举出只生长在红海、印度海、大西洋赤道附近及美洲海岸的贝壳鱼。这类鱼与鳖（biē）、犰狳（qiú yú）、海胆和甲壳动物一样，都有甲壳保护，甲壳既不是白垩（è）的，也不是石质的，而是真正骨质的。有时甲壳呈三角形，有时呈四角形。呈三角形的，我可以举出长五厘米、肉有营养、味道鲜美、棕尾黄鳍的几只，我甚至建议在淡水里养殖，再说，有些海鱼很容易适应淡水。我还可以举出背上长着四个大包的四边形鳞甲鱼，身体下面有斑斑白点的能像鸟一样驯养的鳞甲鱼，有三角形带针刺的鳞甲鱼，它们的针刺由骨质硬皮的延伸构成，它们因奇特的叫声而得名"海猪"；然后是像单峰驼的鱼，长着个锥形大包，肉很硬，嚼不动。

我还要从贡塞伊师傅每天的记录中摘出几种鱼：这一带海域特有的单鼻豚属的动物，比如特点是有三条纵纹的赤背白胸豚，身长七英寸、色彩艳丽的电豚。然后是其他类型的品种，有卵形鱼，像一只黑褐色的蛋，有一条条细带子，没有尾巴；有虎鱼，那是海里真正的豪猪，身上带刺，能够鼓成一个浑身带刺的球；有各个大洋都有的海马；有会飞的海蛾鱼，长嘴，胸鳍很宽，长成翅膀形，即使不能飞，至少也能跃到空中；有尾巴上带着许多环形鳞片，扁平的鸽子鱼；有好看的大嘴巴长颌鱼，长二十五厘米，闪射出令人赏心悦目的彩色光芒；有脑袋凹凸不平、青灰色的美首鱼；有难以数清的、会跳的鳚（wèi）鱼，身上有黑纹，胸鳍很长，以惊人的速度在海面上滑行；有味道鲜美的帆鱼，能够将鳍像帆那样竖起，随海流游弋；有华丽的彩鱼，大自然给这种鱼施以黄色、天蓝色、银色和金色；有翅膀像许多丝的绒翼鱼；有杜父鱼，总是被污泥弄脏，发出一种嗞嗞声；有魴（fáng）鲋（fù），它的肝被看成一种毒药；有波迪昂鱼，眼睛上长着个能活动的眼罩；最后是哨子鱼，长嘴像管子，是大洋里真正的猎手，身上有一种无论是沙塞波[1]家族还是雷明顿[2]家族都设计不出来的枪，用它来杀死昆虫，只消一滴水。

按拉塞佩德的分类，第八十九属的鱼属硬骨鱼第二亚纲，特点是有鳃盖和鳃膜。我发现其中有鲉（yóu）鱼，它的头有刺，只有一个背鳍。这类鱼有的有小鳞片，有的没有，这取决于它是属于哪个亚属的。归入第二亚属的，有几种不同类型的怪鱼，正确地被称为“海蟾蜍（chán chú）”，大脑袋，有时有一条条深沟，有时膨胀得很大；身上长刺，分布着隆起的小块，耸起不规则而难看的角，身体和尾巴长满像老茧的皮。海蟾蜍的刺造成的伤很危险，这是一种令人讨厌而又可怕的鱼。

从一月二十二日到二十三日，二十四小时之内，“鹦鹉螺号”行驶了二百五十法里，或者以每小时二十二海里的航速行驶了五百四十海里。

---

[1] 沙塞波（1833—1905），法国武器制造者，1866 年发明以他的名字命名的枪，1866 至 1874 年应用于法军。

[2] 雷明顿（1816—1889），美国实业家，制造武器和缝纫机、打字机等。

如果途中我们能够认出各种各样的鱼，这是因为鱼受到电灯光的吸引，力图和我们做伴；大部分鱼由于船速太快，不久就落在后面，但有一些鱼在一段时间里能够跟得上“鹦鹉螺号”。

二十四日早上，在南纬5度12分、东经94度33分，我们看到基灵岛[1]，这是个石珊瑚岛，上面长满婀娜多姿的椰子树，达尔文先生和菲茨－罗伊船长曾经访问过那里。“鹦鹉螺号”在离这座荒凉海岛的陡壁不远处行驶。拖网打上来许多类型的珊瑚虫和棘皮动物，以及软体动物门的有趣甲壳类动物。几个珍稀动物丰富了奈莫艇长的宝库，我又增加了一种星点状珊瑚，这种寄生的珊瑚骨往往固定在贝壳上。

基灵岛很快消失在海平面上，潜艇朝西北方向印度半岛的南端驶去。

“这些已经文明化的土地，”这天内德·兰德对我说，“比巴布亚的那些岛强多了，那里，遇到的土著人比狍（páo）子还多！在印度的这块土地上，教授先生，有公路、铁路，有英国人、法国人和印度人的城市。我们走不到五英里就能遇到一个同胞。哼！和奈莫艇长不辞而别的时刻还没有到来吗？”

“没有，内德。没有，”我语气坚定地说，“就像你们这些水手所说的，随波逐流吧。‘鹦鹉螺号’接近有人住的大陆。它朝欧洲返回，让它把我们载到那儿去。一旦到了我们的海上，我们就要看看该怎么谨慎行动了。再说，我认为奈莫艇长不会像在新几内亚的森林中那样，让我们到马拉巴尔海岸[2]或者科罗曼德尔海岸[3]上去打猎。”

“那么，先生，我们不能不经他允许吗？”

我没有回答加拿大人。我不想争论。说白了，我心里想的是，既然

[1] 基灵岛：又称椰子群岛，在爪哇岛西南部的印度洋中。

[2] 马拉巴尔海岸：印度西部的沿岸地区。

[3] 科罗曼德尔海岸：印度西南部海岸，海湾很大，港口不多。

命运把我抛到了“鹦鹉螺号”上，我就要用尽机会。

从基灵岛开始，我们总的说来放慢了速度。行驶更加随心所欲，往往把我们带到很深的地方。有好几次使用侧翼斜面板时，都是艇内的杠杆操纵使潜艇与海面形成侧斜面的。我们这样到达两三千米的深处，但是从来没有查实印度洋的深度，一万三千米长的探测器没有到底。至于低层的温度，温度计总是不变地指着零上四摄氏度。我只观察到，在上层，水总是比大海的深处更冷。

一月二十五日，由于洋面上白茫茫一片，“鹦鹉螺号”在海面上行驶了一天，大功率的螺旋桨拍击波涛，溅起很高的浪花。在这样的情况下，人们怎么会把它看成一只鲸类动物呢？我在平台上度过四分之三的白天。我望着大海。海面上啥也没有，将近下午四点，才有一艘大汽船从西迎面而来。有一会儿可以看见它的桅杆，但是它不可能看见太贴近水面的“鹦鹉螺号”。我想，这艘汽船属于半岛－东方公司[1]，航行于斯里兰卡岛[2]与悉尼之间，经过乔治国王角和墨尔本。

傍晚五点，在热带地区转瞬即逝，将白天和晚上连接起来的黄昏降临之前，贡塞伊和我被一个有趣的景象惊呆了。

这是一只迷人的动物，按照古人的说法，遇到这种动物预示着好运。亚里士多德、阿泰纳伊奥斯[3]、普林尼和奥皮安[4]都研究过它的习性，对它穷尽了希腊和意大利学者的整个诗学。他们把它叫作“鹦鹉螺”或者“庞贝螺”。但是，现代科学没有认可它们的名称，这种软体动物现在叫作船蛸。

---

[1] 半岛－东方公司：俗称大英火轮公司，英国海上航运垄断组织，创建于 1840 年，主要经营客货运输等业务。现已收购重组。

[2] 斯里兰卡：南亚岛国。中国古代称其为狮子国、僧加剌、锡兰等。原文译为锡兰。

[3] 阿泰纳伊奥斯：古希腊修辞学教师、语法学家，著有长卷《诡辩学家的宴会》。

[4] 奥皮安：古希腊诗人。

谁去请教过贡塞伊，就会从这个好小伙子那里知道，软体动物门分为五个纲：第一个纲中头足纲，有时裸露，有时带壳，又包括两个科，两鳃科和四鳃科，以鳃的数目来区分。两鳃科包括三个属，船蛸、枪乌贼和乌贼，而四鳃科只有一个属，即鹦鹉螺。说了这一通术语之后，如果缺乏天赋的人还是要混同 acétabulifère，即带吸盘的船蛸和 tentaculifère（有触手）的鹦鹉螺，那就不可原谅了。

当时游动在洋面上的正是船蛸。我们可数出几百只。它们属于有结节状隆起的那种，是印度洋特有的。

这些好看的软体动物退后运动，靠的是能推动的管子，把它们吸进去的水通过管子排出。八只触手中，六只又长又细，漂浮在水面上，而两只有蹼的圆形触手像小帆一样迎风伸出。我清楚地看到它们螺旋形起伏的壳，居维埃将其正确地比作优美的小船。它们确是真正的船，载着往船上分泌液体的动物，而这动物并不黏着船。

“船蛸可以自由地离开它的壳，”我对贡塞伊说，“但是永远不离壳而去。”

“就像奈莫艇长一样，”贡塞伊恰如其分地回答，“所以最好把他的潜艇称为‘船蛸号’。”

大约有一个小时，“鹦鹉螺号”漂浮在这群软体动物中间。随后，我不知道它们受到什么惊吓，仿佛接到一个信号，所有的帆蓦地往回收；触手合拢，身体收缩，贝壳翻转，重心改变，整个船队消失在波涛下面。这是一刹那的事，从来没有一支船队像这样整齐划一地行动。

这时黑夜突然降临，微风轻轻吹起的海浪，在“鹦鹉螺号”的船侧外板下静静地形成长长的波浪。

第二天，一月二十六日，我们从东经 82 度处穿过赤道，又回到北半球。

这一天，一大群鲨鱼跟着我们。这种令人生畏的动物在这片海域繁殖，使这里变得非常危险。这是烟灰角鲨，棕色的背，灰白的肚子，装备着十一排牙齿；眼睛角鲨，脖子上有一个被白圆圈围绕住的大黑点，酷似一只眼睛；圆吻角鲨，圆嘴，嘴上分布着一个个暗点。这些强大的动物往往冲击客厅的玻璃，用力之猛令人感觉岌岌可危。内德·兰德于是再也控制不住。他想重新回到海面上，用鱼叉投中这些怪物，尤其是嘴里长满了马赛克似的牙齿的星鲨和五米长的大虎斑鲨，因为它们特别坚持不懈地挑衅他。但不久，“鹦鹉螺号”加快速度，轻而易举地把这些鲨鱼中游得最快的远远甩在后面。

一月二十七日，在宽阔的孟加拉湾入口，我们好几次遇到在海面上漂浮的尸体，真是一幅悲惨的景象！这是印度城市里的死人，被恒河水冲到大海里来，还没有被秃鹰——印度唯一的下葬者——吃完。不过，鲨鱼中少不了要来帮助秃鹰完成这项丧葬的。

晚上七点左右，半浮出海面的“鹦鹉螺号”航行在乳白色的海中。大洋似乎一望无际地呈乳状，是月光照成这样吗？不是，因为新月才出现两天，这时还藏在海平面下，太阳光还熠熠生辉呢。整个天空虽然星光闪烁，在海水的白色衬托下，显得黑黝黝的。

贡塞伊不能相信自己的眼睛，他问我是什么原因造成这奇怪的现象。幸亏我能回答他。

“这就是所谓的乳海，”我对他说，“在安博亚纳[1]海岸和这片海域，经常可以看到这样广阔的白色波浪。”

“但是，先生能不能告诉我，是什么原因产生这种现象呢？”贡塞伊问，“因为我想，这海水没有变成奶吧？”

“没有，小伙子。这种使你感到吃惊的白色，仅仅是由无数的纤毛

[1] 安博亚纳：莫吕克群岛南部的小岛，属于印度尼西亚，产香料。

虫纲小动物造成的。这是一种发光的小虫子，外表无色，呈胶状，像头发那么细，长度不超过五分之一毫米。这些小动物互相粘连在一起，长达几法里。”

“几法里啊！”贡塞伊大声说。

“是的，小伙子，不要设法计算这些小动物的数目！你做不到的，因为我没有搞错的话，有些航海家在这样的乳海上航行过四十海里。”

我不知道贡塞伊是不是听取我的建议，但是他沉入深思，无疑在竭力计算四十平方海里中能容纳多少个五分之一毫米的纤毛虫。对我来说，我继续观察这个现象。“鹦鹉螺号”的船首冲角在几小时里划破这乳白色的波浪，我注意到潜艇无声地在这肥皂般的海水中滑行，仿佛海湾的水流和逆流之间有时会出现的泡沫漩涡。

午夜时分，海水突然恢复平常的颜色，但在我们后面，一直到海面的尽头，天空映照出白色的海水，似乎长时间浸透了极光的朦胧光线。

二

奈莫艇长的新建议

一月二十八日中午，“鹦鹉螺号”在北纬 9 度 4 分处重新回到海面，可以看到西面八海里外的陆地。我首先观察到的是群山，高约两千英尺，山势奇形怪状。位置测定完以后，我回到客厅；在海图上标出这个位置以后，我认出我们面对的是斯里兰卡岛，这颗挂在印度半岛下边的明珠。

我到图书室去找有关这个岛的书籍。它是地球上土地最肥沃的岛之一。我正好找到西尔·H.C. 先生的一本书，书名是《斯里兰卡和僧加剌人》。回到客厅后，我把斯里兰卡的方位记下来，古代人给这个岛许多不同的名字。它处在北纬 5 度 55 分到 9 度 49 分、东经 79 度 42 分到 82 度 4 分之间；长度二百七十五英里，最宽处是一百五十英里，周长九百英里，面积两万四千四百平方英里[1]，也就是说比爱尔兰稍微小些。

这时，奈莫艇长和他的大副出现了。

艇长看了一眼海图，然后朝我转过身来说：

“斯里兰卡岛以采珍珠闻名于世。阿罗纳克斯先生，您有兴趣参观

[1] 斯里兰卡实际面积 65610 平方千米。

其中一个采珠场吗？”

“毫无疑问，艇长。”

“很好。这很容易。不过，我们能看到采珠场，却看不到采珠人。采珠季节还没有开始。没关系。我吩咐靠近马纳尔海湾，夜里能到达。”

艇长对大副说了几句话，大副马上出去。不一会儿，“鹦鹉螺号”潜回海里，气压计显示，潜艇一直在三十英尺深的水中行驶。

我看着海图，寻找马纳尔海湾。我在斯里兰卡西北海岸北纬第九道线那里找到了。海湾是由马纳尔小岛的延伸线围成的。要到达那里，必须沿着斯里兰卡的整个西海岸上溯。

“教授先生，”奈莫艇长于是对我说，“在孟加拉海湾、印度海、中国海、日本海、美洲南部的海、巴拿马湾和加利福尼亚湾，都有人采珍珠；但正是在斯里兰卡，采珍珠会取得最好的收获。我们无疑来得早了一点。采珠人要在三月才到马纳尔海湾，在三十天里面，他们的三百只船在这里进行这项有利可图的海中珍宝的开采。每只船有十个划船的，十个采珠的。采珠人又分为两组，轮流下海，靠两腿间缚住的大石头，潜到十二米的深度，仅用一根绳子将石头和船拴在一起。”

“这样说，这种原始的办法始终在用吗？”我问。

“始终在用，”奈莫艇长回答我，“这些采珠场属于英国人，是通过一八〇二年的亚眠条约让给英国人的。”

“但我觉得，像您使用的那种潜水服，如若采珠，会派上大用场的。”

“是的，因为这些可怜的采珠人不能长时间待在水下。英国人帕斯瓦尔[1]旅行到斯里兰卡时，提到一个名叫卡弗尔的人，这个人能在水里待五分钟而不浮出水面，但是我觉得这事不太可信，我知道有的潜水者能待到五十七秒钟，身手灵巧的能待到八十七秒钟；不过这样的人很少。

[1] 帕斯瓦尔（1762—1812），英国政治家。

回到船上以后，这些不幸的人要从鼻子和耳朵淌下血水。我认为，采珠人能够忍受的时间平均为三十秒钟，在这段时间里，他们急匆匆地把抓到的所有珠母堆在一只小网袋里。一般说，这些采珠人活不到老年；他们的视力减弱，眼睛溃疡，身上形成伤疤，甚至往往在海底发生中风。”

“是的，”我说，“这是一门苦难的职业，只是满足人的爱好。请告诉我，艇长，一条船一天能采到多少珠母呢？”

“四五万只吧。有人甚至说，一八一四年，英国政府派人为国家采珠，潜水者干了二十天，采到七千六百只珠母。”

“至少这些采珠人得到了足够的报酬吧？”我问。

“不尽如人意，教授先生。在巴拿马，采珠人一星期只挣一美元。最常见的是，采到一只含有珍珠的珠母，他们可得一个苏[1]。而他们采回来的珠母有多少是没有珍珠的啊！”

“这些可怜的人让他们的主人发财，却只得到一个苏啊！这也太卑鄙了！”

“因此，教授先生，”奈莫艇长对我说，“您的两个同伴和您，你们可以参观马纳尔海底沙洲。如果碰巧有个提前来的采珠人已经在那里，那么我们就看看他怎么干活。”

“艇长，一言为定。”

“对了，阿罗纳克斯先生，您不怕鲨鱼吧？”

“鲨鱼？”我嚷道。

这个问题，至少我觉得是多余的。

“怎么样？”奈莫艇长又问一遍。

“艇长，不瞒您说，我对这种鱼还不是很熟悉。”

“我们这些人倒是习以为常了，”奈莫艇长回了一句，“随着时间

[1] 苏：法国辅币名，价值最小的钱币。

推移，你们也会习惯的。再说，我们会带上枪，途中我们也许能打到一条鲨鱼。这种狩猎很有趣。就这样，教授先生，明天，一大早。”

奈莫艇长语气轻松地说完，离开了客厅。

倘若有人邀请您到瑞士的山里去猎熊，您会说：“很好！明天我们去猎熊吧。”倘若有人邀请您到阿特拉斯[1]平原去捕猎狮子，您会说：“哈哈！看来我们要去捕猎老虎或狮子了。”但是，倘若有人邀请您去海里捕猎鲨鱼，在接受邀请之前，您说不定请求考虑一下了。

我呢，我用手去抹一下脑门，上面渗出了几滴冷汗。

“我们考虑一下吧，”我心想，“我们不用着急。在海底森林捕猎水獭，像我们在克雷斯波岛的森林里所做的那样，还说得过去。但是，在海底跑来跑去，几乎肯定能在那里遇上鲨鱼，就是另一回事了！我很清楚，在某些地方，特别是在安达曼群岛，黑人一只手拿匕首，一只手拿绳子，变被动为毫不犹豫地攻击鲨鱼，但是我也知道，许多迎战这种可怕动物的人，有去无回！况且，我不是黑人，即使我是黑人，我相信，在这种情况下，我有一点犹豫也算不上不得体。”

我老想着鲨鱼，想到有好多排牙齿，能把人切成两段的大嘴。我已经感到腰部隐隐作痛。随后，我不能理解艇长做出这糟透了的邀请时那种轻描淡写！难道不像在说，到树林去猎取与人无犯的狐狸吗？

“好啊！”我想，“贡塞伊是绝对不想去的，这样就免得我去陪艇长了。”

至于内德·兰德，我承认，我感到对他是否明智没有把握。危险不管多大，对他好斗的天性总是有吸引力。

我继续阅读西尔的那本书，但只是机械地翻阅。我在字里行间总是看到可怕地张开的大嘴。

---

[1] 阿特拉斯：在北非的摩洛哥、突尼斯和阿尔及利亚，应是山区。

这当儿，贡塞伊和加拿大人走了进来，神态安详，甚至欢快。他们不知道等待着他们的事。

“说实话，先生，”内德·兰德对我说，“您那位奈莫艇长——让他见鬼去吧——刚刚向我们提出一项令人高兴的建议。”

“啊！”我说，“你们知道了……”

“先生别见怪，”贡塞伊说，“‘鹦鹉螺号’邀请我们明天陪先生去参观斯里兰卡美妙的采珠场。他邀请时用词得当，举止像个真正的绅士。”

“他没有对你们再说点什么吗？”

“没有，先生，”加拿大人回答，“只说他已经和您谈过走一遭。”

“他确实没有给你们任何细节……”

“没有，博物学家先生。您也陪我们去，是真的吗？”

“我……当然去！我看您很感兴趣，兰德师傅。”

“是的！很有趣，很有趣。”

“也许有危险！”我意味深长地加了一句。

“危险嘛，”内德·兰德说，“只到海底珠母的沙洲走走而已！”

奈莫艇长准定认为用不着让我的两个同伴想到鲨鱼。我呢，我用慌乱的目光望着他们，仿佛他们已经缺胳膊少腿。我应该提醒他们吗？是的，无疑应该，但是我不知道该怎样做。

“先生，”贡塞伊对我说，“先生想给我们提供关于采珍珠的具体情况吗？”

“关于采珍珠，还是关于会出现的事故……”我问。

“关于采珍珠，”加拿大人回答，“进入现场之前，了解一下情况是好的。”

“那么，请坐，我的朋友们。我来告诉你们，英国人西尔刚刚告诉我的所有情况。”

内德和贡塞伊坐在一张沙发上，加拿大人首先问我：

“先生，珍珠是什么啊？”

“我的好内德，”我回答，“对诗人来说，珍珠是大海的一滴眼泪；对东方人来说，这是一滴凝固的露水；对太太们来说，这是一件椭圆形首饰，有透明光彩，附着一层螺钿质，她们戴在手指上、脖子上或耳朵上；对化学家来说，这是磷酸盐和石灰碳酸盐的混合物，还带一点明胶；最后，对博物学家来说，这是某些双壳类软体动物产生螺钿质的器官一种普通的病态分泌物。”

“属软体动物门，”贡塞伊说，“无头纲，介壳目。”

“博学的贡塞伊，正是。可是，在介壳目动物中，鲍鱼、大菱鲆、砗磲和海江珧，一句话，所有分泌螺钿质，即分泌那种蓝色、淡蓝色、紫色或白色物质，把自身的瓣膜内壁覆盖起来的软体动物，都有可能产生珍珠。”

“河蚌也能吗？”加拿大人问。

“也能！苏格兰、威尔士、爱尔兰、萨克森、波希米亚和法国的一些河流里的蚌，也能产生珍珠。”

“好！以后在这些地方要留心点了。”加拿大人回答。

“但是，”我又说，“分泌出珍珠的最好的软体动物是珠母、Maleagrina margaritifera[1]和珍贵的小纹贝。珍珠只是一种呈小球形状的螺钿凝结物，要么附着在牡蛎壳上，要么嵌在软体动物的肉褶里。珍珠能在肉中自由活动，但是它的核心总是一个小小的实体，要么是一颗不孕的卵，要么是一粒沙子，螺钿质在几年中围绕着它逐渐沉积下来，形成许多同心圆的薄层。”

[1] 拉丁文，乳白珠贝。

“能在一只牡蛎中找到好几颗珍珠吗？”贡塞伊问。

“可以，小伙子。有些珠母构成真正的珠宝匣。甚至可以举出一只牡蛎，里面容纳不少于一百五十条鲨鱼，但是我对此有怀疑。”

“一百五十条鲨鱼！”内德·兰德大声说。

“我说了鲨鱼吗？”我也急忙大声说，“我想说一百五十颗珍珠。鲨鱼沾不上边。”

“确实是，”贡塞伊说，“先生现在能告诉我们，用什么办法把珍珠取出来吗？”

“有好几种方法，常用的方法是，附着在壳上的，采珠人用镊子夹出来。但是最常用的方法是，把珠母摊在铺满草席的海岸。这样，珠母在自由流动的空气中死去，十天之后，珠母完全腐烂。这时，采珠人把珠母放在装满海水的大蓄水池里，然后打开珠母清洗。正是在这时，取珠的双重工序开始了。首先，要把商业上所说的‘银白’‘花白’‘黑点’等不同的螺钿质分开，装箱，每箱以一百二十五千克至一百五十千克交付出去。然后，把珠母的肉都取出来，煮沸，再用筛子筛，直至把最小的珍珠都取出来。”

“珍珠按照大小，价格不同吧？”贡塞伊问。

“不仅按照大小，”我回答，“而且按照形状，‘水色’，就是说它们的颜色，按照它们的‘光泽’。换句话说，那种闪烁的和绚丽多彩的光芒，使它们那么赏心悦目。最美的珍珠叫处女珠或者锦珠；它们单独在软体动物的组织里形成，白色，常常不透明，但有时呈乳白色的透明状，最多的是圆形或者梨形。圆形的做手串，梨形的做耳坠；由于珍贵，都是按颗卖。其他珍珠附着在牡蛎壳上，形状更加不规则，按分量卖。最后，等而下之的是小粒珍珠，称为种子珍珠，廉价卖出，主要用在教堂装饰用的刺绣上。”

“但是，按照大小来区分珍珠，这种工作应是时间很长又很难。”加拿大人说。

“不，我的朋友。这个工作用十一只眼的罗或者窟窿数量不一的筛子。用二十只至八十只窟窿的筛子筛出来的珍珠是一等品，用一百只至八百只窟窿的筛子筛出来的珍珠是二等品，用九百只至一千只窟窿的筛子筛出来的珍珠是种子珍珠。”

“相当精巧，”贡塞伊说，“我明白了，珍珠的分门别类是用器械来进行的。先生能不能告诉我们，开采海底沙洲的珠母，收益如何？”

“根据西尔的书，”我回答，“斯里兰卡采珠场的年收入是三百万条角鲨的总数。”

“是法郎！”贡塞伊纠正说。

“对，是法郎！三百万法郎，”我再说一遍，“但是我认为这些采珠场的收益没有以前多了。美洲的采珠场也是一样，在查理五世[1]统治下，美洲采珠场产出四百万法郎，如今正好缩减至三分之二。总之，世界采珠的总收入可以估计为九百万法郎。”

“但是，为什么不举出有些标价极高的名珠呢？”贡塞伊问。

“不错，小伙子。据说恺撒献给塞尔维莉亚的一颗珍珠，值到现今货币的十二万法郎。”

“我甚至听人说过，”加拿大人说，“古代有位夫人喝浸在醋里的珍珠。”

“是克娄巴特拉[2]。”贡塞伊回了一句。

“真够呛。”内德·兰德补上一句。

---

[1] 查理五世（1500—1558），德国皇帝，荷兰和西班牙国王。

[2] 克娄巴特拉：埃及托勒密王朝的末代女王（前51—前30），以美貌著称。罗马统帅恺撒帮助她独占王位，两人生下一子。

“可憎，内德老兄，”贡塞伊回答，“但一小杯醋值到十五万法郎，价钱够瞧的。”

“没娶上这位夫人做老婆，我觉得遗憾。”加拿大人说，咄咄逼人地挥了一下胳膊。

“内德·兰德想做克娄巴特拉的丈夫啊！”贡塞伊嚷道。

“但我也得结婚啊，贡塞伊，”加拿大人认真地说，“事情不成功，不是我的错。我甚至曾经给我的未婚妻凯特·唐德尔买了一串珍珠项链，但她嫁给了别人。嘿！这条项链值不到一个半美元。但是——教授先生请相信我——项链上的珍珠都是用二十只窟窿的筛子筛出来的一等品。”

“好内德，”我笑着回答，“这是人工珍珠，是在珍珠液浸过的普通玻璃球。”

“嘿！这种珍珠液应该价格昂贵。”加拿大人回答。

“毫不值钱！这只不过是欧鲅鱼鳞上的银色物质罢了，从水里搜集起来，保存在氨水里。它毫无价值。”

“也许正因如此，凯特·唐德尔嫁给了别人。”兰德师傅逆来顺受地回答。

“但是，”我说，“再回到高价珍珠上来，我不认为哪个君主拥有超过奈莫艇长的珍珠。”

“就是这一颗。”贡塞伊说，一面指着封闭在玻璃柜里的美丽首饰。

“我指定它值两百万，一准没有搞错。”

“两百万法郎！”贡塞伊紧接着说。

“是的，”我说，“两百万法郎，毫无疑问，艇长只不过费了点事，把它捡起来而已。”

“嗨！”内德·兰德嚷道，“谁说明天我们行走时不会遇到同样的珍珠呢！”

“得了！”贡塞伊说。

“为什么不行？”

“我们在‘鹦鹉螺号’上，几百万有什么用？”

“不是在潜艇上，”内德·兰德说，“而是在……别的地方。”

“噢！在别的地方！”贡塞伊摇摇头说。

“事实上，”我说，“兰德师傅说得对。即使我们不能把一颗值几百万的珍珠带回欧洲或者美洲，它至少能给我们的冒险故事增加真实性和巨大价值。”

“我确信无疑。”加拿大人说。

“但是，”贡塞伊说，他总是回到事情的实际方面，“采珍珠有危险吗？”

“没有，”我赶紧回答，“尤其是采取了措施。”

“干这行冒什么险呢？”内德·兰德问，“也就喝几口海水吧！”

“就像您说的那样，内德。对了，”我说，试图采用奈莫艇长那种不在乎的语气，“正直的内德，难道您怕鲨鱼吗？”

“我，”加拿大人回答，“一个捕鲸手啊！嘲笑鲨鱼是我的职业！”

“问题不是用旋转钩把鲨鱼钓上来，拖上甲板，用斧头砍掉尾巴，开膛破肚，掏出心来，再扔回海里。”

“那么，问题是……”

“是的，正是您所想的。”

“在水里？”

“在水里。”

“确实需要一把好捕鲸叉！先生，您知道，这些鲨鱼，这些畜生有相当差劲的动作。它们必须肚子翻转才能咬人，趁这个时候……”

内德·兰德在说出“咬人”这个词时，让人脊梁冒凉气。

“那么，你呢，贡塞伊，你对这些鲨鱼有什么想法呢？”

“我吗，”贡塞伊说，“我对先生会坦诚相见的。”

“好极了。”我想。

“如果先生同鲨鱼搏斗，”贡塞伊说，“我看不出为什么他忠实的仆人不会和他一起搏斗！”

三

一颗价值千万的珍珠

黑夜来临。我睡下。我辗转反侧。在我的梦里，鲨鱼扮演重要的角色。根据词源学，鲨鱼（requin）一词是从安魂曲（requiem）一词派生的，我觉得既正确又不正确。

第二天，凌晨四点，我被奈莫艇长专门派给我的侍者叫醒。我赶快起床，穿好衣服，来到客厅。

奈莫艇长在那里等我。

“阿罗纳克斯先生，”他对我说，“您准备好出发了吗？”

“我准备好了。”

“请跟我来。”

“我的两个同伴呢，艇长？”

“他们已得到通知，在等我们呢。”

“我们不穿潜水服吗？”我问。

“还不到时候。我没让‘鹦鹉螺号’太接近这个海岸，离马纳尔海底沙洲有相当距离；不过，我让人用小艇把我们带到准备登陆的地点，省去我们长途跋涉。小艇载着我们的潜水设备，在海底探险开始时，我们再穿上。”

奈莫艇长带我走到中央梯子那里，拾级而上，来到平台。内德和贡塞伊已在那里，对这场准备好的游乐满心欢喜。“鹦鹉螺号”的五名水手手里握着桨，坐在从潜艇卸下的小艇里等待我们。

天还黑蒙蒙的。一块块乌云覆盖住天空，只露出稀疏的星光。我放眼瞭望陆地那边，但是只看到一条模糊的线，封住了从西南到西北四分之三的地平线。“鹦鹉螺号”在夜里沿着斯里兰卡的西海岸上溯走，停在海湾西边，或者更确切地说是在陆地和马纳尔岛形成的海湾西面。这里，昏暗的海水下面，伸展着珠母沙洲，一个取之不尽的珍珠场，长度超过二十海里。

奈莫艇长、贡塞伊、内德·兰德和我，我们坐在小艇后面。小艇的船长掌舵，他的四个同伴握住桨；船缆解开，我们离去。

小艇奔向南面。水手们并不着急。我观察到，他们的桨有力地在水里划动，每隔十秒钟才划一下，这是战船上一般采用的方法。小艇靠余速滑行时，水珠有如黑乎乎的熔铅拍打着黑黝黝的海水。从外海涌过来的小波涛使小艇轻轻颠簸一下，浪尖在船头发出拍击声。

我们噤若寒蝉。奈莫艇长在想什么？也许在想正在接近的这块陆地，他感到离他太近。加拿大人的想法正相反，觉得还离得太远。至于贡塞伊，他在那里就像个看热闹的人。

将近五点半，地平线的头一抹色彩更清晰地显露出海岸的高处。海岸东边较平缓，南边略为隆起。相隔还有五海里，海岸和雾蒙蒙的海水混同在一起。在海岸和我们之间，大海一片空旷。没有一条船，没有一个采珠人。在这个采珠人聚集的地方，是一片死寂。正如奈莫艇长给我指出的，我们来这片海域早了一个月。

六点，白日突然显现，就像热带地区特有的交替速度，既没有黎明，也没有黄昏。阳光穿透东方地平线上积云的幕布，太阳喷薄而出。

我清晰地看到陆地，那里散布着几棵树。

小艇朝马纳尔岛前进，小岛在南部呈弧形。奈莫艇长从座位上站起来，观察大海。

他做了一个手势，抛下了锚，锚链只下去一点，因为距离水底不到一米。这个地方是珠母沙洲的最高点之一。小艇在大海退潮的海水推动下，马上回转头来。

“我们到了，阿罗纳克斯先生。”奈莫艇长说，“您看到这个港湾很狭窄，正是在这里，过一个月，要聚集大批采珠船，采珠人要大胆地下水去搜寻。这个海湾得天独厚，有利于采珠。它能避免最强的风，大海从来不会风急浪高，这就对采珠非常有利。我们现在穿上潜水服，开始水底跋涉吧。”

我没有回答，一面望着这可疑的海水，一面在水手的帮助下，开始穿上沉重的潜水服。奈莫艇长和我的两个同伴也都在穿。这次新的出行，“鹦鹉螺号”没有人要陪我们。

我们很快被囚在橡胶服里，从脚跟直到脖子，又用背带把空气罐系在我们的背上。至于鲁姆科夫灯光装置，这里用不着。我把头伸进铜盔之前，问了一下艇长怎么不带上灯。

“这个设备我们用不着，”艇长回答我，“我们不去深海，阳光已足够照亮我们行走。再说，把电灯带到这片海水里也不谨慎。它的光会出乎意料地吸引这片海域的危险生物。”

奈莫艇长说这番话时，我朝贡塞伊和内德·兰德转过身去。但这两个朋友已戴上金属头盔，既听不到，也回答不了话。

我还有最后一个问题要问奈莫艇长：

“我们的武器呢？我们的枪呢？”

“枪？何必呢？你们的山民攻击熊时，不就是手握匕首吗？钢刀不是比铅弹更稳妥吗？这是一把刀，别在您的腰带上，咱们出发吧。”

我看看我的两个同伴，他们像我们一样武装好了。另外，内德·兰德举着一把巨大的捕鲸叉，那是他在离开“鹦鹉螺号”之前，放在小艇里的。

接着，我也像奈莫艇长一样，让人把沉重的铜盔戴到头上，空气罐马上开始送气。

过了一会儿，小艇的水手把我们一个个放下水去，在一米半水深的地方，我们的脚踩到了平整的沙地。奈莫艇长对我做了个手势。我们跟随着他，沿着一个缓坡下行，消失在水里。

到了水里以后，那些纠缠在我脑际的想法便离开了我。我重新变得出奇的平静。我的行动自如增加了我的自信心，奇异的景象俘获了我的想象力。

太阳已经把足够的光亮送到水下。最小的东西都看得见。走了十分钟之后，我们来到五米水深的地方，地面变得几乎是平坦的。

随着我们的脚步，就像沼泽中的一群群沙雉，升腾起成群单鳍属奇特的鱼，有的没有鳍，只有尾巴。我认识爪哇鳗，那是真正的海蛇，长八十厘米，灰色肚子，要不是两肋有金黄色的线，很容易和康吉鳗混同。在硬鳍属的鱼中，我见到色彩艳丽的燕雀鱼，身子很扁，呈椭圆形，脊鳍似镰刀，可以食用，腌制晒干以后，就是一道叫作“卡拉瓦德”的名菜。然后是长轴属的唐格巴斯鱼，身上披着纵向八边形的鳞甲。

太阳冉冉升起，逐渐照亮深层的水。地面渐渐变化。真正的长条圆形岩石代替了细沙，上面覆盖了一层软体动物和植形动物。在这两个门的动物里，我注意到有不均匀薄瓣膜的胎形贝，这是红海和印度洋特有的一种贝类；有环形壳的橙色满月蛤、钻状的螺旋贝；有波斯紫红贝，色彩很美，我在“鹦鹉螺号”上见过；有长角的骨螺，长十五厘米，挺立在海里，仿佛准备抓人的手；有浑身长刺的角螺，舌形贝；有鸭科贝，

这是可以食用的贝类，供给印度的市场；有略微发光的水母；还有出色的扇形眼贝，他们是这些海洋里最丰富的植形动物之一。

在这些有活力的植形动物中，在水生植物形成的绿廊下，有成群笨拙的节肢动物在爬行，特别是尖端有点呈圆形的三角外壳的长齿蟹，这个海域特有的椰子蟹，可怕的单性蟹，样子非常难看。有一种同样难看的动物，我见过好几次，这是达尔文先生研究过的大螃蟹，大自然给这种动物本能的和必要的力气，使其能以椰子为食；它爬到岸边的树上，让椰子落下来砸开，再用有力的钳子打开椰子。这里，在清澈的海水中，这种螃蟹无比灵活地爬行，而那些无拘无束的蟹，就是经常光顾马拉巴尔[1]海岸的那种蟹，在晃动的岩石间慢慢挪动。

七点左右，我们终于踏上珠母沙洲，数以百万计的珠母在这里繁殖。这些宝贵的软体动物附着在岩石上，用褐色的吸盘紧紧地固定在上面，不能移动。这些珠蚌在某些地方还不如牡蛎呢，尽管大自然没有拒绝珠蚌的活动能力。

杂色[2]珠母的两片壳瓣几乎相等，呈圆形，壁厚，外面凹凸不平。其中有几只壳呈层状，有一道道淡绿色的花纹，从顶部散射出来。它们属于小牡蛎。其他珠母表面粗糙、发黑，年龄应该在十年以上，大的有十五厘米宽。

奈莫艇长指给我看这堆惊人的珠母，我明白，这个矿藏是取之不尽的，因为大自然的创造力超过了人的破坏本性。坚持这种破坏本性的内德·兰德，匆匆地把最美丽的软体动物塞进他挂在身边的网袋里。

但是我们不能停下来。必须跟随着艇长，他似乎在朝只有他认识的小路走去。地势明显变高，有时人举起手臂，手臂会露出海面。然后沙

---

[1] 马拉巴尔：西印度沿岸地区，在果阿南面，出产香料、木材、茶叶等。

[2] 原文为拉丁文，Meleagrina。

洲的地面又反复无常地低洼下去。我们常常在呈小金字塔形状的、细而高的岩石周围绕行。在它们昏暗的凹凸处，偌大的甲壳类动物，在高高的爪子支撑下，仿佛战争机器一样，定睛望着我们。在我们脚下，爬行着多足的、藤须的、卷须的和环节的动物，肆无忌惮地伸长它们的触角和触须。

这时，我们的面前出现一个大洞，周围是奇形怪状的一堆堆岩石，岩石上覆盖着各种植茎很长的海底植物。起初，我觉得这个洞黑森森的。阳光在这里似乎逐渐减弱，直至消失。朦胧的透明被水淹没了光线。

奈莫艇长走进洞去。我们跟在他后面。不久，我的眼睛习惯了这相对的黑暗。我看清了歪七扭八的拱底石，天然的石柱宽大地坐落在花岗岩的基础上，支撑着这些拱顶，仿佛托斯卡纳[1]式建筑的廊柱。为什么我们不可捉摸的向导把我们带到这个海底地下室呢？不多久我就明白了。

我们走下一道相当陡的坡，脚踩到一个圆形井的底部。奈莫艇长在那里站住了，指点给我们看一样众人还没有看见的东西。

这是一只硕大无朋的珠母，一只大砗磲，一只能够容纳一大盆圣水的圣水缸，一只宽度超过两米的承水盘，因此，比陈列在“鹦鹉螺号”客厅里的那只珠母还要大。

我走近这只惊人的软体动物。它用吸盘附着在花岗岩的平台上，在岩洞平静的水中独自生长。我估计这只牡蛎重达三百千克。而这样一只有十五千克肉的牡蛎，要吃上几打，必须有卡冈都亚[2]的肚子才行。

奈莫艇长显然知道这只双壳软体动物的存在。他不是第一次看到它，我想，他带我们到这个地方来，只是想让我们看看自然界的奇观。我搞

---

[1] 托斯卡纳：意大利西北部地区，产坚硬的石灰岩和大理石。

[2] 卡冈都亚：法国作家拉伯雷（1483—1553）的小说《巨人传》中的巨人国王，饭量极大。

错了。奈莫艇长的兴趣是要看看这只砗磲眼下长得怎样了。

软体动物的两爿（pán）壳半张开。艇长走过去，把匕首插进贝壳中，防止它闭上；然后，他用手把形成动物外套边缘像流苏似的膜掀起来。

在叶状褶之间，我看到一颗能活动的珍珠，像椰子核那么大。它呈球形，晶莹剔透，色泽迷人，能够做一件价值连城的首饰。我出于好奇，伸出手去想抓住它，掂量它，摸一摸它！但是艇长阻止我，做了一个否定的手势，迅速地抽回了他的匕首，让两爿壳突然合上。

于是我明白奈莫艇长的意图。他要把这颗珍珠留在砗磲的套膜里，让珍珠慢慢长大。每年，软体动物的分泌物，都要增加一个同心层。只有艇长一个人知道这个岩洞中，有颗大自然的珍奇果实在“成熟”；只有他一个人养着它，可以说有朝一日会把它送到博物馆。他甚至会像中国人和印度人那样，往软体动物的褶里放几块玻璃和金属，逐渐覆盖上螺钿物质，由此决定了这颗珍珠的长成。无论如何，和我所见过的珍珠相比，和奈莫艇长的收藏品中闪闪发光的那颗珍珠相比，我估计它的价值至少一千万。这是自然界出色的珍奇，不是奢侈的饰品，因为我不知道哪个女人的耳朵戴得了它。

观看庞大的软体动物的活动结束了。奈莫艇长离开了岩洞，我们又爬上珠母沙洲，来到还没有被采珠人搅浑的澄澈的水中。

我们像真正闲逛的人那样，彼此分开行走，每个人随意停下来或者走开。至于我，我不再担心危险，我的想象力把危险可笑地夸大了。浅滩明显地接近海面，不久，我的头离水面只有一米。贡塞伊赶上了我，把他的头盔贴住我的头盔，用眼睛和我打了个友好的招呼。但是，这个升起的平台只有几个图瓦兹长，我们一会儿又回到我们的天地里。我认为现在有权这样称呼海了。

十分钟后，奈莫艇长蓦地停下。我以为他停下来想往回走。不是。

他做了个手势，命令我们蹲在他身边一个很大的坑里。他的手指着水里的一个点，我仔细看着。

离我五米远，一个影子出现了，贴着地面。鲨鱼出现的不安想法掠过我的脑际。但是我搞错了，这回，我们仍然不是和海怪打交道。

这是一个人，一个活人，一个印度人、黑人、采珠人，无疑是个可怜虫，不到季节就来采珠了。我看到他的小船停在他头上几英尺的地方。他潜入水中，随即又回到水面。一块凿成糖块似的石头，夹在他两脚之间，有根绳将石头缚在他的船上，帮助人更快地潜入海底。这是他的全部工具。到达五米深的海底以后，他迅速跪下，将随意堆积的珠母装进袋里。然后浮上来，倒空口袋，再带着石头下去，重新开始这样的工作，每次持续三十秒钟。

这个采珠人没有看到我们。岩石的阴影把我们遮住了。再说，这个可怜的印度人怎么会想到有人，有像他一样的人，在水中窥视着他的活动，不放过他采珠的任何细节呢！

他好几次这样浮上来，又重新沉下去。每一次沉下去，他带回来不超过十来只珠母，因为他必须从沙洲上把它们拔下来，而珠母用它们有力的吸盘附着在沙洲上面。而他冒着生命危险得到的这些牡蛎，又有多少是没有珍珠的呢！

我全神贯注地观察他。他的操作很有规律，在半小时里，看来没有任何危险威胁着他。我对这有趣的采珠景象习以为常了，这时，突然，在印度人跪在地上时，我看到他一个恐惧的动作，站起身来，往上一蹿，回到海面上。

我明白他的恐惧了。一个巨大的黑影出现在不幸的采珠人的头顶上。这是一条庞大的鲨鱼，从斜里冲过来，眼睛火红，嘴巴张开！

我吓得说不出话，无法做出一个动作。

贪婪的动物尾巴有力地一摆，冲向印度人，他闪到一边，避开鲨鱼的咬，但是没有躲过鲨鱼尾巴的一扫，尾巴打在他的胸口上，打得他躺倒在地上。

这个场面只持续了几秒钟。鲨鱼游回来，翻了个身，准备把印度人咬成两段，这时我感到蹲在我身旁的奈莫艇长猝然站了起来。手中握着匕首，笔直走向那怪物，准备和它展开肉搏战。

正当鲨鱼要咬不幸的印度人时，看到了新的对手，又翻过身来，快速地冲向他。

奈莫艇长的姿态我还历历在目。他弓着身子，冷静过人地等待可怕的鲨鱼。当鲨鱼冲向他时，艇长以惊人的灵巧往旁边一闪，躲开冲击，把匕首插进鲨鱼肚子。但是一切还在未定之天。一场可怕的搏斗开始了。

可以说鲨鱼怒吼了。血从它的伤口大股涌出来。海水染成了红色，不再透明了，我什么也看不见。

什么也看不见，直至亮出一条清澈的海水。我看到英勇无畏的艇长抓住鲨鱼的一条鳍，和怪物进行肉搏，在敌人的肚子上捅了几匕首，却不能给其以致命的一击，就是说未能戳进鲨鱼的心脏。鲨鱼在挣扎，发狂地搅动海水，掀起的漩涡险些把我冲倒。

我本想跑过去援助艇长。但是，我被恐惧钉在原地，动弹不了。

我目光惊恐地看着。我看到搏斗形势发生了变化。艇长倒在地上，他是被鲨鱼巨大的身体压在身上而翻倒的。鲨鱼的嘴巴像工厂的剪切机那样极大地张开，要不是内德·兰德手握捕鲸叉，快如闪电，冲向鲨鱼，以可怕的尖端击中它，艇长就完蛋了。

波涛浸染着一大摊血，鲨鱼难以形容地愤怒，拍打海水，使海水翻腾不已。内德·兰德一击命中，鲨鱼奄奄一息。击中的是心脏，它在可怕的痉挛中挣扎，掀起的浪冲翻了贡塞伊。

内德·兰德已把艇长解救出来。艇长并未受伤，他站了起来，笔直走向印度人，急忙割断拴住石头的绳子，把那人抱在怀里，脚后跟使劲一蹬，浮上了水面。

我们三个人跟着他，在短暂的时间里，我们奇迹般地脱了险，来到采珠人的小船旁。

奈莫艇长第一件关心的事，是让这个不幸的人恢复知觉。我不知道他是否能成功。我希望能够，因为这个可怜虫淹在水里的时间不长。但是鲨鱼尾巴的一击可能是致命的。

在贡塞伊和艇长的使劲按摩下，我看到溺水者逐渐恢复了知觉。他睁开眼睛。看到四个铜做的大脑袋俯向他，他该是多么惊讶啊！

尤其是，奈莫艇长从衣兜里掏出一小袋珍珠，放到他手里时，他该想什么呢？在海上驰骋的人慷慨大度的施舍，被那个斯里兰卡的穷印度人用颤抖的手接了过去。他惊惶的眼睛也表明，他不知道这些既救了他的命，又给了他钱的人，是怎样的超人。

艇长做了一个手势，我们重新回到珠母沙洲，按原路返回，走了半小时，我们碰到了把“鹦鹉螺号”的小艇固定在地上的锚。

一到艇上，我们每个人就在水手的帮助下，把沉重的铜头盔取下来。

奈莫艇长的第一句话是对加拿大人说的。

“谢谢，兰德师傅。”艇长对他说。

“艇长，这是一报还一报啊，”内德·兰德回答，“我欠您这个人情。”

艇长的嘴上泛起一点微笑，如此而已。

小艇在波涛上飞驰。几分钟后，我们遇到漂在水面上的鲨鱼尸体。

从它的鳍尖上的黑色，我认出这是印度洋里可怕的黑鲨，属于真正的鲨鱼。这种鲨鱼身长超过二十五英尺；它的大嘴占据身体的三分

之一。从它上颌排列成等边三角形的六排牙齿，可以看出这是一条成年鲨鱼。

贡塞伊带着纯粹科学的兴趣，望着它，我相信，他不是没有理由地把它归入软骨纲，固定鳃软骨翼目，板鳃科，角鲨属。

在我注视这堆无活力的东西时，有十来条这样凶恶的黑鲨突然出现在小艇周围；但是，它们没有理睬我们，而是扑向鲨鱼尸体，争夺肉块。

八点半，我们回到“鹦鹉螺号”上。

在潜艇上，我开始思索我们在马纳尔沙洲跋涉时的意外事件。不可避免地得出两个观点。一个是认为奈莫艇长无与伦比地勇敢，另一个是认为他有为人献身的精神。他是人类的一个代表，却为了逃避人，而到了海底。不管他说什么，这个怪人还没有到泯灭人性的地步。

我把这个看法告诉了他，他用有点激动的语气回答我：

“教授先生，这个印度人是被压迫国家的居民。我至今仍然心系这里，而且直至我咽气时，我都会站在这个国家一边！”

四

红　海

一月二十九日那一天，斯里兰卡岛从天际消失，“鹦鹉螺号”以每小时二十五海里的速度，行驶在马尔代夫群岛和拉克代夫群岛[1]迷宫一样的航道上。我们甚至沿着基坦岛航行，这是石珊瑚岛，瓦斯科·达·伽马[2]于一四九九年发现，是十九个主要海岛中的一个，位于北纬10度30分、东经50度72分到69度之间。

至今，从日本海的起点算起，我们航行了一万六千二百二十海里，即七千五百法里。

第二天——一月三十日——“鹦鹉螺号”升到海面时，再也看不到陆地。潜艇往西北偏北航行，奔向阿曼湾，它夹在阿拉伯半岛和印度半岛之间，是波斯湾的出海口。

这显然是一条死路，没有可能通出去。那么，奈莫艇长要把我们带到哪里去呢？那天，加拿大人问我，我们要到哪里，我说不出来，这使加拿大人很不满意。

“兰德师傅，艇长异想天开，想把我们带到哪里去，我们就到哪里。”

[1] 拉克代夫群岛：又称拉卡代夫群岛，应由23个岛组成，面积29平方千米，居民讲马来语。

[2] 瓦斯科·达·伽马（约1469—1524），葡萄牙航海家，他通过好望角发现了印度航线，曾任印度海军元帅。著有《印度征服史》（1551）。

"这次异想天开，"加拿大人回答，"不可能把我们带得很远。波斯湾没有出口，如果我们进去，很快就得返回。"

"那么，我们就返回吧，兰德师傅。从波斯湾出来以后，'鹦鹉螺号'想去看看红海的话，曼德海峡就在那里，可以通过。"

"先生，我用不着告诉您吧，"内德·兰德回答，"红海像波斯湾一样封闭，因为苏伊士地峡还没有打通，即使打通了，像我们这艘潜艇，也不会贸然到被闸门切断的运河里去。因此，红海还不是把我们带到去欧洲的路。"

"所以我并没有说我们要回到欧洲啊。"

"那么您是怎么想的呢？"

"我想，看过阿拉伯半岛和埃及的有趣水域以后，'鹦鹉螺号'又会回到印度洋，或许穿过莫桑比克海峡，或许穿过马斯卡雷涅群岛[1]的外海，以便到达好望角。"

"一旦到了好望角以后呢？"加拿大人坚持到底地问。

"那么，我们就进入了大西洋，我们还没有去过呢。啊！内德老弟，您对这次海底旅行感到疲倦了？您对海底奇迹不断变换的景象生厌了吧？我可不，没有多少人有机会做这样的旅行，要是现在就结束，我会非常恼火的。"

"但是，阿罗纳克斯先生，"加拿大人回答，"您知道我们被关在'鹦鹉螺号'上快要三个月了吗？"

"不，内德，我不知道，我不想知道。我既不算日子，也不算钟点。"

"但结论呢？"

"结论到时候会来的。再说，我们对此无能为力，讨论也是白搭。我的好内德，如果您来对我说：'我们有逃跑的机会了。'我会和您讨

[1] 马斯卡雷涅群岛：在印度洋马达加斯加岛的东面，主要由留尼汪岛和毛里求斯岛组成。

论一下。但眼下情况并非如此，坦率地对您说吧，我认为奈莫艇长不会到欧洲海域去冒险。”

从这场短短的对话里，可以看出，由于对“鹦鹉螺号”着了迷，我已经扮演了艇长的角色。

至于内德·兰德，他在谈话结束时自言自语道：“所有这些都是千真万确的，但照我看来，哪里有拘束，哪里就不再有欢乐。”

直至二月三日，一连四天，“鹦鹉螺号”都在访问阿曼湾，以不同的速度和在不同的深度航行。它好像漫无目的地行驶，仿佛犹豫不定要走哪条航路，不过，它从没有越过北回归线。

离开阿曼湾时，我们有一阵子看到马斯卡特，这是阿曼最重要的城市。我赞赏它奇特的外观，这个城市处在围绕它的黑色巉岩中间，岩石上面是白色房屋和堡垒，显得分外鲜明。我看到清真寺的圆顶，尖塔挺拔的塔尖，清新翠绿的平台。但这只是转瞬即逝，“鹦鹉螺号”不久就潜入这片海域的昏暗海水里。

随后，潜艇沿着阿拉伯半岛的海岸，离马哈拉和哈德拉曼[1]有六海里，继续航行，起伏的山岭耸立着古代的一些遗址。二月五日，我们终于驶入亚丁湾，这是插入曼德海峡的真正漏斗，把印度洋的水引入红海。

二月六日，“鹦鹉螺号”航行时能看到亚丁，它坐落在一个岬角上，一条狭窄的地峡把它和大陆相连。它像不能接近的直布罗陀，英国人在一八三九年占领它以后，重新修建了堡垒。我看到了这座城市八角形尖塔的清真寺。按历史学家埃德里齐[2]的说法，这座城市是沿岸最富庶、贸易最繁华的货物集散地。

我以为奈莫艇长到达这里以后，会往回走，但是我搞错了，令我大

---

[1] 哈德拉曼：南也门山区。

[2] 埃德里齐（1100—1166），一译伊德里齐，阿拉伯地理学家，著有《想跑遍世界的人的娱乐》。

为吃惊的是，他根本没有这样做。

第二天，二月七日，我们驶入曼德海峡，在阿拉伯语里，这个名字的意思是“泪门”。海峡宽二十海里，长只有五十二千米，对全速前进的“鹦鹉螺号”来说，穿越过去只是一个小时的事。从苏伊士去孟买、加尔各答、墨尔本、波旁岛和毛里求斯的英国和法国的汽船太多，在这个狭窄的通道来来去去。“鹦鹉螺号”难以露面，因此它谨慎地在水下航行。所以我什么景色也没有看见，甚至连英国政府用以加强亚丁地位的丕林岛也没有看见。

中午，我们终于在红海上破浪前进。

红海是《圣经》传说中有名的湖，这里几乎没有雨水，也没有大河流入，过度的蒸发不断吸干海水，每年失去的水位高达一米半！这是个奇怪的海湾，如果像一个湖泊那样完全封闭起来，可能完全干涸；这方面它不如邻近的里海或死海，里海和死海蒸发掉的水正好和它们获得的水相等。

红海长两千六百千米，宽度平均为二百四十千米，在古埃及托勒密王朝[1]和罗马帝国时代，红海曾经是世界贸易的大动脉，苏伊士地峡凿通会恢复它往日的重要性，苏伊士铁路已经部分体现出来了这一点。

我不再竭力弄明白奈莫艇长的心血来潮，他可以决定把我们带到这个海湾里来。但是我毫无保留地赞成“鹦鹉螺号”进入红海。潜艇以中速行驶，有时待在海面上，有时下潜，避免遇到船，这样我得以观看这个奇妙的海洋水上和水下的情况。

二月八日，从黎明伊始，莫卡出现在我们面前。这座城市现今变成废墟，只要炮声震动，城墙就会倒塌，上面稀稀拉拉有几棵绿油油的枣

[1] 托勒密王朝：希腊化时代埃及古国，由公元前 305 年马其顿亚历山大大帝的部将托勒密建立。首都亚历山大城。

椰树。莫卡从前是个重要城市，有六个集市、二十六个清真寺，城墙长三千米，由十四个堡垒捍卫。

随后，“鹦鹉螺号”靠近非洲海岸，那里的海水更深。海水晶莹清澈，客厅的舷窗打开后，我们可以欣赏光彩夺目的珊瑚丛，还有披着海藻和墨角藻的美艳绿袍的大块岩石。毗邻利比亚[1]海岸消蚀的暗礁和小火山岛的景致真是千变万化，笔墨难以形容！然后，“鹦鹉螺号”很快驶向东海岸，那里的树枝状结晶争奇斗艳。特别是在德哈马海面下盛开着一片片植形动物，纵横交错，煞是好看，还在海面上延伸出去有十法寻。水面上的恣意生长，色彩稍差，水面下的因为有水的润泽，更加鲜艳。

我在客厅的舷窗前这样度过的时光多么迷人啊！在电舷灯的照耀下，我欣赏到多少动植物新品种啊！有伞形菌类，深灰色的海葵，还有形状像排箫的笙珊瑚，像是就等着潘[2]来吹奏一样；有红海特有的贝类，生活在石珊瑚洞里，底部扭曲成短短的螺旋状；最后是我未曾见过的千百种珊瑚骨，即通常说的海绵。

海绵纲是水螅型珊瑚虫的第一个纲，确切地说，第一纲正是由这种奇特的生物构成，其实用价值不容置疑。海绵并非像有些博物学家认为的那样是植物，而是海绵纲里最低等的动物，比珊瑚骨还低一等。它的动物性没有疑问，我们也不能采用古人的意见，把它看作动植物之间的中介。但我应该说，博物学家对海绵的结构方式意见不一。有的认为是珊瑚骨，还有的比如米尔恩－爱德华兹先生，认为是单一独立的个体。

海绵动物纲包括约三百个种，在大多数海里都有，甚至在某些河里也有，因此得名淡水软体动物。但是，海绵偏爱地中海、希腊群岛、叙

[1] 原文如此，疑有误。利比亚在地中海边。

[2] 潘：希腊神话中的畜牧神，人身羊足，头上长角。爱好音乐，创制排箫。

利亚沿海和红海的海水；这些地方生长和繁殖的海绵是上品，每件值到一百五十法郎，如叙利亚的金黄海绵、柏柏尔地区的硬海绵等。既然我不能到地中海东岸诸港——因为地中海隔着不能穿越的苏伊士地峡——去研究这种植形动物，就只能满足于在红海进行观察了。

因此，正当“鹦鹉螺号”以平均八九米的深度，沿东海岸贴着所有这些美丽岩石慢慢行驶时，我将贡塞伊叫到身边。

那里生长着各种各样的海绵，有带根的，有叶状的，有圆的，有手掌状的。采海绵的人比学者更有诗意，给海绵取了一些相当恰如其分的名字，花篮啦，圣餐杯啦，纺锤啦，鹿角啦，狮子腿啦，孔雀尾啦，海神手套啦。从海绵的纤维组织——上面有一层半流体的胶状物质——中不断冒出细丝般的水，这是给每个细胞带去生命的水，又被海绵用收缩动作排出体外。珊瑚虫死后，这种半流体的胶状物质，也在排出氨水的同时烂掉、消失。于是，剩下的只有这些角质或胶质的纤维，构成家用海绵，近橙红色。按照海绵的柔软性、渗透性或抗浸泡性，其用途也不同。

这些珊瑚骨附着在岩石上、软体动物的壳上，甚至在水生植物的茎上，连最小的坑洼里也长满了，有的摊开，还有的竖立，或者像珊瑚石灰质凸出那样下垂。我告诉贡塞伊，这些海绵有两种采集方法，要么用网，要么用手。后一种方法需要用潜水员，更为可取，因为不会损伤珊瑚骨组织，可以卖高得多的价钱。

另外一些在海绵动物旁边大量繁殖的植形动物，主要以形状优美的水母，软体动物以各种各样的枪乌贼为代表，按照道比尼的说法，枪乌贼是红海特有的；爬行动物以条纹龟为代表，属龟鳖目，是餐桌上有益健康的佳肴。

至于鱼类，种类很多，而且往往令人注目。“鹦鹉螺号”拖网经常打上来的有：鳐鱼，其中有利姆鳐，椭圆形，暗红色，身上布满不规则的蓝色斑点，从锯齿状的双鳍上可以很容易认出这种鱼；银脊魣；尾巴上斑斑点点的赤魣；身披两米长袍、在水中起伏的锦魣；与鲨鱼是近亲但绝对没有牙齿的软骨奥冬鱼；背上隆起，尖端形成曲形针、一英尺半长的单鳍贝壳鱼；银尾、蓝背、棕胸，但有一道灰色包边的海鳝鱼；属于鲭科的松鱼，身上有金色狭长条纹，像法国国旗那样的三色；身长四十厘米的硬鳍鱼；艳丽的加朗鱼，身上装饰着七条黑亮的横纹，鳍是黄蓝两色，金银两色的鳞片；团足鱼；长着黄脑袋的耳环豚；鹦嘴鱼、隆头鱼、鳞鲀和虾虎鱼等；还有千百种我们在其他大洋里都见过的鱼。

二月九日，“鹦鹉螺号”在红海最宽阔的部分航行，西岸是苏阿金港，东岸是贡富达港，两岸相距一百九十海里。

这一天中午，测完位置以后，奈莫艇长登上平台，我待在那里。我决定至少要试探到他以后的计划，才让他下去。

他一看到我便朝我走来，潇洒地递给我一支雪茄，对我说：

“教授先生，您喜欢红海吗？里面的鱼、植形动物、遍地的海绵、珊瑚的森林，它覆盖的这些奇观，您看够了吗？您看到海岸边矗立的城市了吗？”

“是的，奈莫艇长，”我回答，“‘鹦鹉螺号’极妙地提供了做这些研究的条件。啊！这是一艘构造精巧的船！”

“是的，先生。精巧，大胆，无懈可击！它既不惧怕红海可怕的风暴、海潮，也不惧怕暗礁。”

“确实，”我说，“红海被列入最风狂雨暴的海洋，如果我没有搞错的话，在古代，它的名声就很不好。”

“教授先生，很不好。希腊和拉丁语的历史学家从不说它的好话。

斯特拉波[1]说，在地中海季风期和雨季，红海特别风大浪急。阿拉伯人埃德里齐以科尔左穆湾的名字描绘它，说是有大量的船沉没在海底沙洲上，夜里没有人敢在这里航行。他认为，这是因为红海经常有可怕的风暴，散布着危险重重的小岛，'什么东西也没有'，水底下没有，海面上也没有。确实，在阿里亚诺斯[2]、阿加塔希德和阿尔泰米多尔的著作中，就是这样的观点。"

"很清楚，"我说，"这些历史学家没有在'鹦鹉螺号'上航行过。"

"确实如此，"艇长微笑着回答，"在这方面，现代人不比古人更往前一步。需要几个世纪才能发明强大的蒸汽机！谁知道再过一百年，是否能看到第二艘'鹦鹉螺号'呢！阿罗纳克斯先生，进步是缓慢的。"

"不错，"我回答，"您的潜艇超前了一个世纪，也许超前了几个世纪。这样一个秘密要随着它的发明家之死而消失，是多大的不幸啊！"

奈莫艇长没有回答我的话。沉默几分钟之后，他说：

"刚才您对我提到，古代历史学家关于在红海航行会遇到危险的看法吧？"

"不错，"我回答，"但是他们的担心并没有夸张吧？"

"既夸张也没有夸张，阿罗纳克斯先生。"奈莫艇长回答我，我觉得他彻底了解"他的红海"。"现代的船装备齐全，建造坚固，由于蒸汽很听指挥，能掌握航向，不再有危险了，而对古代的船来说，却是有各种各样危险的。设想最初的航海家，坐在用棕榈绳绑在一起的木板船上去冒险，用树脂嵌填船缝，再涂一层鲨鱼油。他们甚至连测量航线的工具都没有，估摸着在不太熟悉的海洋里航行。在这种条件下，海难的

[1] 斯特拉波（约公元前 64 或前 63—约 23），古希腊地理学家，他的著述在文艺复兴时期被发掘出来。

[2] 阿里亚诺斯（约 95—约 175），古希腊历史学家、哲学家，著有《阿纳巴兹》。

发生，应该很多。可是，在我们的时代，那些来往于苏伊士和南海之间的轮船，就再也不用担心这个海湾的风暴了，哪怕遇到季风转换期的逆风。船长和乘客在出发前无须上供求神保佑，返回后也不用头戴花冠，身披金黄带子，到附近的神庙里去谢神。”

“我同意您所说的，”我说，“我觉得蒸汽机把水手的感恩之心泯灭了。但是，艇长，既然您好像专门研究过红海，您能告诉我它的名字来源吗？”

“阿罗纳克斯先生，对此有许多说法。您想知道十四世纪一位编年史家的看法吗？”

“很想知道。”

“这位别出心裁的编年史家认为，以色列人渡过了海，海水在摩西说完话后又重新合上，于是埃及法老就葬身波涛中[1]，此后就有了红海的名字：

海水变成红艳艳，表明奇迹已出现。
除了称之为红海，其他名字难取代。

“这是诗人的解释，奈莫艇长，”我回答，“但是我不满足。因此，我请问您的个人看法。”

“是这样。阿罗纳克斯先生，据我看来，必须在红海这个称谓里看到希伯来文‘Edrom’一词的翻译，古人之所以给它取了这个名字，是因为红海的水颜色特别红。”

“但是至今我看到的海水清澈，没有一点特别的颜色。”

[1] 据《圣经》，摩西率领以色列人离开埃及，法老带兵追赶，摩西用杖指点海，海水分开，现出一条大路。以色列人走过去以后，摩西又用杖指点海，海水立即合拢，把追兵淹死。

“毫无疑问，但往海湾里面走，您就会看到这种特殊的表面。我记得看过托尔湾是完全红色的，就像一个血湖。”

“这种颜色，您认为是由于微小的海藻的存在吗？”

“是的。这是一种红色胶状物质，是从一种叫作‘三瓣藻’的微小胚芽产生的，四万个三瓣藻才占满一平方微米的空间。我们到托尔湾时，也许您能看到。”

“这样说，奈莫艇长，您不是第一次坐‘鹦鹉螺号’到过红海了？”

“不是，先生。”

“那么，既然您刚才说到以色列人渡海和埃及人遭殃，我想问您，您是否在海底证实了这个重大历史事件的遗迹？”

“没有，教授先生，而且有一个非常好的理由。”

“什么理由？”

“就是，摩西率领他的民众渡海的地方，如今已经淤积了泥沙，骆驼在里面也只能湿了腿。您明白，我的‘鹦鹉螺号’去不了那里，水不够深。”

“这个地方在……”我问。

“这个地方位于苏伊士上边一点，是海湾里从前的一个深水港，那时红海一直伸展到咸湖。现在，不管这次渡海是不是奇迹，以色列人仍然能通过那里到乐土，而法老的军队正是在这个地方毁灭的。因此我想，在这片沙地进行发掘，会发现大量武器和来源于埃及的工具。”

“显而易见，”我回答，“但愿考古学家早晚有一天进行发掘，在苏伊士运河[1]凿通之前，新城市建立在这地峡之上。对‘鹦鹉螺号’这样的潜艇来说，一条运河完全没用！”

[1] 苏伊士运河：国际通航运河，亚非两洲的分界线，位于埃及东北部，贯穿苏伊士地峡，连接地中海和红海，1859 年开凿，1869 年建成通航。

“当然，可是对全世界有用。”奈莫艇长说，“古人早就明白，将红海和地中海连通起来，有利于他们的贸易；但是他们绝不想直接开掘一条运河，他们以尼罗河作为中介。根据传说，将尼罗河和红海连接起来的运河，可能在塞索斯特里[1]时代已经开始发掘。可以肯定的是，公元前六一五年，纳科斯实施一项运河工程，通过和阿拉伯相望的埃及平原，用尼罗河来供水。这条运河要走四天，宽度能让两艘古罗马的三层桨战船并行。运河由希斯塔普[2]的儿子大流士[3]继续开掘，可能在普托莱梅二世[4]时期完成。斯特拉波见过这条运河用于航行；但是，在布巴斯蒂[5]附近的运河起点和红海之间的坡度太缓，运河一年里只有几个月可以通航。这条运河用于贸易直到安敦尼努[6]时代；随后被弃之不用，泥沙淤积，然后欧麦尔哈里发[7]下令重建，阿卜·曼苏尔哈里发[8]为了阻止把给养运到反叛的穆罕默德·本·阿卜杜拉那里，最终在七六一年或者七六二年将运河填塞。远征埃及时，你们的波拿巴将军在苏伊士的荒漠中发现了这些工程的遗迹，而且，在他抵返哈德雅罗特前的几小时，在三千三百年前摩西驻扎的那处地方，他受到海潮突袭，险些丧命。”

“那么，艇长，古人不敢进行的，即把这两个海连接起来，使得从

---

[1] 塞索斯特里：古埃及中王国时期十二王朝的法老名号。

[2] 希斯塔普：公元前 6 世纪波斯帝国的一个总督。

[3] 大流士（前 522—前 486），波斯国王。

[4] 普托莱梅二世（前 308—前 246），古埃及国王。

[5] 布巴斯蒂：在下埃及，曾为埃及首都。

[6] 安敦尼努：罗马帝国的第三个王朝（96—192），因王朝代表人物安敦尼努·庇乌（137—161 年在位）得名。

[7] 欧麦尔哈里发：阿拉伯早期帝国政教领袖，四大哈里发中的第二任（634—644 年在位）。

[8] 阿卜·曼苏尔哈里发，即“胜利者”曼苏尔，阿拔斯王朝的第二位哈里发。

加的斯[1]到印度的路程缩短了九千千米，德·莱塞普斯[2]先生却做了。过不了多久，他就会将非洲变成一个无比大的岛。”

“是的，阿罗纳克斯先生，您有权为自己的同胞感到骄傲。这个人为自己的国家增光，超过了最伟大的船长。他像许多人一样开始时有烦恼，遭拒绝，但是他胜利了，因为他有超人的意志，想来也是可悲的事：这项事业，本应是国际合作的事，足以光耀一个朝代，却由一个人的毅力来完成。因此，光荣属于德·莱塞普斯先生！”

“是的，光荣属于这个伟大的公民。”我回答，对奈莫艇长刚才说话的口气感到非常吃惊。

“可惜，”他又说，“我不能带您通过苏伊士运河，但后天，我们到地中海以后，您可以看到塞得港的长防波堤。”

“到地中海！”我嚷道。

“是的，教授先生。这让您吃惊吗？”

“让我吃惊的是，想到后天我们就会到那里。”

“当真？”

“是的，艇长。虽然到您的艇上以后，我应该对任何事都不吃惊！”

“可是，为什么吃惊呢？”

“因为可怕的速度，如果您绕过好望角，沿着非洲转一圈，后天就到地中海，将不得不让‘鹦鹉螺号’高速行驶了。”

“谁对您说要绕过非洲，教授先生？谁告诉您要绕过好望角？”

“可是，除非‘鹦鹉螺号’在陆地上航行，从地峡上面通过……”

“或者从地峡下面过去，阿罗纳克斯先生。”

“从地峡下面？”

---

[1] 加的斯：西班牙西南部港口。

[2] 莱塞普斯（1805—1894），法国外交家，曾开凿苏伊士运河，因巴拿马运河案件而被监禁。

“当然，”奈莫艇长平静地回答，“今日人类在狭长的地峡上所做的事，大自然很久以前就在下面做过了。”

“什么！竟然存在一条通道？”

“是的，一条地下通道，我命名为阿拉伯隧道。从苏伊士下面开始，到达佩吕兹[1]湾。”

“可是，这个地峡只是由流沙组成的吧？”

“只到一定的深度。但到了五十米深度，就是不可撼动的岩石地层。”

“您是偶然发现这个通道的吧？”我问，越来越感到惊奇。

“既是偶然，又有推理，教授先生，甚至推理多于偶然。”

“艇长，我在听您说，但我的耳朵拒绝它听到的话。”

“啊！先生！‘人有耳，却听不进’[2]适用于所有时代。不仅这个通道存在，而且我利用过好几次。否则，我今天不会闯到红海这条死路上来。”

“请问您是怎样发现这条隧道的，是不是冒失？”

“先生，”艇长回答我，“在永远不应再分开的人之间，不能有什么秘密。”

我没有理会他的暗示，等着奈莫艇长往下讲。

“教授先生，”他对我说，“这是博物学家的一个简单推理，它引导我发现了这个通道，只有我一个人知道这通道。我注意到，在红海和地中海，存在一定数量品种绝对相同的鱼类：海蛇、车鱼、鮀鱼、绞车鱼、簇鱼和飞鱼。确定了这个事实以后，我寻思，这两个海之间

[1] 佩吕兹：这名字来源于拉丁文 pelusium，意为“泥泞的城市”，埃及港口，在尼罗河最东面的支流上，在塞得港东南 35 千米处。

[2] 原文为拉丁文，Aure habent et non audient。

是否相通呢？如果相通，地下的水流必定是从红海流向地中海，只因为红海海面高于地中海海面。于是我在苏伊士附近捕捞了大量的鱼，在鱼尾上套上铜环，放回海里。几个月后，我在叙利亚海岸抓到一些带着这种标志性铜环的鱼。于是，两海相通的猜想被我证实了。我利用‘鹦鹉螺号’寻找通道，找到之后冒险进到里面，教授先生，您也会很快穿过我这条阿拉伯隧道的！”

五

阿拉伯隧道

这部分谈话内容直接和贡塞伊与内德·兰德有关，当天我就告诉了他们。我对他们说，过两天，我们会来到地中海，贡塞伊拍起手来，但加拿大人只是耸耸肩。

“一条海底隧道！”他大声说，“两海相通！谁听说过这个？”

“内德老兄，”贡塞伊回答，“您听说过‘鹦鹉螺号’吗？没有！但是它存在。因此，不要那么轻率地耸肩，不要借口您没有听说过，就一推了之。”

“咱们走着瞧吧！”内德·兰德顶了一句，摇摇头，“总之，我乐意相信有这条通道，相信这位艇长，但愿老天爷让他确实把我们送到地中海。”

当天晚上，“鹦鹉螺号”在海面上航行，位于北纬21度30分，接近阿拉伯海岸。我看到吉达港，那里是埃及、叙利亚、土耳其和印度进行贸易的重要商埠。我分得清这个城市的整体建筑，沿着码头停靠的船只，因吃水深只得停在锚地的巨轮。太阳已经快要落到地平线上，在城里的房子上洒满阳光，使它们的白色更加耀眼。城外，几间木屋或者茅屋表明是贝督因人的住宅区。

不久，吉达港消失在夜色中，“鹦鹉螺号”又回到微微发出磷光的水底下。

第二天，二月十日，好几艘船迎面驶来，“鹦鹉螺号”重新在海底航行；但到中午，在测量方位时，大海一片空寂，潜艇又回到吃水线上。

我在内德和贡塞伊的陪伴下，坐在平台上。在湿雾里，东边的海岸显得像朦胧的一团。

我们靠在小艇侧面，东拉西扯地聊着，这时，内德·兰德伸手指着海上的一个点，对我说：

“教授先生，您看到那边有样东西吗？”

“没有看见，内德，”我回答，“您知道，我没有您的目力。”

“仔细看，”内德又说，“那边，左前方，和舷灯差不多高度！您没有看见有一团东西仿佛在蠕动吗？”

“确实，”我仔细观察过以后说，“我看到水面上有一个长长的黑黝黝的身体。”

“是另一艘‘鹦鹉螺号’吗？”

“不是，”加拿大人说，“我没有搞错，要么这是一只海兽。”

“红海里有鲸鱼吗？”贡塞伊问。

“有，小伙子，”我回答，“有时可以遇到。”

“这绝不是鲸鱼，”内德·兰德又说，眼睛没有放过那显现的东西，“鲸鱼和我，我们是老相识，我不会搞错它们的动作。”

“等一下，”贡塞伊说，“‘鹦鹉螺号’开往这个方向，一会儿我们就知道是怎么回事了。”

确实，这黑黝黝的东西不久就离我们只有一海里了，它像大海里的一个大暗礁。这是什么？我还说不上来。

“啊！它在往前！它潜下去了！”内德·兰德大声说，“真见鬼了！这头野兽可能是什么呢？它尾巴不分叉，不像鲸鱼和抹香鲸，它的鳍像截断的肢体。”

“这么说是……”我说。

“好，”加拿大人又说，“看它背朝下，把乳房挺在空中！”

“这是一条美人鱼！”贡塞伊嚷道，“一条真正的美人鱼，先生不高兴了吧。”

美人鱼这个名字使我恍然大悟，我明白了，这头野兽属于海洋生物目，传说称为美人鱼，半是女人，半是鱼。

“不是，”我对贡塞伊说，“这绝不是一条美人鱼，而是一种奇特的生物，在红海里只剩下几头。这是一头儒艮（gèn）。”

“属人鱼目，鱼形群，单子宫亚纲，哺乳动物纲，脊椎动物门。”贡塞伊回答。

贡塞伊这样一说，也就没有什么可补充的了。

但内德·兰德始终在看，他的眼睛看到这头野兽便贪婪得闪闪发光，他的手似乎准备好要投出捕鲸叉。他好像在等待跳进大海，向野兽发起攻击。

“噢！先生，”他用激动得颤抖的声音对我说，“我从来没有捕杀过‘这种东西’。”

捕鲸手的意愿全部表达在这个词里。

这时，奈莫艇长出现在平台上。他看到了儒艮，明白了加拿大人的姿态，直接对他说：

“兰德师傅，如果您拿起一把捕鲸叉，手就发痒吗？”

“就像您所说的，先生。”

“有朝一日您重操旧业，在您捕获的鲸类动物的记录里再添上一头，您不会不高兴吧？”

“我绝对不会不高兴。”

“那么，您可以试一试。”

“谢谢，先生。”内德·兰德回答，他的眼睛都要冒出火来。

“只不过，”艇长又说，“我建议您别错过了投中这头野兽，这是为您着想。”

“攻击这头儒艮危险吗？”我不管加拿大人耸肩，问道。

“有时是的，”艇长回答，“这头野兽会转身冲向攻击它的人，掀翻小船。但对兰德师傅来说，这危险用不着害怕。他眼力锐利，手臂投掷十拿九稳。我嘱咐他不要错失投中儒艮的机会，是因为人们正是把儒艮当作鲜美的野味，而且我知道兰德师傅不厌恶肉香。”

“啊！”加拿大人说，“这畜生也能让人大快朵颐吗？”

“是的，兰德师傅。它的肉，是真正的肉，极其受到看重，在整个马来亚，是专门为王公们的餐桌上保留的。因此，人类对这美好的动物大肆追捕，使其像它的同类海牛一样，变得越来越稀罕了。”

“那么，艇长先生，”贡塞伊认真地说，“如果这头儒艮凑巧是最后一头，从科学的利益出发，难道不应该放过它吗？”

“也许吧，”加拿大人回了一句，“但是从厨房的角度着想，最好还是捕杀它。”

“那就干吧，兰德师傅。”奈莫艇长回答。

这时，艇上有七个水手像往常那样，默默无言，表情冷漠，登上了平台。有一个人举着一把捕鲸叉，还有一根像捕鲸手使用的钓鱼线。小艇从槽里卸下，离开甲板，放到海里。六个桨手在凳上坐下，小船船长掌舵。内德、贡塞伊和我坐在后面。

“艇长，您不去吗？”我问。

“不去了，先生，不过我祝你们打猎成功。”

小艇离开潜艇，在六支桨的划动下，飞快地朝儒艮驶去，这时儒艮在离“鹦鹉螺号”两海里的地方漂游。

到了离儒艮几链远的地方时，小艇放慢了速度，桨悄无声息地插入平静的水中。内德·兰德手里握着捕鲸叉，坐在小艇的前面。用来攻击鲸鱼的叉通常系着一根很长的绳子；当受伤的鲸鱼带着叉离去时，绳子便很快放出去。但现在绳子不到十法寻，顶端只拴着一只小桶，它漂起来可以指出儒艮在水下游动的地方。

我站起来，清晰地看到加拿大人的对手。儒艮也叫海马，非常像海牛。它有着狭长的身体，末端是一条很长的尾鳍，两侧的鳍是真正的手指。它和海牛的区别在于它的上颌长着两颗尖尖的长牙，在两边形成分开的獠牙。

内德·兰德准备攻击的这头儒艮，体形巨大，它的长度至少超过七米。它一动不动，仿佛睡在海面上，这是捕杀它的最佳时机。

小艇小心翼翼地靠近到离儒艮三法寻的地方。桨手收起了桨，我弯着腰。内德·兰德身子有点儿往后仰，素有训练的手举起了捕鲸叉。

突然，传来一下呼啸声，儒艮消失不见了。被他使劲扔出去的捕鲸叉可能只击中了水。

“真见鬼！我没有叉着它！”内德·兰德愤怒地嚷道。

“不！”我说，“野兽受了伤，这是它的血，但是您的捕鲸叉没有留在它的身上。”

“我的捕鲸叉！我的捕鲸叉！”内德·兰德叫道。

水手们又划起桨来，船长指挥小艇朝那只漂浮的小桶划去。捕鲸叉被捞了上来，小艇开始追逐那头儒艮。

儒艮不时重新浮上水面呼吸。它的伤没有削弱它，因为它游得极快。小艇在水手有力的手臂划动下，飞快地追逐它。有好几次接近了它，离开几法寻远。加拿大人准备好投掷；但是儒艮突然一个猛子扎下去，无法叉着它。

可以想象出急不可耐的内德·兰德的愤怒有多大，他把英语中最犀利的咒骂扔给那倒霉的生物。至于我，我看到儒艮挫败我们所有的诡计，并不感到气恼。

我们毫不松懈地追逐了一小时。我开始以为很难捉到它了，这时，这生物打错了报复的主意，这个念头会让它后悔莫及。它返身向小艇扑过来，轮到它进攻了。

这个动作没有逃过加拿大人的眼睛。

“小心！”他说。

船长用古怪的话语说了几句话，大概是提醒他的人进行防卫吧。

儒艮在离小艇二十英尺的地方停住，突然用它宽大的鼻孔吸了口气；它的鼻孔不是开在口鼻部位的顶端，而是在上方。然后，一个冲刺，扑向我们。

小艇无法躲开它的冲撞，差点被掀翻了，灌进一两吨水，必须舀出去。幸亏船长灵活，小艇又是斜里而不是正面被撞，所以没翻船。内德·兰德抓住船艄，另一只手用捕鲸叉一下又一下地往那庞然大物刺过去，那家伙用嵌入船舷的牙齿把小艇叼离水面，犹如一头狮子叼起一只狍子那样。我们被掀翻，彼此压在身上，要不是加拿大人始终同那头畜生激烈搏斗，终于刺中它的心脏，我都不知道这次冒险会是怎样的结局。

我听到牙齿咬钢板的声音，儒艮带着捕鲸叉消失了。不一会儿，小桶又浮上水面，没多久那畜生的身体出现了，肚子朝上。小艇划到它那里，把它拖在后面，朝“鹦鹉螺号”驶去。

水手们用了力量很大的滑轮，才终于把儒艮吊上平台。它重达五吨。人们当着加拿大人的面把它分割，他坚持要看全操作的所有细节。当天，侍者给我送来的晚饭里就有几块儒艮肉，是艇上的厨师精心烹调的。我觉得味道好极了，即便不如牛肉，至少好过小牛肉。

第二天，二月十一日，“鹦鹉螺号”的配餐室又多了一样可口的野味。一群海燕落在“鹦鹉螺号”上，这是一种埃及特有的尼罗河海燕[1]，黑喙，灰头，尖脑袋，眼睛周围布满白点，浅灰的翅膀和尾巴，白色的肚子和脖子，红色的爪子。我们还抓到几十只尼罗河野鸭，一种味道极好的野禽，脖子和脑袋是白色的，有斑斑黑点。

这时“鹦鹉螺号”是中等速度，可以说是徐徐前进。我观察到红海的海水越接近苏伊士，盐分就越少。

傍晚五点左右，我们在北边测定了拉斯·穆罕默德角的位置。正是这个角，构成了苏伊士湾和阿卡巴湾之间的阿拉比·佩特雷的顶端。

“鹦鹉螺号”进入通到苏伊士海湾的朱巴尔海峡。我清晰地看到在两个海湾之间凌驾于拉斯·穆罕默德角的一座高山。这是霍列峰，即西奈峰；摩西曾在山顶面对面看到上帝，[2]他的脑际不断地想象出上帝头上罩着光圈。

“鹦鹉螺号”时而在海面，时而在水下航行，六点，通过托尔的外海。托尔建立在海湾尽头，海水似乎染上了红色，奈莫艇长已经指出过。随后夜幕降临，四周一片沉寂，有时被鹈鹕和一些夜鸟的啼声，海水冲击岩石的激荡声，以及远处轮船螺旋桨拍击海水的呜咽声打破。

从八点到九点，“鹦鹉螺号”一直处在水下几米处。据我计算，我们离苏伊士很近。透过客厅的舷窗，我看到被我们的电灯光照得雪亮的岩石根基。我觉得海峡变得越来越窄小。

九点一刻，由于潜艇又浮出水面，我登上平台。我迫不及待地想穿

[1] 原文为拉丁文，Sternanilotica。

[2] 据《圣经》，摩西率领以色列人出埃及，来到西奈，谒见上帝，领受“十诫”。

越奈莫艇长所说的隧道，已经无法待在原地，想呼吸夜晚的新鲜空气。

不久，在黑暗中，我看到离我们一海里处闪烁着苍白的光亮，但被雾遮得朦朦胧胧。

“一盏导航灯。”我身边的人说。

我转过身，认出是艇长。

“这是苏伊士的导航灯，”他又说，“我们很快就到达隧道口了。”

“进入隧道不容易吧？”

“不容易，先生。所以我的习惯是待在驾驶室里，亲自指挥操作。现在，阿罗纳克斯先生，您得下去了，‘鹦鹉螺号’就要下沉水中，要越过阿拉伯隧道才浮上海面。”

我跟在奈莫艇长后面。舱盖关上了，储水罐灌满了水，潜艇下沉了十来米。

正当我准备回到我的房间的时候，艇长把我叫住。

“教授先生，”他对我说，“您乐意在驾驶室内陪伴我吗？”

“我不敢向您提出呢。”我回答。

“那就来吧。这样您会看到在这次既是地下又是海底的航行中，所能看到的一切。”

奈莫艇长把我带往中央梯子。走到一半时，他打开一扇门，沿着上层的纵向通道走，来到驾驶室，大家知道，它凸出于平台的末端。

这是一间六英尺见方的舱室，几乎与密西西比河和哈得孙河上的汽轮驾驶室一样。屋子中间，一个竖放的轮子，啮合一直通到“鹦鹉螺号”的舵链上，正在运转。四面舷窗是透镜玻璃，嵌入舱室的四壁，让舵手能看到所有方向。

这个舱室十分幽暗；但不久我的眼睛就习惯了，我看到了舵手，他身体强壮，双手把住舵轮的轮辋。外面，大海看来被舷灯照得亮晃晃的，舷灯在舱室后面，平台的另一端。

“现在，”奈莫艇长说，“寻找我们的通道吧。”

电线将驾驶室和机房相连，艇长在那里可以同时指挥‘鹦鹉螺号’的航向和操作。他按了一下金属钮，螺旋桨的转速马上大大减慢了。

我们此刻正沿着十分陡峭的石壁行驶，我默默地望着海岸沙土高地这不可动摇的基础。我们离石壁只有几米的距离，这样行驶了一个小时。奈莫艇长目不转睛地望着挂在舱室里的双同心圆罗盘。只要他打个手势，舵手就随时改变“鹦鹉螺号”的航行方向。

我坐在左舷窗旁，望着妙不可言的珊瑚的底层结构、植形动物、海藻和甲壳类动物；甲壳类动物舞动着大爪子，从岩石的凹处伸出来。

十点一刻，奈莫艇长亲自掌舵。一条宽敞的走廊，黝黑而深邃，展现在我们面前。“鹦鹉螺号”大胆地开了进去。潜艇两侧响起了不同寻常的噪声。这是红海的海水顺着隧道的坡泻入地中海的声音。“鹦鹉螺号”虽然让螺旋桨逆向转动，抵挡冲力，但仍然像箭一样，飞快地顺流而下。

在通道的狭窄石壁上，我只能看到一束束光、一些直线和潜艇飞速行驶在电灯光下划出的痕迹。我的心怦怦乱跳，不得不用手按着心窝。

十点三十五分，奈莫艇长放开舵轮，向我回过身来，对我说：

“地中海到了。”

“鹦鹉螺号”被激流推动着，用了不到二十分钟，便通过了苏伊士地峡。

六

希腊群岛

第二天，二月十二日，旭日东升，“鹦鹉螺号”又浮上水面。我冲到平台上。在南面三海里处，呈现出佩吕兹的模糊轮廓。一股急流把我们从一个海送到另一个海。但是，这条隧道下行容易，逆流而上大概是不能通行的。

将近七点，内德和贡塞伊与我相聚。这两个形影不离的同伴睡得安稳，不大能想到“鹦鹉螺号”的壮举。

“博物学家先生，这么说，这就是地中海啰？”加拿大人用有点讥讽的语气问。

“内德老弟，我们正航行在地中海的海面上呢。”

“什么！”贡塞伊说，“昨天夜里？”

“是的，昨天夜里只用了几分钟，我们就通过了这个不能逾越的地峡。”

“我不相信。”加拿大人说。

“您错了，兰德师傅，”我接着说，“南边圆弧形的低海岸是埃及海岸。”

“先生，对别人说去吧。”固执的加拿大人顶了一句。

“但是，既然先生肯定了，”贡塞伊对他说，“应该相信先生。”

“况且，内德，奈莫艇长给了我面子。看他的隧道，我在他身边，待在驾驶室里，是他亲自指挥‘鹦鹉螺号’通过这狭窄的通道。”

“您听到了吗，内德？”贡塞伊说。

“您有好眼力，”我又说，“内德，您能看到塞得港的长堤一直延伸到海里。”

加拿大人仔细望着。

“确实，”他说，“您说得对，教授先生，您的艇长了不得。我们是在地中海。好。那么谈谈咱们的事吧，但不要让别人听见。”

我看得很清楚，加拿大人想要说什么。无论如何，我想，既然他想说，谈谈也好。我们三个人坐在舷灯旁边，可以少溅点湿漉漉的浪花。

“现在，内德，我们洗耳恭听，”我说，“您要对我们说什么？”

“我要告诉您的事十分简单。”加拿大人回答，“我们来到了欧洲，在奈莫艇长任意妄为，把我们带到极地的海底，或者又把我们带回大洋洲之前，我要求离开‘鹦鹉螺号’。”

我要承认，和加拿大人的这种讨论，总是使我进退两难。我绝不愿意妨碍我的同伴们获得自由，但是，我压根不想离开奈莫艇长。靠了他，靠了他的潜艇，我每天充实我的海底研究，而且就在海洋里修改我那本关于海底的著述。我还找得到这样好的机会，观看大洋的奇迹吗？当然不可能！因此，在完成环球的探索之前，我不能让自己想着离开“鹦鹉螺号”。

“内德老弟，”我说，“请您坦率地回答我。您在潜艇里感到厌烦吗？命运把您扔到奈莫艇长的手里，您感到遗憾吗？”

加拿大人沉吟了一会儿，没有回答。然后，他交叉抱起手臂说：

“坦率地说，我对这次海底旅行不感到遗憾。我很高兴旅行过；不过，已经旅行过了，应该想到结束。这就是我的想法。”

“内德，旅行会结束的。”

“在什么地方，什么时候结束？”

“在什么地方？我一无所知。在什么时候？我说不出，或者说得更确切点，我设想，当海洋再没有什么给我们看的时候，旅行就会结束。在这个世界上，但凡有开始必定有结束。”

“我和先生一样想，”贡塞伊说，“在跑遍地球所有的海洋以后，奈莫艇长非常可能让我们三个人远走高飞的。”

“远走高飞！”加拿大人大声说，“您是想说一顿痛打吧？”

“别夸大其词，兰德师傅。”我又说，“我们用不着惧怕艇长，但是我也不同意贡塞伊的想法。我们掌握了‘鹦鹉螺号’的秘密，所以，我并不期待艇长为了恢复我们的自由，听任我们让这些秘密在世界上不胫而走。”

“那么，您期待什么呢？”加拿大人问。

“我期待的是，六个月之后，跟现在一样，出现一些我们能够也应该利用的机会。”

“唷！”内德·兰德说，“请问，博物学家先生，再过六个月，我们会在哪里？”

“也许在这里，也许在中国。您知道，‘鹦鹉螺号’跑得很快。它穿过海洋，就像燕子穿过天空，或者一辆快车穿过大陆。它决不怕有船只来往的海洋。谁说它不会接近法国海岸、英国海岸或者美国海岸呢？在这些地方，逃跑会和在这里一样容易。”

“阿罗纳克斯先生，”加拿大人回答，“您的议论错到家了。您用将来时说话：‘我们将在那里！我们将在这里！’我呢，我用现在时说话：‘我们眼下在这里，必须利用这个机会。’”

我被内德·兰德的逻辑紧紧相逼，我感到自己被打倒在地。我再也不知道有什么论据能使我变得有利。

“先生，”内德又说，“即使不可能，我们也设想一下，奈莫艇长今天就给我们自由，您会接受吗？”

“我不知道。”我回答。

“如果他再补充一句，说他今天给您的提议，以后不会再提出，您会接受吗？”

我不回答。

“贡塞伊老弟是怎么想的呢？”内德·兰德问。

“贡塞伊老弟嘛，”这个正直的小伙子平静地回答，“贡塞伊老弟无可奉告，他对这个问题绝对不感兴趣。他像他的主人，他像他的哥们内德，是单身汉。他不像先生那样，他没有妻子，没有父母，也没有孩子在家里等他。他伺候先生，想先生所想，说先生所说，他最大的遗憾是，不应指望他凑成多数。这里只有两个人在场。一方是先生，另一方是内德·兰德。话说完了，贡塞伊老弟洗耳恭听，准备好了计算得分。”

看到贡塞伊这样完全置身事外，我禁不住微笑。说到底。加拿大人对贡塞伊没有反对他，应该高兴才是。

“那么，先生，”加拿大人说，“既然贡塞伊不插入，那就只在我们两人之间讨论。我说过了，您也听到了。您怎么回答？”

显然，必须下结论，推三阻四也令我反感。

“内德老弟，”我说，“我的回答是这样：您反对我是对的，我的论据在您的论据面前站不住脚，不应该指望奈莫艇长发善心。出于最一般的谨慎，也不容许他让我们自由的。相反，出于谨慎，我们要利用每一次可能离开‘鹦鹉螺号’的机会。”

“好，阿罗纳克斯先生，这话说得明智。”

“只不过，”我说，“有一点看法，只有一点。机会必须是确实无疑的，我们逃跑必须一次成功；因为，如果失败了，我们就不会再找到逃跑的机会，奈莫艇长不会饶过我们的。”

“话说得都对，”加拿大人回答，“您的看法适用于一切逃跑企图，不管两年之后还是两天之后，都适用。因此，问题仍然是这样：有利机会一旦出现，就应该抓住。”

“同意。而眼下，内德，您告诉我，有利时机指的是什么？”

“一个漆黑的夜晚，‘鹦鹉螺号’来到离欧洲海岸不远的地方，就会是有利时机。”

“您想泅水逃走吗？”

“是的，如果我们离海岸近得可以游过去，而潜艇又正好浮上水面。如果我们离海岸远，潜艇又在水下航行，泅水就不行。”

“要是在这种情况下呢？”

“在这种情况下，我设法夺取小艇。我知道怎样行动——我们钻进小艇，拧开螺栓，然后浮上水面，待在前面驾驶室里的舵手甚至发觉不了我们逃走。”

“好，内德。那么窥伺这个机会吧；别忘了，一旦失败就会把我们断送了。”

“我不会忘记，先生。”

“现在，内德，您想知道对您的计划我的全部想法吗？”

“想知道，阿罗纳克斯先生。”

“呃，我想——我不说希望——我想，这个有利时机不会出现。”

“为什么？”

“因为我们并没有放弃重获自由的希望，奈莫艇长对此不会视而不见，他会保持警惕，特别是在看得见欧洲海岸的海面上。”

“我同意先生的看法。”贡塞伊说。

“我们走着瞧吧。”内德·兰德回答，态度坚决地摇了摇头。

“现在，内德·兰德，”我又说，“就说到这里为止，对这一切不要再提一句。您准备好哪一天，就通知我们，我们会跟随着您。我完全信赖您。”

这次应该产生非常严重后果的谈话，就这样结束了。现在我要说，事实肯定了我的预见，令加拿大人非常失望。奈莫艇长在这些船只来往频繁的海洋上，对我们存着戒心，或者他想避开，不让在地中海游弋的众多各国船只看到？我不知道，但是他往往让潜艇保持在刚浮出水面或者待在外海。要么“鹦鹉螺号”上浮时只露出驾驶室，要么潜入很深的地方，因为在希腊群岛和小亚细亚之间，水下两千米处仍然不见底。

因此，我们没有看到斯波拉德斯群岛[1]中的卡尔帕托斯岛。奈莫艇长对我提到这个岛时，指着地球平面球形图上的一个点，引用维吉尔[2]的诗句说：

预言家普罗透斯[3]
待在海神波塞冬的卡尔帕托斯岛上[4]

事实上，这是为海神放牧的老牧人以往的住地，如今成了斯卡尔潘托岛，位于罗得岛和克里特岛之间。透过客厅舷窗，我只能看到这个岛的花岗岩基础。

第二天，二月十四日，我决定用几小时来研究希腊群岛的鱼；但不

[1] 斯波拉德斯群岛：沿着小亚细亚西南海岸，爱琴海上所有岛的总称。

[2] 维吉尔（前70—前19），古罗马诗人，著有《埃涅阿斯纪》《牧歌》《农事诗》。

[3] 普罗透斯：希腊神话中的海神，多变化，为波塞冬放牧海豚。

[4] 原文为拉丁文，Est in Carpathio Neptuni guirgite vates，Cæruleus Ptoteus。

知什么原因，客厅舷窗关得严严实实。在测定“鹦鹉螺号”的方位时，我注意到潜艇往坎迪岛即原先的克里特岛前进。正当我登上“亚伯拉罕·林肯号”时，这个岛上刚刚爆发了反对土耳其暴政的起义。

可是，从那时起，起义变得怎样了，我全然不知。奈莫艇长和陆地断了一切联系，也不能告诉我情况。

因此，晚上和艇长在客厅单独相处时，我丝毫不触及这次事件。再说，我觉得他沉默寡言，若有所思。他一反常态，下令打开客厅的两道护窗板，从这扇窗走到那扇窗，仔细观察海水。出于什么目的？我无法猜透。我呢，我利用时间研究在我面前游过去的鱼。

其中我注意到虾虎鱼，亚里士多德提到过这种鱼，俗名“海花鳅”，在尼罗河三角洲附近的咸水里尤其能遇到。在它们旁边游动着半带磷光的大西洋鲷，一种被埃及人列为神圣的生物。这种鱼一旦在尼罗河里出现，就预示着河水泛滥，要举行宗教仪式来祭祀。我同样要举出三十厘米长的屑鳞鱼，这是一种硬骨鱼，鳞片透明，青灰色，杂有红斑，大量吃食海洋植物，这使得它们的肉鲜美，在古罗马美食家看来非常珍贵。这种鱼的内脏以海鳝的鱼白、孔雀脑和红鹳舌佐食，就构成一道菜肴神品，能让维特利乌斯[1]心醉神迷。

另一种海洋生物引起了我的注意，使我回忆起古代的一系列事件。那是印颈鱼，它附着在鲨鱼的肚子上旅行；按古人的说法，这种小鱼附着在船体上，能使船在行进中停下来。在阿克蒂奥姆的海战[2]中，就因

[1] 维特利乌斯（15—69），古罗马皇帝，奢靡、贪吃，发明过一道菜，用鱼肠、野鸡和孔雀脑、火烈鸟舌等制成，后被民众扼死。

[2] 阿克蒂奥姆的海战：一称阿克提姆海战，又称亚克兴战役。公元前 31 年，屋大维在这里战胜安东尼，不久成为罗马帝国统治者。

为一条印颈鱼拖住了安东尼的船，才使屋大维[1]取得了胜利。国家的命运竟系于何物啊！我同样观察到令人赞叹的花鱼，属鲈鱼目；对希腊人来说，这是一种神鱼，他们认为这种鱼能够把他们常去的海域所存在的海洋怪物驱除；它们不愧称为“花鱼”，身上的颜色确实绚丽多彩，红色中就包含从平淡的玫瑰红到闪闪发光的宝石红这一系列的细微差别，连背鳍上都闪烁着变化不定的光。我的眼睛离不开这些海中的奇迹，这时，意想不到地出现一样东西，令我大吃一惊。

水中出现了一个人，一个腰带上挂着一个皮袋的潜水员。这不是漂浮在浪涛里的尸体，这是一个活人，他用有力的手臂划水，有时消失不见，又浮到海面呼吸，然后马上潜下去。

我向艇长回转身来，用激动的声音大声说：

“一个人！一个遇难者！必须不惜一切代价援救他！”

艇长没有回答我，走过来靠在舷窗上。

那人靠过来，脸贴住玻璃，望着我们。

令我大吃一惊的是，奈莫艇长向他做了个手势。潜水员回了个手势，马上重新浮到水面，不再出现。

“您不必担心，”艇长对我说，“这是马塔潘角的尼古拉，绰号勒佩斯，他在西克拉德群岛赫赫有名。他是个大胆的潜水员，水就是他的生活场所，他待在水里比待在陆地上的时间多，不断地从一个岛游到另一个岛，一直游到克里特岛。”

“艇长，您认识他吗？”

“为什么不认识呢，阿罗纳克斯先生？”

说完，奈莫艇长走向客厅左舷窗旁的柜子。我在柜子旁看到一只箍铁箱，箱盖上有块铜牌，上面有“鹦鹉螺号”的标记，还有那句“动

[1] 屋大维（前63—后14），罗马帝国第一任皇帝，恺撒义子与继承人。

中之动”的格言。

这时，奈莫艇长不考虑我的存在，打开箱子。这是一种保险箱，里面藏着大量金锭。

这些宝贵的金属是一大笔钱，从哪里来的呢？艇长在哪里弄到这些金子呢？他要用这些金子干吗呢？

我一言不发。我望着。奈莫艇长把金锭一个一个拿出来，整齐地码在箱子里，装满了箱子。我估摸箱子里装了一吨多黄金，就是说差不多五百万法郎。

箱子严密地关上，艇长在箱盖上写了一个地址，用的文字应该属于现代希腊文。

写完后，奈莫艇长按了一下电钮，按钮的电线和船员的舱室相通。四个船员出现了，他们十分费劲地把箱子推出客厅。然后我听到他们用滑轮把箱子吊到铁梯上的声音。

这时，奈莫艇长朝我转过身来，问我：

“教授先生，您刚才说什么来着？”

“我什么也没说，艇长。”

“那么，先生，请允许我祝您晚安。”

可以想象，我十分困惑地回到房间。我徒劳地想入睡，脑海中却在寻找那位潜水员的出现和这个装满金子的箱子的联系。不久，凭着船体的颠簸和摇动，我感到“鹦鹉螺号”离开底层，回到水面。

然后，我听到平台上的脚步声。我明白有人在取出小艇，放到海里。小艇碰到“鹦鹉螺号”的艇侧，所有的声音都停息了。

两小时后，同样的声音，同样的走动重新响起。小艇被吊回潜艇上，放回原来的槽里，“鹦鹉螺号”重新潜入水中。

这样说来，这几百万法郎是被转移到了目的地。这是大陆的什么地方呢？奈莫艇长的联系人是何许人呢？

第二天，我把夜里的事告诉了贡塞伊和加拿大人，这件事引起了我极大的好奇心。我的两个同伴的吃惊程度也不亚于我。

“可是，他从哪里搞到这几百万法郎的呢？”内德·兰德问。

对此，不可能有回答。我吃过早饭后，来到客厅，开始工作。直至傍晚五点，我在写笔记。这时——归于个人情绪的原因——我感到酷热，不得不脱掉我的丝质衣服。这是不可理解的，因为我们是在高纬度的地方，再说“鹦鹉螺号”潜下水，不应该感受到任何温度升高。我看了看气压计，气压计指出水深六十英尺，在这里，气温不会达到很高。

我继续工作，但是温度升高到不能忍受的地步。

“难道潜艇上失火了？”我纳闷。

我正要离开客厅，这时奈莫艇长走了进来。他走近温度计，看了看，然后朝我转过身来。

“四十二摄氏度。”他说。

“艇长，我感觉到了，”我回答，“只要温度再提高一点，我们便受不了啦。”

“噢！教授先生，温度只有在我们想让它升高时才会升高。”

“那么说，您能随意控制温度？”

“不，但是我能够离开热源。”

“那么，温度是从外面来的吗？”

“当然。我们是在沸水中航行。”

“可能吗？”我嚷道。

“您请看。”

护窗板打开了，我看到“鹦鹉螺号”周围的海水完全是白色。一股含硫黄的蒸汽在海水中翻滚，仿佛锅炉中的水在沸腾。我把手放在一面舷窗上，烫得我只好把手缩回来。

“我们在什么地方？”我问。

“在桑托林岛[1]附近，教授先生，”艇长回答我，“正好在分开新卡蒙尼岛和旧卡蒙尼岛的海峡中。我想让您看看海底火山喷发的奇观。”

“我还以为，”我说，“这些新岛的形成已经结束了呢。”

“在这片有火山活动的海域根本没有结束，”奈莫艇长回答，“地球始终在地下火的活动之中。公元十九年，按照卡西奥多鲁斯[2]和普林尼的说法，一座新岛，即泰伊亚女神岛已经出现在这些小岛最近形成的同一地方。然后，沉没在海面下，到公元六九年重新浮出水面，再一次沉没。从那时起到今日，火山活动中止了。但在一八六六年二月三日，一座新的小岛，被称为乔治岛，在新卡蒙尼岛附近，从含硫黄的蒸汽中露出水面；同月六日，又沉没了。七天后，二月十三日，阿佛罗埃萨岛出现了，在它和新卡蒙尼岛之间形成一个十米宽的海峡。这个现象发生时，我正好在这片海域，得以看到整个过程。阿佛罗埃萨岛呈弧形，直径有三百英尺，高三十英尺，由黑色玻璃体熔岩构成，间以长石质碎块。最后，三月十日，一座更小的岛，名叫雷卡岛，出现在新卡蒙尼岛附近。此后，这三个岛连成一片，构成同一个岛。”

“眼下我们所在的这个海峡呢？”我问。

“在这儿，”奈莫艇长回答，给我指着一张群岛地图，“您看到我标上了新的小岛。”

“但这个海峡有朝一日会填上吗？”

“很可能，阿罗纳克斯先生。因为自一八六六年以来，有八座熔岩小岛出现在旧卡蒙尼的圣尼古拉港的对面。因此，显而易见，新旧卡蒙

[1] 桑托林岛：在爱琴海的希腊海岛，面积 75 平方千米，火山活动频繁。

[2] 卡西奥多鲁斯（约 480—约 575），拉丁语作家，做过官，后隐居西西里岛。

尼岛在不远的将来会连起来。在太平洋，是纤毛虫造出陆地；在这里，是火山喷发现象造成的。先生，您看，活动则是在波涛下完成。”

我回到舷窗前。“鹦鹉螺号”不再行驶了。艇内热得不堪忍受。大海从白色转成了红色，这是铁盐造成的颜色变化。尽管客厅是密封的，一股难以忍受的硫黄气味还是钻了进来，我看到鲜红的火焰，其明亮使电灯光黯然失色。

我汗流浃背，感到窒息，快要热死了。是的，说实话，我觉得热死了！

“在这沸水中不能再待下去了。”我对艇长说。

“对，再待下去会是不谨慎的。”冷漠无情的艇长回答。

他下了一道命令。“鹦鹉螺号”掉头向左，离开这座火炉，再撑下去难免会受到损伤。一刻钟后，我们升到海面上呼吸。

这时我想，如果内德选择这片海域逃跑，我们是不能活着离开这片火海的。

第二天，二月十六日，我们离开这个海底盆地，它位于罗得岛和亚历山大港之间，深达三千米。“鹦鹉螺号”经过基希拉岛[1]海域，绕过马塔潘角，离开了希腊群岛。

[1] 基希拉岛：希腊群岛最南面的岛，面积 278 平方千米。

七

48 小时穿越地中海

地中海，典型的蔚蓝色海洋，希伯来人的“大海”，古希腊人的“海洋”，古罗马人的“我们的海”[1]，周边长着柑橘、芦荟、海松和仙人掌，弥漫着香桃木的芬芳，层峦叠嶂，空气清新，天空澄澈，但是地下火不断地活动着，这是一个真正的战场，波塞冬和普卢同[2]在这里争夺世界的霸权。米什莱说，正是这儿，在地中海沿岸和海上，人类经受着地球最严酷的气候磨炼。

但是，不管它多么美，我对这个面积二百万平方千米的海洋，也只能匆匆瞥上一眼。我甚至未能请教奈莫艇长的个人知识，因为在这次高速穿越中，这谜一样的人物一次也没有露面。我估计“鹦鹉螺号”在海下穿越的路程约有六百海里，走了两天两夜。二月十六日早上从希腊海域出发，十八日旭日东升时，我们越过了直布罗陀海峡。

对我来说，很明显，地中海是被奈莫艇长要逃避的陆地约束住的，不讨他的喜欢。地中海的波浪和微风，即便不会使他想起太多揪心的事，也会给他带来太多的回忆。在这里，他再没有大洋给他的那种行动自由和行事独立。他的“鹦鹉螺号”在非洲和欧洲接近的两岸之间，感到憋气。

---

[1] 原文为拉丁文，mare nostrum。

[2] 普卢同：本是冥王哈得斯，欧洲人忌讳这个名字，改称普卢同（财神）。

因此，我们的航速是每小时二十五海里，即十二法里。不消说，内德·兰德非常恼恨，不得不放弃他的逃跑计划。由于潜艇每秒钟行驶十二米至十三米，他无法利用潜艇上的小艇。在这种条件下离开“鹦鹉螺号”，等于从高速行驶的快车上往下跳，这岂不是鲁莽的行为吗？再说，我们的潜艇仅仅靠罗盘的指示和计程仪测定的方位行进，只在夜里才浮上水面换取呼吸的空气。

因此，我在地中海中看到的景象，就像在特别快车上看到从眼前一掠而过的景色一样，就是说，是远景，而不是像闪电一样掠过的近景。但贡塞伊和我可以观察几种地中海的鱼，它们的鳍有力地划动，能保持一段时间内跟上“鹦鹉螺号”。我们隐蔽在客厅的舷窗前，我们的记录使我们能修改一下对地中海鱼类的看法。

地中海里的鱼，我看到了一些，另外一些一闪而过，“鹦鹉螺号”的高速使我不能看到全部的鱼。就让我有点随意地给这些鱼分类吧，这

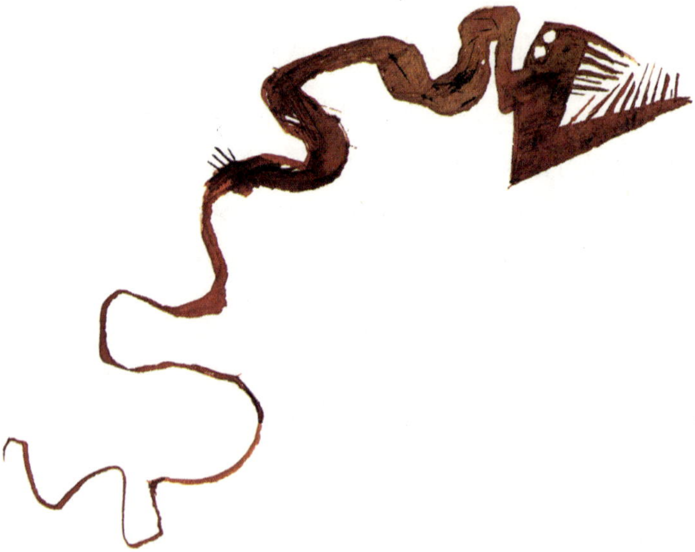

会使我的快速观察更清晰些。

在被电灯光照得一片雪亮的海水中，有几条一米长的七鳃鳗，弯弯曲曲地游动，这种鱼几乎能适应各种气候。有些尖嘴鳐，宽五英尺，腹部白色，背脊灰色、有斑点，随着水流往前游，仿佛宽大的披巾。另外一些鳐鱼飞快地掠过，以致我来不及辨别它们是否配得上古希腊人所取的“飞鹰”这个称号，或者像当今的渔民所取的老鼠、蟾蜍和蝙蝠的绰号。有几条鸢鲨，长十二英尺，潜水员特别惧怕，它们在比赛谁游得快。有些海狐，长八英尺，嗅觉极其灵敏，看起来像长条的淡蓝色影子。有些鲷属剑鱼，有的长达一米三，像穿着银色和天蓝色衣服并裹上带子，在暗色鳍的衬托下分外醒目。这是用来祭祀维纳斯女神的鱼，眼睛镶嵌在金黄色的眉睫里；这是名贵的品种，各种水域，淡水和咸水都能适应，在江河湖海里都能生存，能适应各种气候和温度；这种鱼可追溯到远古，保存着当初的全部美艳。有些漂亮的鲟鱼，长九米至十米，能游远距离，用有力的尾巴撞击舷窗玻璃，露出带棕色斑点的背脊；它们酷似鲨鱼，虽然力量不能与之相比，在所有的海洋里都能遇到它们。春天，它们喜欢上溯到大江大河里，喜欢沿着伏尔加河、多瑙河、波河、莱茵河、卢瓦尔河、奥得河逆流而上，以鲱鱼、鲭鱼、鲑鱼、鳕鱼为食；鲟鱼虽然属于软骨纲，却很细嫩；可以吃新鲜的，也可以晒干、醋渍或者腌成咸鱼，从前，鲟鱼曾经隆重地摆上吕库卢斯[1]的餐桌。但在地中海的各种鱼中，我最能有效地观察的鱼是硬骨纲的第六十三属，那是在“鹦鹉螺号”接近海面上的时候。这是鲭鲔，背脊蓝黑色。肚子有银白色的鳞，辐状的背鳍闪射出金光。它们以追逐船只的航行闻名，它们追求凉快的阴影，以躲避热带的炎炎烈日。果不其然，它们陪伴着“鹦鹉螺号”，就像当年跟随拉佩鲁兹的舰队一样。在长时间里，它们和我们的潜艇比速度。

[1] 吕库卢斯（约前 106—前 56），古罗马将军，在战争中发了财，生活奢华。

我不停地赞赏这些真正的天生比速度的动物：小脑袋，光滑而呈流线型的身体，有些超过三米，胸鳍强有力，尾鳍叉开。它们呈三角形往前游动，就像某些成群结队的鸟儿那样，速度能与之媲美，以致古人说，它们熟悉几何和策略。可是，它们根本逃脱不了普罗旺斯渔民的追捕。那里的渔民看重这种鱼，有如普罗蓬蒂海[1]边和意大利的居民那样珍视。这些珍贵的鱼成千上万盲目而莽撞地投入马赛人的渔网里去送命。

地中海的鱼，有些我和贡塞伊只瞥见过，我列举出来仅仅是为了记录在案。其中，有微白的电鳗，像抓不住的蒸汽一样掠过；有康吉鳝，一种长三四米的海鳗，身上点缀着绿、蓝、黄三色；有无须鳕，长三英尺，其肝味道鲜美；有绦鱼，像细长的海带一样漂浮；有鲂鮄，被诗人称为琴鱼，被海员称为哨鱼，其口面上有两块三角形锯齿状薄片，像荷马老人的乐器；有燕子鲂，游起来像燕子一样飞快；有石斑鱼，头是红的，背鳍上点缀着细丝；有西鲱，装饰着黑色、灰色、棕色、蓝色、黄色和绿色的斑点，这种鱼对银铃的声音很敏感；有色彩绚丽的大菱鲆，它们是海里的锦鸡，呈菱形，背鳍淡黄，有褐色斑点，背部和左侧一般有褐色和黄色的大理石斑纹；最后有成群出色的海鲱鲤，这是大洋里真正的"极乐鸟"。古罗马人给每条鱼的价格出到一万小银币，他们在餐桌上宰杀海鲱鲤，以便残忍地目睹鱼的颜色从活着时的朱红色，变为死后的苍白色。

我没有看到米拉莱鱼、鳞鲀、箱豚、海马、茄昂鱼、向心鱼、鳚鱼、羊鱼、隆头鱼、胡爪鱼、飞鱼、鳀（tí）鱼、帕热尔鲷、泥铲鱼、颌针鱼，以及黄盖鲽、飞鲽、箬鳎、舌鳎、菱鲆等大西洋和地中海都有的主要代表性鱼类，只能怪"鹦鹉螺号"穿越这片生物丰富的海域时速度快得令

[1] 普罗蓬蒂海：马尔马拉海的古名，与爱琴海相通，面积 11500 平方千米。

人目眩。

至于海洋哺乳动物，经过亚得里亚海的出口时，我相信我看到了两三条长着和真甲鲸一样背鳍的抹香鲸；几条球头属的海豚，这是地中海特有的，额头上有浅白色的细纹；十多条白腹黑毛的海豹，它们以教士之名流行于世，长达三米，绝对像多明我会[1]修士。

至于贡塞伊，他似乎看到一只六英尺宽的海龟，有三条鼓凸的纵向脊。没有看到这只爬行动物，我感到遗憾，因为从贡塞伊给我的描绘中，我相信这是一只棱皮龟，品种相当罕见。我呢，我只看到几只长甲龟。

至于植形动物，有一阵我可以欣赏一只橘黄色的唇形水蛭，它附着在左舷窗玻璃上；这是一条细长形，像树一样分成无数的枝条，末端形成极细致的花边，连能与阿拉克涅[2]比试的女子也绣不出来的水蛭。可惜的是，我不能捕到这出色的样品；要不是“鹦鹉螺号”在十六日晚上古怪地降低速度，地中海的其他植形动物无疑统统不能呈现在我眼前。这是因为遇到下面的情况。

当时我们正通过西西岛和突尼斯海岸之间。在波恩角[3]和墨西拿海峡[4]之间的狭窄海面上，海底几乎突然升高。那里形成了真正的海脊，水深只有十七米，而两侧深度达到一百七十米。因此，“鹦鹉螺号”要谨慎行驶，避免撞上这道海底大坝。

我在地中海地图上，给贡塞伊指出这道长暗礁所在的位置。

“但是，先生别见怪，”贡塞伊说，“这好似一条真正的地峡，把

---

[1] 多明我会：由多明我（约 1170—1221）创立的教派，教规严谨，崇尚清贫。

[2] 阿拉克涅：在希腊神话中，她善编织，竟向雅典娜挑战，织出一匹布，把诸神的爱情都表现出来。雅典娜挑不出毛病，却把这匹布撕成碎片。阿拉克涅因绝望而自缢。雅典娜解下绳子，绳子化为蜘蛛网，阿拉克涅则化为蜘蛛。

[3] 波恩角：突尼斯的半岛，封闭了突尼斯北部的海湾。

[4] 墨西拿海峡：分隔西西里岛和意大利半岛的海峡。

欧洲和非洲连接起来了。”

“是的，小伙子。”我回答，“它把利比亚海峡整个堵住了，史密斯[1]的探测证明了，两大陆从前是在博科角和富里那角之间连接起来的。”

“我乐意相信。”贡塞伊说。

“我要补充一点，”我又说，“相同的坝在直布罗陀和塞塔之间也存在。在远古时代，这道坝把地中海完全封闭起来。”

“嘿！”贡塞伊说，“如果有朝一日火山喷发把这两道大坝升上海面，那会怎样！”

“这不太可能，贡塞伊。”

“请先生让我把话说完，如果出现这个现象，德·莱塞普斯先生可就麻烦了，开凿地峡，他费了多大劲啊！”

“话是不错，不过，贡塞伊，我再说一遍，这种现象是不会发生的。地力的强度一直在减弱。在地球初期，火山喷发非常频繁，随后逐渐熄灭；内热减弱，地球里层的温度，每个世纪都在明显下降，这对地球有害，因为这种热是地球的生命。”

“但是有太阳……”

“太阳不够，贡塞伊。太阳能使一具尸体再热起来吗？”

“据我所知，不能。”

“那么，我的朋友，地球有一天就会是变凉的尸体。地球将变得不能居住，就像月球不能居住那样，月球早已失去了生命活力。”

“要再过多少世纪呢？”

“要再过几十万年，小伙子。”

“那么，”贡塞伊回答，“如果内德·兰德不插进来，我们来得及

[1] 史密斯（1769—1839），英国地质学家。

完成我们的旅行！”

贡塞伊放下心来，又开始研究海脊，“鹦鹉螺号”正沿海脊底部中速航行。

在这由岩石和火山岩构成的土地上，一系列生机勃勃的植物长势茂盛，有海绵、海参、海胆——长着淡红色卷须的透明海胆，能发出微弱的磷光；有俗称海黄瓜的海参，沐浴着七彩阳光的照射；有巡游车盘，长一米，粉红的颜色映红了海水；有海水仙，形状像树，绝顶的美；有长茎海罂粟；有大量各种各样可食用的漏卢属植物；还有绿色的海葵，淡灰色的茎，褐色的花盘，躲在触角的橄榄色长须里。

贡塞伊特别忙于观察软体动物和节肢动物，虽然这些动物的术语有点枯燥。我仍然不想遗漏他个人的观察，有损于这个小伙子的形象。

在软体动物门里，他列举出大量的梳状扇贝：层层叠叠组成驴蹄状的大海菊蛤；三角形的水叶贝；壳是透明的黄鳍三叉玻璃贝；橙黄色的无壳侧鳃贝；布满淡绿色斑点的蛋形贝；俗称海兔的腹足贝；铲形贝；多肉的无触角贝；地中海特有的伞形贝；壳能制造出难得螺钿的鲍鱼；火焰扇贝；不等蛤（据说，朗格多克[1]人更喜欢不等蛤，而不是牡蛎）；马赛人钟爱的缀锦蛤；又白又肥的双层帘蛤；盛产于北美沿岸、在纽约销量巨大的帘蛤；五颜六色的带盖梳形贝；躲在洞里、我闻到过强烈胡椒味的石蛏；隆起的壳、两侧凸出、有细纹的帘心蛤；长着猩红色结节的辛提贝；好似威尼斯轻舟、弧形尖顶的食肉贝；带冠的菲罗尔贝；螺旋壳的阿特朗特贝；有白斑点、覆盖着带流苏面纱的灰色泰提贝；像小鼻涕虫的琴贝；用背爬行的龟螺；耳形贝，其中有勿忘草状的耳形贝、椭圆壳的耳形贝；浅黄色的梯螺；滨螺；轮贝；瓜叶菊贝；岩贝；薄片

[1] 朗格多克：法国古省，在地中海西岸。

贝；宝石贝；潘多拉贝；等等。

至于节肢动物，贡塞伊在笔记上非常准确地分为六个纲，其中的三个纲，即甲壳纲、蔓足纲和环节纲，属于海洋生物。

甲壳纲下分九个目，第一目是十腕足目，即头和胸通常连在一起的动物，口腔由几对节肢构成，胸上长着四对至六对腕足。贡塞伊遵循我们的导师米尔恩－爱德华兹的方法，将十腕足目分成三组：无尾组、短尾组和长尾组。这些名称有点粗俗，但是正确、贴切。在短尾组里，贡塞伊举出额角上长着两根叉开长刺的阿马提无尾虾；无尾蝎——不知什么原因——在希腊人那里，这种动物象征智慧；棍状海蜘蛛和带刺的海蜘蛛，它们往往迷失在浅滩，因为通常它们生活在深海；十足蟹、矢形蟹、菱形蟹和粒状蟹——贡塞伊指出，这种蟹容易消化；无齿伞花蟹、蹦蟹、西蒙蟹和毛绒蟹；等等。长尾组又被分成五科：鳞甲、掘足、螯虾、长臂虾和足目。他提到虾肉受到女人青睐的普通龙虾、虾牯、沿海虾和各种可食用的虾。但他对包括龙虾在内的螯虾科没有再细分，因为龙虾是地中海里仅有的龙虾。最后是无尾组，他指出普通的德罗西纳虾，它们藏在彼此争夺的一只被遗弃的贝壳里，还有额头带刺的同源蟹、寄居蟹、波尔塞拉纳蟹，等等。

贡塞伊的工作就做到这里。他没有时间通过观察螯目、端足目、同源目、同孢目、三叶虫目、鳃足亚纲、介形亚纲和切甲目，把甲壳纲的动物补全。为了结束对海洋节肢动物的研究，他还本应举出剑水蚤和银色蚤所属的蔓足纲，也不应该遗漏把环节纲再细分为管栖目和前肢目。但是，过了利比亚海峡的浅滩以后，“鹦鹉螺号”又以普通速度在更深的水中航行了。此后再没有软体动物，再没有节肢动物，再没有植形动物。只有几条大鱼，像影子似的掠过。

二月十六日至二月十七日的夜里，我们进入地中海的第二个海底盆地，最深的地方达到三千米。“鹦鹉螺号”在螺旋桨的推动下，借助两侧的斜板，潜入海底。

那里没有自然界的奇观，呈现在我们眼前的是许多激动人心的可怕场面。事实上，我们当时正穿过地中海的海难集中地区。从阿尔及利亚海岸到普罗旺斯沿岸，有多少沉船啊！有多少船失踪啊！和太平洋的浩瀚洋面相比，地中海只不过是个湖，但这是个喜怒无常的湖，浪涛变幻莫测，对那些仿佛漂浮在海天一色的脆弱的单桅三角帆船来说，今天风平浪静，而明天却是狂风怒吼、惊涛骇浪。波浪迅猛地拍打船只，足以摧毁最坚固的航船。

因此，在深海的这段快速航行，我看到无数沉船躺在海底，有的上面长满了珊瑚，有的上面只有一层锈；我看到许多锚、大炮、炮弹、铁器设备、螺旋桨叶片、机器残片、破碎的汽缸、洞穿的锅炉，还有漂在水中的船体，有的朝上，有的翻转了身。

这些沉船中，有的是互相碰撞而沉没的，有的是触到花岗岩暗礁的。我看到有的垂直下沉，桅杆直立，绳索被水泡得绷紧。这些船仿佛在一个巨大的锚地里，等待着起航时刻到来。“鹦鹉螺号”从沉船中间经过时，用电灯光包裹着它们，仿佛这些船挥舞旗帜向“鹦鹉螺号”致敬，并告诉自己的船号！但实际上，在这片灾难之地，只有寂静和死亡！

我观察到，随着“鹦鹉螺号”接近直布罗陀海峡，地中海的底部这些不祥的沉船就堆积得越多。非洲和欧洲的海岸收紧了，在这狭窄的空间，相撞变得频繁。我看到许多铁船底和汽船难以置信的残骸，有的躺着，有的直立，宛如可怕的动物。

有一条船船体裂开，烟囱弯曲，机轮只剩下轮毂，舵和艉柱分离，但还被一条铁链拖住，艉部的船名板被海盐腐蚀，呈现出可怖的面目！

沉船中有多少生命遭殃啊！有多少人葬身海底啊！船上的水手有没有生存下来，讲述这可怕的灾难啊？也许是波涛仍然保守着灾难的秘密？不知什么原因，我突然想到，海底这艘沉船可能是二十多年前连人带货失踪了的“阿特拉斯号”，从此没有人再提起过它！啊！地中海海底，这广大的尸骨埋葬地的历史，有多少财富丧失掉，有多少受难者葬身，把它写出来将是一部多么悲惨的历史啊！

但“鹦鹉螺号”无动于衷，螺旋桨飞快地转动，从这些遗骸中驶过。二月十八日，将近凌晨三点，“鹦鹉螺号”来到直布罗陀海峡入口。

这里有两股水流：一股在上层，早就被确认了，将大洋的水引入地中海；还有一股逆流在下层，它的存在今日已得到证实。事实上，来自大西洋的水，以及从河流注入的水，一直在不断地增加地中海的水量，应该逐年抬高地中海的海平面，因为蒸发不足以维持进出平衡。可是，事实并非如此。于是人们自然而然地认为，下层有一股逆流，通过直布罗陀海峡，把地中海多出来的海水注入大西洋盆地。

这是确定无疑的事实。“鹦鹉螺号”就是利用这股逆流，从狭窄的通道迅速驶过。一刹那，我瞥见雄奇的赫拉克勒斯神庙的遗址，按照普林尼和阿维纽斯[1]的说法，神庙是和支撑它的那座海岛一起沉没的。几分钟以后，我们漂浮在大西洋的波涛之上。

[1] 阿维纽斯：公元 6 世纪的拉丁语诗人和地理学家。

八

维戈[1]海湾

大西洋！浩瀚的大洋，长九千海里，平均宽度为两千七百海里，总面积达两千五百平方海里。古代人，除了迦太基人和奔波在欧洲和非洲西海岸的古代荷兰商人以外，对这个重要的海洋几乎一无所知！大西洋海岸两边蜿蜒曲折，环绕的地区地域辽阔；世界上的长河，如圣劳伦斯河[2]、密西西比河[3]、亚马孙河[4]、拉普拉塔河[5]、奥里诺科河[6]、尼日尔河[7]、塞内加尔河[8]、易北河[9]、卢瓦尔河[10]、莱茵河[11]都注入其中，给大西洋带来文明国家和野蛮地区的河水！蔚为壮观的洋面，被世界各国的船只不断划破碧波，各国的旗帜迎风招展，大洋两头是两个可怕的海角，

---

[1] 维戈：面临大西洋的西班牙城市，商业港口，西班牙舰队曾在此被英荷舰队击沉。

[2] 圣劳伦斯河：在北美，形成大湖区，从安大略湖至加斯佩半岛，长 1167 千米。

[3] 密西西比河：在美国，从北到南，长 3780 千米。

[4] 亚马孙河：在南美洲，长 6400 千米。

[5] 拉普拉塔河：在阿根廷，意为银河。

[6] 奥里诺科河：在委内瑞拉，长 3000 千米。

[7] 尼日尔河：在西非，长 4200 千米。

[8] 塞内加尔河：在西非，长 1700 千米。

[9] 易北河：在欧洲，发源于捷克，流入北海，长 1165 千米。

[10] 卢瓦尔河：法国最长的河流，长 1012 千米。

[11] 莱茵河：西欧河流，发源于瑞士境内的阿尔卑斯山，长 1320 千米。

一个是合恩角，另一个是风暴角，都是令航海家望而生畏的地方！

“鹦鹉螺号”在三个半月内跑完了将近一万海里，比绕地球赤道一圈还多；如今，它又快马加鞭，乘风破浪。眼下我们要去哪里，未来等着我们的是什么呢？

“鹦鹉螺号”驶出直布罗陀海峡以后，来到外海。它又浮出海面，我们也就能够天天到平台上溜达了。

我在内德·兰德和贡塞伊陪伴下登上平台。在距离十二海里的地方，圣文森特角隐约可见，它形成西班牙半岛的西南端。刮起相当强劲的南风，大海波涛汹涌，使“鹦鹉螺号”颠簸得厉害。几乎不可能待在平台上，大股海浪时刻拍打过来。于是我们吸了几口新鲜空气后，就下去了。

我回到我的房间。贡塞伊回到他的舱室；但是加拿大人心事重重，跟在我后面。我们快速穿过地中海，使他不能实施他的计划，他并不掩饰自己的失望。

我的房门关上后，他坐下来，仔细望着我。

“内德老弟，”我对他说，“我理解您，但是您没有什么要自责的。在‘鹦鹉螺号’开得那么快的情况下，想逃跑那是发疯！”

内德·兰德没有答话。他咬紧嘴唇，眉头紧蹙，表明正被一个念头死死纠缠着。

“嗨，”我又说，“根本用不着绝望。我们正沿着葡萄牙海岸北上。法国、英国都离得不远，到那时，我们会很容易找到避难的地方。啊！如果‘鹦鹉螺号’离开直布罗陀海峡后绕过南边的海角，如果它把我们带到没有大陆的地区去，我会和您一样惴惴不安。但是，我们现在知道了，奈莫艇长没有逃避文明地区的海岸，再过几天，我相信您行动起来会安全些。”

内德·兰德更加专注地望着我，终于开口说话了：

"就定在今天晚上。"

我突然站了起来。我承认，我没有料到他这样跟我交流。我本想回答加拿大人，但是说不出话。

"我们曾经说好要等待机会，"内德·兰德又说，"这个机会，我抓住了。今天晚上，我们离西班牙海岸只有四海里。夜色昏暗，风从外海吹过来。阿罗纳克斯先生，您有言在先，我指望着您呢。"

由于我始终沉默不语，加拿大人站了起来，走近我。

"今天晚上，九点，"他说，"我已经通知了贡塞伊。那时，奈莫艇长会关在自己的房间里，还可能睡下。无论是机械师还是船员，都不会看见我们。贡塞伊和我，我们爬上中央梯子。您呢，阿罗纳克斯先生，您待在离我们不远的图书室里，等待我的信号。桨、桅杆和帆都在小艇上，我甚至搞到了一些食物放到小艇上。我还弄到一把活动扳手，能旋开把小艇固定在'鹦鹉螺号'船体上的螺母。所以万事俱备。晚上见。"

"大海风急浪高。"我说。

"我同意，"加拿大人回答，"可是必须冒险一试。自由要付出代价。再说，小艇结实，有风吹动，几海里不算回事。谁知道明天我们会不会在一百海里的外海呢？但愿情况对我们有利，再过十个小时至十一个小时，我们就可能在陆地的某个地方上岸，否则就是送命。因此，听天由命吧，晚上见！"

说完，加拿大人就抽身走了，留下我几乎惊诧莫名。我原来设想，如果发生这种情况，我会有时间考虑和商量。我固执的同伴却不容我这样做。不过，我又能对他说什么呢？内德·兰德一百个有理。这几乎是一个绝佳机会，他利用了。我能食言吗？能出于完全个人的兴趣，断送同伴们的前途吗？我担当得起这个责任吗？明天，奈莫艇长难道不会把我们带到远离陆地的公海上去吗？

这时，相当响的呼啸声告诉我，储水罐里装满了水，“鹦鹉螺号”潜入了大西洋海底。

我待在自己的房间里。我想躲开艇长，不让他看见主宰着我的激动。我就这样度过难受的一天，夹在想恢复到能自由行动和遗憾地放弃这艘奇妙的“鹦鹉螺号”的两难之中。放弃，我的海底考察就半途而废！这样离开大洋，就像我乐意称呼它为“我的大西洋”，没有观察过大西洋的海底，还没有把它的秘密像印度洋和太平洋的秘密那样揭示出来！就像小说刚看完了第一卷就中断了，美梦在最出彩的时候戛然而止！难熬的几小时就这样过去，我时而看到自己和同伴们安全着陆，时而不顾理智，希望出现某种意外情况，阻止内德·兰德实现他的计划。

我去了客厅两次。我想看看罗盘。我想看看“鹦鹉螺号”是带着我们接近还是离开海岸。都不是。“鹦鹉螺号”始终在葡萄牙的海域中，正沿着大西洋海岸向北航行。

因此，必须打定主意，准备逃跑。我的行李不重，除了笔记，没有别的东西。

至于奈莫艇长，我思忖他对我们的逃跑会怎样想，逃跑会引起他多大的不安，会对他造成多大的伤害，要是逃跑被发现了或者失败了，在这两种情况下他会怎么办？无疑，我没有什么要抱怨他，恰恰相反。没有比他更加真诚好客的了。离开他，我也不能自责忘恩负义。我们和他没有任何誓言的约束。为了把我们永远留在身边，他靠的只是让我们迫不得已，而不是口头承诺。但是，他公然要把我们永远囚禁在潜艇上的企图，倒让我们所有的愿望变得合情合理。

自我们见识过桑托林岛以后，我还没有再见过艇长。在我们离开之前，我偶然会和他打照面吗？我希望这样，同时也害怕这样。我细听能不能听到他在我的隔壁房间走动的声音。任何声音都没有传到我的耳鼓里。他的房间应该没有人。

于是我突发奇想，这个怪人是在潜艇上吗？自那一夜小艇离开“鹦鹉螺号”去执行一项神秘任务起，关于这个人，我的想法有点改变了。我想，不管他会说些什么，奈莫艇长大概和陆地保持了某种方式的联系。他从来没有离开过“鹦鹉螺号”吗？我常常几个星期见不到他。这段时间他干什么去了？在我以为他愤世嫉俗发作的时候，难道他不会在远处完成一件秘密活动，其性质至今不为我所知吗？

所有这些想法和其他许多念头同时向我袭来。在我们所处的奇特境遇中，猜测的范围只会是无边无际的。我感到难以忍受，这一天的等待好像永无止境。我心急如焚，只嫌时间过得太慢。

像往常那样，我在房间用餐。我心事重重，吃不下饭。七点，我离开了饭桌。离我要去会合内德·兰德的时间——我在计算着——还有一百二十分钟。我的躁动不安与时俱增，脉搏剧烈地跳动。我坐立不安，来回走动，期待通过活动让骚乱的心情平静下来。想到我们大胆的行动会落空，还不是我最忧心忡忡的；但想到离开“鹦鹉螺号”之前我们的计划暴露了，想到被带到愤怒的奈莫艇长面前，或者更糟的是，他因我的擅自离去而难受，我的心就怦怦乱跳。

我想最后一次看看客厅。我走纵向通道，来到陈列室，我曾在那里度过愉快而有益的时光。我看着所有这些宝物，所有这些财宝，就像一个即将永远流亡，一去便再也回不来的人。这些大自然的奇珍异宝，这些艺术杰作，多少天以来让我身心贯注其中，我就要永远抛弃它们了。我本想通过客厅的舷窗观看大西洋的海水，但是护窗板关得严严实实，一层钢板把我和这个我还不熟悉的大洋分隔开来。

我在客厅这样转了个遍以后，来到开在隅角斜面的门口，这扇门对着艇长的房间。令我非常惊讶的是，这扇门半掩着。我不由自主地后退一步。如果奈莫艇长在他的房间里，他会看到我。但是我听不到一点声响，便走近前去，房间里空无一人。我推开门，往里走了几步。里面的陈设像修士的房间那样清苦。

这时，墙上挂着的几幅铜版画映入我的眼帘，这是我第一次参观时没有注意到的。这是一些肖像——伟大历史人物的肖像，他们毕生不断贡献给人类伟大的理想：在“波兰完了”[1]的喊声中倒下的英雄柯修斯科[2]，“现代希腊的莱奥尼达斯[3]”博扎里斯[4]，爱尔兰的保卫者奥康乃[5]，美利坚合众国的缔造者华盛顿[6]，意大利爱国者马宁[7]，倒在黑奴制维护者子弹下的林肯[8]，最后是吊在绞刑架上、为黑人解放而牺牲的约翰·布朗[9]——就像维克多·雨果的铅笔画所塑造的恐怖模样。

在这些英勇无畏的心灵和奈莫艇长的心灵之间，存在什么联系呢？我能通过这组肖像得出艇长生平的秘密吗？他是被压迫民族的捍卫者，受奴役种族的解放者吗？他出现在本世纪最近的政治和社会动荡中吗？他是美国那场可怕的、令人摧肝裂胆的、青史流芳的战争中的英雄之一吗……

突然，钟声敲响八点。钟槌敲在铃上的第一声把我从深思中拉了出

---

[1] 原文为拉丁文，Finis Plonioe。

[2] 柯修斯科（1746—1817），波兰军官，爱国者，曾为美国独立而战；1784 年回国后，武装反对沙俄，组织起义，后被捕，被释放后到法国和瑞士继续为复国而斗争。

[3] 莱奥尼达斯（卒于前 480），斯巴达国王，在反抗波斯人的战斗中牺牲。

[4] 博扎里斯（约 1789—1823），希腊爱国者，希腊独立战争首领之一，在抗击土耳其人的战斗中牺牲。

[5] 奥康乃（1775—1847），爱尔兰政治家，推动爱尔兰的独立。

[6] 华盛顿（1732—1799），美国政治家、将军，1775 年曾领导起义部队。

[7] 马宁（1804—1857），意大利政治家，反抗奥地利人，失败后避居巴黎。

[8] 林肯（1809—1865），美国政治家，主张废除奴隶制，被一个狂热拥护南方同盟的演员暗杀。

[9] 约翰·布朗（1800—1859），美国政治家，为反对奴隶制而夺取军火库，被捕后上了绞刑架。

来。我一阵哆嗦，仿佛有一只看不见的眼睛看透了我最隐秘的思想，我冲出房间。

我的目光停留在罗盘上。我们的航向一直是往北。航速表上指的是中速，气压表指的是约六十英尺深。情况看来有利于加拿大人的计划。

我回到自己房间。我穿得很暖和，穿好潜水靴、水獭帽、海豹皮里子的足丝外套。我准备停当，等待着。只有螺旋桨的震动声打破了潜艇上的一片寂静。我听着，竖起了耳朵。会不会突然传来一个声音，告诉我，内德·兰德的逃跑计划刚刚被发现呢？我担心得要命。我徒劳地想恢复镇定。

九点差几分钟，我把耳朵贴近艇长的房门。毫无声息。我离开我的房间，回到客厅，客厅半明半暗，不见人影。

我打开通往图书室的门。同样光线不足，同样孤寂无人。我走过去站在开向中央楼梯间的门旁。我等待内德·兰德的信号。

这时，螺旋桨的振动明显减弱，随后完全停止。“鹦鹉螺号”的行驶为什么出现这种变化？这种停息有利于还是会妨碍内德·兰德实施计划？我说不出来。

寂静被我的心跳搅乱了。

突然，只感到一下轻微的撞击。我明白，“鹦鹉螺号”刚刚停在大洋底部。我的不安增加了。加拿大人的信号没有传到我这里。我想去找内德·兰德，劝他推迟计划。我感到航行不再处在平时的条件下。

这时，大厅的门打开了，奈莫艇长出现。他看到了我，开门见山地说：

“啊！教授先生，”他的口气是友好的，“我一直在找您。您知道你们那段关于西班牙的历史吗？”

即使透彻了解本国历史，但在我当时所处的情况下，心里乱糟糟的，头脑昏沉沉的，我说不出一个字来。

“怎么？”奈莫艇长又说，“您听到了我的问题吗？您知道关于西班牙的那段历史吗？”

“不清楚。”我回答。

“学者徒有其表啊，”艇长说，“学者竟然不知道。那么，请坐，”他接着说，“我来给您讲这段历史的一个有趣插曲。”

艇长躺在一张沙发上，我不由自主地坐在他身旁的昏暗中。

“教授先生，”他对我说，“请仔细听我说。这个故事在某个方面和您有关，因为它能回答一个您无疑解决不了的问题。”

“我听着呢，艇长。”我说，不知道我的对话者想干什么，一面寻思这个插曲是不是关系到我们的逃跑计划。

“教授先生，”奈莫艇长接着说，“如果您愿意的话，我们上溯到一七〇二年。您不会不知道，那时，你们的国王路易十四以为以一个专横跋扈的动作，就能把比利牛斯山缩进地底下。他把自己的孙子安茹公爵[1]强加给西班牙人。这个王爷好歹以菲利普五世的名号进行统治，在外部，他又跟很强的对手打交道。

“实际上，前一年，荷兰、奥地利和英国在海牙签了一个盟约，目的就是摘下菲利普五世的西班牙王冠，放到一个大公的头上，这三个王国事先给大公取名查理三世。

“西班牙不得不对抗这个联盟，但是缺乏士兵和海军。不过，要是武装商船能满载美洲的金银开进王国的港口，那是不缺钱的。将近一七〇二年末，西班牙等待着一支满载财富的船队到来，法国派出沙托－勒诺海军元帅率领的一支由二十三艘船组成的舰队给它护航，因为盟国的

[1] 安茹公爵（1683—1746），路易十四的王太子的第二个儿子，1700 年成为西班牙国王，称菲利普五世。

海军正在大西洋巡弋。

“这个船队要回到加的斯，但是海军元帅获悉，英国舰队在这些海域巡弋，便决意开到一个法国港口。

“船队的西班牙船长们反对这项决定。他们想去一个西班牙港口，如果不能去加的斯，就去维戈海湾，它位于西班牙西北海岸，没有被封锁。

“沙托－勒诺海军元帅软下心来，听从了这个意见，船队进了维戈海湾。

“不幸的是，维戈海湾是一个敞开的锚地，根本无法设防，因此必须趁盟国舰队到来之前，赶快把船队的东西卸下来。如果不是突然出现一个可悲的竞争问题，卸东西是来得及的。”

“您听清这一连串事实了吗？”奈莫艇长问我。

“完全听清楚了。”我说，仍然不知道为什么他给我上这堂历史课。

“我继续说下去。事情的经过是这样。加的斯的商人们享有一项特权，所有从西印度来的货物都应由他们收购。把船队的金锭卸在维戈港，这有违他们的权益。于是他们到马德里告状，从软弱的菲利普五世那里获准，船队不得卸货，要待在维戈海湾锚地保管货物，直到敌人的舰队离开。

“然而，就在做出这项决定时，英国舰队来到维戈海湾。沙托－勒诺海军元帅尽管力量处于下风，还是英勇战斗。他看到船队的财富就要落入敌人之手，便放火焚烧和凿沉船队，船队带着巨大的财宝沉入海底。”

奈莫艇长住了口。我承认，我仍然看不出这个故事和我能有什么关系。

“然后呢？”我问他。

“然后，阿罗纳克斯先生，”奈莫艇长回答我，“我们眼下就在这

个维戈海湾，要由您来揭开这件事的秘密了。”

艇长站起来，请我跟着他。我已缓过劲来，听从了他。客厅幽暗，但越过透明的玻璃，海水闪闪发光。我向外张望着。

在“鹦鹉螺号”周围半海里的范围之内，海水被电灯光照亮了。海底的沙地清晰明亮。身穿潜水服的船员忙于在黑乎乎的沉船残骸中清理半腐烂的木桶、洞穿的箱子。从桶和箱子里散落出来金锭和银锭、瀑布般的钱币和珠宝。沙地上撒满了这些东西。然后，船员满载这些珍贵的战利品回到“鹦鹉螺号”上，卸下重负，又去回去搬运这取之不尽的金银财宝。

我明白了。这就是一七〇二年十月二十二日的战场，这里甚至是满载的船队为了西班牙政府的利益而沉没的地方。这里是奈莫艇长根据需要，将几百万法郎的财宝装箱，给他的“鹦鹉螺号”当压载物的地方。美洲将贵金属都给了他，仅仅给了他一个人。他成了从印加[1]人和费尔南·科尔泰兹[2]的战败者那里掠夺来的珍宝的直接和唯一的继承者！

“教授先生，您知道吗，”他微笑着问我，“大海容纳了那么多的财富！”

“我知道，”我回答，“据估计，泡在海水里的银子有两百万吨。”

“毫无疑问，但是要提取这些银子，费用超过了利润。这里正相反，我只要捞取别人丢失的。不仅在这个维戈海湾，而且在千百个发生过海难的地方，我的海图都标清楚了。现在您明白我是个亿万富翁了吧？”

“我明白，艇长。但是，恕我冒昧，您在这个维戈海湾的开采，只不过比竞争的公司早一步而已。”

“哪一家公司？”

---

[1] 印加：在秘鲁，从 15 世纪中叶至 1532 年统治者的名称，这个王朝可追溯到 12 世纪。

[2] 费尔南·科尔泰兹（1485—1547），西班牙殖民者，曾任新西班牙总督。

“有一家公司，已经获得西班牙政府的授权，寻找沉没的船队。股民都被巨大的利润吸引住了，因为沉没的财富估计值五个亿。”

“五个亿！”奈莫艇长回答我，“当时有那么多，现在可没有那么多了。”

“确实，”我说，“因此，将实情告知那些股民，是做一件好事。但谁知道会不会被接受呢。赌徒尤其觉得遗憾的，通常不是输掉的钱，而是他们疯狂希望的破灭。说到底，我不怎么同情他们，而更同情成千上万的可怜虫，那么多财富好好分配使用，本来可以获益，而他们将永远得不到收益！”

我没有更早地表达这种遗憾，我感到，这会伤害奈莫艇长。

“得不到收益！”他激动地回答，“先生，那么您认为这些财富丢失了，而我捡到了？在您看来，我费劲地打捞这些财富是为了我自己？谁告诉您，我没有好好利用？您以为我不知道世界上有受苦人和被压迫的民族，有要减轻负担的穷人和要复仇的受害者？您不明白吗？”

奈莫艇长说到最后停住了，也许后悔说得太多。但是我摸透了。不管迫使他到海底来寻求独立的原因是什么，他首先仍然是个人！他的心依然为人类的痛苦而跳动，他胸襟广阔的仁慈是给予受奴役的种族和个体的！

于是我明白了，“鹦鹉螺号”在起义的克里特岛[1]海域航行时，奈莫艇长送出去的几百万法郎是给谁的。

[1] 起义的克里特岛：克里特岛属于希腊，1644 年被土耳其人征服，但当地人不断抗争，其中 1866 年有过起义，直到 1905 年克里特岛才合并到希腊。

九

消失的大陆

第二天，二月十九日早晨，加拿大人走进我的房间，我在等待他来拜访。他一脸灰心丧气。

“怎么样，先生？”他问我。

“哎，内德，昨天是命运在跟我们作对。”

“是的！正当我们准备逃离他的潜艇时，这个该死的艇长却正好停下来呢。”

“是的，内德，他有事要到他的银行家那里。”

“他的银行家！”

“说得更准确点是他的银号。我意思是说，他把财产存在个大洋里，比放在某个国家的财库里更加安全。”

于是我把昨天夜里发生的事告诉了加拿大人，暗暗地希望他回心转意，打消抛下艇长的念头；但是我的叙述没有别的结果，只是让内德因不能亲自到维戈的战场转一圈而感到深深的遗憾。

“毕竟并非彻底无望！”他说，“这只不过是一叉没有投中！下一次我们会成功的，需要的话，今天晚上就……”

“‘鹦鹉螺号’是什么航向？”我问。

“我不知道。”内德回答。

“那么，中午我们去看看方位。”

加拿大人回到贡塞伊那边。我穿好衣服就到客厅去。罗盘显示的情况令人不放心，“鹦鹉螺号”的航向是西南偏南，我们背对着欧洲。

我有点焦急地等待方位在地图上显示出来。将近十一点半，储水罐清空了，潜艇又浮上水面，我冲向平台。内德·兰德已赶在我前面。

再也看不到陆地，只有无边的大海。天际有几艘帆船，大概是在寻找顺风到圣罗克角，再绕过好望角。这天是个阴天，正酝酿起风。

内德义愤填膺，试图穿透雾蒙蒙的天际。他还在希望，在这整片雾后面隐藏着他翘首盼望的陆地。

中午，太阳露了一会儿脸。大副利用这暂时放晴的机会来测定太阳的高度。随后，大海变得更加波涛汹涌，我们下去了，舱盖重新关上。

一小时后，我查看地图时，“鹦鹉螺号”的位置是西经 16 度 17 分、北纬 33 度 22 分，离最近的海岸一百五十法里。没有办法逃走了，我将我们的情况告诉加拿大人的时候，他的愤怒可想而知。

我呢，我倒没有过分懊恼。我感到如释重负，可以相对平静地重新做我所习惯的工作。

晚上，将近十一点，奈莫艇长十分意外地来看我。他非常和蔼地问我，昨天熬了一夜，是否感到疲倦。我回答说不累。

“那么，阿罗纳克斯先生，我向您提议一次有趣的跋涉。”

“请说，艇长。”

“您只在白天和阳光下看过海底，黑夜里去看海底，您意下如何？”

“非常愿意去。”

“这次跋涉会很累人，我事先告诉您。必须走很长时间，爬过一座大山。道路也不是很好走。”

“艇长，您对我说的话反而增加了我的好奇心。我准备跟着您走。”

“来吧，教授先生，我们去穿上潜水服。”

到了更衣室，我看到，无论是我的两个同伴，还是船员，都不跟我们去进行这次跋涉。奈莫艇长甚至没有向我提议带上内德和贡塞伊。

转眼间，我们穿上了潜水服。别人把充足了气的储气罐放到我们的肩上，但没有准备电灯。我向艇长指出这一点。

“电灯对我们没有用。”他回答。

我以为他没有听清我的话，但是我无法重复我的话，因为艇长的脑袋已经消失在金属罩子中了。我已经穿戴完毕，我觉得有人将一根铁棍放到我手里。几分钟以后，做完习惯的那套操作，我们踏上了大西洋三百米深处的海底。

午夜临近。海水漆黑一团，不过，奈莫艇长指给我看，远处有一个淡红的点，是一大片微光，离“鹦鹉螺号”约两海里远。这光亮是什么？什么物质使它发光？在海水中为什么和怎样生生不息，我说不出所以然。无论如何，它给我们照亮了道路，不错，是朦朦胧胧的，但不久我就习惯了这种特别的环境，在这种情况下，我明白用不着鲁姆科夫灯。

奈莫艇长和我挨近走着，直接奔向那显现的亮点。平地不知不觉升高了。我们在铁棍的帮助下，迈开大步；但总的说来走得很慢，因为我们的脚时常陷进满是海藻和扁平石块的淤泥中。

我一面走，一面听到头顶上有一种噼啪声。这响声有时增强，产生连续的噼里啪啦声。不久，我明白了原因所在。原来是瓢泼大雨落在海面上发出的爆裂声。我本能地想到，我要被淋湿了！通过水，在水中淋湿！我禁不住对这种怪诞的想法感到好笑。说白了，穿着厚厚的潜水服，是感觉不到水的，只感到自己待在比陆地空气更稠密一点的空气里，仅此而已。

走了半小时路之后，地面变得都是碎石。水母、微小的甲壳动物和刺胞亚门腔肠动物，以磷光微微照亮路面。我看到一堆堆石头，上面覆盖着数以百万计的植形动物和杂乱的海藻。我的脚常常在这一片片黏糊糊的海藻上滑一下，要是没有铁棍，我会不止一次滑倒。我回过身去，总是看到“鹦鹉螺号”淡蓝的舷灯，在远处开始泛白。

我刚才说到这一堆堆石头，在海底有一定规律地排列着，对此我解释不了。我看到一条条巨大的海沟，伸展到远处的黑暗中，有多长无法估计。还呈现一些其他特点，我不知道怎么接受。我觉得沉重的铅鞋底踩碎了一层枯骨，发出脆裂的响声。我这样走过的大片平地究竟是什么地方呢？我真想问一下艇长，但是他的手语仅能让他和他的同伴在海底跋涉时交谈，对我来说仍然是一窍不通。

但给我们指路的淡红亮光越来越亮，在最远处熠熠闪光。水下存在这光源使我惊诧莫名到极点。这是一种放电现象吗？或者甚至是——因为这个想法掠过我的脑际——这火光是人为的？是人点的火？我要在大洋深处遇到奈莫艇长的同伴和朋友吗？他们也和他一样过着这种奇特的生活，他是来拜访他们吗？我在那边会找到一个流亡者的殖民地吗？他们厌倦了陆地的苦难生活，在海洋的最深处寻找和找到了独立的生活吗？这些疯狂的、令人难以接受的想法追逐着我，眼前掠过的一系列奇观不断使我异常兴奋，在这种精神状态下，即使在海洋深处遇到一座奈莫艇长梦寐以求的海底城市，我也不会惊奇的！

路越来越明亮了。泛白的光在一座八百英尺高的山顶上闪烁。不过，我所看到的只是反射光，由晶莹的海水显示出来的。光源，无法解释的光的源泉，在山的另一侧。

奈莫艇长在大西洋海底纵横交错的石头迷宫中间毫不犹豫地向前，他认识这条昏暗的道路。无疑，他经常走这条道，不会迷路。我怀着坚定不移的信心跟着他。我觉得他像一个海里的精灵，他走在我前面时，我赞赏他的高大身材，在远处发亮的海水底部，映照出他黑色的身影。

凌晨一点。我们来到第一道山坡前。可是，为了到达山坡，必须冒险通过宽阔的矮林中难以穿越的小径。

是的！一片枯木矮林，没有树叶，没有汁液，在水的作用下已经矿化，这儿那儿凌驾其上的是巨大的松树。这里仿佛是散乱直立的煤矿，树的根部插入崩坍的土地，枝叶像黑色的精细剪纸，清晰地映照在水的天花板上。这情景令人想到哈尔茨山[1]攀附在山腰上的森林，不过，这是沉没在水里的森林。小径布满了海藻和墨角藻，两者之间蠕动着甲壳类动物。我往前走，爬上岩石，跨过倒下的树干，折断在树与树之间晃荡的海生藤本植物，惊动了在树枝间穿梭往来的鱼儿。我被带着走，不再感到疲倦。我跟着向导，我觉得他也不疲累。

多美的景象啊！真是难以言传！怎样描绘这些树木和这些岩石在水中的景象呢：下面阴森狰狞，上面被水的反射力加强了的光彩中染上了红色。我们攀登岩石，岩石随之大块地崩坍，带着雪崩似的轰鸣声。左右都是陷下去的长廊，一眼望不到边。这儿出现大片的林中空地，似乎是人开辟的，我有时寻思，在这片海底地区会不会有人突然出现在我面前？

但是奈莫艇长一直往上爬。我落在后面，大胆地跟着他。铁棍帮了我的忙。深渊两侧镂空的狭窄通道，一失足就有危险；但是我步履坚定，没有感到头昏目眩。有时我跳过一道裂缝，裂缝深不可测，要是在陆地的冰上会使我知难而退；有时我跨过架在深渊上摇摇晃晃的树干，不看脚下，眼睛只顾欣赏这个地区的野景。那儿，巍然耸立的岩石，向不规则地裂开的基座倾斜，仿佛在向平衡规则挑战。树木在岩石的弯曲处长出来，好似在巨大的压力下喷射出来的，与岩石彼此支持着。然后是一

[1] 哈尔茨山：位于德国中部，风景绮丽。

些天然的石塔，陡峭的宽墙面仿佛两座城堡之间的护墙，倾斜的角度是陆地上万有引力的法则所不能允许的。

我呢，尽管身穿沉重的衣服，戴着铜头盔，穿着铅底靴，我还是爬上了陡峭得难以爬上的斜坡，可以说，我像一只比利牛斯山的岩羚羊那样轻巧地穿越！我不是已经感受过水的高密度形成的这种差异吗？

在我讲述这次水下跋涉的时候，可能显得不真实！我这个故事家讲的是表面看来不可能，其实却不容置疑的真实的事。我根本没有做梦。我是亲眼见到和亲身经历过的！

离开"鹦鹉螺号"两小时以后，我们越过矮树林，来到山脚下，在我们头顶一百英尺的地方，矗立着峭壁，对着山那边的一片光辉投下阴影。一些石化了的灌木弯弯曲曲、奇形怪状地到处浮动。成群的鱼从我们脚下一哄而起，像高高的草丛中受惊的鸟儿。大块岩石的凹处深不可测，我听到它们的底部有可怕的东西在蠕动。当我看到一根巨大的触角挡住我的路，或者听见有只可怕的大螯在黑暗的洞穴里咔嚓一声合上时，我的血便涌上心脏！黑暗中有成千上万的亮点在闪烁，这是蜷缩在窝里的巨型甲壳类动物的眼睛，巨大的龙虾好像持戟的士兵，张牙舞爪，发出金属般的响声；特大的蟹犹如架在炮座上瞄准的大炮；令人望而生畏的章鱼，触角交错，宛若一堆活动的蛇。

这个我还不认识的、令人惊叹的世界是何等离奇啊？这些把岩石当成第二层盔甲的节肢动物属于哪个目呢？大自然是从什么地方发现了它们植物性生存的秘密啊？它们在大洋深处生存了多少世纪呢？

但是我不能停下来。奈莫艇长同这些可怕的动物很熟悉，对它们不再留意。我们来到第一个高台，那里有别的惊奇等待着我。在那儿，我看到一些美丽如画的废墟，显露出人工痕迹，而不是出自造物主之手。从一大堆又一大堆的石头上，隐约可以看出城堡、庙宇的形状，上面覆盖着开花的植形动物，海藻和墨角藻取代常春藤，给石头披上植物的厚大衣。

地球的这部分，由于地壳的剧变而沉没，这究竟是什么地方呢？是谁把这些岩石和石块摆成史前时期的石棚模样？奈莫艇长心血来潮，把我带到了一个什么地方？

我真想问问他。由于做不到，我只能抓住他的手臂，示意他停下。但是他摇摇头，给我指着山顶，好像对我说："走！还得走！一直走下去！"

我鼓足劲跟着他，几分钟之后，我爬上一座峭壁，这座峭壁比那一大堆石头高出十几米。

我望着我们刚穿越的那一侧。山高只有七八百英尺；但是在山的另一侧，大西洋那一部分的海底要深一倍。我的目光投向远方，看到一大片被强闪光照亮的地方。实际上，这座山是一座火山。在峭壁下面五十英尺处，在石块和熔岩渣如雨点般落下的地方，有一个很大的火山口，喷着岩浆，像火瀑布那样散落在水中。这座火山处在这样一个位置，就像一把硕大无朋的火炬，照亮了下面的平地，直到视野尽头。

我说的是海底火山口喷出岩浆，没说喷出火焰。火焰需要空气中的氧气，不会在水下生成；但岩浆本身有构成白热化的要素，能够达到白热的程度，可以有效地和水抗衡，一旦和水接触就汽化。气流带着瓦斯迅速消散，岩浆则一直流到山脚下，就像维苏威火山喷出来的熔岩流到托雷·德尔格雷科港[1]一样。

事实上，我眼前出现的是一座被摧毁的、落入深渊的城市，屋顶塌陷了，庙宇倾倒了，拱顶散架了，石柱倒在地上，但依然能从中感到托斯卡纳式建筑的坚实比例。稍远的地方，是一条巨大引水渠的遗迹。这

[1] 托雷·德尔格雷科港：意大利南部城市，在维苏威火山脚下，是个渔港。

边是一座卫城臃肿的加固墙，有着帕特农神庙[1]漂浮的形状；那边是码头的遗迹，仿佛一个古代港口，曾在一个消失了的大洋边上庇护过商船和三层桨战船。更远的地方，是倒塌了的长条城墙和宽阔的无人的街道。奈莫艇长在我眼前复活的简直是整座沉入海底的庞贝[2]城！

我在什么地方？我在什么地方？我愿意不惜一切代价知道，我想说话，我想把困住我脑袋的铜盔摘掉。但是奈莫艇长向我走来，用手势止住了我。然后，他捡起一块白垩质石头，朝一块黑色玄武岩走去，写下这几个字：

大西洋岛[3]

一道闪光掠过我的脑际！大西洋岛，泰奥蓬波斯[4]笔下的梅罗皮德，柏拉图笔下的大西洋岛，但奥里热纳斯[5]、波尔菲里奥斯[6]、让布利科斯[7]、德·安维尔[8]、马尔特－布伦[9]、洪堡否认其存在，他们把它的消失

---

[1] 帕特农神庙：在雅典，建于公元前 447 年至公元前 432 年，没有完成，被波斯人焚毁。

[2] 庞贝：意大利古城，公元 79 年 8 月 24 日，因维苏威火山爆发而被埋，1748 年至 1763 年被挖掘出来。

[3] 大西洋岛：传说中在大西洋的岛，据柏拉图所说，约 9000 年前，在一次地壳剧变中沉没，这个传说引发了许多故事和诗歌。而近代的发现，认为这个岛是爱琴海的桑托林岛的遗址。

[4] 泰奥蓬波斯（公元前 4 世纪），古希腊演说家、历史学家，只留下历史著作的残片。

[5] 奥里热纳斯（约 185—约 254），希腊语博士，第一个提出基督教完整的体系。

[6] 波尔菲里奥斯（234—305），叙利亚新柏拉图主义哲学家，著有《柏拉图传》。

[7] 让布利科斯（约 250—330），新柏拉图主义哲学家，著有《毕达哥拉斯传》《论神秘》。

[8] 德·安维尔（1697—1782），法国地理学家，著有《中国地图》《意大利地理分析》，收藏了一万张地图，现藏法国国家图书馆。

[9] 马尔特－布伦（1775—1826），丹麦出版家、地理学家，著有《世界各地的数学、物理和政治地理》。

当成传说，而波西多尼奥斯[1]、老普林尼、阿米亚纽斯－马塞利努斯[2]、泰尔图利安[3]、恩格尔[4]、塞雷[5]、图尔纳富尔[6]、布封[7]、德·阿弗扎克都宁信其有。它就在我的眼前，仍然为那场灾难提供不容置辩的证据！因此，这个被淹没的地区曾经在欧洲、亚洲、利比亚之外存在过，在赫丘利之柱[8]不远的地方存在过，强悍的大西洋岛人在那里生活过，古希腊的头几场战争就是和大西洋岛人交手的！

在自己的著述里记下英雄时代丰功伟绩的历史学家，就是柏拉图本人。他的《泰迈奥斯和克利迪阿斯对话录》，可以说是受诗人和立法者梭伦[9]的启迪写成的。

有一天，梭伦和萨伊城的几位智叟交谈；萨伊城已经有八百年的历史，正如城中庙宇里的圣墙上镌刻的年表所证明的。其中有一位老人谈到有另外一座还要古老一千年的城市。这是雅典的第一座城市，有九百个世纪的历史，曾被大西洋岛人侵占和部分毁灭过。他说，这些大西洋岛人占据着一个比非洲和亚洲合在一起还要大的广袤大陆，覆盖的面积从北纬12度到40度。他们的统治甚至延伸到埃及。他们想一直统治到希腊，但是在希腊人不屈不挠地抵抗下，不得不撤退。几个世纪过去了。

---

[1] 波西多尼奥斯（前135—前51），古希腊多葛斯学派哲学家，著有《论灵魂》《论天神》。

[2] 阿米亚纽斯－马塞利努斯（约330—约400），古希腊历史学家，他的著作由塔西陀续写。

[3] 泰尔图利安（150至160—约222），拉丁语作家，著有《论洗礼》《论王冠》。

[4] 恩格尔（1741—1802），德国哲学家、小说家，著有《给世界的哲学》《王爷之镜》。

[5] 塞雷（1747—1804），法国将军。

[6] 图尔纳富尔（1656—1708），法国植物学家、旅行家，著有《植物学元素》《东方游记》。

[7] 布封（1707—1788），法国博物学家、作家，著有《博物史》《论风格》。

[8] 赫丘利之柱：传说罗马神话中的英雄赫丘利树立在世界边界上的两座山：一座叫卡尔佩（当今的直布罗陀），另一座叫阿彼拉（当今的休达）。

[9] 梭伦（前约640—前约558），雅典立法者、诗人，进行广泛的社会、政治改革，决定了雅典的发展。希腊七贤之一。

地壳发生剧变，洪水和地震接连不断。一天一夜就足以毁灭这个大西洋岛；只是它最高的几个山峰，即马德拉群岛[1]、亚速尔群岛[2]、加那利群岛[3]和佛得角[4]群岛，还露出海面。

奈莫艇长写下的字令我激动，使我脑子里回想起历史。命运真是离奇，把我带到这里，我竟然踏上了这个大陆的一座高山！我用手去触摸远古时期几万年前的遗迹！我走在先民曾经走过的地方！我踩在笨重靴子下面的是传说时代的动物骸骨，如今已经炭化的树，当年曾经为这些动物遮阴！

啊！为什么我缺少时间！我本想沿着这座山陡峭的山坡下去，跑遍这整个广袤的大陆，它可能连接非洲和美洲。我本想参观这些挪亚时代大洪水以前的大都城。那里，在我的目力所及之处，伸展着的说不定就是尚武的马基莫斯城邦和虔诚的于兹贝斯城邦，这些城邦的巨人居民生活了几个世纪，力大无穷，垒起这些能够抵挡海水侵蚀的巨石。也许有一天，火山喷发现象会把这些沉没的废墟重新浮出海面！在大洋的这部分地区，已经发现许多海底火山；很多船只在经过这动荡的海底时，都感受过异乎寻常的震动。有的船听到过沉闷的响声，表明海水剧烈的激荡；还有的船搜集到喷出海面的火山灰。这片土地，直到赤道，仍然受到地下岩浆的力量推动。谁知道在遥远的将来，通过火山喷发物的堆积，以及岩浆的一层层堆积，火山顶会不会冒出大西洋海面呢？

就在我这样遐想，并力图把这壮观景色的所有细节深深印在脑海里的时候，奈莫艇长靠在一块长满苔藓的石碑上，一动不动，默然地沉醉

[1] 马德拉群岛：北大西洋中东部的火山群岛，面积 797 平方千米。

[2] 亚速尔群岛：属葡萄牙，面积 2344 平方千米，1980 年获得自治。

[3] 加那利群岛：属西班牙，面积 7273 平方千米，气候温和，有幸运群岛之称。

[4] 佛得角：西非岛国，包括 18 个火山岛，面积 4033 平方千米。

其中，仿佛石化了一样。他在追念那些作古的先人吗？他在询问他们人类命运的奥秘吗？这个不愿意接受现代生活的怪人，就在这个地方重新缅怀历史，体验古代生活吗？我愿意不惜代价去了解他的思想，同他分享，并理解他的思想！

我们在这个地方足足待了一个小时，凝视着在熔岩的光辉照耀下这片广阔的土地；熔岩喷发的强度有时大得惊人。地底下岩浆的沸腾，在山体表面产生迅速滚动的震颤。沉闷的响声被海水清晰地传递，在广阔的范围里产生回响。

这时，月亮透过海水露了一会儿脸，苍白的月光投射到沉没的大陆上。这只不过是一片光，却有难以描绘的效果。艇长站了起来，最后看一眼这广阔的平原；然后做了个手势，让我跟随着他。

我们迅速下了山。刚走过石化的森林，我就看到“鹦鹉螺号”的舷灯，像一颗星星那样闪耀。艇长笔直向前走，正当最初的晨曦照亮海面时，我们回到了潜艇上。

十

海底煤矿

第二天，二月二十日，我很晚才醒过来。夜晚的劳累使我一直睡到上午十一点。我迅速穿好衣服，急于了解“鹦鹉螺号”的航向。仪器向我表明，始终往南行驶，航速每小时二十海里，下潜深度一百米。

贡塞伊进来了。我给他讲了夜里的跋涉，由于客厅的护窗板是打开的，他能看到一部分沉没的大陆。

“鹦鹉螺号”确实只在离海底十米的地方贴着大西洋岛的平原行驶。潜艇如同被风承载，在陆地草原上飞行的气球；不过，与其说我们是待在客厅里，不如说就像坐在特别快车的车厢里，这样更为贴切。近景从我们眼前掠过，那是形状怪异的岩石，是从植物界过渡到矿物界的森林；石林凝然不动的树影，在水下怪模怪样。还有一堆堆石块，上面盖着一层地毯似的轴形草和银莲花，耸起直立的长条水生植物，然后是奇形怪状的歪歪扭扭的熔岩，表明火山喷发来势汹汹。

正当这些奇景在我们的电灯光下光彩四射的时候，我给贡塞伊讲述大西洋岛人的历史；这部纯属想象出来的历史，给巴伊[1]启迪了如许的迷人篇章。我给他讲述这些勇敢的民族的征战。作为不再怀疑的人，我

[1] 巴伊（1736—1793），法国学者、政治家，以计算哈雷彗星轨道闻名，在大革命中被处死。

谈论大西洋岛的问题。但是贡塞伊心不在焉，不怎么听我说话，他对我讲的这段历史无动于衷，其原因不久就被我弄清楚了。

原来，有很多鱼吸引了他的目光，当这些鱼经过的时候，贡塞伊陷入分类的深入思索中，离开了真实世界。在这种情况下，我只有跟在他后面，和他一起继续我们的鱼类学研究。

再说，大西洋的鱼和我们至今观察到的鱼没有明显的不同。这儿的鳐鱼个头巨大，有五米长，肌肉强有力，能使它们跃出海面；角鲨的种类很多，有一种海蓝色的角鲨，十五米长，长着三角形的锋利牙齿，全身透明，在海水里几乎分辨不清；有褐色的萨格尔鱼；有人头鱼，形状像棱柱，皮肤上长着疙瘩状的鳞甲；有和地中海的鲟鱼类似的鲟鱼；有喇叭海龙，长一英尺半，黄褐色，长着灰色的小鳍，既没有牙齿，也没有舌头，像精细灵活的蛇一样游动。

在硬骨鱼中，贡塞伊记录的有：淡黑的帆船鱼，三米长，上颌长着一把利剑；龙鰧，色泽鲜艳，在亚里士多德时代以海龙的名字闻名，脊上有刺，抓的时候非常危险；还有一些属鲯（qí）鳅科的鱼，褐色的背脊上有蓝色小条纹的金边；美丽的地中海剑鱼；月亮金口鱼，像有蓝色反光的盘子，阳光照在上面形成许多银点；最后是旗鱼，长八米，成群结队，淡黄色的鳍，形状像镰刀，身上那把剑长六英尺，非常大胆，与其说吃鱼，不如说吃草，雄旗鱼是训练有素的丈夫，对雌旗鱼唯命是从。

但是，在观察各种各样的海洋动物的同时，我仍然没有停止研究大西洋岛的广阔平原。有时，地面的起伏不平迫使“鹦鹉螺号”减慢速度，像鲸类动物在狭窄的海洋丘壑中间那样灵活地航行。即使这个迷宫错综复杂，可潜艇会像汽艇一样升高，越过障碍后，再在离海底几米的地方快速行驶。这样的航行令人赞叹，也很迷人，让人想到乘汽艇的操作，不同的是，“鹦鹉螺号”完全服从舵手的控制。

将近下午四点，一般是厚厚的淤泥和矿化的树枝组成的海底，逐渐变化，成了满布碎石、砾岩和玄武凝灰岩，还有散落的熔岩和含硫的黑曜岩海底。我想，山区很快要代替平原，果然，在“鹦鹉螺号”的位置变换中，我看到南面的尽头被一片峭壁堵住，似乎封住了一切出口。峭壁顶部显然超过了海平面。这应该是一片大陆，或者至少是一个岛，要么是加那利群岛中的一个岛，要么是佛得角群岛中的一个岛。由于没有测过方位——也许是故意的——我不知道我们的位置。无论如何，这样的峭壁我觉得表明大西洋岛到了尽头，总之，我们只经过了大西洋岛的一小部分。

黑夜并没有打断我的观察。只剩下我一个人，贡塞伊又回到他的舱室。“鹦鹉螺号”放慢速度，航行在海底朦胧的岩石之上，时而触碰到乱石，仿佛想停在上面，时而又任意地浮出海面。于是我透过晶莹的海水，看到一些明亮的星座，正是黄道带那五六颗星，拖在猎户星座[1]的尾巴上。

护窗板又关上了，否则我会更久地待在窗前，欣赏大海和天空的美景。这时，“鹦鹉螺号”来到峭壁脚下。潜艇会怎么操作，我不得而知。我回到我的房间。“鹦鹉螺号”停下不动了。

我躺下了，决意睡几个小时就起来。

但是第二天，我来到客厅时已经是上午八点。我看了看气压计。气压计告诉我，“鹦鹉螺号”浮在海面上。再说，我听到平台上有脚步声。潜艇没有晃动，说明海上风平浪静。

我上到舱口，舱口开着。但是，不是我所期待的白天，我看到周围一片漆黑。我们在哪里？我搞错了？现在还是黑夜？不对！没有一颗星星在闪光，黑夜也不是这样黑咕隆咚。

---

[1] 猎户星座：在赤道地区的星座，由三颗星组成。

我正莫名其妙时，有一个声音对我说：

“是您吗，教授先生？”

“啊！艇长，”我回答，“我们在哪里啊？”

“在地底下，教授先生。”

“在地底下！”我嚷道，“‘鹦鹉螺号’还漂浮着吗？”

“潜艇总是漂浮着的。”

“但是我不明白是怎么回事？”

“请等一下。我们的舷灯就要打开，如果您喜欢环境明亮，您会满意的。”

我踏上平台，等待着。周围黑得我甚至于看不到奈莫艇长。但看看正对我头顶上的天空，我似乎看到了一线模糊的光，一种充满一个圆洞的微光。这时，舷灯突然亮了，强烈的光线使微光消失了。

电灯光很刺眼，我把眼睛闭了一会儿，然后睁开去看。“鹦鹉螺号”停靠着，漂浮在一个设置得像码头的岸边。此刻承载着潜艇的海面，是个为峭壁围成圆圈所禁锢的湖，直径有两海里，即周长六海里。水面高度——气压计显示——和外边的海面高度一样，所以这个湖和海必定相通。峭壁倾斜，拱顶是圆形，像一个倒扣的巨大漏斗，高度有五六百米。顶部有一个圆形的开口，通过它，我刚才看到了微光，显然是阳光射了进来。

在更加仔细观察这个大岩洞的内部构造之前，在寻思究竟这是天然的还是人为的作品之前，我走向奈莫艇长。

“我们在什么地方？”我问。

“在一座已经熄灭的火山的正中心，”艇长回答我，“由于地壳的剧烈变动，海水侵入了火山内部。教授先生，就在您睡觉的时候，‘鹦鹉螺号’通过开在大洋下面十米处的天然通道，钻进了这个潟湖。这里是‘鹦鹉螺号’的船籍港，安全，方便，神秘，能躲避狂风肆虐！您能给我在各个大陆或者海岛的岸边找到一个锚地，比得上这个能抵挡狂风暴雨的避风港吗？”

“确实，”我回答，“奈莫艇长，您在这儿是安全的。谁能在一座火山的中心追到您呢？不过，顶上看到的不是一个开口吧？”

“是的，是火山口。从前充满岩浆、蒸汽和火焰，如今成了个通道，让我们呼吸的新鲜空气进来。”

“这座火山究竟是怎么样的呢？”我问。

“它属于这片海上星罗棋布的小岛中的一个。对船来说是个普通的暗礁，对我们来说是个巨大的岩洞。我偶然发现了它，这是巧遇帮了我的忙。”

“但是，不能从火山口的圆洞下来吗？”

“不行，就像我不知道怎样爬上去一样。火山内壁从底部至一百英尺以下可以攀登，但在上面，峭壁直立，这个坡度无法越过。”

“艇长，我看到大自然时时处处都在帮助您。您在这个湖上安全无虞，除了您，谁也来不了这片水域。但是，何必要这个避风港呢？‘鹦鹉螺号’不需要港口。”

“不，教授先生，但是它需要电力启动，需要燃料发电，需要钠产生燃料，需要煤生产钠，需要煤矿采煤。而正是在这里，海底下有整片的森林，这些森林在地质时期就埋在泥潭里，如今已经矿化变成了煤，成了我取之不尽的一座煤矿。”

“艇长，您手下的人在这里当矿工啰？”

“正是。这些海底煤矿范围宽广，和新南威尔士的煤矿一样。我手下的人正是在这里，身穿潜水服，手拿十字镐去采煤，我甚至不向陆地要煤。我烧煤生产钠的时候，烟就从这个火山口出去，给人一座活火山

的表象。”

“我能看看您的同伴们干活的情景吗？”

“不，至少这次不行，因为我急于环游海底世界。因此，我只提取我拥有的储存在此的钠。装船的时间，就是说仅仅一天，我们便继续赶路。所以，阿罗纳克斯先生，如果您想在这个岩洞里兜一下，在潟湖上转一圈，就利用今天吧。”

我谢过艇长，去找我的两个同伴，他们还没有离开他们的舱室。我请他们跟随我，但没有告诉他们是在哪里。

他们登上了平台。贡塞伊对什么都不惊奇，认为在水下睡了一觉，醒来是在一座山下，这是一件非常自然的事。内德·兰德有不同的想法，他只想知道这个岩洞有没有出口。

将近十点，吃过早饭，我们上了岸。

“咱们又一次登上陆地了。”贡塞伊说。

“我不把这儿叫‘陆地’。”加拿大人回答，“再说，咱们不是在上面，而是在底下。”

在火山内壁山脚和潟湖的水之间，有一片沙岸，最宽的地方有五百英尺。在这片沙滩上，可以自由自在地绕潟湖走一圈。不过，峭壁底部的土地起伏不平，上面堆满了大块火山岩和巨大的浮石，煞是好看。所有这些一堆堆的解体石块，在地下火的作用下，覆盖了一层光滑的釉质，在舷灯光的照射下，熠熠生辉。岸边含云母的尘土，被我们的脚步扬起，像一片火星那样飞舞。

随着离开岸边，地势明显升高，我们很快来到弯弯曲曲的长山坡。这是真正的斜坡，逐渐升高，但走在这些没有被水泥固定住的砾石上必须小心，在这些由月长石和石英构成的玻璃质的粗面岩上，脚要打滑。

这个巨大岩洞的火山岩性质随处都得到证明。我向我的两个同伴指出这一点。

“你们设想一下吧，”我问他们，“当这里充满沸腾的岩浆，白热的熔岩升到上面的山口，就像冶炼炉里的铁水漫到炉口一样时，这个漏斗该是什么样子？”

“我完全想象得出，”贡塞伊回答，“但先生能告诉我，这个大铁匠为什么中止他的操作，那个大铁炉怎么搞的，被平静的水波代替？”

“贡塞伊，很可能是因为地壳的急剧变动，造成了在大洋表面之下用作‘鹦鹉螺号’通道的开口。于是大西洋的海水就冲进火山内部。在水火之间有过可怕的搏斗，而以海神的胜利结束。不过，自此好多世纪过去了，被淹没的火山变成了平静的岩洞。”

“很好，”加拿大人回了一句，“我接受这个解释，但是，从我们的利益考虑，我很遗憾，教授先生所说的这个开口不是产生在水平面之上。”

“不过，内德老兄，”贡塞伊反驳说，“如果这个通道不在海底，‘鹦鹉螺号’就不能通过！”

“兰德师傅，我要补充说，如果海水不是从火山下面涌进来，火山仍然是火山。因此，您的遗憾是多余的。”

我们继续往上走。山坡越来越陡峭和狭窄。有时一些深沟切断道路，必须跨越过去。直上直下的大石块也要绕行，要爬过去，要匍匐而行。但是，倚仗贡塞伊的灵巧和内德·兰德的力气，所有这些都被克服了。

到了大约三十米的高度时，地质情况改变了，但并没有变得更不好走。黑色的玄武岩代替了砾岩和粗面岩。玄武岩一片片铺开，上面凝结着气泡；砾岩和粗面岩形成有规则的棱柱，排列得像廊柱一样，支撑着这个巨大拱顶，不让其垂下来，这是天然建筑的杰作。然后，在玄武岩之间，冷却的熔岩迤逦而行，镶嵌着沥青的条纹，有些地方铺展着宽阔的硫黄地毯。从上面火山口射进来的更强的阳光，在这些永远被掩埋在死火山体内的喷出物的上面，投下一道朦胧的光。

但我们往上走，不久在大约二百五十英尺的高度，被不可逾越的障碍止住了。拱顶曲线垂直下降，攀登不得不改成盘旋而上。在这个最后的坡度，植物界开始和矿物界竞争。几棵小灌木，甚至有些树，从峭壁的凹陷处长出来。我认出几棵大戟属植物，流出有腐蚀性的汁液。天芥菜已经很难辨清它们的名字，因为阳光永远照不到它们，它们忧郁地垂下失去一半颜色、尚有香味的花序。在病恹恹的长叶子的芦荟脚下，胆怯地生长着一些菊花。但是在一条条岩浆之间，我发现了一些小朵紫罗兰，依然透出微香，我承认，我惬意地呼吸着。芳香是花朵的灵魂，而海洋的花朵，这些艳丽的水生植物，却没有灵魂！

我们来到一簇粗壮的龙血树脚下，粗大的树根已经把岩石撑裂，这时内德·兰德喊道：

“啊！先生，有个蜂巢！”

“一个蜂巢！”我回了一句，做了一个完全不信的手势。

“是的！一个蜂巢，”加拿大人又说一遍，“有些蜜蜂在周围嗡嗡地叫呢。”

我走过去，想弄个明白。在一棵龙血树的树洞口上，确实有几千只这种灵巧的昆虫，在整个加那利群岛，这种昆虫是那样普遍，那里的蜂蜜尤其上乘。

加拿大人自然而然地想储存一些蜂蜜，我如果反对会显得不讲情面。一堆混杂了硫黄的枯叶被他用打火机点燃了，他开始用烟熏蜜蜂。嗡嗡声逐渐停止，被掰开的蜂巢流出几磅芳香的蜂蜜，内德·兰德装满了他的军用背囊。

“等我用面包树粉同蜜和好，”他对我们说，“就能给你们做出美味的点心。”

“当然！”贡塞伊说，“这是香料蜜糖面包。”

“先别管香料蜜糖面包，”我说，“咱们继续这次有趣的跋涉吧。”

在我们沿着走的小径的几处拐弯处，能看到湖的全貌。潜艇舷灯把整个平静的湖面都照亮了，湖面没有涟漪。“鹦鹉螺号”纹丝不动。它的平台上，湖岸上，潜艇船员在忙碌，黑乎乎的人影在明亮的背景中清晰地显现出来。

这时，我们正绕过支撑拱顶的前排岩石的最高处。于是我看到蜜蜂并非这座火山内部动物界的唯一代表。有些猛禽在暗影中翱翔、盘旋，或者从它们筑在岩石凸出处的巢里飞出逃走。这是一些白肚的雀鹰和叫声尖厉的红隼。几只美丽而肥硕的大鸨也在斜坡上迈着长腿迅速逃走。看到这美味的猎物，加拿大人是否垂涎三尺，后悔手里没有拿枪，就可想而知了。他想用石头代替枪弹，几次尝试失败之后，终于打伤了一只艳丽的大鸨。要说他为了逮住鸟，不惜三番五次豁出命去，绝非夸大其词，不过他确实能干，那只鸟儿和蜂蜜一同被装进他的口袋。

我们于是不得不下坡，朝湖边走去，因为山脊无法攀爬。在我们的上方，张开的火山口就像一口大井，从那里可以相当清晰地看到天空。我看到西风卷起的乱云掠过，把雾蒙蒙的云片搁在山巅上。很清楚，这些云彩不高，因为火山不超过海拔八百英尺。

在加拿大人大有所获之后半小时，我们回到了火山内部的湖边。那里的植物有代表性的是海马齿，像宽阔的地毯，这是一种花序呈伞形的植物，很适于糖渍。它有好几种名字：虎耳草、海茴香。贡塞伊采集了几把海马齿。至于动物，有几千种各式各样的甲壳类动物，有龙虾、黄道蟹、瘦虾、糠虾、盲蛛、加拉提亚虾，还有数量多得惊人的贝壳类动物，如宝贝、骨螺和帽贝。

这地方有一个很美的岩洞。我的两个同伴和我乐陶陶地躺在洞中的细沙上。火将有釉光的亮闪闪的洞壁烧得很光滑，上面撒满了云母粉。内德·兰德敲了敲洞壁，想探测有多厚。我禁不住微笑。于是谈话落到他老放在嘴上的逃跑计划。我相信不用太费口舌，就能给他这个希望：奈莫艇长南下，仅仅是为了补充钠的储存。因此，我希望如今他会返回欧洲和美洲的海岸；这就使加拿大人能再次尝试失败过的企图时，更有成功的希望。

我们在这个迷人的岩洞里躺了一个小时。谈话开始时兴高采烈，这时意兴阑珊。我们有了一点睡意。由于我觉得没有任何理由硬挺着不睡，就让自己沉沉入睡。我做了个梦——不能选择做什么梦——梦见自己成了无性繁殖的软体动物，我觉得这个岩洞成了我的两瓣甲壳……

突然，我被贡塞伊的声音唤醒。

“当心！当心！”正直的小伙子喊道。

“怎么啦？”我问，并翻身起来。

“水漫到我们身上了！”

我站起来。海水像急流一样涌进我们栖身的地方，既然我们不是软体动物，那就必须断然逃走。

转眼间，我们已经安全地来到岩洞的顶上。

“空间发生了什么事？”贡塞伊问，“是什么新现象啊？”

“不是的！朋友们，”我回答，“这是涨潮，只不过是差点儿把我们淹没的海潮，就像瓦尔特·司各特[1]的主人公所遭遇的那样。大洋在外面涨潮了，根据平衡的自然法则，湖水同样升高。咱们只不过洗了半个澡而已，回到‘鹦鹉螺号’去换衣服吧。”

[1] 瓦尔特·司各特（1771—1832），苏格兰小说家、诗人，著有《湖上夫人》《清教徒》《艾凡赫》《昆丁·达沃德》等。

三刻钟以后，我们结束了环湖漫步，回到潜艇上。这时，水手完成了把要储存的钠搬到潜艇上的工作，“鹦鹉螺号”随时可以起航。

但是，奈莫艇长没有下任何命令。难道他想等到天黑，再秘密地从他的海底通道出去吗？也许吧。

无论如何，第二天，“鹦鹉螺号”离开它的船籍港，航行在远离陆地的海洋上，潜入大西洋海面以下几米深的水里。

十一

马尾藻海

“鹦鹉螺号”的航向没有改变。因此，返回海岸的一切希望应该暂时成了泡影。奈莫艇长保持朝南的航向。他把我们带往何处？我不敢设想。

这一天，“鹦鹉螺号”越过大西洋一个奇特的地区。很多人都知道存在一股巨大的暖流，名叫墨西哥湾暖流。这股暖流从佛罗里达海域流出以后，奔往斯匹次卑尔根群岛[1]。但在进入墨西哥湾之前，靠近北纬44度，暖流一分为二，变成两股：大的一股流向爱尔兰和挪威海岸；第二股折向南面流到亚速尔群岛，然后，抵达非洲海岸，画了一个偏长的椭圆形，再回到安的列斯群岛。

这第二股暖流——与其说像一条手臂，不如说像一条项链——用它的暖水圈把大西洋的这部分水域围了起来；这部分水域冰冷、平静、凝然不动，被人们称为马尾藻海。这一直是大西洋中真正的湖泊，暖流的水围着马尾藻海转上一圈，不少于三年。

严格地说，马尾藻海覆盖了大西洋岛所有的沉没部分。甚至有些作

---

[1] 斯匹次卑尔根群岛，即斯瓦尔巴群岛，北冰洋挪威属岛。气候寒冷，面积6.12万平方千米，其中斯匹次卑尔根岛最大。早在12世纪就被维京人发现，后被遗忘，直到16世纪末才被重新发现。

者认为，这片海里散布的大量水草都是从那个旧大陆的草原上拔下来的。但更有可能的是，这些海草、海藻和墨角藻，从欧洲海岸和美洲海岸被夺取过来，然后被墨西哥湾暖流一直带到这个地区。这是促使哥伦布设想存在一个新大陆的理由之一。当这位大胆的探索者的船队到达马尾藻海时，便陷入海草中，航行十分困难，海草阻挡行进，令船员惊慌失措，他们费了漫长的三个星期才穿越这片海草。

“鹦鹉螺号”眼下来到的就是这个地区，这是一片真正的草原，由海藻、墨角藻等编织成的毯子，非常厚，非常密集，船艏要撕开一角不是没有困难。因此，奈莫艇长不想让螺旋桨缠在这片海草中，坚持在海面下几米深的地方航行。

马尾藻这个名字来自西班牙文 sargazzo，意为海藻。这种海藻、漂浮藻或者多汁藻，主要构成了这一大片东西。按照学者、《地球自然地理学》的作者莫里[1]的说法，这些水生植物聚集在大西洋这片平静的水域，原因如下：

“对此所能做的解释，我觉得来自人人都知道的经验。如果将木塞或者随便什么漂浮的东西放到一只容器里，再让容器里的水循环转动，就会看到散乱的碎片成堆聚集在水面的中心，就是说聚集在最平静的那一点上。在和我们相关的现象里，容器就是大西洋，环流是墨西哥湾暖流，马尾藻海就是漂浮物聚集的中心点。”

我同意莫里的看法，我可以在船只很少进入的这个特殊地方研究这个现象。在我们的上方，漂浮着来自各地的物体，堆积在淡褐色的海藻中间；有从安第斯山和落基山上冲下来，或者从亚马孙河和密西西比河漂来的树干，有大量的沉船残骸，残留的龙骨或者船底，被撞坏的船板，

---

[1] 莫里（1817—1892），法国历史学家。

上面爬满了贝壳和茗荷儿，沉得无法漂上洋面。有朝一日还会证明莫里的另一个看法，就是几个世纪以来这样堆积起来的物质，在水的作用下矿化，于是会形成一个取之不尽的煤矿。那是有远见的造化，在人类竭尽陆地上的矿藏以后准备的珍贵储藏。

在海藻和墨角藻理不清的堆积中，我注意到一些迷人的玫瑰色海鸡冠，拖着长触须的海葵，绿色、红色、蓝色的水母，特别是居维埃提到的巨大根足水母，淡蓝色的伞状膜镶着紫边。

二月二十二日这一整天，在马尾藻海度过。喜欢吃海洋植物和甲壳类动物的鱼，在这里找到了丰富的食物。第二天，大洋已恢复了平常的面貌。

从这时起，十九天中，即从二月二十三日到三月十二日，“鹦鹉螺号”待在大西洋之中，以每昼夜一百法里的不变速度，带着我们航行。奈莫艇长显然想完成他的海底航行计划，我不怀疑，绕过合恩角以后，他想再度返回南太平洋海域。

这样，内德·兰德有理由担心了。在这没有海岛的宽阔海洋中，再也谈不上试图离开潜艇，也再没有任何方法对抗奈莫艇长的意志。唯一的主意就是顺从；但是，不再应该期待用力量和计谋获得的东西，我宁愿想，可以用说服的办法得到。这次旅行结束以后，奈莫艇长难道不会同意还给我们自由？只要发誓永远不泄露他的存在。我们会信守这个誓言的。但是必须和艇长谈这个奥妙的问题。然而，我向他要求这个自由合适吗？他本人一开始不就正式宣布，他生活的秘密要求把我们永远囚禁在“鹦鹉螺号”上吗？我四个月来的沉默，该不会向他表明默认了这种局面呢？重提这件事，后果会不会是，一旦以后出现重新实施我们计划的机会时，损害这个计划呢？所有这些理由，我都想到了，我在脑子里反复思量，转告了贡塞伊，他和我一样难住了。总之，虽然我不容易

泄气，但我明白，再见到我的同胞，机会越来越少，尤其是现在，奈莫艇长正莽撞地奔往南太平洋！

在上面提到的十九天里，旅途中没有发生任何特别的事。我很少见到艇长。他在工作。我在图书室里时常看到他摊开的书，尤其是博物史的书。我那本关于海底的著作，他翻阅过，在页边空白处写满了批注，有时会反驳我的理论和体系。但艇长只满足于这样使我的著作变得更精练，却很少和我争论。有时我听到他的管风琴忧郁的琴声，他弹琴时激情满怀，不过只是在夜里，在神秘莫测的黑暗里，当“鹦鹉螺号”沉睡在茫茫一片的大洋中的时候。

在这段旅途中，我们整天在海面上航行。大海好似被人抛弃了。只有几艘帆船，运货到印度，驶往好望角。有一天，我们受到一条捕鲸船派出的几条小艇的追逐，他们可能把我们当作一条有很高价值的大鲸。但是奈莫艇长不想让这些勇敢的人白费力气和时间，他潜入水下，结束了追捕。这件事好像让内德·兰德非常感兴趣。要说加拿大人大概因为我们这头钢板鲸类动物，未能被那些捕鲸手的鱼叉叉死而感到遗憾，我相信没有搞错。

这段时间里，我和贡塞伊观察到的鱼类，和我们在其他纬度研究过的鱼区别不大。主要有可怕的软骨鱼属，下分三个亚属，这三个亚属包括不下三十二种：条纹角鲨，长五米，扁平的头比身体还宽，圆圆的尾鳍，背脊有七条平行、纵向的黑条纹；珠形角鲨，浅灰色，有七个鳃，只有一条脊鳍，几乎位于身体中间。

也有一些大鲨鱼游过，这是一些据说贪吃的鱼。我们有理由根本不相信渔民的故事，但他们确实是这样说的。在其中一头这种动物的肚子里，有人找到一只牛头和整只小牛；另一个人找到两条金枪鱼和一个穿制服的水手；还有一个人找到一个士兵和他的军刀；最后一个人找到一匹马和骑手。说实话，所有这些都不足信。总之，这种鲨鱼没有在“鹦鹉螺号”的拖网中逮到一条，我也就无从证实它们的贪吃。

一群群优雅而淘气的海豚，跟了我们好几天。它们五六条一群，像田野里的狼，捕猎时也成群结队；再说，我相信哥本哈根一位教授的说法，它们不亚于鲨鱼贪食。这位教授从一头海豚的肚子里掏出过十三条鼠海豚和十五头海豹。其实那是一条逆戟鲸，属于已知的最大动物，长度有时超过二十四英尺。这一科的海豚包括六个属，我看到的海豚列入逆戟属，以口鼻面极度狭长著称，是颅骨的四倍，身长三米，背脊黑色，粉白色的肚子上分布着零散的小斑点。

我还要在这片海域举出棘鳍目和石首科奇特的鱼。某些作者——诗人气质多于博物学家的气质——认为，这些鱼唱歌悦耳，它们的声音合在一起，形成一场合唱，人声的合唱队也比不上。我不说反对意见，但是在我们经过时，这些石首鱼没有给我们唱任何小夜曲，我对此感到遗憾。

最后，为了收尾，贡塞伊给一大批飞鱼分了类。海豚绝妙而准确地捕食飞鱼，没有什么比看这个更有趣的了。不管飞鱼飞得多远，不管它画出怎样的飞行轨迹，甚至越过“鹦鹉螺号”，倒霉的飞鱼总是遇到海豚的嘴，被它接住。这是些海贼鱼，或者鸢形鲂鮄，有着发光的嘴。夜里，这些飞鱼在空气中画出一道道亮光，像流星一样潜入暗黑的水里。

直到三月十三日，我们继续在这样的环境中航行。这一天，“鹦鹉螺号”被用来当作探测器，使我非常兴奋。

从太平洋海域出发起，我们已经航行了大约一万三千法里。我们的方位是南纬 43 度 37 分、西经 37 度 53 分。这里是“先驱号”船长德纳姆[1]当年探测过的海域，他把探测器下到一万四千米，也未能探到底。美国“国会号”驱逐舰的帕克中尉也在这里进行过探测，到一万五千一百四十米，也未能探到海底。

奈莫艇长决意让“鹦鹉螺号”潜入最深的地方，以便查对一下不同的探测数据。我准备好记录试验的所有结果。客厅的护窗板打开了，操作开始，为了达到这样令人咋舌的深度。

这样想是对的：问题不在于灌满储水罐再下沉。也许储水罐无法使“鹦鹉螺号”足够地增加到特殊的重量。再说，上浮时要排除多余的水，水泵力度不够，无法胜过外面的压力。

奈莫艇长决定沿着一条足够长的对角线，靠和潜艇吃水线成四十五度角的侧翼斜板，下潜到洋底。然后，螺旋桨以最高的速度旋转起来，四个叶片激烈得难以描述地拍打着海水。

“鹦鹉螺号”在这样强大的推动下，船体像铮铮响的琴弦一样颤动着，循序渐进地潜入水中。

艇长和我守在客厅，我们注视着气压计迅速转动的指针。不久，就越过了大部分鱼类平时生活的区域。倘若有些鱼只能生活在大海或者河流的上层，另外一些鱼没有那么多，却待在相当深的水里。后面这一种，我观察到有六个呼吸口子、类似鲨鱼的鱼类，眼睛极大的“望远镜”鱼；带甲的马拉马鱼——前胸长着灰色的鳍，后胸是黑色的鳍，淡红色的骨质护胸甲；还有长尾鳕，长尾鳕生活在一千二百米深的海里，它要承受的压力是一百二十六个大气压。

我问奈莫艇长，他是否见过生活在更深处的鱼。

“鱼吗？”他回答我，“少之又少。但在科学的现阶段，怎样推测

[1] 德纳姆（1786—1828），英国航海家，曾发现乍得湖。

呢？谁知道呢？”

“事情是这样的，艇长。据悉，接近大洋深处，植物比动物消失得快。据悉，在还能见到动物的地方，水生植物已经不再生长。据悉，姥鲨和牡蛎生活在两千米深的水中，北冰洋探险英雄迈克·克林托克[1]从两千五百米的深处打上来一只海盘车。据悉，英国皇家海军军舰‘牛头犬号’上的水手从两千六百二十法寻，即一法里多的深处打上来一只海星。但是，奈莫艇长，也许您还要对我说，我们一无所知吧？”

“不，教授先生，”艇长回答，“我不会这样不礼貌。可是，我想请教您，您怎样解释生物能够生活在这样的深海里？”

“我有两个理由来解释。”我回答，“首先，由于海水的含盐度和密度不同，造成垂直的水流，所产生的运动足以维持海百合类和海星的基本生命。”

“正确。”艇长说。

“其次是因为，如果氧气是生命的基础，要知道，海水里氧气的含量是随着水深增加而增加的，并非会减少，而且深水层的压力有助于把氧气压在那里。”

“啊！人们知道这个？”奈莫艇长回答，口气有点吃惊，“那么，教授先生，知道这个很对，因为这是事实。其实我还可以补充，从海面上打上来的鱼，鱼鳔里氮气比氧气多，相反，从深海中打上来的鱼，鱼鳔里的氧气比氮气多。这表明您那一套在理。但是，让我们继续观察吧。”

我把目光又投向气压计。气压计指出的深度是六千米。我们已经下潜一个小时。“鹦鹉螺号”靠侧翼滑动，一直下沉。空荡荡的海水晶莹剔透，透明度难以描绘。一小时以后，我们到达一万三千米——亦即三

[1]迈克·克林托克（1829—1907），爱尔兰航海家、探险家，多次探索北冰洋。

又四分之一法里的深处——但海底仍然感觉不到。

不过，到一万四千米，我看见一些从海水中突现出来的黑色山峰。但这些山顶也许是像喜马拉雅山或者勃朗峰[1]那样的高山，甚至更高，这些深渊的底部难以估计。

虽然“鹦鹉螺号”承受着巨大的压力，却仍然在下沉。我感到潜艇钢板在螺栓衔接的地方颤动，栅栏在弯曲，墙板在嘎吱响，客厅的舷窗玻璃在水的压力下向里鼓凸了。如果不是像艇长所说的那样，这坚固的潜艇能够像实心物体那样抵挡压力，它无疑会瘪掉。

贴着水下岩石斜坡，我还看到一些贝壳、龙介虫、活旋螺，还有一些海星。

但不久，动物生命的这些最后代表也消失了，在三法里以下，“鹦鹉螺号”超过了海底生命的极限，就像气球升到了可以呼吸的大气层之上的高空。我们达到了一万六千米的深度——四法里——“鹦鹉螺号”的侧部这时受到的压力为一百六十个大气压，就是说，潜艇表面每平方厘米所受的压力为一百六十千克！

“多么可怕的局面啊！”我嚷道，“驰骋在人类从来没有到过的深处啊！您看，艇长，您看这些妙不可言的岩石，这些无法居住的岩洞，这些地球最低的水库，生命无法在此生存！多么奇妙的不为人知的景致啊！为什么我们只能保留在记忆之中呢？”

“您乐意带回一些比记忆更好的东西吗？”奈莫艇长问我。

“您这话是什么意思？”

“我的意思是说，拍一张这片海底地区的照片，是再容易不过的事！”

我来不及表达这个新提议引起我的惊奇，在奈莫艇长的招呼下，一

[1] 勃朗峰：阿尔卑斯山最高峰，海拔 4807 米。

架照相机就被拿到客厅里。舷窗的防护板大开着，水被灯光照得雪亮，亮光分布均匀。我们的人造光没有一丝阴影，也没有一点减弱。照这幅相，阳光也不见得更好。“鹦鹉螺号”在螺旋桨的推动和侧翼斜板的控制之下，一动不动。照相机瞄准了大洋底部这片景色，几秒钟之后，我们得到了一张非常清晰的底片。我在这里展示的是冲洗出来的照片。可以看到这些原始的岩石从来没有见过天日，构成地球强大基础的这些底层花岗岩，这些岩石中被淘空的深洞，这些底色在黑色中突现出来的、无比清晰的画面，仿佛出自某个佛兰德画家的笔下。远处，尽头是群山，连绵起伏，构成背景。我无法描绘这整体的平滑、光洁的黑色岩块，没有一点苔藓，没有一个斑点，奇形怪状，稳固地坐落在地毯似的沙地上，沙子在电灯光的照射下闪闪发亮。

奈莫艇长在照完相后，对我说：

“咱们上去吧，教授先生。不应耽搁下去，也不要让‘鹦鹉螺号’过长地承受这样大的压力。”

“咱们上去吧！”我回答。

“站稳了。”

我还来不及弄明白，为什么艇长给我这个嘱托，就跌倒在地毯上。

在艇长发出信号之后，螺旋桨发动起来，侧翼斜板笔直垂立，“鹦鹉螺号”像一只气球飞到空中一样，快如闪电地升起。在四分钟内，它穿越了与洋面相隔的四法里，像一条飞鱼似的，使波浪溅出惊人的高度，再落下来。

十二

抹香鲸和长须鲸

三月十三日至十四日的夜里，“鹦鹉螺号”又朝南驶去。我想，到达合恩角以后，潜艇会掉头向西，重回太平洋海面，完成环球航行。可潜艇根本不是这样做，而是继续开往南面。它究竟要到哪儿去呢？去南极？这是发疯。我开始认为，艇长的鲁莽足以证明内德·兰德的担心。

曾几何时，加拿大人不再和我谈他的逃跑计划。他变得不那么喜欢言笑，几乎沉默寡言。我看出，囚禁时间拖长，多么压抑着他。我觉得他身上在积聚愤怒。当他遇到艇长时，他的眼中闪射出阴沉的怒火，我始终担心他天生的火暴脾气使他走极端。

这一天，三月十四日，贡塞伊和他到我的房间里来找我。我问他们的来意。

“先生，只想向您提一个简单的问题。”加拿大人回答我。

“说吧，内德。”

“您认为‘鹦鹉螺号’上有多少人？”

“我说不出来，我的朋友。”

“我觉得，”内德·兰德接着说，“操纵这艘潜艇不需要许多人。”

“确实，”我回答，“在它所处的条件下，至多十来个人就足够操纵它了。”

“那么，”加拿大人说，“为什么会有更多的人呢？”

“为什么呢？”我反问。

我盯住内德·兰德，他的意图很容易猜出来。

“因为，”我说，“如果我相信自己的预感，如果我十分了解艇长的生活，‘鹦鹉螺号’就不仅仅是一艘潜艇。这应该是个避难所，避难者和他们的艇长一样，与陆地断绝一切关系。”

“说不定是，”贡塞伊说，“但‘鹦鹉螺号’毕竟只能容纳一定数量的人，先生不能估计这个极限吗？”

“怎么估计，贡塞伊？”

“计算一下。既然先生知道潜艇的容积，因此，也知道它容纳的空气数量；另外，由于知道每个人一天要消耗多少空气，将这个结果和‘鹦鹉螺号’每隔二十四小时就要上浮比较一下……”

贡塞伊的话没有说完，我便明白他的意思。

“我明白你的意思，”我说，“但是，这个计算虽然容易获得结果，却只能得出一个很不确切的数字。”

“没关系。”内德·兰德执着地说。

“这样计算，”我回答，“每个人一小时要消耗一百公升空气里的氧气，即二十四小时里要消耗两千四百升空气。因此，需要寻求‘鹦鹉螺号’要容纳多少倍的两千四百升空气。”

“正是。”贡塞伊说。

“然而，”我又说，“由于‘鹦鹉螺号’的容积是一千五百桶空气，每桶是一千升，潜艇容纳一百五十万升空气，用两千四百来除……”

我用铅笔迅速地计算：

“……得出的商数是六百二十五。这就等于说，‘鹦鹉螺号’的空气足够六百二十五个人用二十四小时。”

“六百二十五！”内德重复一遍说。

“不过，有一点可以肯定，”我补充说，“不论船员也好，水手和高级船员也好，我们还占不到这个数字的十分之一。”

“对我们三个人来说，他们人数太多了！”贡塞伊嘀咕说。

“因此，我可怜的内德，我只能劝您忍耐。”

“比忍耐更进一步，”贡塞伊回答，“要屈从。”

贡塞伊用词准确。

“不管怎样，”他又说，“奈莫艇长不可能总是往南走！他必须停下来，哪怕是到了冰山脚下，他必须回到获得更多开发的海洋！这时，就到了重新实施内德·兰德的计划的时候。”

加拿大人摇摇头，用手摸了一下额角，一言不发，抽身走了。

“请先生允许我进一言，”贡塞伊对我说，“这个可怜的内德，想的都是他不可能得到的东西。他过去的生活都回到他心头。禁止我们所做的事，他都觉得遗憾。往事压抑着他，他心里难受。我们需要理解他。他在这里有什么可干的呢？什么都没有。他不像先生那样是个学者，不会像我们那样，对海洋的珍奇事物感到同样的兴趣，为了能够进入他家乡的小酒馆，他会不惜牺牲一切。”

确实无疑，对加拿大人来说，潜艇上的单调生活该是无法忍受的，他已习惯无拘无束、积极进取的生活。能使他激动的事情太少。可是，这一天，一件意外的事使他回忆起捕鲸手的美好日子。

将近上午十一点，“鹦鹉螺号”遇到一大群鲸。这次相遇不令我惊奇，因为我知道，这类动物遇到过分的追逐，便躲避到高纬度的海底盆地。

鲸在海洋世界所起的作用和对地理发现所起的影响，都是巨大的。

正是鲸，带着追捕它的人——先是巴斯克[1]人，然后是阿斯蒂里[2]人、英国人和荷兰人——使他们敢冒横渡大洋的危险，从地球的一端到另一端。鲸喜欢去南极和北极的海洋。古老的传说甚至认为，这些鲸类动物把渔民一直带到离北极只有七法里的地方。即使这与事实不符，有朝一日也会成为事实，有可能这样：追逐鲸一直来到北极和南极地区，人类会到达地球上从未到过的地方。

我们坐在平台上，海上风平浪静。高纬度的十月，给我们的是秋高气爽。正是加拿大人——他不会弄错——发现东面天际有一条鲸。仔细远眺，可以看到离“鹦鹉螺号”五海里的地方，鲸黑魆魆的背脊在浪涛上起伏。

“啊！”内德喊道，“如果我在一条捕鲸船上，这次遭遇会使我乐开了花！这是个大家伙！看看它的鼻孔喷出的水柱和气体有多大的劲啊！真是见鬼了！为什么要把我困在这个钢桶里啊！”

“什么！内德，”我回答，“您还没有忘掉捕鲸的旧念头吗？”

“先生，捕鲸手怎么能忘掉自己的老本行呢？怎么会厌倦这样追逐的大快人心呢？”

“内德，您从来没有在这片海域里捕过鱼吗？”

“先生，从来没有。只在北冰洋的白令海峡和戴维斯海峡[3]捕过鲸。”

“那么，您还不熟悉南极的鲸。至今为止，您捕过的鲸都是露脊鲸，这种鲸不会大胆越过赤道的温水区的。”

“啊！教授先生，您对我怎么这样说啊？”加拿大人用不以为然的口吻反驳说。

---

[1] 巴斯克：比利牛斯山西部山坡两边，分属法国和西班牙，面积 2 万平方千米。

[2] 阿斯蒂里：西班牙旧日地区名，北边面临比斯开湾。

[3] 戴维斯海峡：分隔格陵兰和巴芬的海峡，宽约 350 千米。

“我是实话实说。”

“这是什么话啊！告诉您吧，一八六五年，也就是两年半以前，我在格陵兰附近捕到过一条鲸，腹部还带着白令海峡一个捕鲸手投出的鱼叉。但是，我问您，一条在美洲西部被叉到的鲸，要是不绕过合恩角或好望角，再穿过赤道，怎么会在格陵兰东面被杀死呢？”

“我和内德老兄的想法一样，”贡塞伊说，“我等待着先生的回答。”

“朋友们，先生的回答是，不同种类的鲸都局限在一定的地区，不离开某些海洋。如果有一条鲸从白令海峡来到戴维斯海峡，仅仅是因为在美洲海岸或者亚洲海岸存在连接两个海峡的一条通道。”

“非得相信您的话吗？”加拿大人问，闭起一只眼。

“非得相信，先生。”贡塞伊回答。

“既然这样，”加拿大人又说，“由于我从来没有在这片海域捕过鲸，我就根本不了解在这里出没的鲸了？”

“我已经对您说过这话了，内德。”

“那就更需要熟悉它们。”贡塞伊回了一句。

“看啊！看啊！”加拿大人激动地喊道，“它靠近了！它朝我们游过来了！它在嘲笑我！它知道我对它无能为力！”

内德跺着脚。他的手颤抖起来，举起一把想象中的捕鲸叉。

“这些鲸和北冰洋的鲸一样大吗？”他问。

“差不多大小，内德。”

“因为我见过大条的鲸，先生，长达一百英尺！我甚至听人说，阿留申群岛的乌拉莫克鲸和乌姆加利克鲸，有时长度超过一百五十英尺呢。”

“我觉得这好像夸张了，”我回答，“这不过是鳁（wēn）鲸，有背鳍，和抹香鲸一样，通常比露脊鲸要小。”

"啊！"加拿大人大声说，他的眼睛不曾离开洋面，"它靠近了，来到'鹦鹉螺号'的水域！"

然后，又接过话头：

"您说抹香鲸像一头小动物啊！但有人说是巨大的动物。这是聪明的鲸类动物。据说有些抹香鲸用海藻和墨角藻盖住自己，让人当成小岛，在上面支起帐篷，待在那里，生起了火……"

"在上面盖房屋。"贡塞伊说。

"是的，爱耍花样。"内德·兰德回答，"然后，有一天，这头动物潜入海里，把所有的居民带到海底。"

"就像水手辛巴德[1]的旅行中那样。"我笑着回了一句。

"啊！兰德师傅，看来您喜欢奇异的故事！您的抹香鲸神乎其神！我希望您不去相信！"

"博物学家先生，"加拿大人严肃地回答，"关于鲸，什么都得信——这条鲸游得多快！它躲开了——据说这种动物半个月能绕地球一圈。"

"我没说不行。"

"但是，阿罗纳克斯先生，您大概不知道的是，在混沌初开的时候，鲸游得比现在还要快。"

"啊！内德，我确实不知道！为什么会这样呢？"

"因为那时鲸的尾巴像鱼一样，是竖直的，就是说这条尾巴是垂直压扁的，左右击水。但是造物主发现鲸游得太快，把它们的尾巴拧了过来，从此，它们从上到下击水，影响了速度。"

"好，内德，"我说，用了加拿大人的说法，"非得相信您的话吗？"

"倒不要太相信，"内德·兰德回答，"就像如果我对您说，有一

[1] 辛巴德：《一千零一夜》的故事《水手辛巴德历险记》中的主人公。

种鲸，长三百英尺，重十万斤，您就不必相信一样。”

“这确实是太大了，”我说，“不过，应该承认，有些鲸类动物长得非常大，因为，据说一头鲸能提供一百二十吨鱼油呢。”

“这个，我是见过的。”加拿大人说。

“我乐意相信您见过，内德，就像我相信有些鲸有一百头大象那样大。想想看，这样的庞然大物全速冲刺，会产生什么效果啊！”

“它们能撞沉船，是真的吗？”贡塞伊问。

“我不相信能撞沉船。”我回答，“有人说，一八二〇年，正是在南部海域，一条鲸撞击‘埃塞克斯号’，使之以每秒四米的速度往后倒退。海水从船尾灌进去，‘埃塞克斯号’几乎立即沉没了。”

内德以嘲弄的神态望着我。

“至于我，”他说，“我被鲸的尾巴扫过一下——当然，我待在小艇里。我的同伴们和我被甩出去六米高。但要和教授先生的那条鲸相比，我这条鲸只不过是鲸仔了。”

“这种动物活得长吗？”贡塞伊问。

“能活一千年。”加拿大人毫不迟疑地回答。

“您怎么知道的，内德？”

“因为有人这样说。”

“为什么这样说？”

“因为有人知道。”

“不，内德。不是知道，是推测，我现在就告诉您所依据的理由。四百年前，渔民第一次捕捉鲸的时候，这些动物超过今日捕捉到的个头。于是有人相当合乎逻辑地推测，现在的鲸之所以小，是因为它们来不及达到完全发育。布封说鲸能够甚至应该活一千年，根据的就是这个。您听明白了吗？”

内德·兰德没有听明白，他不再听下去。鲸始终在靠近。他用眼睛死盯住它。

“啊！”他嚷道，“不止一条鲸，是十条，二十条，整整一群！却什么事也不能做！手脚都被捆住了！”

“但是，内德老兄，”贡塞伊说，“为什么不请求奈莫艇长允许捕鱼呢？”

贡塞伊还没有说完话，内德·兰德就从舱盖滑下去，跑去找艇长。过了一会儿，他们俩重新出现在平台上。

奈莫艇长在观察离“鹦鹉螺号”一海里外嬉戏的鲸群。

“这是南极鲸，”他说，“足够让一个捕鲸船队发财了。”

“那么，先生，我能去捕鲸吗？”加拿大人问，“哪怕是为了让我别忘了捕鲸手的本行。”

“何必呢，”奈莫艇长回答，“捕杀仅仅为了毁灭！我们在潜艇上拿鲸油来干吗呢？”

“但是，先生，”加拿大人又说，“在红海，您曾经允许我们去追捕一头儒艮啊！”

“那时是要给我的船员弄到鲜肉。这里，是为了捕杀而捕杀。我很清楚，这是人类的一项特权，但我不允许这种残杀的消遣。兰德师傅，您的同类毁灭南极鲸和露脊鲸这类无害而善良的动物，做了应受谴责的行为。正因此，他们在巴芬湾已经使鲸减少，并将毁灭这种有益的动物。因此，让这些不幸的鲸类动物安生些吧。就算您不插手，它们已有不少抹香鲸、箭鱼和锯鳐这些天敌了。”

加拿大人听取这一堂道德课时的脸色，可以想象有多难看了。对一个捕鲸手讲这样的道理，那是白费唇舌。内德·兰德看着奈莫艇长，明显地不理解他想对自己说的话。可是，艇长是对的。捕鱼者野蛮的、欠考虑的捕杀，总有一天会使大洋里最后一头鲸销声匿迹。

内德·兰德吹起他的《扬基歌》[1]，双手插进口袋，对我们转过背去。

但奈莫艇长在观察鲸群，对我说：

“我刚才这样认为是对的，不算人，鲸已有足够多的其他天敌。不用多久，它们就要遇到强大的对手。阿罗纳克斯先生，您看到了吗，在下风八海里的地方，有一些黑点在沉浮？”

“是的，艇长。”我回答。

“这是抹香鲸，一些可怕的动物，我有时遇到成群的抹香鲸，有两三百头！至于这种作恶多端的残忍动物，倒是应该灭绝的。”

听到最后这句话，加拿大人猛地回过身来。

“那么，艇长，”我说，“还来得及，即使是为了那些鲸……”

“教授先生，冒险没有意义。‘鹦鹉螺号’足以驱散这些抹香鲸。我想，潜艇拥有钢冲角，抵得上兰德师傅的捕鲸叉。”

加拿大人不以为然地耸耸肩。用冲角去攻击抹香鲸！谁听说过这种事？

“等一等，阿罗纳克斯先生，”奈莫艇长说，“我们会让您看一场您不曾见过的捕杀。别可怜这些凶恶的抹香鲸。它们只不过牙尖嘴大！”

牙尖嘴大！描绘这些长着畸形大头的抹香鲸，这话不能更贴切了。有时抹香鲸长达二十五米，大脑袋几乎占去三分之一。它们比鲸装备得更好，鲸上颌只有鲸须；而抹香鲸拥有二十五颗圆柱形、顶部呈圆锥形的大牙齿，长二十厘米，每颗重两斤。就是在这个大脑袋上，在被软骨分隔开的巨大脑腔里，那种所谓“鲸蜡”的宝贵油脂多达三四百千克。按弗雷多尔的意见，抹香鲸是一种丑陋的动物，不像鱼类，更像蝌蚪。

[1]《扬基歌》：英文 Yankee doodle，美国独立战争时流行的一首歌曲。

它的构造不佳，可以说，它整个左边的骨架有“缺陷”，几乎只用右眼看东西。

那群怪物始终在靠近。抹香鲸已经看到长须鲸，准备好去攻击。事先可以料到，抹香鲸获胜，不仅因为它们比没有进攻能力的对手长得结实，便于攻击，而且因为它们能更长时间地待在水里，不用回到水面呼吸。

正好来得及去救长须鲸，“鹦鹉螺号”潜入水里。贡塞伊、内德和我坐在客厅的玻璃窗前。奈莫艇长到舵手身边去了，像操作毁灭武器那样操作他的潜艇。不久，我感到螺旋桨的拍打加快，潜艇的速度提高了。

“鹦鹉螺号”到达时，抹香鲸和长须鲸之间的战斗已经开始。潜艇的行动方式是切断这群畸形大头动物。看到新怪物参加战斗，它们先是不去理睬，但不久，它们不得不防备这头怪物的攻击。

真是一场惊心动魄的搏斗！连内德·兰德不久也激动了，最后鼓起掌来。“鹦鹉螺号”成了艇长手中挥舞的一把可怕的捕鲸叉。潜艇冲向这一团团肉，横穿而过，所过之处，留下两团攒动的半截动物尸体。抹香鲸可怕的尾巴猛击潜艇，潜艇丝毫感觉不到。它产生的撞击也不见得力量更大。一条抹香鲸消灭了，它冲向另一条，原地转身，不错过它的猎物，忽前忽后，服从着舵的指挥。随着抹香鲸潜入深水层而下潜，随着抹香鲸上浮水面而上浮，从正面或者从斜刺里攻击抹香鲸，拦腰斩断或者撕裂，从各个方向，忽快忽慢，用它可怕的钢冲角洞穿抹香鲸。

真是一场血肉横飞的大屠杀！海面上响起多么骇人的声音啊！那些吓坏了的动物发出多么尖厉的呼啸和特有的吼声！在平时那么平静的海水中，它们的尾巴翻起汹涌的波涛。

这场令人难以置信的屠杀持续了一个小时，畸形大头怪物在劫难逃。有好几次，十来头抹香鲸集合起来，试图把“鹦鹉螺号”压在它们的身体底下。从舷窗前能看到它们布满牙齿的大嘴，凶光毕露的眼睛。内德·兰德再也不能自持，威胁和咒骂它们。我们感到它们想攀附潜艇，犹如猎犬在矮树丛下咬住一头野公猪。但是“鹦鹉螺号”螺旋桨加力，将它们连拖带拉带到海面，既不在乎它们巨大的重量，也不在乎它们狠命的紧夹，终于，一大群抹香鲸变得稀稀拉拉。海水恢复了平静。我感到我们浮上了洋面。舱盖打开了，我们冲上了平台。

大海布满了支离破碎的尸体。威力强大的爆炸，也不能把这一大堆肉如此暴烈地分割、撕裂和扯碎。我们漂浮在这些庞大的躯体中间，抹香鲸的背脊是淡蓝色的，肚子微白，全身隆起一些大疙瘩。有几条吓坏了的抹香鲸逃到天边。好几海里的海面上，波涛被染红了，“鹦鹉螺号”航行在血海中。

奈莫艇长和我们会合。

“怎么样，兰德师傅？”他问。

“不怎么样，先生，”加拿大人回答，他的热烈劲已平息，“这确实是一个恐怖的场景。不过，我是一个捕鲸手，不是屠夫，而这一幕只是一场屠杀。”

“屠杀的是为非作歹的动物，”奈莫艇长回答，“‘鹦鹉螺号’不是一把屠刀。”

“我更喜欢我的捕鲸叉。”加拿大人回驳了一句。

“人各有自己的武器。”艇长回答，一面盯住内德·兰德。

我担心内德会发火动粗，后果就不堪设想了。可是，他看到一条鲸这时靠近“鹦鹉螺号”，怒气被转移了。

这条鲸没能逃过抹香鲸的牙齿。我认出这是一条南极鲸，脑袋扁平，全身黑色。在解剖学上，南极鲸和北极鲸、诺尔－卡佩鲸不同，不同在于它的七截颈椎的连接方式，而且比它的同类多了两根肋骨。这条可怜的鲸侧躺着，肚子上有一些咬穿的洞，它已经死了。在它被咬伤的鳍上还吊着一条幼鲸，母鲸未能从屠杀中救它出来。母鲸张开的嘴任凭海水通过鲸须，像激浪一样汩汩地进出。

奈莫艇长将“鹦鹉螺号”驶近鲸尸体。他的两个手下人爬上鲸腹部，我多少有点惊讶地看到他们从鲸乳房里挤干所有的乳汁，足有两三桶之多。

艇长给了我一杯还热乎乎的奶。我禁不住向他表示对这种饮料的反感。他向我保证，这种奶是上好的，和牛奶毫无区别。

我尝了一口，同意他的说法。因此，鲸奶就成了有用的储备，从奶中提炼出咸味的黄油或者奶酪，应该能给我们的日常饮食提供可喜的新花样。

从这天起，我不安地注意到，内德·兰德对奈莫艇长的情绪越来越坏，我决意密切监视加拿大人的行为和举动。

十三

大浮冰

“鹦鹉螺号”又沿着西经5度线，以极快的速度，坚定不移地朝南面驶去。因此，它想到达南极吗？我认为不会，因为至今凡是想到达地球这个点的尝试，都失败了。况且，季节已经很晚了，因为南半球的三月十三日相当于北半球的九月十三日，秋分就要到了。

三月十四日，我看到南纬50度处有浮冰，但还都只是二十英尺至二十五英尺的灰白色普通碎块，构成冰礁，被海水冲击着。“鹦鹉螺号”漂浮在洋面上。内德·兰德在北冰洋上捕过鲸，熟悉这种冰山景色，贡塞伊和我则是第一次欣赏到。

在南面的天际，伸展着一道耀眼的白带。英国捕鲸手将这条白带称Ice blinck[1]。不管云层多厚，也无法使它变暗。冰带预示着浮冰群或者大浮冰的存在。

果然，不久，更大块的浮冰出现了，浮冰的光彩随着雾气的变化而变化。有的浮冰呈现出绿色条纹，宛若硫酸铜溶液在上面留下了起伏的痕迹。还有的浮冰像巨大的紫晶石，被阳光渗透进去。有些在它们水晶体的千百个面反射出光线，而另外一些具有石灰石的强烈光泽，足以建造一整座大理石城市。

[1] 英文，意为炫目冰带。

我们越往南去，这些漂浮的岛就越多，越大。极地的鸟成千上万在上面筑巢。这是海燕、海鸽和剪水鹱，它们的叫声震耳欲聋。有些鸟将“鹦鹉螺号”当成鲸的尸体，落在上面，用喙去啄钢板，发出当当的响声。

在浮冰当中航行的时候，奈莫艇长往往待在平台上。他仔细地观察这片人迹罕至的海域。我看到他平静的目光有时兴奋起来。他难道在想，极地的海洋对人类来说是禁区，但他是在自己的领域里，他是这不可逾越的地方的主人？也许是吧。但是他不说话。他一动不动，只是在他的操作者本能占上风时，才回过神来。他异常灵活地操纵着“鹦鹉螺号”，巧妙地避开大浮冰的撞击。有些大浮冰长好几海里，高度七八十米不等。天际往往被完全遮住。在南纬 60 度，通道全部消失。但奈莫艇长仔细寻找，不久找到了狭窄的开口，便大胆钻了进去，而他明知这开口会在他身后合拢。

“鹦鹉螺号”被这只灵巧的手操纵，就这样越过所有的冰块。对精确性感到痴迷的贡塞伊，根据冰块的形状和大小进行分类：冰山，望不到边的冰原，漂浮的冰碛，破碎的浮冰群，环形的冰圈，长形的冰川。

气温相当低。放在外面的温度计，指着零下二摄氏度到零下三摄氏度。但我们穿着皮袄，很暖和，海豹和海熊献出了它们的毛皮。“鹦鹉螺号”里面有电器不时供暖，多冷都不怕。再说，只要下潜几米，就可以找到能忍受的温度。

我们早两个月来到这个纬度，就能享受到极昼；但如今黑夜已经有三四个小时，稍后，在这片环极地区，应有半年的黑夜。

三月十五日，我们通过南设得兰群岛[1]和南奥克尼群岛[2]的纬度。艇长告诉我，从前这里的土地上生活着许多海豹群；但是英国和美国的捕

---

[1] 南设得兰群岛：南极洲南极半岛附近的火山群岛。

[2] 南奥克尼群岛：南极洲岛群。群岛多山，被冰雪覆盖，面积 620 平方千米。

鲸手嗜杀成性，屠杀成年海豹和怀孕的母海豹，那本是生机勃勃的地方，他们留下的是死寂一片。

三月十六日晨八时左右，“鹦鹉螺号”沿着55度经线，切入南极圈。浮冰从四面八方围住我们，封闭了我们的视野。但奈莫艇长在海水和冰之间交错的几条通道中穿插，不断地前进。

“他要到哪儿去？”我问。

“往前去，”贡塞伊回答，“不管怎样，到走不了更远的时候，他就会停下来。”

“我可不肯担保是这样！”我回答。

坦率地说，我会承认，这样的冒险旅行，我可一点都不讨厌。这个新地区的美景使我惊奇到什么程度，我无法描绘。浮冰外表壮美。这里，它们的整体形成一座城市，有的浮冰像清真寺尖塔和寺庙。那里，是一座摧毁的城市，仿佛被一次地震投掷在地。在斜阳的照耀下，浮冰外貌不断变化，或者一下子消失在暴风雪灰蒙蒙的雾气中。四面八方都有浮冰坍塌、碎裂、轰响，如同透景画[1]中的风景，不断变换着背景。

正当这些冰山破裂，失去平衡的时候，“鹦鹉螺号”在水下潜行，响声轰轰然地在水中传播，大冰块的坍塌产生的可怕漩涡，一直到达海洋深处。于是“鹦鹉螺号”就像一艘任凭狂风吹打的船摇摆、颠簸。

常常在再也看不到任何通道的时候，我想，我们是彻底被困住了；但是，奈莫艇长在直觉的指引下，根据最轻微的迹象就发现了新通道。在观察布满冰原上淡蓝色的细小水路时，他从来没有搞错过。因此，我不怀疑，他曾经驾驶“鹦鹉螺号”在南极海域冒过险。

三月十六日这一天，冰原彻底挡住了我们的道路。这还不是大浮冰，而是一个被冻得浑然一体的大冰原。这个障碍不能阻挡住奈莫艇长，他

[1] 透景画：19世纪风行的配合特殊照明的大幅风景画。

以骇人的势头向冰原冲去。“鹦鹉螺号”像楔子一样冲进这易碎的冰原，发出可怕的咯嚓声，把冰原冲裂，仿佛古代的羊角槌受到无穷之力的推动。碎冰溅起老高，如冰雹般落在我们周围。只靠着自身的冲力，我们的潜艇就为自己开辟出一条通道。有时，潜艇被冲力带到冰原上面，以自身的重量把冰原压碎，有时，它钻到冰原下面，仅仅颠簸一下，便产生很宽的裂缝，把冰原分开。

这几天，冰雹猛烈地攻击我们。在浓雾中，从平台的这一端到另一端看不见人。风使得罗盘在各个点突然跳动。堆积的雪冻得那么硬，只得用镐去刨。只消零下五摄氏度，“鹦鹉螺号”表面的各个部分就覆盖了冰。帆船就不可能操作了，因为所有的绳索都会冻在滑轮槽里。只有这艘没有帆，不用烧煤的、以电为动力的潜艇，才能对抗这样高的纬度。

在这样的条件下，气压计的指针通常都保持在下边，有时甚至降到七十三点五厘米。罗盘的指针不再提供任何保证，它的指针乱指矛盾的方向，接近地磁南极；地磁南极不能和地球的南部混为一谈。实际上，按照汉斯顿的说法，地磁南极差不多位于南纬 70 度、西经 130 度。但根据杜佩雷[1]的观察，地磁南极位于西经 135 度、南纬 70 度 30 分。必须把罗盘移放到船的不同部位，进行多次观察，得出一个平均值。不过，人们往往根据估计测定行经的路线，在蜿蜒而行中这个方法不太能令人满意，因为这些通道的基准点在不断改变。

最后，三月十八日，在多少次无效的冲击之后，“鹦鹉螺号”最终不能动弹了。这不再是冰圈、冰川、冰原，而是连接在一起绵延不断的、岿然不动的冰山。

“大浮冰！”加拿大人对我说。

---

[1] 杜佩雷（1786—1865），法国水手、水文地理学家，做过两次环球旅行，曾去研究大洋洲的水文地理。

我明白，对内德·兰德来说，就像对在我们之前来到这里的所有航海家来说，这是不可逾越的障碍。将近中午，太阳露了一会儿脸，奈莫艇长获得一次相当准确的观察，测出了我们的位置在西经 51 度 30 分、南纬 67 度 39 分，已经是南极地区靠前面的一个点了。

我们眼前，再没有海，没有流动的海水。在“鹦鹉螺号”的冲角下面，伸展着乱冰块结成的、参差不齐、杂乱无章的广大冰原，那种凌乱无序，就像巨大的冰块解冻之前的河面。这儿那儿是尖锐的山峰，如同一根根细针，耸起两百英尺高；稍远些是连续不断的、发灰的悬崖峭壁，像巨大的镜子，反射出半掩没在雾中的几缕阳光。在这片荒凉的自然界有一种旷野的沉寂，偶尔被海燕和剪水鸌拍打翅膀的声音打破。此刻一切都被冻住，甚至连声音也冻住了。

探险的“鹦鹉螺号”不得不在这片冰原中停驻。

“先生，”这天，内德·兰德对我说，“如果您的艇长走得更远……”

“怎么样？”

“他就是一个大师级的人。”

“为什么，内德？”

“因为没有人能够穿越大浮冰。您的艇长是个强人；但是，真见鬼！他强不过大自然，凡是大自然设下极限的地方，就不管情愿与否，都得停下来。”

“确实，内德·兰德，但我想知道大浮冰后面有什么！这样一个障碍，最使我恼火！”

“先生说得对，”贡塞伊说，“障碍是为了刺激学者才制造出来的。任何地方都不应该有障碍。”

“好啊！”加拿大人说，“在大浮冰后面是什么，大家都清楚。”

“究竟是什么？”我问。

“是冰，始终是冰！”

“您确信这个事实，内德？”我抢白了一句，“但我呢，我不信，因此我想去看看。”

“那么，教授先生，”加拿大人回答，“放弃这个想法吧。您来到大浮冰前面，这已经足够了，您不能走得更远。您的奈莫艇长，他的‘鹦鹉螺号’都不行。不管他愿意与否，我们要转向北边，就是说，回到体面人的地方。”

我应该承认，内德·兰德说得对，只要潜艇不是为了在冰原上航行而造的，就要在大浮冰前面停下来。

确实，不管做出什么努力，不管用什么高招，想摆脱坚冰，“鹦鹉螺号”仍然动弹不得。一般说，不能往前走，从原路返回不就得了。但是这里，返回和往前同样不可能，因为我们身后的通道已经封上了，只要我们的潜艇稍微停留一下，很快就会被封死。凌晨两点左右，出现的情况就是这样，船体两侧刚出现的冰以惊人的速度封上了。我不得不承认，奈莫艇长的行为太不谨慎了。

这时我在平台上。艇长观察了一会儿情况之后，对我说：

“那么，教授先生，您有什么想法？”

“我想，我们被困住了，艇长。”

“被困住了！您是怎么想的？”

“我想，我们既不能前进，不能后退，也不能从旁边走。我想，所谓‘困住了’，至少是指在有人居住的大陆上。”

“这样说，阿罗纳克斯先生，您认为‘鹦鹉螺号’不能摆脱出来了？”

“很难，艇长，因为季节已经太晚，解冻是没指望了。”

“啊！教授先生，”奈莫艇长用嘲讽的口吻回答，“您总是老样子！您只看到障碍！我呀，我向您断言，‘鹦鹉螺号’不仅能脱身，而且能走得更远！”

“更往南吗？”我问，望着艇长。

“是的，先生，能走到南极。”

“走到南极！”我大声说，禁不住做了个不相信的动作。

“是的！”艇长冷冷地回答，“到南极，到汇集了地球上的所有经线、不为人知的点上去。您知道我是否能让‘鹦鹉螺号’做我想做的事。”

是的，我知道。我知道这个人大胆到鲁莽的地步！南极比北极更难接近，而最大胆的航海家连北极都还没有到过，那么，要克服竖立在南极之前的障碍，岂非绝对的疯狂之举，岂非只有疯子才会想得出来的事吗？

这时我突然想到问奈莫艇长，他是否已经探索过人类的足迹还没有踏上过的南极。

“没有，先生，”他回答我，“我的‘鹦鹉螺号’还从来没有航行到南极海[1]这么远的地方；但我对您再说一遍，它还要航行得更远。”

“我愿意相信您，艇长，”我用有点嘲讽的口气又说，“我相信您！咱们往前走吧！对我们而言，没有障碍！让我们撞碎这大浮冰！让我们炸掉它，如果它炸不开，就让‘鹦鹉螺号’长出翅膀，从上面越过去吧！”

“从上面？教授先生，”奈莫艇长从容地回答，“绝不是从上面，而是从下面。”

“从下面！”我大声说。

艇长的计划一披露，我便恍然大悟。我明白了。“鹦鹉螺号”绝妙的性能，在这件非凡的壮举中将再为他效力！

“教授先生，我看到我们开始互相心领神会了。”艇长对我说，莞

[1] 南极海：当时有人还认为南极像北极一样是一片海洋。

尔一笑，“您已经看到这个尝试的可能性——我呢，我要说是成功。普通的船办不到的事，对‘鹦鹉螺号’来说是轻而易举的。如果有一块大陆出现在南极上面，潜艇会在这块大陆前面停下。如果相反，是自由的大海浸没南极，潜艇就会驶到南极那里！”

“确实，”我说，被艇长的议论拖着走，“如果海面被冰封住，它的下层还是能自由来往的，因为老天爷定下这一条：密度最大的海水要比结冰点高出一度。如果我没有搞错，大浮冰淹没在水下的部分，和露出水面部分之比是四比一吧？[1]”

“差不多，教授先生。冰山露出海面一英尺，就有三英尺在下面。既然这些冰山超不过一百英尺的高度，沉没的部分便只有三百英尺。但三百英尺对‘鹦鹉螺号’算得了什么呢？”

“微不足道，先生。”

“它甚至可以到更深的地方寻找温度均衡的海水，即使海面是零下三四十摄氏度，我们也安然无虞。”

“对，先生，非常对。”我兴奋地回答。

“唯一的困难是，”奈莫艇长接着说，“要下潜好几天，不能更换空气储备。”

“只有这个困难？”我问，“‘鹦鹉螺号’有大储气舱，我们可以充满空气，就能供应我们所需要的氧气。”

“设想很好，阿罗纳克斯先生。”艇长微笑着回答，“可是，我不想让您指责我鲁莽，我让您事先说出对我所有的异议。”

“您还有什么疑难？”

“只有一个。如果南极有海，很可能海上完全结了冰，因此，我们

[1] 注意：据现在得到的数据，冰山露出的部分只有八分之一左右。

就不能返回水面！”

“好，先生，您忘了‘鹦鹉螺号’拥有可怕的冲角吗？我们不能把冲角沿着对角线冲击冰原，在撞击之下，冰原就会裂开吗？”

“嗨！教授先生，今天您真有主意！”

“况且，艇长，”我更加兴奋，接着说，“为什么南极就不像北极一样是能自由来往的大海呢？寒冷的极地和地球的极地不能混同，在南半球不行，在北半球也不行。直至发现相反的证据，人们应该设想，地球的这两个点，要么是一个大陆，要么是没有冰封的海洋。”

“我也相信是这样，阿罗纳克斯先生。”奈莫艇长回答，“我只向您指出，在对我的计划提出那么多异议之后，现在您用赞成我的议论来对付我了。”

奈莫艇长说得对。我竟然大胆地说服起他来了！好像是我把他带到极地！我走在他前面，把他落下了……不！可怜的傻瓜。奈莫艇长比你清楚事情的利弊，他只是看到你想入非非觉得好玩。

可是，他一刻也没有耽搁。听到一声招呼，大副出现了。这两个人用我听不懂的语言迅速交谈，要么大副事先得到通知，要么他觉得计划可行，他没有露出任何惊讶。

但是，不管他怎样冷漠，也没有贡塞伊表现得更加彻底；在我对这个正直的小伙子宣布我们要直达南极的意图时，我得到的是“随您的便”，我只得以此为满足。至于内德·兰德，倘若有人肩膀耸得老高，那就是这个加拿大人了。

“您看到了吗，先生？”他对我说，“您和那位奈莫艇长，你们让我觉得可怜！”

“但是我们要去极地，兰德师傅。”

“可能，但是你们回不来了！”

内德·兰德返回他的舱室，他离开时对我说："不要出事啊。"

但是，这项大胆计划的准备工作已经开始进行。"鹦鹉螺号"强有力的泵在往储气舱里灌气，并用高压储存。将近四点，奈莫艇长向我宣布，平台的舱盖即将关闭。我朝我们就要通过的大浮冰看了最后一眼。天气晴朗，空气相当纯净，寒风凛冽，气温是零下十二摄氏度；不过由于风已停息，这温度似乎不是令人太受不了。

十来个拿着铁镐的水手登上"鹦鹉螺号"的两侧，把船身周围的冰砸碎，不久潜艇就摆脱出来了。这个工作很快完成，因为新结的冰还不厚。我们大家都回到艇内。常用的储水罐装满了吃水线处没结冰的海水。"鹦鹉螺号"随即下沉。

我和贡塞伊坐在客厅里。通过打开护板的玻璃窗，我们望着南冰洋底层的海水。温度计的水银柱在上升。气压计的指针在表盘上移动。

正如奈莫艇长所预料的那样，到了大约三百米深的地方，我们就能在连绵起伏的大浮冰下面航行了。但是"鹦鹉螺号"下沉得更深，一直到八百米深的地方。水里的温度是十二摄氏度，潜艇里不到十一摄氏度，已经升高两摄氏度。不用说，由于有供暖设备，"鹦鹉螺号"的温度维持得很高。所有的操作都完成得异常准确。

"我们会通过的，先生心里不要有疙瘩。"贡塞伊对我说。

"我就指望这个！"我满怀信心地回答。

在畅通无阻的海里，"鹦鹉螺号"直接开向南极，不离开西经52度线。从南纬67度30分到90度，还有22度30分的行程，就是说，还要行驶五百多法里。"鹦鹉螺号"的航速平均为每小时二十六海里，这是特快列车的速度。如果保持这个速度，四十小时就足以抵达南极。

夜里有一段时间，新奇的景象把我和贡塞伊吸引住了，我们一直待在客厅的舷窗前。大海在舷灯光的照射下，闪闪发亮，但是空空荡荡。

鱼类不栖息在封闭的海水里，它们只在这里找到一条通道，从南冰洋到南极自由畅通的海水中，我们行驶得很快，从潜艇的长条形钢壳的振动中能感觉出这一点。

约莫在凌晨两点钟，我去休息几个小时，贡塞伊陪着我。穿过纵向通道时，我没有碰到奈莫艇长。我猜想他待在驾驶室里。

第二天，三月十九日，早上五点，我来到客厅，又坐在老位置上。电动测速仪显示，“鹦鹉螺号”放慢了速度。这时它谨慎地浮向水面，慢慢地排空储水罐里的水。我的心怦然跳动。我们就要浮上水面，重新呼吸到极地的自由空气吗？

不是的。一声撞击告诉我，“鹦鹉螺号”撞上了大浮冰的底部，从声音的混浊，可以判断冰层还很厚。用航海术语来说，我们确实“搁浅”了，不过是反方向，在水下一千英尺的地方。就是说，我们头顶上的浮冰有两千英尺厚，露出水面的部分有一千英尺[1]。那么，这块大浮冰高于我们曾经测到的大浮冰。形势令人担忧。

这一天，“鹦鹉螺号”反复这样试了好几次，总是撞到上面的大墙一样的天花板。有几次是在九百米深的地方撞到的，显示出大浮冰的厚度有一千二百米，其中二百米露出水面。这是“鹦鹉螺号”当初下潜时大浮冰高度的两倍。

我仔细记录这些不同的厚度，这样就获得连绵不断的大浮冰在水下延伸的侧面图。

傍晚，我们的情况没有出现任何突变。大浮冰总是在四百米至五百米之间的海水深处。厚度明显减少，但是，在我们和洋面之间，冰层仍然十分厚啊！

---

[1] 原文如此，计算有误。

这时是上午八点。按照潜艇的平时习惯，四小时前“鹦鹉螺号”就应该换空气了。但我不太难受，虽然奈莫艇长还没有提出动用储气舱里的氧气。

这一宿，我辗转反侧。希望和恐惧轮番占据我的脑子。我起来好几次。“鹦鹉螺号”继续在摸索。将近凌晨三点，我观察到，遇上大浮冰底部时，水深只有五十米。这时我们距离水面是一百五十英尺。大浮冰逐渐变成冰原，高山又变成平原。

我目不转睛地看着气压计。我们始终沿着一条对角线上浮，在电灯光照射下，发亮的水面闪烁着。大浮冰的厚度在水面上和水面下都沿着斜坡在减少，一海里又一海里地变薄。

最后，在三月十九日这个值得纪念的日子，早上六点，客厅的门打开，奈莫艇长出现。

“海上没有结冰！”他对我说。

十四
南 极

我冲向平台。是的，自由通行的大海。海面上只有零星的冰块，一些浮动的冰山；大海伸展到远处；天空中有成群的鸟，水里有不可胜数的鱼，深浅不同的海水，变换着从湛蓝到橄榄绿。温度计指着零上三摄氏度。有大浮冰挡着，相对来说仿佛是春天，大浮冰遥远的一大块在北边的天际显示出轮廓。

“我们是在南极吗？”我问艇长，心怦然而动。

“我不知道，”他回答我，“中午我们会测量一下。”

“但是，太阳能穿过雾气露面吗？”我望着灰蒙营地的天空问道。

“只要露出一点点就行。”艇长回答。

在南面，离“鹦鹉螺号”十海里处，有一座孤零零的小岛，耸起二百米高。我们朝小岛驶去，但小心翼翼，因为这片海域可能布满暗礁。

一小时以后，我们到达小岛。又过两小时，我们绕了小岛一圈。小岛周长四海里至五海里。一条狭窄的水道把它和一大片陆地分开，也许那是大陆，我们看不到尽头。这片土地的存在好像证实了莫里的假设。这个聪明的美国人确实指出过，在南极和南纬六十度之间，海面上布满了体积很大的浮冰，在北大西洋，这是从来看不到的。由此，他得出结论，南极圈里有大块陆地，因为冰山不能在大海里形成，只能形成于海边。

根据他的计算，覆盖着南极的冰像个大冰帽，宽度应该达到四千千米。

“鹦鹉螺号”由于担心搁浅，停在离沙滩三链远的地方，壮观的层层叠叠的岩石耸立其上。小艇放到了海里。艇长，他的两个带着工具的手下，贡塞伊和我，我们一起上了小艇。时间是上午十点，我没有看见内德·兰德。加拿大人大概不肯承认是面对南极。

划了几下，小艇就来到沙滩，在那里搁浅。正当贡塞伊要跳下地的时候，我拉住了他。

“先生，”我对奈莫艇长说，“第一个踏上这片土地的荣誉属于您。”

“是的，先生。”艇长回答，“我之所以毫不犹豫地踏上南极这块土地，那是因为至今为止还没有人在这里留下过足迹。”

说完，他轻捷地跳到沙滩上。异常的激动使他的心怦怦乱跳。他攀登到一个小岬角顶端的陡峭岩石上，在那里抱起双臂，目光炽热，一动不动，默默无声，仿佛占有了这片南极的土地。他这样心醉神迷，待了五分钟，然后朝我们转过身来。

“先生，您下来吧。”他朝我喊道。

我下了地，贡塞伊跟着我，把两个水手留在小艇里。

这长条的土地是淡红色的凝灰岩，仿佛是用捣碎的红砖铺成的。地面上布满了火山岩渣、流出的熔岩、浮石。可以看出是火山喷发出来的。有些地方，一些散发出硫黄气味的轻微火山气体，证明火山内部的烈火还保存着爆发的能量。可是，爬上一个高高的悬崖以后，在方圆几海里的范围内，却看不到任何火山。众所周知，在南极地区，西经 167 度、南纬 77 度 32 分，詹姆斯·罗斯[1]曾经发现过正在活动的埃雷比斯火山[2]

[1] 詹姆斯·罗斯（1777—1856），英国航海家、南极探险家。

[2] 埃雷比斯火山：南极洲罗斯岛上的活火山，海拔 3794 米，和泰罗尔（意为恐怖）火山同时由詹姆斯·罗斯发现。

和泰罗尔火山的火山口。

我觉得，在这片荒芜的大陆上，植物极其稀少。黑色的岩石上延伸着一些松萝属地衣。某些微小生物的胚芽，如退化了的硅藻，像蜂房一样分布在两个含石英的贝壳中间；粉红色的和深红色的长条墨角藻，挂在小小的鱼鳔上，被海浪投掷到岸边。这个地区贫乏的植物只有这些。

海岸上散布着软体动物、小贻贝、帽贝、甲壳光滑的心形贝，特别是膜贝，长方形的身体有一层膜，头由两个滚圆的瓣膜组成。我也看到不可胜数的北极的膜贝，长三厘米，鲸每口能吞下成千上万只。这种迷人的翼足类动物，是真正的海蝴蝶，使海边自由激荡的海水生机勃勃。

在其他植形动物中，浅滩上有几株乔木状的石灰质珊瑚；按詹姆斯·罗斯的说法，这种珊瑚在南冰洋里一千米的深处生活；还有一些小海鸡冠，以及大量的海盘车和海星，散布在地上，它们是这种气候下特有的。

但是，天空中生机盎然。成千上万只各种各样的鸟儿在翱翔、盘旋，鸣叫声震耳欲聋。还有些鸟聚集在岩石上，望着我们走过，毫不害怕，亲密地簇拥在我们脚边。这是企鹅，在岸上笨拙、沉重，而在水里轻巧灵活，有时被错认是迅捷的金枪鱼。企鹅发出古怪的叫声，成群结队，动作少，吵吵闹闹个不休。

鸟类中我看到涉禽科的白鸻（héng），大小如鸽子，白色，短喙，呈圆锥形，眼睛周围镶有红圈。贡塞伊储存了几只，因为这种飞禽如果烹饪得法，会是一道可口的菜肴。天空中有煤灰色的信天翁飞过，这种鸟的翅膀有四米的幅度，被称为“大洋里的秃鹫”。巨大的海燕中，有的拥有拱形的翅膀，嗜食海豹。有一种背部黑白相间，像小鸽子的鸽燕。还有各种各样的海燕，有灰白色的，翅膀边缘是褐色的，有蓝色的，为

南冰洋所特有。我对贡塞伊说："灰白色的海燕肥得流油，法罗群岛[1]上的居民只消在这种鸟上插一根灯草，就可以当灯来点。"

"要是再多插一根灯草，"贡塞伊说，"就会是完美的灯了！毕竟我们不能要求大自然先在这些鸟的身上插上灯草！"

走了半英里以后，地上布满很多洞，那是企鹅窝，为了下蛋，从里面跑出来很多鸟。奈莫艇长后来叫人打杀了几百只，因为它们黑色的肉很好吃。它们发出驴的叫声。这些动物有鹅的大小，身体呈板岩的灰色，肚子是白的，脖子上有一圈柠檬色；任人用石块砸死，也不寻求逃走。

但是雾一直不散去，十一点了，太阳还没露面。太阳不出令我不停地担忧。没有太阳，就无法测量。那么，怎样确定我们是不是到达南极了呢？

我走近奈莫艇长的时候，看到他默默地倚在一块岩石上，望着天空。他看来十分焦虑和气恼。但怎么办呢？这个大胆和有能耐的人，不能像在海上那样，对太阳颐指气使。

中午到了，太阳一会儿也没有露面，甚至无法确定太阳在雾障后面的什么地方。不久，雾突然化成了雪。

"明天再说吧，"艇长简单地对我说，我们在大雪纷飞中回到"鹦鹉螺号"。

我们不在艇上的时候，拖网放下去了，我兴味盎然地观察刚打上来的鱼。南极海域是大量洄游鱼的避居地；洄游鱼为了逃避纬度不那么高的地区的风暴，却落到鼠海豚和海豹的牙齿下。我举出几条十厘米长的南极杜父鱼，这是一种灰白色的软骨鱼，带有深灰色的横纹，配备着刺；还有南极银鲛，身子长长的，有三英尺，白色的皮，十分光滑，银闪闪的，圆圆的头，有三个脊鳍，喙前端是个弯向嘴巴里的吻管。虽然贡塞

[1] 法罗群岛：丹麦自治领，在大西洋北部。

伊对这种鱼非常欣赏，但我尝过之后，感到淡而无味。

暴风雪持续到第二天。在平台上待不住。我在客厅里记录了这次在南极探险中遇到的事故，我听到海燕和信天翁的叫声，它们在风雪中嬉戏。“鹦鹉螺号”没有停下不动，它沿着海岸航行，在太阳擦着天际边上投下的半明半暗中，又往南走了十几海里。

第二天，三月二十日，风雪停止了，冷得更加刺骨。温度计指的是零下二摄氏度。雾消散了，我期望这一天能够进行观测。

奈莫艇长还没有露面，我们坐上小艇，贡塞伊和我，踏上了陆地。地质情况依旧，是火山岩。到处是岩浆、岩碴、玄武岩的遗迹，我却看不到喷发这些东西的火山口。这里和那边一样，数不清的鸟儿使这片极地大陆生机盎然。

不过，这个鸟的王国是与大群的海洋哺乳动物共享的，它们用温柔的目光望着我们。这是不同种类的海豹，有的躺在地上，有的躺在漂流的冰块上，有的从海里出来，或者回到海里。在我们接近时，它们并不逃跑，这是由于从来没有跟人打过交道。我估计这些海豹能装满几百艘船。

“说实话，”贡塞伊说，“幸亏内德·兰德没跟我们一起来！”

“为什么这样说，贡塞伊？”

“因为这个狂热的捕鲸手会把它们统统杀光。”

“统统杀光，说得太过分了！不过我确实相信，我们无法阻止我们的朋友——这个加拿大人捕杀这些漂亮的鲸类动物。这会使奈莫艇长不愉快，因为他不让与人无犯的动物白白地流血。”

“他是对的。”

“毫无疑问，贡塞伊。不过，你告诉我，你是不是已经把这些美丽的海洋动物分了类？”

“先生很清楚，我在实践上不很在行。”贡塞伊回答，“先生要是早告诉我这些动物的名字……”

“这是海豹和海象。”

“这是两个属的动物，都归入鳍脚科，”博学的贡塞伊赶紧说，“食肉目，趾甲群，单子宫动物亚纲，哺乳动物纲，脊椎动物门。”

“很好，贡塞伊。”我回答，“但是，海豹和海象这两个属又分成几个种，如果我没有搞错的话，我们在这里会有机会看到这些种。咱们往前走。”

这时是早上八点。直到我们能够有效地观测太阳，我们还有四个小时可以利用。我朝一个宽广的海湾走去，海湾呈凹形，岸上是花岗岩的峭壁。

在那里，我可以说，极目远望周围，陆地和浮冰上布满了海洋哺乳动物，我不由自主地用目力去搜寻老海神普罗透斯——神话中的牧羊人，他为涅普图努斯看管这广大的畜群。特别多的是海豹。它们明显地分为雌雄两群，雄海豹看守家，雌海豹奶崽儿。已经长得很壮实的年轻海豹，自由自在地待在几步以外的地方。这些哺乳动物想挪地方时，便收缩它们的身体，一蹦一跳地，用不完善的鳍相当笨拙地帮助自己；在它们的同类海牛身上，就发展成了前肢。应该说，海是它们得天独厚的地方，这些动物的脊柱能够活动，骨盆狭窄，毛短而密，长着蹼足，游起来灵活自如。在陆地上休息时，姿态极其优雅。因此，古人看到它们面容温柔，眼神生动——女人最美的眼神也不如它们的生动，目光清澈，毛茸茸的，姿态迷人，以他们的方式把海豹诗意化，雄的变成特里同[1]，雌的变成美人鱼。

我告诉贡塞伊，这种聪明的鲸类动物脑叶十分发达。任何一类哺乳

[1] 特里同：希腊神话中的人鱼。在古代诗人笔下，特里同长着人鼻、巨口、兽牙、绿发，耳下有鳃。

动物，除了人类，都没有这么多的脑炎质。因此，海豹能够接受一些训练，很容易驯化，我和一些博物学家认为，只要训练得法，这些动物就能像猎犬一样为我们效劳。

大部分海豹都在岩石上或沙地上睡觉。严格说来，这些海豹没有外耳——这一点不同于海狗，海狗的耳朵是凸出的——其中我看到几种狭嘴海豹，身长三米，白色的毛，脑袋像牛头犬，每个颌各有十颗牙——上下各有四颗门牙，有两颗呈百合花状的犬齿。海象在这海豹中滑过去，这是一种长着灵活短鼻的海豹，是这一种类中的巨型动物，身长十米，体围二十英尺。在我们走近时，它们一动不动。

“这些动物不危险吧？”贡塞伊问我。

“不危险，”我回答，“只要你不攻击它。海豹护崽儿时，愤怒异常，把小渔船打烂的事并不罕见。”

“它是在维权。”贡塞伊回了一句。

“我不反对。”

两海里以外，我们被一个岬角挡住了，这个岬角为海湾挡住南面的风。岬角笔直落到海里，惊涛拍岸，激起浪花。远处响起巨大的呼啸声，仿佛一群反刍动物产生的吼叫。

“好，”贡塞伊说，“是公牛在合唱吗？”

“不是，”我说，“是海象合唱。”

“海象在打架？”

“在打架或者在闹着玩。”

“先生不在意的话，应该去看看。”

“应该去看看，贡塞伊。”

于是我们越过黑不溜秋的岩石，岩石有的出乎意料地崩塌了，有的结了冰，非常滑。我不止一次摔倒，扭伤了腰。贡塞伊更加谨慎，或者更加结实，几乎没有失足，他把我扶起来说："如果先生乐意把腿分开，就能更好地保持平衡。"

来到岬角顶上时，我看到一片广阔的白色平原，躺满了海象。这些动物在嬉戏，发出的是欢乐的而不是愤怒的吼声。

从身体形状和四肢分布来看，海象和海豹相似，但海象的下颌没有门齿和犬齿，而上颌的犬齿是两颗八十厘米的长牙，牙槽周长有三十三厘米。这两颗牙质地细密，没有条痕，比大象的牙还要结实，而且不容易变黄，非常珍贵。因此海象受到滥杀，不久会濒临灭绝，因为狩猎者不加区分地屠杀怀孕的雌海象和小海象，每年捕杀四千多头。

在这些奇特的动物身边经过时，我可以从容地观察，因为它们纹丝不动。海象的皮厚而粗糙，颜色发黄，接近红棕色，毛短而稀少。有几头海象长达四米。它们比北极的海象安静，也不那么胆小，绝不派出选择好的哨兵守卫营地。

观察过这座海象的城池以后，我想按原路返回。已经是十一点了，如果奈莫艇长处在有利的测量条件下，我想在他测量时在场。可是我没想到这一天不出太阳。天际浓云密布，我们看不到太阳，似乎这有忌妒心的星体不愿意给人类揭示地球上这难以接近的点。

不过，我还是想返回"鹦鹉螺号"。我们沿着悬崖顶上一条狭窄的斜坡往下走。十一点半，我们到达了下船的地方。靠岸的小艇已经将艇长放到陆地上。我看到他站在一块玄武岩上。仪器放在他身旁。他的目光盯住北边的天际，太阳此刻在那边附近画出一条长弧线。

我站到他身边，一言不发地等待着。中午到了，像昨天一样，太阳没有露面。

这是一种天意。还是没法观测。如果明天不能完成观测，就必须最后放弃测定方位。

事实上，今天恰好是三月二十日，明天，二十一日，是春分，如果不把折射光算在内，太阳就要在地平线下消失半年了。随着太阳消失，漫长的极夜就要开始。自从九月的秋分以来，太阳从北面的地平线上出现，沿着延长的螺旋线上升到十二月二十一日。到北半球夏至的时候，太阳才开始回落，明天太阳要洒下最后几缕余晖。

我把自己的看法和担忧告诉奈莫艇长。

“您说得对，阿罗纳克斯先生，”他对我说，“如果明天我测不到太阳的高度，半年之内我就不能再进行测量。但是，也正因为我们在三月二十一日偶然航行到这个海域，测量会十分容易，只要太阳在中午露面就行。”

“为什么，艇长？”

“因为在太阳画出的螺旋线如此长的时候，很难准确地测定它在地平线上的高度，仪器有可能出现严重误差。”

“那么您怎样进行测量呢？”

“我只用精密仪器。”奈莫艇长回答我，“明天，二十一日，考虑到折射光，如果太阳的圆盘正好被北面的地平线切开，我就到了南极。”

“确实如此。”我说，“可是，从数学上看，这样断定并不精准，因为春分不一定在中午降临。”

“当然，先生，但是错误不到一百米的误差，我们不需要更准确。那么明天见吧。”

奈莫艇长返回艇上。贡塞伊和我，我们一直待到下午五点，在海滩踱步、观察和研究。除了一只大得出奇的企鹅蛋，我没有捡到任何有趣的东西。收藏家会出一千法郎以上。它的颜色是灰黄色的，上面的装饰条纹和印记仿佛象形文字，能成为稀有的玩意儿。我把它交到贡塞伊的手里。小伙子谨慎，脚步稳健，像捧着一件中国的珍贵瓷器那样，完好无损地捧回“鹦鹉螺号”。

我把这枚罕见的蛋放进陈列室的玻璃柜里。晚饭时，我津津有味地品尝了一块海豹肝，那味道令人想起猪肉。然后我睡觉，像个印度教徒那样，祈求太阳保佑。

第二天，三月二十一日，早上五点，我登上平台，在那里看到奈莫艇长。

“天有点放晴，”他对我说，“我满怀希望。早饭后我们到陆地上选择一个观测点。”

事情说妥后，我去找内德·兰德。我本想带他一起去。固执的加拿大人拒绝了，我看得很清楚，他的沉默寡言像暴脾气一样，与日俱增。在这种情况下，我毕竟对他的执着并不遗憾。说白了，陆地上海豹太多，用不着让这个鲁莽的捕鲸手去承受这种诱惑。

吃完早饭，我来到陆地。“鹦鹉螺号”在夜里又行驶了几海里，停在外海，离海岸足足一法里远，岸上有一座四五百米高的山峰。小艇载着我、奈莫艇长、两名水手和精密仪器、一架望远镜和一个气压计。

摆渡时，我看到很多鲸，都属于南极海域特有的三个种：露脊鲸，就是英国人所说的“露脊鲸[1]”，没有脊鳍；座头鲸[2]，即鳁鲸，肚子平滑，灰白色的鳍宽大，虽然有这个名字，其实并没有鳍翅；长须鲸[3]，浅黄褐色，鲸类动物中最活跃的一种。这强有力的动物能喷出非常高的水汽柱，活像滚滚浓烟，从老远就能听到声音。这些不同种的哺乳动物成群结队，在平静的海水里嬉戏，我看得很清楚，南极这片海域如今成了被捕猎者穷追不舍的鲸类动物的避难地。我同样看到一些樽海鞘，这是一

[1] 露脊鲸：英文为 right-whale。

[2] 座头鲸：英文为 humpback。

[3] 长须鲸：英文为 fin-back。

种成群的软体动物，长着灰白色长须细带；还有一些大个的水母，在海浪的漩涡中游动。

九点钟，我们靠岸。天放晴了，云朵向南方飘逝。雾离开了寒冷的水面。奈莫艇长径直向峰顶走去，无疑想把那里当观测点。脚下是尖锐的熔岩和浮石，空气中弥漫着火山气体的硫黄味，往上爬十分艰苦。艇长已经是个不习惯在陆地上行走的人，但他在爬最陡峭的山坡时，那种灵活和敏捷，我不能相比，连追捕比利牛斯岩山羊的猎人都会羡慕。

我们需要用两个小时，才能到达这一半是斑岩，一半是玄武岩的峰顶。从那里我们的目光能饱览浩渺的大海，往北，直到天边，清晰地画出尽头的底线。我们脚下是白得耀眼的原野，头上是拨开云雾的苍白的蓝天。北边，太阳的圆盘像火球一样被地平线切去了一角。从海水中升起千百束美丽的霞光。远处，“鹦鹉螺号”犹如一头睡着的鲸类动物。我们身后，南面和东面，是广袤的陆地，杂乱地堆积着岩石和冰块，一望无际。

奈莫艇长来到山顶，用气压计仔细测出山的高度，因为他在观测中要考虑山的高度。

十二点差一刻，只通过反射光看到的太阳，像个金盘，把最后的光线洒向这荒芜的大陆，洒向这人迹不到的大海。

奈莫艇长带着一架有十字丝的望远镜，能够用镜子矫正反射光，观测正沿着一条很长的对角线逐渐沉入地平线的太阳。我拿着精密时计，心跳得厉害。如果那半个太阳的消失正好和精密时计上的午时吻合，我们就是在南极。

“中午到了！”我嚷道。

“南极！”奈莫艇长用庄重的声音回答，同时把望远镜递给我，通过望远镜可以看到太阳正好被地平线分割成相等的两部分。

我望着罩住山顶太阳的余晖，阴影逐渐爬上山坡。

这时，奈莫艇长用手扶住我的肩膀，对我说：

“先生，一六〇〇年，荷兰人杰里特克被海流和风暴带到南纬64度，发现新设得兰群岛。一七七三年一月十七日，大名鼎鼎的库克沿着西经38度线，到达南纬67度30分；第二年一月三十日，他又沿着西经109度线到达南纬71度15分。一八一九年，俄国人别林豪森到达南纬69度，一八二一年他又沿着西经111度线到达南纬66度。一八二〇年，布伦斯菲尔德在南纬65度受阻；同年，美国人莫雷尔沿着西经42度线南下，在南纬70度14分发现没有结冰的海，不过，他的叙述值得怀疑。一八二五年，英国人鲍威尔未能越过南纬62度线；同年，英国一个名叫韦德尔[1]的捕海豹的普通渔民，沿着西经35度线南下，一直到达南纬72度14分，后来又沿着西经36度线直达南纬74度15分。一八二九年，英国船‘雄鸡号’船长福斯特在南纬63度26分、西经66度50分的南极大陆靠岸。一八三一年二月一日，英国人比斯科埃在南纬68度50分发现恩德比地。一八三二年二月五日，他又在南纬67度发现阿德莱依德地，二月二十一日在南纬64度45分发现格雷厄姆地。一八三八年，法国人杜蒙·德·于维尔[2]在南纬62度57分遇到大浮冰，发现路易－菲利普地。两年之后，一八四〇年一月二十一日，他又在南纬66度40分发现一个新海角，命名为阿德利地；八天之后，他又在南纬64度40分发现克拉里海岸。一八三八年，英国人威尔克斯[3]沿着西经100度线到达南纬69度。一八三九年，英国人巴尔尼发现南极圈边上的萨布里纳地。最后，一八四二年一月十二日，英国人詹姆斯·罗斯率领‘黑暗号’

[1] 韦德尔（1787—1834），英国水手，越过在南极圈有不少发现。

[2] 杜蒙·德·于维尔（1790—1841），法国航海家，曾在南极地区探险，著有《环球旅行和发现》《南极和在洋洲旅行》。

[3] 威尔克斯（1798—1877），探险家、海军军官，曾在南太平洋和南极海岸考察。

和‘恐怖号’，沿着东经171度7分到达南纬76度56分，发现维多利亚地。同月二十日，到达南纬74度线，这是至今人类到过的最高纬度；二十七日到达南纬76度8分；二十八日到达南纬77度32分。二月二日，到达78度4分。一八四二年他再次来到南纬71度，就过不去了。现在，我呀，奈莫艇长，于一八六八年三月二十一日到达南纬90度的南极，占据了占地球已知大陆六分之一的土地。”

“以谁的名义呢，艇长？”

“以我自己的名义，先生！”

说完，奈莫艇长展开一面黑旗，在纺绸上有一个盾形的金色N字。然后，他转向海面上泛着余晖的太阳。

“再见，太阳！”他喊道，“消失吧，光芒万丈的星体！睡在这片能自由航行的海面下吧，让半年的漫漫长夜在我的新领地投下阴影！”

十五

大事故还是小事故?

第二天，三月二十二日，早上六点钟，开始做出发准备。晨曦的最后光辉融化在夜色中。寒冷彻骨。星星闪耀着惊人的明亮。灿烂的南十字星座[1]在头顶上闪光，它是南极地区的南极星。

温度计指着零下十二摄氏度，风力增强，令人有切肤之痛。在未封住的海面上浮冰增多。大海趋于完全封冻。许多黑乎乎的冰块铺展在海面上，预示着新冰层即将形成。显而易见，南极海域，冬天的半年要封冻，绝对无法接近。在这期间，鲸会怎么样呢？它们可能要从大浮冰下面通过，去寻找更适于生存的海域。习惯在最恶劣的天气中生存的海豹和海象，它们留在这冰雪的海域。这些动物有在冰原上挖窟窿的本能，并且让这些窟窿始终敞开，以便它们来到这些窟窿呼吸。鸟类被寒冷驱赶，往北边迁徙。这些海洋哺乳动物就成了南极大陆唯一的主人。

储水罐已经装满，“鹦鹉螺号”慢慢下沉。到达一千英尺的深度时，潜艇停了下来。螺旋桨拍打海水，以每小时十五海里的速度笔直向北驶去。傍晚时分，“鹦鹉螺号”已经航行在大浮冰广阔的冰壳下面。

客厅的护窗板出于谨慎关上了，因为“鹦鹉螺号”的船壳可能碰上沉在水里的大冰块。因此，我靠整理笔记度过这一天。我的头脑完全在

[1] 南十字星座：南半球星座，有两颗星指向南极。

回忆南极的遭遇。我们漂浮的车厢仿佛在铁轨上滑行，毫不疲劳地、毫无危险地到达这个难以接近的地方。如今，返回真正开始了。我还会遇到同样的惊喜吗？我想可能，海底的奇迹无穷无尽！自从命运把我们抛到这艘潜艇上来，已经过去了五个半月，我们航行了一万四千法里，在这次比环绕地球赤道一周[1]还要长的行程中，有多少稀奇或者恐怖的事使我们的旅行迷人啊：在克雷斯波海底森林打猎，在托雷斯海峡搁浅，珊瑚墓，斯里兰卡采珠场，阿拉伯隧道，桑托林火山，维戈湾的数百万财富，大西洋岛，南极！夜里，这些往事像梦幻般一个个掠过，使我的头脑一刻也不得安歇。

凌晨三点，我被一下猛烈的撞击惊醒。我从床上坐起，在黑暗中倾听，这时，我被突然抛到房间中央。显然，"鹦鹉螺号"撞上什么东西以后，倾斜得厉害。

我靠在板壁上，拖着脚步，从纵向通道走到客厅，客厅天花板的灯还照亮着。家具翻倒了。幸亏玻璃柜被座脚牢牢地固定住，没有倾倒。右舷墙上的画幅垂直移位，贴在地毯上，而左舷墙的画幅底边离开墙一英尺，悬空挂着。因此，"鹦鹉螺号"是向右倾斜，而且完全不能动了。

我听到潜艇里有脚步声、模糊的说话声。奈莫艇长没有露面。正当我离开客厅时，内德·兰德和贡塞伊走了进来。

"怎么回事？"我马上问他们。

"我正是来问先生呢。"贡塞伊回答。

"真是见鬼了！"加拿大人大声说，"我呀，我很清楚！'鹦鹉螺号'搁浅了，从它倾斜的程度看，我认为它不可能像上次在托雷斯海峡那样脱身。"

"但至少它回到海面上了吧？"我问。

---

[1] 一万四千法里相当于五万六千千米，赤道周长约四万千米。

“我们不知道。”贡塞伊回答。

“很容易得到确证。”我说。

我看了看气压计。大大出乎我的意料，气压计指的深度是三百六十米！

“这是怎么回事？”我嚷道。

“必须去问奈莫艇长。”贡塞伊说。

“可是到哪儿找到他呢？”内德·兰德问。

“跟我来。”我对两个同伴说。

我们离开客厅。图书室里没有人。中央楼梯那里没有人。船员舱室里没有人。我估计奈莫艇长守在驾驶室里。最好是等待。我们三个人又回到客厅。

我默默地让加拿大人发泄一通指责。他发脾气处于有利地位。我让他尽情发泄脾气，没有回答他。

我们这样待了二十分钟，一面竭力捕捉“鹦鹉螺号”内部发出的轻微响声，这时，奈莫艇长走了进来。他似乎没有看见我们。他的面容平时不动声色，眼下显出有些不安。他默默地观察罗盘和气压计，手指按着地球平面球形图上南极海域的一个点。

我不想打断他的观察。只不过，在几分钟以后，他朝我转过身时，我用他在托雷斯海峡使用过的一句话反过来问他：

“是个小事故吧，艇长？”

“不是，先生，”他回答，“这次是大事故。”

“严重吗？”

“也许是吧。”

“马上有危险吗？”

“没有。”

“‘鹦鹉螺号’搁浅了吗？”

“是的。”

“这次搁浅怎么来的？……”

“来自大自然的任性，而不是来自人的缺乏经验。操作上没出一点差错。但是，我们不能阻止平衡规律产生作用。我们可以无视人类的法则，却不能抵挡自然法则。”

奈莫艇长竟然选择这古怪的时候，进行这番哲理思考。总之，他的回答没有告诉我任何东西。

“先生，我能知道这次事故的原因吗？”我问他。

“巨大的冰块，也就是整座冰山翻了过来。”他回答我，“冰山底部被温度更高的水侵蚀，或者被反复撞击，重心上移。这时，冰山就大部分转了过来，翻了个身。这就是我们遇到的情况。其中一大块冰塌下来，砸在水下航行的‘鹦鹉螺号’上。然后，冰滑到潜艇下面，以无法抗拒的力量把潜艇托上来，带到密度较小的水层里，潜艇就侧躺在那里了。”

“但我们不能把储水罐的水排干，让‘鹦鹉螺号’脱身，恢复潜艇的平衡吗？”

“眼下正在这样做，先生。您可以听到水泵在运转。您看看气压计。气压计显示，‘鹦鹉螺号’正在上浮，但是冰块和它一起上浮；在遇到障碍止住冰块上浮之前，我们的处境不会有变化。”

“鹦鹉螺号”确实始终不变地向右倾斜。无疑，冰块停止上浮，潜艇才能重新挺直。但当下谁知道我们会不会碰到大浮冰的上部，我们会不会处于两头被冰块夹住的可怕境地呢？

我思索着这种处境的一切后果。奈莫艇长不停地看着气压计。自从冰山倾倒以来，“鹦鹉螺号”已经上升了一百五十英尺左右，但是倾斜的角度一直没有变化。

突然，艇身轻轻一震。“鹦鹉螺号”明显地挺直了一点。客厅里悬挂的东西明显地恢复了正常状态。板壁接近垂直。我们谁也不说话。我们心里激动，观察着，感到艇身在挺直。我们脚下的地板重新呈水平状态。十分钟过去了。

“我们终于挺直了。”我大声说。

“是的。”奈莫艇长说，一面向客厅的门走去。

“但是，我们还往上浮吗？”我问他。

“当然，”他回答，“储水罐还没有排净水，排净之后，‘鹦鹉螺号’就该浮到水面上了。”

艇长走了出去。不久，我发现他已经下令停止让“鹦鹉螺号”上浮。确实，潜艇很快就会碰上大浮冰的底部，最好还是让潜艇待在海水的中间。

“我们幸好脱险了！”这时贡塞伊说。

“是的，我们会在两层冰中间被压碎，或者至少被困住。那时，由于不能换空气……是的！我们幸好脱险了！”

“完蛋了才好呢！”内德·兰德嘟囔了一句。

我不想和加拿大人进行无用的讨论，没有答话。再说，这当儿护窗板打开了，外面的光通过没有遮挡的舷窗投射进来。

就像我刚才说的，我们是在海水中；“鹦鹉螺号”两边十米开外，矗立着炫目的冰墙。上下都是冰墙。上面是因为大浮冰的底部，就像广阔的天花板一样展开。下面是因为翻了个身的冰山逐渐滑下去，在两侧的冰墙上找到两个支撑点，使潜艇保持这个处境。“鹦鹉螺号”被困在一个真正的冰隧道里，隧道宽二十米左右，充满平静的水。所以，潜艇前进或后退都很容易从这隧道出来，然后再往下潜几百米，在大浮冰底下重新找到一条自由通道。

天花板上的灯熄灭了，但是客厅仍然被强光照得闪闪发亮，这是因为冰墙把舷灯的一片光强烈地反射了进来。我无法描绘电灯光在随意裂开的大冰块上造成的效果；冰块的每个角，每个棱，每个面，都按冰里纹理走势的性质不同，反射出不同的光。

就像一座令人眼花缭乱的宝石矿，尤其像一座蓝宝石矿，将蓝光和祖母绿的绿光交相辉映。在钻石般的明亮、令人睁不开眼的炽热光点中，无比柔和的不同乳白色四处流转。舷灯的亮度百倍提高了，就像一级灯塔上通过凸透镜射出来的光一样。

“多美啊！多美啊！”贡塞伊嚷道。

“是的！”我说，“这是一幅出色的美景。是不是，内德？”

“嗨！真见鬼！是的，”内德·兰德回了一句，“美极了！我不得不承认，真叫人恼火。从来没见过这样的美景，但这景色要让我们付出高昂的代价。如果必须和盘托出，我想，我们在这里看到的东西，是上帝禁止人看的！”

内德说得对。真是太美了。突然，贡塞伊叫了一声，使我回过身来。

“怎么啦？”我问。

“请先生闭上眼！请先生别看！”

贡塞伊一面说一面赶紧用手捂住眼睛。

“你怎么啦，小伙子？”

“我的眼睛花了，看不见了！”

我的目光不由自主地转向玻璃舷窗，但是我忍受不了像要把舷窗吞噬的火光。

我明白所发生的事了。“鹦鹉螺号”刚刚高速行驶起来，冰墙上静止的光于是都变成闪光，无数的钻石光亮聚集起来。“鹦鹉螺号”在螺旋桨推动下，仿佛在光筒中航行。

这时，客厅的护窗板又关上了。我们仍然将手捂住眼睛，眼睛浴满了这种在视网膜飘浮的聚光，就像阳光过于强烈地袭击眼睛时那样。必须等待一会儿，才能平息我们视力的混乱。

我们的手终于放了下来。

“说实话，我简直无法相信。”贡塞伊说。

“而我呢，我到现在还是不相信！”加拿大人回了这一句。

“等回到陆地上，”贡塞伊添上说，“我们对大自然那么多奇迹都看得腻烦了，以后对那些可怜巴巴的大陆景致和出自人手的小作品会做何感想呢！不！住人的世界已不再配得上我们了！”

这样的话出自一个冷漠的佛兰德人口中，足见我们的热情已到了沸腾的程度。但是，加拿大人不会错过对此泼冷水的机会。

“住人的世界！”他摇着头说，“贡塞伊老弟，放心吧，我们回不到那里去了！”

这时是早上五点。“鹦鹉螺号”的前部发生了撞击。我明白它的冲角刚撞上了冰块。这应该是操作不当造成的，因为这海底隧道有冰块阻塞，航行不易。因此我想，奈莫艇长是在改变航道，绕过障碍，或者沿着隧道蜿蜒而行。无论如何，前进绝对不会被阻止。然而，出乎意料的是，“鹦鹉螺号”做了一个非常明显的后退动作。

“我们在往后退？”贡塞伊问。

“是的，”我回答，“隧道的这一边一准没有出路。”

“怎么办呢？……”

“操作非常简单，”我说，“我们会原路退回，从南面的口出去。如此而已。”

这样说话时，我想显得比实际那样更有把握。但是“鹦鹉螺号”后退动作加速，螺旋桨倒转，把我们高速带走。

“这会耽误时间。”内德说。

“早几个小时或晚几个小时都没关系，只要能出去。”

“是的，只要能出去！”内德·兰德再说一遍。

我在客厅和图书室之间踱了一会儿步。我的两个同伴坐在那儿一声不吭。不久，我也歪倒在沙发上，拿起一本书，机械地浏览着。

一刻钟后，贡塞伊走近我，对我说：

“先生看的书确实有趣吗？”

“非常有趣。”我回答。

“我相信是，先生看的是自己的书！”

“我的书？”

我手里确实拿着《大洋深底的秘密》，我居然没有意识到。我合上书，又开始踱步。内德和贡塞伊站起来要出去。

“朋友们，留下，”我把他们叫住，“驶出这个死胡同之前，咱们待在一起吧。”

“听先生的。”贡塞伊回答。

几小时过去了。我不时观察挂在板壁上的那些仪器。气压计显示，“鹦鹉螺号”一直维持在三百米的深度；罗盘显示始终往南；测速仪显示潜艇航速每小时二十海里，在这样一个狭窄的地方，这是过高的速度。但是奈莫艇长知道，他不能太仓促，而且这时候，几分钟等于几个世纪。

八点二十五分，发生第二次撞击，这回是在船的后部。我的脸吓得刷白，我的两个同伴走近我，我抓住了贡塞伊的手。我们用目光互相询问，这时目光比话语更能直接表达我们的想法。

这当儿，奈莫艇长走进客厅。我朝他走去。

“南面的路堵住了？”我问他。

“是的，先生。冰山翻转身，把所有出路都封死了。”

“我们被封锁了？”

十六

缺 氧

这样，“鹦鹉螺号”周围，上面，下面，是穿不透的冰墙。我们被大浮冰困住了！加拿大人用他偌大的拳头擂了一下桌子，贡塞伊一言不发。我望着艇长。他的脸又显出惯常的毫无表情。他交叉抱着手臂。他在思索。“鹦鹉螺号”已一动不动。

艇长这时开了口：

“先生们，”他用平静的声音说，“在我们所处的情况下，有两种死法。”

这个捉摸不透的人物，神态就像一个数学教师，在给学生们演算题目。

“第一种是被压死，”他接着说，“第二种是被憋死。我不提饿死的可能，因为‘鹦鹉螺号’的储备肯定比我们的生命延续得更久。因此，我们考虑的是被压死呢还是被憋死。”

“艇长，说到憋死，”我回答，“用不着担心，因为我们的储气舱装得满满的。”

“不错，”艇长接着说，“但只够供两天的空气。我们在水中已经待了三十六个小时，‘鹦鹉螺号’空气混浊，需要换气了。再过四十八小时，我们的储备就会用完。”

“那么，艇长，我们就在四十八小时之前脱身啊！”

“我们至少要试一下，把围住我们的冰墙凿穿。”

“从哪一面凿呢？”我问。

“这要测量一下才能知道。我将把潜艇搁浅在下面的冰块上，让我的手下人穿上潜水服，去凿最薄的冰墙。”

“能打开客厅的护窗板吗？”

“没有什么不妥，我们反正没法航行。”

奈莫艇长出去了。不一会儿，呼呼声告诉我，水开始灌进储水罐。“鹦鹉螺号”慢慢下沉，停在三百五十米深处的冰块上，下面的冰块就沉到这个深度上。

“朋友们，”我说，“形势严峻，但是我所指望的是你们的勇气和毅力。”

“先生，”加拿大人回答我，“眼下不是用指责来麻烦您的时候。我准备好为了共同得救竭尽绵薄之力。”

“好，内德！”我说，对加拿大人伸出手去。

“我要补充一句，”他又说，“我用镐头跟用捕鲸叉一样灵活，如果我对艇长有使得上的地方，他可以使唤我。”

“他不会拒绝您的帮助。内德，来吧。”

我把加拿大人带到“鹦鹉螺号”的水手穿潜水服的那个房间。我把内德的建议告诉了艇长，被接受了。加拿大人穿上潜水服，和他的工作伙伴们一样准备好了。他们每个人都背着一个卢凯罗尔储气罐，里面灌满了纯净的空气。对“鹦鹉螺号”的储备来说，他们用去的空气很可观，但这是必不可少的。至于鲁姆科夫灯，在电灯光照射的明晃晃的水里，变得用不着了。

内德穿好衣服以后，我回到客厅，舷窗已经打开。我坐在贡塞伊旁边，观察承载着“鹦鹉螺号”的周围水层。

过了一会儿，我们看到十来个水手站在冰块上，其中有内德，从他的高大身材可以认出他来。奈莫艇长和他们在一起。

在挖墙之前，他先让人进行测量，以保证干活方向正确。长长的探测针插进旁边的冰壁；但插进十五米以后，探测针仍然停留在厚冰壁中。头顶上的冰用不着探测，因为这是大浮冰本身，超过四百米的厚度。奈莫艇长于是叫人探测底下的冰层。这里十米的冰层把我们和海水隔开，这是冰原的厚度。于是，凿开的冰要和“鹦鹉螺号”吃水线周围那一圈面积大小相等。这大约要凿掉六千五百立方米的冰，以便挖出一个洞，使潜艇沉到冰原底下去。

行动随即开始，他们以不知疲倦和坚忍不拔的劲头进行下去。在“鹦鹉螺号”周围开凿，难度更大，奈莫艇长让人在潜艇左舷后半部八米处的地方画了一个巨大的沟。然后，他的水手在这个圆周的好几个点同时开凿。不久，镐头对这厚实的冰层展开强有力的进攻，大块的冰被凿了下来。由于存在一种特殊重力的有趣作用，这些比水轻的冰块，可以说飞到隧道顶上，底层的冰薄了多少，顶上的冰就厚了多少。不过没有关系，底层的冰也同样薄了。

卖命地干了两个小时以后，内德·兰德回来时已经筋疲力尽了。他和他那一伙被新的一伙换下，我和贡塞伊加入其中。“鹦鹉螺号”的大副带领着我们。

我觉得水特别冷，但是抡起镐来很快就暖和了。虽然顶着三十个大气压的压力，我仍然活动自如。

干了两个小时后，回来吃点东西和休息，这时我发觉，卢凯罗尔储气罐的纯净空气和“鹦鹉螺号”内已经充满碳酸气的空气相比，真有莫大的不同。已有四十八小时没换气了，艇内有生命力的空气质量已大大降低。但是，在十二小时里，在画出的面积上，我们凿下来的冰厚度只有一米，也即六百立方米。就算每十二小时都能完成同样的工作量，这个工程要圆满完成也还得四天五夜。

“四天五夜！”我对我的两个同伴说，“而我们储气罐里的空气只够用两天。”

“还不算这个呢，”内德驳了一句，“即便从这个该死的囚牢出去，我们还是禁锢在大浮冰下面，无法换气！”

这个考虑是对的。谁能预计我们脱身需要多少时间呢？在“鹦鹉螺号”能够浮上水面之前，我们会不会窒息而死呢？“鹦鹉螺号”注定了要带着艇上所有的人，葬身这个冰层的坟墓中吗？形势咄咄逼人。虽然每个人都正面考虑过这种形势，大家还是决心把自己的义务尽到底。

同我的预计一样，夜里，大洞中又凿掉了一米厚的冰层。但是，早上，我穿着潜水服走在零下六七摄氏度的水里时，我发现两侧的冰墙在逐渐靠近。远离这个坑的水层，由于人们干活和工具的挥舞产生不了热量，又有结冰的趋势。面对这迫在眉睫的新危险，我们得救的希望会变得怎样？怎样防止这里的水结冰呢？这会把“鹦鹉螺号”的板壁像玻璃一样挤爆的。

我没有将这新危险告诉我的两个伙伴。他们正满怀热情，投身于这艰苦的求生劳动中，何必冒险去打击他们的积极性呢？但是，当我回到艇上后，我给奈莫艇长指出这种棘手的情况。

“这我知道，”他对我说，语调平静，最可怕的事态也不能改变分毫，“这是多一层危险，但是我看不出有什么办法来阻止。唯一的获救机会，是大伙比结冰干得更快。问题是要跑在前面。如此而已。”

跑在前面！我毕竟不得不习惯这种说话方式！

这一天，我艰苦卓绝地挥镐干了好几个小时。再说，干活，可以离开“鹦鹉螺号”，直接呼吸储气罐提供的纯净空气，离开缺氧的污浊空气。

傍晚时分，坑又挖掉一米冰。我回到艇上时，几乎被空气里饱含的碳酸气窒息。啊！难道我们没有化学手段把这种毒气清除吗？我们不缺氧气。水里就含有大量的氧气，用强力电池把氧气从水中分解出来，水会给我们释放出有生命力的气体。这件事我想了很多，但是何必呢，我们呼吸产生的碳酸气已经弥漫到潜艇的各个部分。要把碳酸吸收，就必须在一些容器里装满苛性钾，并且要不断地摇动容器。然而，艇上没有苛性钾，而且什么也不能代替它。

这天晚上，奈莫艇长不得不打开储气罐的阀门，在“鹦鹉螺号”内放送一些纯净空气。不采取这项措施，我们就会醒不过来了。

第二天，三月二十六日，我又去干矿工的营生，开始挖第五米深处的冰。隧道两侧和大浮冰的底部明显变厚了。很明显，在“鹦鹉螺号”脱身之前，冰层就会汇聚到一起。绝望一时攫住了我。镐头几乎从我的手中滑落下来。既然我要憋死，被变得像石头一样坚硬的冰压扁，这是一种连野蛮人也没有发明出来的酷刑，那还何必再挖冰呢！我觉得自己夹在一头怪物无可抗拒地合拢的可怕上下颌之间。

这时，领导这项工作、自己也亲自劳动的奈莫艇长经过我身边。我用手碰了他一下，指给他看我们这个牢狱的墙壁。右舷的冰墙距离“鹦鹉螺号”的艇身靠近了四米左右。

艇长明白我的意思，做了个手势，让我跟他走。我们回到艇上。我脱下潜水服以后，陪伴他来到客厅。

“阿罗纳克斯先生，”他对我说，“必须尝试大胆无畏的办法，否则我们就要被水结成的冰封起来，就像封在水泥里一样。”

“是的！”我说，“但是怎么办呢？”

“啊！”他大声说，“如果我的‘鹦鹉螺号’足够牢固，能承受得住压力，而不被压碎，那会怎样呢？”

“会怎样呢？”我问，不明白艇长的想法。

“您不明白吧，”他接着说，“水的凝结会帮助我们啊！您没有看到，水结成冰以后，会把禁锢我们的冰原迸裂，就像水在冻结时把最坚硬的石头迸裂一样！您没有感到，水非但不是一种毁灭的因素，反而是一种拯救的因素吧！”

“艇长，也许是这样。但是，不管‘鹦鹉螺号’抗压的力量有多大，它也顶不住这种可怕的压力，会被压成一块铁板。”

“这我知道，先生。因此我们不能依靠大自然的救助，而是依靠我们自己。必须阻止水结冰，必须防止发生故障。不仅两边的冰壁在夹紧，而且在‘鹦鹉螺号’的前后，只有不到十英尺的水。坚冰会从各个方向朝我们逼近。”

“艇上储存的空气还能让我们呼吸多久？”我问。

艇长正面看着我。

“后天储存就会用光！”他说。

我吓出一身冷汗。但是，对这个回答，我应该感到吃惊吗？三月二十二日，“鹦鹉螺号”是在南极能自由通行的海上下潜的！今天是二十六日，五天以来，我们靠艇上的储存空气生活！剩下的清新空气，必须留给干活的人。此刻我在记叙这件事时，我的感受依然是这样强烈，不由自主的恐惧占据了我的全身，似乎我的肺里缺少空气！

但奈莫艇长在默默地，一动不动地思索。显然他的脑际掠过一个念头，但是看来他又把这个念头推开，他对自己做出了否定的回答。最后，他脱口而出这句话：

“沸腾的水！”他喃喃地说。

“沸腾的水？”我大声问道。

“是的，先生。我们被关在一个相对狭窄的地方。从‘鹦鹉螺号’的水泵喷出沸腾的水，难道不能提高这里的气温，延缓水结冰吗？”

“必须试一下。”我坚决地说。

“咱们就试试吧，教授先生。”

温度计指出当时外面是零下七摄氏度。奈莫艇长把我带到厨房，巨大的蒸馏器在运转，通过蒸馏提供饮用水。蒸馏器装满了水，电池发出的电热，通过泡在水里的蛇形管往外散发。几分钟内，水就达到一百摄氏度。开水被导向水泵，又有水随之替代。电池发出的热量非常高，从海里吸进来的冷水通过蒸馏器，到水泵里已经沸腾了。

开始喷水了，三小时后，温度计指出外面是零下六摄氏度，提高了一度。又过两小时，温度计指的是零下四摄氏度。

“我们会成功的。”根据多项指标跟踪和检查了动作的进展以后，我对艇长这样说。

“我想也是，”艇长回答我，“我们不会被压死。我们只怕缺氧。”

夜里，水温升到零下一摄氏度。喷水已经不能把温度提得更高。不过由于海水要到零下二摄氏度才结冰，我终于对结冰的危险放下心来。

第二天，三月二十七日，冰坑里的冰已被挖去六米，只剩下四米要去掉。还要干四十八小时。“鹦鹉螺号”内部的空气不再能更新。因此，这天情况越来越糟糕。

难以忍受的沉重感压抑着我。将近下午三点，这种不安感达到强烈的程度。哈欠连连，我的上下颌都要分离了。我的肺气喘吁吁，寻找着这种对呼吸不可或缺却越来越少的助燃气体。精神麻痹攫住了我，我浑身无力地躺下，几乎没有知觉。我忠实的贡塞伊同我一样的症状，忍受同样的罪，却不离开我。他抓住我的手，鼓励我，我还听得见他低声说：

“啊！如果我能够不呼吸，把更多的空气给先生，那该多好啊！”

听到他这样说，泪水涌上了我的眼睛。

即使我们在潜艇里难以忍受，但我们是多么急匆匆地，多么开心于轮到自己穿上潜水服去干活啊！冰层上，镐头乒乒乓乓地响成一片。胳膊累了，手磨破了，但是，累点算什么，磨破皮算什么！活命的空气到了肺里啊！我们吸啊！吸啊！

不过，没有人多待，超过在水中干活所规定的时间。任务完成后，每个人就把储气设备交给喘不过气来的同伴，让生命流入他们的体内。奈莫艇长以身作则，带头遵守这项严格的纪律。时间一到，他立即把自己的设备让给别人，回到空气混浊的艇上；他总是镇静自若，始终一贯，不发牢骚。

这一天，大家更有劲地完成平时的活儿。冰坑的整个表面只剩下两米要挖掉。仅有两米的厚度把我们和可以自由航行的大海分隔开。但是储气舱也几乎空了。剩下的一点储备应该留给干活的人。“鹦鹉螺号”上是一点也不能给了！

回到潜艇上以后，我处于半窒息状态。夜里多难受啊！我无法描绘，这样的痛苦是笔墨难以形容的。第二天，我的呼吸受到压抑，昏眩使我变成一个醉汉似的，再加上头痛。我的两个同伴感到同样的症状。有几个船员发出嘶哑的喘气声。

这一天是我们被困的第六天，奈莫艇长觉得用锹和镐干得太慢，决定把那层将我们和水隔开的冰层压碎。这个人保持了镇静和毅力。他靠精神力量克制肉体痛苦。他在思索，他在策划，他在行动。

根据他的命令，潜艇减轻负荷，就是说，通过改变特殊重力，使潜艇离开冰面。潜艇漂浮起来时，大家就拖它，设法把它拖到根据它的吃水线画出的大坑上面。然后，把它的储水罐装满，潜艇套入并降到大坑里。

这时，所有船上的人都回到艇上，沟通内外的双重门关上了。“鹦鹉螺号”于是停在冰层上，这层冰不到一米厚，而且探测器已经将其凿得百孔千疮。

所有储水罐的阀门这时完全打开，一百立方米的水直往里灌，使“鹦鹉螺号”的重量增加一百吨。

我们等待着，倾听着，忘却了我们的痛苦，怀着希望。我们拿自身的得救一搏，成败就在此一举。

尽管我满脑子是嗡嗡的响声，不久，我还是听到了“鹦鹉螺号”底下的震颤。潜艇倾斜了，冰发出古怪的碎裂声，就像撕碎纸一样，“鹦鹉螺号”沉了下去。

“我们穿过去了！”贡塞伊在我耳畔轻轻说。

我无言以对，抓住他的手，不由自主地捏紧了。

突然，由于可怕的超重，“鹦鹉螺号”像一颗炮弹似的沉入水里，就是说，它跌了下去，仿佛落到真空中！

这时，所有的电力都用到水泵上，立即开始抽掉储水罐里的水。几分钟后，沉落止住了。甚至不久，气压计就显示潜艇在上升。螺旋桨全速转动，使艇身，甚至螺栓颤动，把我们带往北面。

但是，还要在大浮冰下面航行多长时间，才能到达能自由航行的大海呢？还要一天？在这之前，我会死去！

我半躺在图书室的一张沙发上，感到窒息。我的脸发青，嘴唇发紫，官能不起作用。我什么也看不见，什么也听不到。时间概念从我脑中消失了，我的肌肉也不能收缩。

时间这样流逝，我估计不出过了多久。但我意识到我的临终时刻开始了。我明白我要死了……

突然，我清醒过来。几口新鲜空气进到我的肺里。我们已经浮上水面了吗？我们越过了大浮冰吗？

没有！是我那两位正直的朋友内德和贡塞伊为了救我而牺牲自己。储气罐还剩下一点空气。他们没有吸，保留给我，而他们也感到窒息，却把生命一点又一点地输进我的身体！我想把储气罐推开。他们按住我的手，我畅快地呼吸了一会儿。

我的目光投向挂钟。是上午十一点，应该是三月二十八日。“鹦鹉螺号”航行的速度快得惊人，达到每小时四十海里。它在水中疾驰。

奈莫艇长在哪儿？他支持不住了？他的同伴和他一起死了？

这时，气压计显示，我们离海面只有二十英尺。把我们和大气隔开的是普通的冰原，我们不能把冰原砸碎吗？

也许能！无论如何，“鹦鹉螺号”要尝试一下。我果然感到，它采取倾斜的姿态，尾部下沉，冲角扬起。注入一点水就足以打破它的平衡。随后，它在强大的螺旋桨推动下，像巨大的羊角撞槌那样，从下方向冰原发动攻击，逐渐凿穿冰原；回身一退，再全速冲向冰原，冰原裂开了。最后，潜艇猛力一冲，冲到冰原表面，将其压碎。

舱盖打开了，可以说被一掀而开，清新的空气涌进了“鹦鹉螺号”的各个角落。

十七

从合恩角到亚马孙河

我说不清自己怎么到了平台的，也许是加拿大人把我背了上去。我贪婪地吸着海上的清新空气。我的两个同伴在我身旁，陶醉在这新鲜空气中。太久缺乏食物的人，有人给他端上吃的，不能无节制地狼吞虎咽。相反，我们呢，我们用不着节制，可以大口呼吸这空气，这是和风，给我们浑身畅快的和风！

“啊！”贡塞伊说，“氧气真是好东西！先生不用怕呼吸。够大家呼吸的。”

至于内德·兰德，他不说话，但他大张着嘴，足以吓跑鲨鱼。多么强有力的呼吸啊！加拿大人就像烧得正旺的火炉子，“呼呼地吸”。

我们的力气很快恢复了。我扫视周围，看到只有我们在平台上。没有一个船员，甚至没有艇长。“鹦鹉螺号”的古怪水手只满足于在艇内流动的空气，没有一个人跑到新鲜空气中来陶醉一下。

我说出的第一句话是感谢我的两个同伴。内德和贡塞伊在漫长的垂死挣扎的最后时刻，延长了我的生命。我怎么感激也不能回报这样的献身精神。

“好了！教授先生，”内德·兰德回答我，“用不着说这些话！对此，我们有什么可称赞的？什么也没有。这不过是一道数学题。您的生命比我们的更有价值。因此，必须保住它。”

“不，内德，”我回答，“我的生命不见得更有价值。谁也比不上一个心地仁慈的好人，而您就是这样一个人！”

“好了！好了！”尴尬的加拿大人一再说。

“而你呢，我正直的贡塞伊，你受苦了。”

“不太苦，对先生说白了吧。我是缺几口氧气，但我相信我会适应的。再说，我看到先生昏厥过去，这就使我一点儿也不想呼吸了。就像有人所说的，这使我停止了呼……”

贡塞伊很尴尬落入了陈词滥调，没有说完。

“我的朋友们，”我非常激动地回答，“咱们今后要生死与共，你们对我有权利……”

“我会充分利用这权利。”加拿大人回了一句。

“这样啊！”贡塞伊说。

“是的，”内德·兰德接着说，“当我离开这地狱般的‘鹦鹉螺号’的时候，把你们和我一起带走的权利。”

“说到这一点，”贡塞伊说，“我们走的方向对吗？”

“对的，”我回答，“因为我们是朝着太阳那边走，这里的太阳在北面。”

“当然是这样。”内德·兰德又说，“剩下要知道的是，我们是去太平洋还是去大西洋，就是说，去船只频繁来往的海洋，还是无人光顾的海洋。”

对此，我回答不了，我担心奈莫艇长宁愿把我们带到同时濒临亚洲和美洲海岸的浩瀚大洋去。这样，他就能完成在海底环游世界，回到“鹦鹉螺号”能够独来独往的海洋中。但如果我们回到太平洋，远离有人居住的陆地，内德·兰德的计划怎么实施呢？

要不了多久，我们就能搞清楚这个重要的问题。“鹦鹉螺号”行驶得很快。不久就越出南极圈，朝合恩角驶去。三月三十一日，晚七点，我们到达美洲南端附近。

这时，我们以往的一切痛苦都被忘却。被困在冰里的往事从我们的脑际消失。我们只想着未来。奈莫艇长不再出现，既不在客厅里，也不在平台上。大副测到的方位，每天都被标在地球平面球形图上，让我得知“鹦鹉螺号”的准确方向。但这天晚上，令我非常满意的是，我们明显是途经大西洋，往北而上。

我把我的观察结果告诉加拿大人和贡塞伊。

“好消息，”加拿大人回答，“可是，‘鹦鹉螺号’开往哪儿呢？”

“我说不好，内德。”

“难道艇长到过南极之后，还想到北极去冒险吗？从西北通道返回太平洋？”

“不应该小看这种可能性。”贡塞伊回答。

“那么，”加拿大人说，“我们就和他不辞而别。”

“无论如何，”贡塞伊补上一句，“这个奈莫艇长是个了不起的人，认识他，我们不会遗憾。”

“离开他更不觉得遗憾！”内德·兰德反驳说。

第二天，四月一日，“鹦鹉螺号”在正午之前几分钟浮出水面，我们看到西面是海岸。这是火地岛[1]，最早的航海家看到土著人的茅屋多处升起烟雾，起了这个名字。火地岛是个很大的群岛，长三十法里，宽八十法里，处于南纬 53 度到 56 度、西经 67 度 50 分到 77 度 15 分之间。我觉得海岸很低，但是远处耸立高山。我甚至以为看到了海拔两千七百米的萨米恩托山，一座页岩的金字塔形山峰。内德·兰德告诉我，根据

[1] 火地岛：群岛，位于南美洲的最南端，麦哲伦海峡将其与大陆分开。

山峰有没有雾，就可以预见天气是好是坏。

“我的朋友，这是了不起的晴雨表。”

“是的，先生，天然的晴雨表。当我经过麦哲伦海峡时，它从来没有骗过我。”

此刻，这座山峰衬在天空的背景中，轮廓清晰，这是好天气的预兆，果然如此。

“鹦鹉螺号”又潜入水里，靠近海岸，只离开几海里行驶。通过客厅的舷窗，我看到长条的藤本植物和巨大的墨角藻，南极未冰封的海里也有这种植物；这种墨角藻的丝条黏糊糊的，很光滑，长达三百米，是真正的绳索，比大拇指还粗，柔韧，常用作船上的缆绳。另一种草，叫维尔普，叶子长四英尺，粘满珊瑚黏糊糊的分泌物，像地毯似的铺在海底，成了无数甲壳类动物和软体动物，如蟹和乌贼的窝和食物。海豹和海獭按英国人的方式，把鱼肉和海里的蔬菜卷在一起，当作美餐。

“鹦鹉螺号”从这土地肥沃、植物茂盛的海底飞快地掠过。傍晚时分，潜艇接近圣马洛群岛[1]，第二天，我看到群岛上陡峭的山峰。海水不深。因此，我不无理由地想，这两个被大量小岛环绕的大岛，以前是麦哲伦地的一部分。圣马洛群岛可能是著名的约翰·戴维斯[2]发现的，他给这个群岛取名为南戴维斯群岛。后来，理查德·霍金斯把它称作 Maiden-Islands，即处女岛。十八世纪初，这些岛被称作圣马洛群岛，今日群岛归属英国，最后被英国人叫作福克兰群岛。

我们的拖网在这片海域打上来一些好看的海藻，特别是有些根部爬满贻贝的墨角藻，贻贝是世界上最鲜美的食物。成群的海鹅和海鸭落在

[1] 圣马洛群岛：南大西洋岛群。阿根廷称“马尔维纳斯群岛”，英国称“福克兰群岛”。面积 12173 平方千米。阿根廷与英国对其归属有争议，1982 年，两国曾发生战争。

[2] 约翰·戴维斯（1550—1605），英国航海家，三次在北美探险，寻找海洋通道，后被害。

平台上，一会儿就钻进艇上的配餐室。鱼类里，我特别观察到属于虾虎鱼类的硬骨鱼，尤其是长二十厘米、身上长满黄白斑点的布尔罗鱼。

我同样欣赏大量的水母，其中最好看的是茧形水母，这是圣马洛群岛海域的特产。茧形水母有时像一把半球形伞，非常光滑，分布着褐红色的条纹，边缘是十二条整齐的花穗；有时又像翻转过来的篮子，宽叶和红色的长枝条从篮子里冒出来。这些水母靠四条叶状臂游动，任凭丰满的触须漂浮在水里。我本想保留这些精巧的植形动物做标本，但它们一旦离开生存的水，只不过是些云雾、影子和表象，化解和蒸发了。

当圣马洛群岛的峰巅从天际消失后，“鹦鹉螺号”下潜到水下二十米至二十五米之间，沿着美洲海岸航行。奈莫艇长没有露面。

直到四月三日，我们没有离开巴塔哥尼亚[1]海域，有时在水下，有时在海面。“鹦鹉螺号”越过拉普拉塔河[2]的宽阔河口，于四月四日来到乌拉圭附近，不过在外海，离开五十海里之遥。行驶方向保持往北，沿着南美洲漫长的曲折海岸行驶。从日本海登上潜艇起，我们这时已航行了一万六千法里。

将近上午十一点，我们沿西经 37 度线越过南回归线，从外海绕过弗里奥岬角。令内德·兰德极为不悦的是，奈莫艇长不喜欢接近巴西有人居住的海岸，因为他以令人眩晕的速度行驶。即便游得最快的鱼，飞得最快的鸟，也跟不上我们，这片海域的自然奇观，我们统统没有看到。

高速保持了好几天，四月九日晚，我们看到了南美洲最东面的圣罗克角。“鹦鹉螺号”这时拐到深海中去寻找圣罗克角和非洲海岸塞拉利昂之间下陷的一个海底峡谷。这个峡谷在安的列斯群岛附近分岔，在北边以一个九千米的巨大深沟结束。在这个地方，直到小安的列斯群岛，

[1] 巴塔哥尼亚：阿根廷南部地区，面积 80 万平方千米，约占阿根廷三分之一的面积。

[2] 拉普拉塔河：意为银河，将阿根廷和乌拉圭分开。

大洋的地质剖面显示一面六千米的峭壁，直上直下，而在佛得角附近，也有另一面同样可观的峭壁，两处峭壁就这样封闭了沉没的大西洋岛这片大陆。这巨大峡谷的底部连绵起伏着高山，为海底设置了美景。我所说的地质情况，主要根据“鹦鹉螺号”图书室收藏的地图手稿；这些地图显然出自奈莫艇长之手，是他根据自己的观察绘制的。

潜艇利用侧翼斜面板，在这片茫茫的深海中航行了两天。“鹦鹉螺号”沿着漫长的对角线航行，可以到达海洋的各个深度。但四月十一日，它突然浮出水面，陆地重新出现在亚马孙河的河口。宽阔的河口水量非常大，把几法里范围的海水都淡化了。

赤道越过去了。西面二十海里处是法国属地圭亚那，在那里我们很容易找到一个栖身地。但风大浪高，普通的小艇对付不了。内德·兰德无疑明白，因为他什么也没对我说。至于我，只字不提他的逃跑计划，因为我不想怂恿他去做必然失败的尝试。

既然计划推迟，我从有趣的研究中很容易得到补偿。在四月十一日至十二日这两天中，“鹦鹉螺号”没有离开海面，拖网少有地打上来一些植形动物、鱼和爬行动物。

有些植形动物以前拖网也打上来过。大部分是美丽的茎须海藻，属菟葵科；在其他种类的海藻中，有一种须形藻[1]，是大西洋这片海域的特产；短小的圆柱形枝干上，点缀着垂直的线条和红色斑点，顶部的触须美妙地散开。至于软体动物，我已经观察过，有锥螺；有橄榄形斑岩斧蛤，条纹规则地交叉，红棕色的斑点鲜明地凸出在肉色的底壳上；有古怪的蜘蛛螺，活像吓呆的蝎子；有透明的玻璃贝、船蛸、味道鲜美的墨鱼；有几种枪乌贼，古代博物学家把它们归入飞鱼类，主要用作钓鳕鱼的鱼饵。

[1] 原文为拉丁文，Phyctalis protexta。

这片海域的鱼，我还没有机会研究，我记下不同的品种。软骨鱼中，有化石花斑鱼，这是一种鳗鱼，长十五英寸，淡绿色的头，紫色的鳍，蓝灰色的背脊，银褐色的肚子上面布满了鲜艳的斑点，眼睛虹膜周围镶着一圈金边。这种奇特的鱼大约是被亚马孙河带到海里来的，因为它们是淡水鱼。有身上疙里疙瘩的鳐鱼，尖鼻口，尾长而散开，长着一根锯齿形的长刺；有仅长一米的小角鲨，灰白色的皮，牙齿排成几行，向后弯曲，俗称拖鞋匠鱼；有蝙蝠鲛鲸，一种淡红色、半米长、呈等腰三角形的鱼，胸肌鳍长在突出的肉上，看上去样子像蝙蝠，但它们鼻孔旁边长着带角的延伸部分，使它们多了个独角鲸的外号；最后还有几种鳞鲀，一种是身体两侧有金光闪闪斑点的鳀（shī）豚，一种是淡紫色、像鸽子咽喉一样绚丽多彩的刺豚。

术语有点枯燥，但非常准确，我以一组我观察到的硬骨鱼结束：帕桑鱼，归入无鳍属，口鼻圆钝形，洁白如雪，身体呈美丽的黑色，长着一条多肉的、长而细的带子；带刺的牙鱼；三厘米长、银光闪闪的沙丁鱼；一种长着两个肛鳍的鲭鱼；一种外号叫中脊黑人的鱼，全身皆黑，捕捉时要点起火把将它们引过来，这种鱼身长两米，肉肥、雪白、扎实，新鲜的味道像鳗鱼，晒干了味道像熏鲑鱼；隆头鱼，身体一半是红的，只在脊鳍和肛鳍的周围有鳞；金银鳞鱼，身上金银色和红宝石、黄玉的颜色相辉映；金尾鲷，肉味极鲜美，由于身上泛光，在水中容易暴露；橙色波纹鲷，舌头纤细，身体橙黄色；长着黑色硬鳍的金尾石龙鱼、苏里南岛的突眼鱼；等等。

虽然说了“等等”，我还是禁不住再举一种鱼，贡塞伊久久不能忘怀，原因不必说了。

其中有一网，打上来一条二十千克重的很扁的鳐鱼，如果把尾巴剪掉，就会形成一个完美的圆盘。鱼底下雪白，上面粉红，身上带着深蓝色的大圆斑点和黑圈，皮很光滑，尾鳍裂成两半爿。它躺在平台时乱挣扎，想以痉挛的跳动翻身，竭力以最后一跳蹦回海里。但贡塞伊想要这条鱼，向鱼扑去，在我阻止他之前，已用双手抓住了鱼。

他马上身体翻倒，两脚朝天，半身麻木，大叫起来：：“啊！主人！主人！您快来拉我一把。”

这是头一次可怜的小伙子不用“第三人称”[1]对我说话。

加拿大人和我，我们把他扶起来，用力给他擦身，待他恢复了知觉，这个不忘本行的分类学家用断断续续的声音喃喃地说：

“软骨纲，板鳃亚纲，固定鳃软鳍目，鳐鱼科，电鳐属！”

“是的，我的朋友，”我回答，“正是一条电鳐把你搞成这样可怜的模样。”

“啊！先生可以相信我，”贡塞伊回了一句，“我会报这条鱼伤害我的仇。”

“怎么报仇啊？”

“把它吃掉。”

当晚他就这样做了，不过纯粹是出于报复，因为说实话，电鳐嚼不动。

倒霉的贡塞伊对付的是最危险的一种电鳐，叫伞鳐。这种古怪的动物，放电器官非常大，两个主要放电器官的面积不小于二十七平方英尺；在水这样的导体中，能把几米内的鱼电死。

第二天，四月十二日，白天，“鹦鹉螺号”接近荷兰[2]海岸，驶向马罗尼河[3]的河口。有好几个族群的海牛在那里生活，它们和儒艮、海马一样，属于海牛目。这些好看的动物，温顺、不伤人，长七八米，至

[1] 贡塞伊平时用“先生”的称呼（第三人称）对待他的主人。

[2] 荷兰：这里指荷属圭亚那，南美洲北部国家，1975 年独立，现称苏里南。

[3] 马罗尼河：南美洲河流，将法属圭亚那和苏里南分开。

少重四吨。我告诉内德·兰德和贡塞伊，有预见的大自然给这类哺乳动物安排了一个重要角色。确实正是它们像海豹一样，吃掉了海底牧场上的草，这样就把堵塞热带江河河口的杂草清除了。

“你们知道，”我又说，“如果人类把这种有益的动物几乎完全消灭了，所产生的结果吗？就是腐烂的草毒化了空气，被毒化的空气使黄热病在这些美好的地方肆虐。有毒的植物在这些炎热地区的海里繁殖，黄热病从拉普拉塔根深叶茂的里奥河口势不可当地蔓延到佛罗里达！”

照图斯奈尔[1]的说法，比起鲸和海豹被灭绝以后，我们的后代会遇到的灾难，这灾害是小巫见大巫罢了。到那时，海里充斥着章鱼、水母和枪乌贼，将会变成广大的污染源，因为海里不再有“上帝派来清除海面渣滓的大肚汉”了。

“鹦鹉螺号”的船员虽然并不藐视这种理论，还是捕获了六头海牛。实际上这是为了给食品储藏室配备一些上等的肉，这种肉胜过牛肉和小牛肉。这种捕杀没有意思。海牛任人攻击，不做自卫。好几吨肉要准备晒干，被储存到艇上。

这一天，特别进行了一次捕捞，要进一步增加“鹦鹉螺号”的储备，这片海域的猎物是那么多。拖网打上来一批鱼，后脑袋长着一块厚肉，像个椭圆形小盘，这是印颈鱼，属于软鳍目第三科。这种鱼的扁平小盘由活动的横软骨组成，在横软骨中间可以制造真空，使之像吸盘一样附着在其他物体上。

我在地中海见到的印颈鱼也属于这一类。不过这里的印颈鱼是软骨的，为这片海域所特有。水手抓到后，把这些鱼放到盛满水的大桶里。

捕鱼结束以后，“鹦鹉螺号”靠近海岸。在这个地方，有些海龟睡在海面上。很难抓到这些珍贵的爬行动物，因为一点响动就会把它们惊

[1] 图斯奈尔（1803—1885），法国鸟类学家。

醒，它们结实的龟背能顶住捕鲸叉。不过，用印颈鱼却能捕获海龟，十拿九稳，出奇的准。这类动物确实是一种活鱼钩，即使不会钓鱼的人也会幸运地得到发财机会。

“鹦鹉螺号”的水手在印颈鱼的尾巴上拴个足够大的环儿，不影响鱼儿活动，环上系一条长绳，绳的另一头系在艇上。

印颈鱼被扔到海里以后，便立即扮演它们的角色，把自身吸附在海龟的腹甲上。它们坚忍不拔，宁肯撕裂身体，也不会松开吸附。水手把鱼拉上来，也就把它们吸附着的海龟带了上来。

我们这样抓到了好几只卡库阿纳海龟，宽达一米，重两百千克。它们的甲壳覆盖着黄白两色斑点、透明中带褐色的大块角质薄片，使这种海龟十分珍贵。另外，从美食的角度看，它们也是佳肴，就像甲鱼一样味道鲜美。

钓完海龟后，也就不再在亚马孙河出口的海域逗留，入夜时，“鹦鹉螺号”又回到外海。

十八

章 鱼

“鹦鹉螺号”在几天中始终远离美洲海岸。显然，它不想出入于墨西哥湾或者安的列斯群岛海域。这里的海域水很深，平均深度是一千八百米；但海岛星罗棋布，有汽船来往，对奈莫艇长来说可能不合适。

四月十六日，我们看到约三十海里处的马提尼克岛[1]和瓜德罗普岛[2]。有一会儿我看到岛上的高山。

加拿大人本来打算在墨西哥湾里实施逃跑计划，要么登上一块陆地，要么靠近在岛与岛之间航行的大量船只中的一艘，如今感到很尴尬。如果内德·兰德瞒着奈莫艇长搞到小艇，逃跑是十分可行的。但是在大洋中，那就是痴心妄想了。

加拿大人、贡塞伊和我，我们对此议论了相当久。我们被囚禁在“鹦鹉螺号”上已经半年，航行了一万七千法里。正如内德·兰德所说的，没有理由说这要结束了。因此他给我提了个建议，是我没有意料到的。就是毫不含糊地向奈莫艇长提出这个问题：艇长是否无限期地把我们留

---

[1] 马提尼克岛：北美洲西印度群岛中的岛屿，位于小安的列斯群岛中向风群岛北部，属于法国，面积 1128 平方千米。

[2] 瓜德罗普岛：位于北美洲加勒比海地区，是安的列斯群岛中最大的岛。

在艇上？

这样的建议令我反感。据我看来，这不会达到目的。不应该对“鹦鹉螺号”艇长抱任何希望，一切都只能靠我们自己。再说，曾几何时，这个人变得更加阴沉，更加不肯露面，更加不爱交际。他看起来在躲避我，我难得碰到他一次。以前，他很乐意向我解释海底的奇迹；如今，他任由我做我的研究，不再到客厅里来。

他身上发生了什么变化呢？出于什么原因呢？我没什么要责备自己的。指不定我们待在艇上碍着他了？但我不应希望他会给我们恢复自由。

于是我请内德让我考虑一下再行动。如果这次行动毫无结果，会引起他的怀疑，使我们的处境更加困难，妨碍加拿大人实施他的计划。我还说，我绝对不能拿我们的身体当说辞。除了在南极大浮冰下那次艰苦的磨难以外，无论是内德、贡塞伊，还是我，我们身体从来没有这样好。这有利于身体的食物，这有利于健康的空气，这有规律的生活，这恒常的温度，这一切不让疾病侵袭。对一个绝不留恋陆地往事的人来说，对奈莫艇长这样的人来说——他是在自己家里，想去哪儿就去哪儿——他达到了自己的目的。这是通过对别人来说是秘密，而对他本人来说不是秘密的通道来实现的。我理解这样的生活。但是对我们来说，我们没有和人类断绝关系。至于我，我不想让这样有趣、这样新奇的研究和我一起葬送。如今我有资格写作关于海洋的真正的书了，我想让我的书能够出版，越早越好。

在安的列斯群岛海域，海面之下十米，我通过客厅打开着的护窗板，看到有那么多有趣的海产品要记入我的日常记事本！植形动物中，有一种叫僧帽的深海水母，仿佛椭圆形的大气囊，有螺钿的光泽，在风中伸出体膜，让蓝色的触须像丝线般飘拂，看起来是迷人的水母，摸上去分泌一种腐蚀性液体，是真正的海葵。节肢动物中，有一些属于环节动物门的动物，长一米半，有一根玫瑰色的吻管，拥有一千七百个运转器官，在水里蜿蜒而行，一路上洒下七彩的光。鱼类动物中，有蛇鲆鱼，软骨，是长十英尺、重六百磅的庞然大物，胸鳍呈三角形，脊背中央有点隆起，眼睛固定在脑袋前面的边缘上，像船的残骸一样飘浮着，有时像不透明的护窗板一样贴在我们的舷窗上。有美洲鳞豚，大自然只赋予它们黑白两色。有虾虎鱼，长条，多肉，黄色鳍，上颌隆起。有鲭鱼，长十六厘米，牙短而尖，身披小鳞片，属于白鲭。随后，来了黑压压一群羊鱼，从头到尾布满了金色条纹，摆着光彩夺目的鳍；这是从前奉献给狩猎女神狄安娜的真正珠宝杰作，富有的罗马人刻意追求，他们有一句谚语说："打鱼的人吃不到羊鱼！"最后还有金黄色苹果鳍鱼，装饰着碧绿的带子，披挂着天鹅绒和丝绸，像韦罗内兹画中的领主在我们眼前经过。有刺鲷，胸鳍快速舞动，一下闪开。有鲱鱼，十五英寸长，全身泛光。有鲻（zī）鱼，用多肉的大尾巴拍打海水。有红鳜，好像用锋利的胸鳍切割波浪。有银色的月亮鱼，名副其实，它们跃出海面，活像银光闪闪的月牙儿。

要不是"鹦鹉螺号"逐渐下潜到深海，我还会看到许多其他神奇而新颖的动植物！潜艇的侧翼斜面板把它带往两千米到三千五百米的深处。那里的动物只有海百合、海星，长着迷人的水母头的五角海百合——笔直的茎顶着一个小小的花萼，还有马蹄螺、血红的齿贝、裂纹贝和沿海的大型软体动物。

四月二十日，我们上升到平均一千五百米的深度。这时离得最近的陆地是巴哈马群岛[1]，就像散布在海面上的一些石堆。那里耸立着很高的海底峭壁，好像安放在宽大的地基上用粗糙石块垒成的陡峭墙壁，一些黑洞深陷在峭壁之间，潜艇的电灯光照不到底。

---

[1] 巴哈马群岛：曾为英国殖民地，1973 年独立，成立巴哈马国。有 700 多个岛，面积 1.39 万平方千米，居民多半是黑人。

这些岩石上覆盖着高高的草、巨型的昆布、巨大的墨角藻，堪称提坦[1]巨人世界真正的贴墙而长的水生植物。

关于我们提到的巨大植物，贡塞伊、内德和我自然而然转到举出巨大的海洋动物。大型植物显然是大型动物的食物。但是，透过几乎不动的“鹦鹉螺号”的舷窗，我在长纤维植物上面只看到腕足类的节肢动物，如长脚蜘蛛、紫壳蟹和安的列斯海域特有的翼步螺。

十一点左右，内德·兰德叫我注意，在大型海藻中间出现了可怕的攒动景象。

“啊！”我说，“这是真正的章鱼洞穴，看到有几头这样的怪物，我不会惊奇。”

“什么！”贡塞伊说，“是枪乌贼，属于头足纲的枪乌贼吗？”

“不是，”我说，“是大型章鱼。但是，兰德老弟大概搞错了，因为我什么也没有看到。”

“那就遗憾了，”贡塞伊接了一句，“我真想正面看看其中一头章鱼。我多次听人说起过，这种章鱼能把船拖到海底。这种动物叫海妖……”

“就吹吧[2]。”加拿大人嘲讽地回答。

“我说的是海妖，”贡塞伊反驳说，他坚持把这个字说完全，不理会同伴的讽刺。

“谁也不能使我相信有这样的动物存在。”内德·兰德说。

“为什么没有呢？”贡塞伊回答，“我们就信过先生的独角鲸。”

“我们信错了，贡塞伊。”

“当然！但是别人大概还在相信。”

“有可能，贡塞伊，但是至于我除非我把它们开膛破肚，否则我打

[1]提坦：希腊神话中天神和地神的子女，共 12 个，6 男 6 女。

[2]贡塞伊说的“海妖”是 krak(en)，内德说的“吹牛”是 craque，是谐音，但意义不同。

定主意不接受这种怪物存在。”

“这样说，先生也不相信有巨大的章鱼了？”贡塞伊问我。

“嘿！谁见鬼相信呢？”加拿大人大声说。

“很多人信，内德老兄。”

“渔民不信。也许有学者信！”

“对不起，内德。渔民和学者都会信。”

“我对您说吧，”贡塞伊一本正经地说，“我完全记得，一条不小的船被章鱼的触手拖进海里。”

“您看见过吗？”加拿大人问。

“是的，内德。”

“亲眼看见？”

“亲眼看见。”

“请问在哪里？”

“在圣马洛。”贡塞伊沉着地回答。

“在港口？”内德·兰德讥讽地问。

“不，在教堂里。”贡塞伊回答。

“在教堂里啊！”加拿大人嚷道。

“是的，内德老哥。是一幅画这样描绘章鱼的！”

“好啊！”内德·兰德说，哈哈大笑起来，“贡塞伊先生给我开空头支票啊！”

“说到这一点，他是对的。”我说，“我听说过这幅画；不过，所画的题材是根据一个传说而来的，您知道，应该怎样看待博物史方面的传说！况且，关系到怪物，就会胡思乱想。不仅有人认为这种章鱼会把船只拖走，而且有个奥拉于斯·马格努斯[1]，谈到一条一英里长的章鱼，

[1] 奥拉于斯·马格努斯：挪威国王，1103—1115 年在位。

更像一个岛，而不像一头动物。也有人说是尼德罗斯主教有一天在一块巨大的岩石上设祭坛。做完弥撒以后，岩石活动起来，回到海里去。岩石是头章鱼。”

“讲完了吗？”加拿大人问。

“没有。”我回答，“另一个主教，贝格赫姆的彭托皮丹，同样谈到一头章鱼，在它身上可以操练一团骑兵！”

“从前的主教真够棒！”内德·兰德说。

“末了，古代的博物学家提到一些怪物，它们的嘴就像一个海湾，因为太大，不能通过直布罗陀海峡。”

“真是绝了！”加拿大人说。

“但是，在所有这些叙述中，有没有真实的成分呢？”贡塞伊问。

“朋友们，丝毫没有。至少那些超过了真实限度，成了神话传说中的东西，丝毫没有。不过，在讲故事的人的想象中，即使不是事出有因，至少也是有所凭据的。不能不说存在非常大型的章鱼和枪乌贼，不过比鲸类动物要小些。亚里士多德确认过一条枪乌贼长五肘，即三米一。渔民常见的枪乌贼超过一米八。的里雅斯特[1]和蒙彼利埃[2]的博物馆，保存着两米长的章鱼躯壳。再有，根据博物学家的计算，一条仅长六英尺的章鱼，触角会有二十七英尺长。这足以把它看成一头可怕的怪物了。”

“今日有人捕捉章鱼吗？”内德·兰德问。

“即使没有人捕捉，水手至少看得到。我在勒阿弗尔[3]的一个朋友保尔·博斯，常常对我断定，他在印度洋碰到过这样的大怪物当中的一个。但是，最令人吃惊，也让人无法再否认这种巨大动物存在的事实，是几年前，即一八六一年发生的。”

[1] 的里雅斯特：意大利北部城市，靠近南斯拉夫边境。

[2] 蒙彼利埃：法国南部城市。

[3] 勒阿弗尔：在塞纳河口右岸，海港。

“这是怎么回事？”内德·兰德问。

“事情是这样的。一八六一年，在泰内里夫[1]的东北，差不多就是在我们眼下所处的纬度上，近海警卫舰“阿莱克顿号”的水手发现一条怪物般的枪乌贼在附近的水域游动。舰长布盖指挥靠近这个动物，用捕鲸叉和枪攻击它，没有什么效果，子弹和捕鲸叉穿过软绵绵的肉，就像穿过软乎乎的果冻。经过几次不见成效的尝试以后，水手终于用活结套住软体动物的身体，这个活结一直滑落到尾鳍才停止。于是他们试图把怪物拖到舰上，但是它的重量太大，在绳索的牵引下，它的尾巴和身体分离了，没有了尾巴的章鱼消失在水中。”

“这总算是一件事。”内德·兰德说。

“好样的内德，这是一件无可争辩的事实。因此，有人建议把这条章鱼叫作‘布盖枪乌贼’。”

“它的长度是多少？”加拿大人问。

“它不超过六英尺吧？”贡塞伊说，他坐在舷窗前，重新观察峭壁下的深洞。

“正好是。”我回答。

“它的头是不是有八根触角，像一窝蛇似的在水里舞动？”贡塞伊问。

“正是。”

“在头顶上的眼睛是不是发育得很大？”

“是的，贡塞伊。”

“它的嘴是不是真像鹦鹉的喙，但是大得可怕？”

“确实如此，贡塞伊。”

“那么，先生别介意，”贡塞伊平静地回答，“如果这不是布盖枪

[1] 泰内里夫：西班牙加那利群岛中最大的岛，面积 2053 平方千米，产水果、烟草和酒。

乌贼，至少这是它的一个兄弟。”

我望着贡塞伊。内德·兰德冲向舷窗。

“多么恐怖的动物啊！”他嚷道。

我也走过去看，忍不住做了个恶心的动作。在我面前活动着一头骇人的怪物，可以列入畸形动物的传说中。

这是一条体形巨大的枪乌贼，有八米长。它倒退着，极其敏捷地向“鹦鹉螺号”游过来。它用海蓝色的呆滞大眼睛望着。长在头上的八只触角，或者不如说八只腕足，所以属于头足纲动物，发育得比身子长一倍，像复仇三女神[1]的头发卷曲着。可以清楚地看到，触角内侧有二百五十个像半球形包膜的吸盘。这些吸盘有时贴在客厅的舷窗上，形成真空。这怪物的大嘴——角质的喙长得和鹦鹉的喙一样——垂直张开与合拢。舌头也是角质的，上面长着几排尖利的牙齿，伸出来时像真正的大剪子一样颤动着。

真是大自然的奇思怪想！在动物身上长着鸟喙！身子是纺锤形的，中间部分鼓起，形成一大堆肉，该有两吨到两吨半重。颜色不固定，受到刺激时变色极快，相继从铅灰色变成红褐色。

这头软体动物生什么气呢？大概看到“鹦鹉螺号”比它还大，而用吸盘和牙齿又根本抓不住。但是，这种枪乌贼真是怪物，造物主赋予它们多大的生命力啊，它们的动作多么有力量啊，因为它们有三颗心脏噢！

我们凑巧碰到这条枪乌贼，我不想失去仔细研究这种头足纲动物的机会。我克服了它的外观使我引起的厌恶，拿起一支铅笔开始把它画下来。

“这兴许是‘阿来克顿号’碰到过的那一条。”贡塞伊说。

“不是的，”加拿大人回答，“因为这一条是完整的，而那一条失

---

[1] 复仇三女神：希腊和罗马神话中专司复仇的三个女神，手执鞭子，头缠毒蛇。

去了尾巴！”

“这不一定是理由，”我回答，“这种动物的腕足和尾巴会再生。七年了，布盖枪乌贼的尾巴无疑有时间再长出来。”

“再说，”内德反驳道，“即使不是那一条，也许是其中一条！”

确实，其他章鱼出现在舷窗旁边。我数出是七条。它们护送着“鹦鹉螺号”，我听到它们的喙在啄艇体的橐橐声。我们是它们求之不得的美餐呢。

我继续绘画。这些怪物在水里保持的速度十分准确，似乎一动不动，我可以把它们在舷窗上缩小画下来。况且，我们正以平衡的速度行驶。

突然，“鹦鹉螺号”停住了。一次撞击使整个艇体都在震动。

“我们触礁了吗？”我问。

“无论如何，”加拿大人回答，“我们已经脱险了，因为潜艇在漂浮着。”

“鹦鹉螺号”无疑在漂浮着，但是不再行进，螺旋桨的叶片没有拍打海水。一分钟过去了，奈莫艇长走进客厅，后面跟着大副。

我已经有一段时间没有见到他。他显得很阴沉。他不对我们说话，也许没有看到我们，他朝舷窗走去，望着章鱼，对大副说了几句话。

大副出去了。不久，护窗板重新关上。天花板打开了灯。

我走向艇长。

“集中了那么多章鱼，真有意思。”我对他说，用的是一个爱好者站在水族馆的玻璃面前那种从容口气。

“确实如此，博物学家先生，”他回答我，“可是我们要跟它们进行肉搏。”

我望着艇长。我以为没听懂他的话。

“肉搏？”我重复了一遍。

“是的，先生。螺旋桨不转了。我想，其中一条枪乌贼的角质颌骨卷进了叶片中。这样我们就走不了啦。”

“您怎么办呢？”

“浮出水面，把这些害人虫都杀死。”

“事情难办。”

“确实。电子弹对这些软绵绵的肉无能为力，这种肉没有足够的阻力产生爆炸。但是我们可以用斧头去攻击它们。”

“还可以用捕鲸叉，先生，”加拿大人说，“如果您不拒绝我的帮助的话。”

“我接受，兰德师傅。”

“我们陪着你们去。”我说，一面跟着奈莫艇长，我们一起走向中央梯子那边。

那里已经有十来个人，手持太平斧，准备随时动手。贡塞伊和我，我们各拿起一把斧头。内德·兰德抓起他的捕鲸叉。

“鹦鹉螺号”这时已浮上水面。其中一个水手站在最高几级楼梯上，在拧舱盖的螺丝。螺丝一拧开，舱盖发出极响的一声，打开了，显然是被章鱼的一条腕足的吸盘吸起来的。

一条长长的腕足旋即通过开口像蛇一样滑进来，还有二十条腕足在舱口上面舞动。奈莫艇长一斧子砍断这可怕的触角，触角在梯级上扭动着滑下来。

正当我们互相挤着，要登上平台时，另外两条腕足拍打着空气，落在处于奈莫艇长前面的水手身上，以不可抗拒的猛力把水手提了起来。

奈莫艇长大叫一声，冲到外面。我们随着他也一冲而出。

多么惊心动魄的场面啊！那个不幸的人被腕足抓住，贴在吸盘上，巨大的吸管随意地将他在空中甩来甩去。他发出嘶哑的喘气声，感到窒息，喊道："救命啊！救命啊！"话是用法语说出来的，使我大为震惊！这样说，我有一个同胞在艇上，兴许有好几个呢！这撕心裂肺的喊叫，我终身都忘不了！

不幸的人完蛋了。谁能把他从这强有力的束缚中解救出来呢？但是奈莫艇长冲向章鱼，一斧头下去，又砍断一条腕足。大副同其他爬在"鹦鹉螺号"艇体上的怪物激烈搏斗。水手们一斧头又一斧头地砍去。加拿大人、贡塞伊和我把武器砍进这一堆堆肉中。一股强烈的麝香味在空气中弥漫。令人毛骨悚然。

一时之间，我以为被章鱼缠住的那个不幸者会从强大的吸力中脱身。章鱼的八条腕足中有七条被砍断了，只剩下一条，仍在把受害者像羽毛一样在空中挥舞着，扭来摆去。但正当奈莫艇长和大副扑向它的时候，这动物从腹部的袋子里喷出一股黑乎乎的液体。我们就什么也看不见了。等到这层黑雾散去，我那不幸的同胞也随之消失！

于是，我们气愤难平，扑向这些怪物！大家再也控制不了自己。十条到十二条章鱼袭击"鹦鹉螺号"的平台和艇身，这些像蛇一样的肉段，在平台的血水中和墨汁中颤动；我们在当中左右乱踩。这些黏糊糊的腕足像九头蛇的脑袋一样又活了过来。内德·兰德的捕鲸叉每一下都刺进枪乌贼海蓝色的眼睛。可是我这大胆的同伴躲避不及，突然被怪物的腕足掀翻在地。

啊！我的心不会因激动和恐惧而破碎吧！枪乌贼可怕的喙向内德·兰德张开了。奈莫艇长赶在我之前。他的斧头砍进了枪乌贼巨大的颌骨中间，加拿大人奇迹般地获救，便振作起来，把他的捕鲸叉一直插入到章鱼的心脏里。

"这是我对您救命之恩的报答！"奈莫艇长对加拿大人说。

内德鞠了鞠躬，没有回答。

这场战斗持续了一刻钟。怪物战败了，肢体被分割，死去了，最后战场上只留下我们，其他怪物都消失在水中。

奈莫艇长浑身染红了血，在舷灯旁边一动不动，望着吞噬了他一个伙伴的海水，大滴的泪珠从他眼里滚落下来。

十九
墨西哥湾暖流

四月二十日可怕的场面，我们全都无法忘怀。我在强烈激动的印象中写下这件事。写好以后，我再看一遍。我读给贡塞伊和加拿大人听。他们感到事实准确，但不够精彩。描绘这样的场面，必须有我们最著名的诗人、《海上劳工》的作者[1]那支生花之笔。

我说过，奈莫艇长望着海水哭泣。他痛彻心扉，自从我们到艇上以后，他这是失去第二个伙伴。死得多么悲惨啊！这个朋友被章鱼可怕的腕足缠紧、窒息、断裂，被它的钢牙碾碎，不能在珊瑚墓平静的海水中安息！

对我来说，在这场搏斗中，不幸的人发出的绝望呼喊，使我五内俱焚。这个可怜的法国人，忘记说约定的语言，重新说起他本国的母语，发出呼救的喊声！在“鹦鹉螺号”中，身心与奈莫艇长相连，像他一样逃避接触人的船员中间，我有一个同胞啊！在这个显然由不同国籍的人组成的神秘团体里，只有他一个人代表法国吗？这又是一个不断萦回在我脑海里无法解决的问题！

奈莫艇长回到他的房间，在一段时间里我再没有见到他。不过，他是这艘潜艇的灵魂，潜艇接受他所有的印记，我根据这点来判断，他应

[1]《海上劳工》描写过主人公和巨大的章鱼搏斗，战而胜之的情景。作者是法国作家维克多·雨果。

该悲哀、绝望、犹豫不决！“鹦鹉螺号”不再保持既定的航向。它漂来漂去，就像一具尸体随海浪的摆布而漂浮。螺旋桨已经清理过了，但几乎不使用。潜艇随意漂流，无法从最后一次搏斗的舞台，从吞噬了它的一个成员的大海中摆脱出来！

十天就这样过去了。直到五月一日，望见巴哈马海峡口的卢卡亚[1]以后，“鹦鹉螺号”才重新直接走北边的航路。于是我们随着最大的一股海流往前，这股海流有自己的边界，自己的鱼和温度。我称之为墨西哥湾暖流。

这实际上是在大西洋中自由流动的一条河，它的水和大洋的水并不混同。这是一条咸水河，比周围的海水更咸。它的平均深度是三千英尺，平均宽度六十海里。在某些地方，它的流速是每小时四千米。流量不变，比地球上所有河流的流量都更大。

莫里船长测到的墨西哥湾暖流的真正发源地——如果你愿意的话，是它的出发点——位于比斯开湾。墨西哥湾暖流在那里开始形成，水温较低，颜色较浅。它南下，沿着赤道向非洲流去，在炎热地区的阳光照射下，水温升高，穿过大西洋，抵达巴西海岸的圣洛克岬角，一分为二，其中一股还要吸收安的列斯海域的热量。于是，墨西哥湾暖流承担平衡温度，使热带海水和北极海水混合，发挥调节器的作用。暖流在墨西哥湾温度升至最高点，往北向美洲海岸流去，一直到纽芬兰，在戴维斯海峡冷水流的推动下，沿着地球最大的圈子之一的等角线，重新奔向大洋；在北纬 43 度附近分成两股，其中一股在东北信风的推动下，又回到比斯开湾和亚速尔群岛，另一股在爱尔兰和挪威沿岸减温之后，一直流到斯匹次卑尔根群岛之外，它的水温跌到四摄氏度，形成北极不结冰的海域。

---

[1] 卢卡亚：娱乐港口，是片海滩。

这时，“鹦鹉螺号”航行在大洋的这股暖流上。在巴哈巴海峡——十四法里宽，三百五十米深——的出口，墨西哥暖流以每小时八千米的流速向前。随着向北前进，这种速度有规律地递减；但愿递减持续，因为，正如有人指出的，如果流速和流向发生变化，欧洲气候就会出现突变，后果难以估量。

中午时分，我和贡塞伊待在平台上。我让他知道墨西哥湾暖流的相对特点。我解释完了以后，我请他把手伸到暖流中去。

贡塞伊照办了，对感觉不出水的冷热感到吃惊。

“这是由于，”我对他说，“暖流从墨西哥湾流出以后，温度与身体血液的温度差别不大。这股墨西哥湾暖流是一个大热水汀，使欧洲海岸常年披绿。如果相信莫里的说法，这股暖流的热量完全利用起来，就可以提供足够的热量，使得像亚马孙河或者密西西比河那样大的铁水河融化。”

这时，墨西哥湾暖流的流速是每秒两米二五。暖流和周围的海水分得一清二楚，被挤压的暖流高出于海面，和周围的冷水不在同一平面上。况且暖流水色深，富于盐分，纯净的靛蓝色在周围的绿色海水衬托下，分外突出。分界线异常清晰，以至于“鹦鹉螺号”行驶到加罗林群岛附近时，潜艇的冲角劈开墨西哥湾暖流的波浪，而螺旋桨拍打的仍然是大西洋的海水。

这股暖流夹带着大量生物。地中海那种非常普通的船蛸，成群结队在游弋。软骨鱼类中，最引人注目的是鳐鱼，尾巴细长，差不多占身体的三分之一；身体呈一个宽宽的菱形，长二十五英尺。还有一米长的小角鲨，头大，口鼻短而圆，尖利的牙齿排成几行，身上仿佛覆盖着鳞片。

在硬骨鱼中，我记录的有灰隆头鱼，是这一带海域特有的；黑三棱鱼，眼睛的虹膜像火光一样闪烁；石首鱼，长一米，大嘴，小牙耸起，发出轻轻的叫声；我已经提到的黑色中脊索鱼；高里菲鱼，蓝色的身上有凸起的金银两色；鹦鹉鱼，大洋里真正的虹彩，能够和热带最美的鸟儿媲美颜色；头呈三角形的灰白鱼；淡蓝色的无鳞菱形鱼；一种两栖鱼，身上覆盖着一条像希腊字母 τ 的黄带；密密麻麻的小虾虎鱼，全身布满褐色斑点；银头金尾的双翅鱼；各种各样的蛙科鱼；身子细长、闪着柔和光彩的鲻鱼，拉塞佩德把它当作自己生活的亲密伴侣；最后是美国高鳍石首鱼，一种美丽的鱼，披挂着各种勋章和五颜六色的绶带，而在这个国家中，勋章和绶带不被人重视。

我要补充一点，夜里，墨西哥湾暖流的水，粼光闪闪，和我们的舷灯光争相辉映，在经常威胁我们的暴风雨天气中尤其如此。

五月八日，我们还在穿越北卡罗来纳附近的哈特拉岬角[1]。墨西哥暖流在这里的宽度是七十五海里，深度为二百一十米。“鹦鹉螺号”继续随意漂流。潜艇上似乎没有人值班了。我承认，在这种情况下，逃跑能够成功。有人居住的海岸上，确实到处都很容易找到藏身地。大海上，往返于纽约或波士顿和墨西哥湾之间的轮船川流不息；在美国海岸的各个点上进行贸易的小型双桅纵帆帆船，日夜穿梭往来。我们可以指望被他们收容。因此，尽管“鹦鹉螺号”离美国海岸有三十海里，却仍然是逃跑的有利时机。

但是，恶劣的天气绝对不利于加拿大人的计划。天气非常糟糕。我们接近的这个海域，风暴频繁，是龙卷风和飓风的发源地；这两种风暴都是墨西哥湾暖流产生的。坐在一条经不起风浪的小艇上，和往往波涛汹涌的大海对抗，那是自寻死路。内德·兰德自己也承认这一点。因此，他虽然思乡心切，唯有逃跑才能消除，也只好咬紧牙关忍受。

“先生，”这天他对我说，“应该有个了结了。我想弄明白一下。

[1] 哈特拉岬角：美国大西洋沿岸的岬角。

您的奈莫避开陆地，往北而去。但是我对您实说吧，我对南极已经受够了，我不会跟着他到北极。”

“内德，既然此刻逃跑实现不了，怎么办呢？”

“我回到我的想法。必须对艇长明说。我们在您的国家的海域时，您什么也没说。既然我们是在我的国家的海域里，我想明说了。我想，几天以后，‘鹦鹉螺号’就要来到新苏格兰附近，那里，靠近新纽芬兰，有一个宽阔的海湾，圣劳伦斯河流入这个海湾，这是我的河，我出生之地魁北克的河。想到这一点，愤怒就升上我的头部，我的头发直竖。嘿，先生，我宁愿投到海里！我不会待在这里！我会憋死的！”

加拿大人显然是忍无可忍了。他的火暴脾气不能适应长时间的囚禁，他的脸色越来越差，脾气越来越坏。我感受到他应该忍受的痛苦，因为我自己也怀念起家乡来。近七个月过去了，我们没有一点陆地的消息。再则，奈莫艇长的热爱孤独，尤其是和章鱼搏斗以来脾气改变了，更加沉默寡言，一切都使我从不同的角度来看待事物。我不再感到起初的那种热情。只有像贡塞伊那样的佛兰德人才接受这种局面，待在鲸类动物和海洋生物栖息的地方。真的，如果这个好样的小伙子有的不是肺，而是鳃，我想他会成为一条与众不同的鱼！

“怎么样，先生？”内德·兰德看到我不回答，又问。

“怎么，内德，您要我去问奈莫艇长，他对我们打的是什么主意？”

“是的，先生。”

“这个，他已经说出来了呀！”

“是的。我想最后一次确定下来。如果您愿意，就只替我说话，只用我的名义。”

“可是我很少碰到他，他甚至回避我。”

“那就更应该去看他。”

“内德，我会问他的。”

“什么时候？”加拿大人盯紧了问。

“我碰到他的时候。”

“阿罗纳克斯先生，您想让我去找到他吗？”

“不，让我去吧。明天……”

“就今天。”内德·兰德说。

“好的。今天我去看他。”我这样回答加拿大人，他亲自去，肯定会把事情搞砸。

他走了。既然决定去问，我决意立刻把事情了结。我宁愿事情做完而不是等着去做。

我回到房间。我在里面听到奈莫艇长的房间里有人走动的声音。不该失去这个碰到他的机会，我去敲他的门。没有回应。我再敲门，接着拧了一下门把手。门打开了。

我走了进去。艇长在房间里。他趴在办公桌上，没有听到我进来。我决心不问过他就不走出去，我来到他身边。他突然抬起头来，皱紧眉头，相当生硬地对我说：

“您来啦！找我有什么事？”

“艇长，找您谈谈。”

“先生，我正忙着，我在工作。我给了您独处的自由，难道我就不能有这种自由吗？”

这样的接待不能令人鼓舞。但是我决定什么话都听，怎样回答都肯。

“先生，”我冷冷地说，“我要和您谈一件事，不允许我耽搁。”

“先生，什么事？”他嘲讽地回答，“您发现有东西给我漏掉了吗？大海给您显示新秘密了吗？”

我们俩是南辕北辙。但在我回答之前，他指给我看摊在桌子上的一份手稿，严肃地对我说：

“阿罗纳克斯先生，这是一份用几种语言写成的手稿，包含了我关于海洋研究的述要，但愿这份手稿不要和我一起消逝。手稿署了我的名，还附有我的传略，装在一个不会沉没的小容器里。‘鹦鹉螺号’上最后一个残存的人，将把这个容器扔进大海，它将随着波浪载沉载浮。”

署上这个人的名字！他自己写的传略！他的秘密有朝一日会大白于天下？但此刻，我在这番交谈里只看到进入本题的话头。

“艇长，”我回答，“您这样做的想法，我只能赞成。您研究的成果不应失去。但是您使用的办法令我觉得原始，谁知道风会把这个容器吹到哪里去，它会落到谁的手里呢？您找不到更好的办法吗？您，或者您手下的一个人不能……”

“决不能，先生！”艇长赶紧打断我。

“但我呢，我的两个同伴呢，如果肯给我们自由，我们准备保存这份手稿……”

“给你们自由！”奈莫站起来说。

“是的，先生，这正是我想问您的事。我们在您的艇上待了七个月，今天，我以我的两个同伴和我的名义来问您，您是不是想把我们永远留在艇上。”

“阿罗纳克斯先生，”奈莫艇长说，“今天我给您的回答和七个月前的回答一样：谁登上‘鹦鹉螺号’，就永远不得离开。”

“您强加给我们的和奴隶制一样啊！”

“您管它叫什么名字都行。”

“可是，哪里的奴隶都有重新获得自由的权利！不管摆在奴隶面前的方法是怎样的，都可以相信是行之有效的！”

“这个权利，”奈莫艇长回答，“谁否认你们没有？我想过通过誓约把你们束缚住吗？”

艇长交叉抱起手臂，望着我。

“先生，”我对他说，“重提这件事既不是您所愿意的，也不是我所愿意的。但是，既然我们开始谈到，就让我们说清楚。我对您再说一遍，事情关系到的不仅仅是我本人。对我来说，研究是一种解救，一种有力的消遣，一种训练，一种热情，能够使我忘却一切。我像您一样，是个只求默默无闻的人，小小的希望是有朝一日把我的研究成果放在一个防水的容器里，付与风浪，留给后人。一句话，我能赞赏您，兴趣盎然地跟随您，扮演一个某些地方理解您的角色；但是，我看到您的生活中还有一些地方被谜团和神秘所包裹，我的两个同伴和我，只有我们一无所知。甚至当我们的心能为你们而跳动，为你们的痛苦所感动，为你们的精神或者勇敢而激动时，我们不得不压抑自己，一点也不流露出因看到善和美而在心中产生的好感，不管这是来自朋友还是来自敌人。唉！我们与触动您的事格格不入，正是这种感情使我们的处境变得难以忍受，即使对我也是难以为继，尤其是对内德·兰德难以为继。所有人，仅仅因为他是个人，都值得别人思念。您扪心自问过热爱自由、憎恨奴役，在像加拿大人那样的本性中，会产生怎样的复仇计划吗？他会想些什么？想干什么？尝试干什么吗？”

我住了声。奈莫艇长站了起来。

“内德·兰德想些什么，想干什么，尝试干什么，和我有什么关系？不是我把他找来的！我把他留在艇上不是兴之所至！至于您，阿罗纳克斯先生，您属于明白事理的人，甚至连沉默都明白。我对您再也无话可说了。您这是第一次谈这个话题，就让这第一次成为最后一次吧，因为第二次，我甚至不会听您说话。”

我抽身走了。从这天起，局面变得非常紧张。我把这次谈话转告我的两个同伴。

“现在我们知道，”内德说，“对这个人没有什么可期待的了。‘鹦鹉螺号’正在靠近长岛。不管天气怎样，我们逃跑。”

但是天气变得越来越糟糕。风暴的征象已显现。空气灰蒙蒙的，呈乳白色。在天际，雨云代替了束状卷云。低层的乌云疾驰而去。海水上涨，长浪汹涌。飞鸟消失了，除了风暴之友的海燕。气压计显著下降，表明空气中温度极高。大气中的电已经饱和，在电的作用下，晴雨表中的混合液分解了。暴风雨临近了。

五月十八日白天，正好“鹦鹉螺号”来到长岛附近，离开纽约的航道几海里时，暴风雨爆发了。我能够描绘这场暴风雨，是因为奈莫艇长出于不可解释的任性，想在海面上和风暴对抗，而不是躲避到海的深处。

风从西南方向吹来，开始时是强风，就是说风速每秒钟十五米，到下午三点转到每秒钟二十五米。这是暴风的风速。

奈莫艇长待在平台上，在狂风中岿然不动。他把腰部拴住，以抵挡席卷而来的可怕浪涛。我也登上平台，拴好自己，既欣赏这场风暴，也欣赏这个和风暴对抗的无与伦比的人。

大块乌云浸入波浪中，横扫波涛汹涌的大海。我再看不到在波谷中形成的间隔小浪。只见煤烟色的长浪，浪涛那样密集，波峰竟然展不开。“鹦鹉螺号”时而侧倒，时而如桅杆般直立，可怕地晃动和颠簸。

将近五点，下起滂沱大雨，又是狂风大作，浊浪滔天。飓风以每秒钟四十五米的速度卷来，也就是每小时接近四十法里。在这样的情况下，飓风能吹倒房屋，把屋顶的瓦片吹进门里，把铁栅栏吹散架，把二十四厘米口径的大炮移位。但是，在风暴中的“鹦鹉螺号”证实了一位博学的工程师的话：“建造技术精湛的船，没有不能向大海挑战的！”这不是浪涛能摧毁的一块坚固岩石，这是一艘纺锤形的钢体潜艇，听从驾驭，机动灵活，没有缆绳，没有桅杆，毫无损伤地顶得住风暴的肆虐。

我仔细地观察狂涛巨浪。巨浪高达十五米，宽度一百五十米至一百七十米，推进速度是风速的一半，即每秒钟十五米。其体积和力量随着水的深度而增加。于是我明白，海浪的作用是把空气卷起来，再压到海水中，把生命和氧气送到海里。据计算，浪涛的极大压力每平方英尺高达三吨。在赫布里底群岛[1]，这样的浪涛移动了一块重达八万四千磅的岩石。一八六四年十二月二十三日的那场暴风雨，也是这种浪涛，在摧毁了日本东京城的一部分之后，以每小时七百千米的速度在当天抵达美洲。

随着夜晚到来，风暴更加猛烈了。像一八六〇年在留尼汪岛那次一样，狂风中气压计降到七百一十毫米。天色将尽的时候，我看到天际有一艘大船艰难地挣扎着经过。为了在浪涛中保持挺立，这艘船在顶风低速行驶。大概这是一艘来往于纽约和利物浦或者哈瓦那航线的轮船，它很快消失在暮色中。

晚上十点，天空一片火红，划过明晃晃的闪电。我忍受不了亮光，而奈莫艇长直面闪电，仿佛心中在吸取风暴的灵魂。可怕的声音充满空中，这是混合的声音，有海浪打得粉碎的轰隆声、风的怒吼和雷鸣。风转向天际的四面八方，从东面出发，经过北面、西面和南面，和返回南半球的回旋风暴方向相反。

啊！这条墨西哥湾暖流！它有“风暴之王”的名称真是名副其实！这可怕的飓风就是它产生的，是由于暖流上空形成的重叠气层温度不同造成的。

随着大雨而来的是火。雨滴转变成羽饰般的电闪雷鸣。奈莫艇长好像想让雷电击毙，死得其所。在一阵可怕的颠簸中，“鹦鹉螺号”将钢

[1] 赫布里底群岛：属于英国，靠近苏格兰西北海岸，包括约 500 个小岛，7510 平方千米。

冲角像避雷针似的挺起空中，我看到爆出长长的火花。

我筋疲力尽，趴着爬向舱盖，将舱盖打开，下去回到客厅。这时风暴达到最强烈的强度。在“鹦鹉螺号”里不可能站立住。

奈莫艇长在午夜时分返回。我听到储水罐逐渐灌满了水，“鹦鹉螺号”慢慢地沉到水下。

透过打开的舷窗，我看到一些惊慌的大鱼像幽灵一样，在被闪电照得火红的水里掠过。有几条在我眼前被雷电击毙！

“鹦鹉螺号”一直下潜。我本想，在十五米深处会重新找到平静。不，上层的水搅动得太厉害了，必须到大海五十米的深处去寻找平静。

那里多么安定，多么寂静，多么和平静谧啊！谁会说此刻洋面上刮着可怕的风暴呢？

二十

北纬47度24分、西经17度28分

暴风雨过后，我们已被抛到东边，因此，在纽约或者劳伦斯逃跑上岸的希望成了泡影。可怜的内德感到绝望，像奈莫艇长一样与他人隔绝。贡塞伊和我，我们不再分开。

我说过，“鹦鹉螺号”已经走岔，往东边去了。更准确地说，应是往东北去了。有好几天，潜艇时而在水面游弋，时而下潜，海面上是令航海家感到恐惧的浓雾。浓雾主要是冰融化了才造成的，在空气中保持了极大的湿度。有多少船只在这片海域以为认出了海岸不确定的灯火而失事了啊！有多少凶险是由于这迷漫的浓雾而引起的啊！由于风声淹没了拍击礁石的声音，有多少船只触礁啊！尽管有航标灯，有汽笛和警钟警示，但还是有多少船相撞啊！

因此，这里的海底呈现的是战场的景象，大洋所有的战利品仍然躺在那里。有些是很早以前的，黏糊糊的；还有些是新近的，反射出我们的舷灯照在它们的金属配件和吃水线下的铜质船体机身的闪光。在这些沉船中，有多少是连船带货以及船员和大批移民一起沉没啊！在统计资料中，这片海域的下列各点被指明是危险地：拉斯岬角、圣保罗岛、美丽岛[1]海峡、圣劳伦斯河口。仅仅几年的时间，在海难的年鉴中增加的

---

[1] 美丽岛：法国布列塔尼诸岛中最大的岛，长17.5千米，宽5至9千米。

失事船只就包括皇家轮船公司、英曼公司和蒙特利尔公司的班轮，其中“苏尔威号”“彩虹号”“帕拉马塔号”“匈牙利号”“加拿大号”“盎格鲁－撒克逊号”“汉堡号”“合众国号”是触礁沉没的；“阿尔蒂克号”和“里昂号”是相撞沉没的；而“总统号”“和平号”和“格拉斯哥城号”的失事原因不明。“鹦鹉螺号”在这些阴森森的残骸中间航行，好像是在检阅沉船！

五月十五日，我们到达纽芬兰浅滩的南端。这片浅滩是海洋冲积的产物，一大堆有机物垃圾，要么是墨西哥湾暖流从赤道带来的，要么是北极一股寒冷的逆流沿着美洲海岸带来的。那里也堆积着淌（tǎng）凌带来的漂砾。那里形成了一个很大的枯骨堆，数以亿万的鱼、软体动物和植形动物葬身在那里。

在纽芬兰浅滩，水不深。至多深几百法寻。但靠南边突然出现一块洼地，是个三千米的深坑。墨西哥湾暖流在这里变宽。水面宽广，流速和温度都降低，变成了一片海。

在“鹦鹉螺号”驶过时惊起的鱼类中，我可以举出硬鳍海兔，长一米，浅黑色背脊，橙黄色肚子，它给同类的鱼树立了一个忠于配偶的榜样，然而仿效的不多；有大个的于内纳克鱼，这是一种绿得像翡翠的海鳝，味道鲜美；有卡拉克斯鱼，大眼睛，有几分像狗头；有鳚鱼，像蛇一样，是卵胎生动物；有两厘米长的球形虾虎鱼或名黑鮈（jū）鱼；有长尾鳕鱼，银光闪闪，游得很快，能远至北极去冒险。

拖网也打上来一种鱼，大胆、勇猛、强壮、肌肉发达，头上和鳍上都有带刺的武器，身长两三米，这是鲉（yóu）鱼，是鳚鱼、鳕鱼和鲑鱼的死敌；它貌似北方海域的杜父鱼，褐色的身体疙里疙瘩，鳍是红色的。“鹦鹉螺号”上的捕鱼人捕捉这种鱼费了一番周折，因为这种鱼鳃的构造保留着和空气直接接触的呼吸器官，离开水以后还能活一段时间。

我再列举一些鱼以作备忘，这是一种小鱼，在北极圈的海洋里伴随着船只；尖头欧鲌，北大西洋所特有；伊豆鲉；最后是鳕鱼中主要的一种，我是在纽芬兰无尽的浅滩里、它们最喜欢的海水中发现的。

也可以说，这种鳕鱼是山上的鱼，因为纽芬兰只不过是一座海底山。当“鹦鹉螺号”从密集的鳕鱼群中开辟出一条通路时，贡塞伊忍不住发表见解。

“这就是鳕鱼啊！”他说，“我原以为鳕鱼和黄盖鲽，或者和鳎鱼一样是扁的呢！”

“真幼稚！”我大声说，“鱼店里的鳕鱼才是扁的！店里的人开膛破肚后摊在那里。但在水里，鳕鱼和鲻鱼一样，都是流线型的，完全适合在水里游动。”

“我愿意相信先生的话，”贡塞伊回答，“多大一群啊！像多少只蚂蚁啊！”

“嘿，我的朋友，如果没有伊豆鲉和人类这些天敌，鳕鱼还会更多！你知道一条雌鳕鱼身上有多少卵吗？”

“咱们好好算算，”贡塞伊说，“五十万吧。”

“一千一百万，我的朋友。”

“一千一百万，这我绝不相信，除非我亲自数过。”

“那么你数吧，贡塞伊。但是，相信我的话，要比你数来得更快。再说，法国人、英国人、美国人、丹麦人和挪威人都是成千上万地捕捉鳕鱼。鳕鱼的消耗量大得惊人，要不是这种鱼惊人地繁殖，他们在大海里很快就会绝迹。因此，仅仅英国和美国就有五千条船，七万五千人从事捕捉鳕鱼。每条船平均捕捉四万条鳕鱼，就是两千五百万条[1]。挪威

[1] 原文如此，计算有误，应加十位。

沿岸也是同样的结果。”

“很好，”贡塞伊回答，“我相信先生的话。我就不数了。”

“不数什么？”

“一千一百万只卵啊！但是，我要指出一点。”

“哪一点？”

“就是，如果每一只卵都孵化出来，四条鳕鱼就够供给英国、美国和挪威了。”

在我们贴着纽芬兰浅滩海底航行的时候，我清晰地看到那些长钓鱼线，每条线上有两百只鱼钩，每条船都伸出来十几条线。每条线的一端被一只小四脚锚拖到水里，靠一个固定在软木做的浮标托在水面上。“鹦鹉螺号”在这海底的网中不得不灵活地穿行。

况且，潜艇不会在这片船只来往频繁的海域中长时间停留。它一直上行到北纬42度，纽芬兰的圣约翰港[1]和哈茨康坦特港都在这个纬度上；哈茨康坦特港是越洋电缆的终端。

“鹦鹉螺号”不再向北走，而是转向东面，仿佛想沿着上面铺着电缆的海底高原行驶。多次测量已经极其准确地测到这片海底高原的地形。

五月十七日，在离哈茨康坦特约五百海里，水深两千八百米的海底，我看到躺在地上的电缆。我事先没有告诉过贡塞伊，他把电缆当成一条巨大的海蛇，准备按照通常的方法进行分类。但是我让这个好样的小伙子醒悟过来，为了平息他的失望，我告诉他铺设电缆的各种特殊情况。

第一条电缆是一八五七年至一八五八年铺设的；但是在传送了大约四百份电报以后，电缆不再起作用。一八六三年，工程师建造了一条新电缆，长三千四百千米，重四千五百吨，是由“大东号”轮船运载的。这次尝试又失败了。

[1] 圣约翰港：加拿大城市，在蒙特利尔的东南面。

五月二十五日，“鹦鹉螺号”潜至三千八百三十六米的深处，正是在这里，当年电缆发生断裂、功亏一篑。这里离爱尔兰海岸六百三十八海里。那天午后两点，发现和欧洲的通信中断了。船上的电气技师决定把电缆切断，然后再把电缆捞上来。晚上十一点，损坏的那部分电缆捞上来了。重新对接，然后再放回海底。但是几天以后电缆又断了，无法再从海底捞起来。

美国人没有泄气。铺设海底电缆的大胆倡导者塞勒斯·菲尔德，把他的全部财产孤注一掷，发起新的认购，很快就认购完了。另一条电缆在更好的条件下建成了。集束的导线放在古塔橡胶的套管里，以装在金属板片里的织物衬垫来保护。“大东号”于一八六六年七月十三日再次出海。

铺设工作进展顺利。可是出了一些事端。在拉电缆的时候电工们多次发现，有人在电缆上打进去一些钉子，目的在于损坏电缆的心线。安德逊船长、他的几个高级船员和工程师们，汇聚起来讨论，派人贴出告示，罪犯一旦在船上查获，不经审讯，就被扔进海里。此后，就再没有发现犯罪的企图。

七月二十三日，就在“大东号”离纽芬兰不到八百千米的时候，有人从爱尔兰发来电报，告知在萨多瓦战役[1]之后，普鲁士和奥地利媾和的消息。二十七日，“大东号”在浓雾中测定了哈茨康坦特港。铺设电缆的工程顺利结束，年轻的美洲通过这条电缆，向古老的欧洲发出的第一封电报，是这样一句明智却很少被人理解的话：“光荣属于天上的上帝，和平属于人间有良好意愿的人。”

我并不期待看到一条原来状态的电缆，就像从制造车间出来时那样。这条长蛇般的电缆，覆盖了贝壳的碎片，长满了有孔虫类，裹上了一层

[1] 萨多瓦战役：萨多瓦是捷克的一个村庄，1866 年 7 月 3 日普鲁士在那里战胜了奥地利，表明了普鲁士的强盛和武器的先进，在欧洲引起很大反响。

黏糊糊的石质硬皮，保护它不受会钻孔的软体动物的侵袭。电缆静静地躺着，不受海水激荡的影响，而海水的压力却对电信的传导有利，从美洲到欧洲只需要百分之三十二秒。这条电缆的寿命可能是无限的，因为有人观察到，古塔橡胶的套管经过海水浸泡，变得更柔韧了。

再说，在这个选得很好的高台上，电缆在所沉入的深度不会断裂。“鹦鹉螺号”沿着高台行驶，直到最底部，深度是四千四百三十一米，电缆在那里仍然不受拉力的任何影响。然后，我们接近一八六三年发生事故的地方。

那里的海底形成一个宽一百二十千米的峡谷，即使勃朗峰被放在那里，山峰也不会露出海面。这个峡谷在东面被一座两千米高的峭壁封住。我们在五月二十八日到达那里，“鹦鹉螺号”离爱尔兰只有一百五十千米。

奈莫艇长会往北抵达英国的几个岛吗？不会。让我大吃一惊的是，他重新往南，返回欧洲海域。在绕翡翠岛行驶时，我有一会儿看到克利尔岬角和法斯特奈[1]的灯塔，这座灯塔是从格拉斯哥或者利物浦驶出的成千上万艘船的指路明灯。

这时我脑际出现一个重要问题。“鹦鹉螺号”敢于开进英吉利海峡吗？自从我们靠近陆地以来，内德·兰德又露面了，他不停地询问我。怎么回答他呢？奈莫艇长不见影儿。他让加拿大人看到美洲海岸以后，难道会让我看到法国海岸吗？

但“鹦鹉螺号”始终往南走。五月三十日，潜艇从英国尽头和索林格群岛[2]之间经过，在右舷看得见兰兹岬角[3]。

如果奈莫艇长想进入英吉利海峡，他必须直接走东面。他没有这

[1] 法斯特奈：爱尔兰西南海岸的岩石小岛。

[2] 索林格群岛：英吉利海峡中的英属小群岛，离英国西南海岸约 40 千米。

[3] 兰兹岬角：英国西南的岬角。

样做。

五月三十一日一整天，“鹦鹉螺号”在海上转了许多圈，令我十分困惑。他似乎在寻找一个地方，这地方要找到很费劲。中午，奈莫艇长过来亲自测量。他没有对我说话。我觉得他分外阴沉。谁能让他这样愁眉苦脸呢？是因为靠近海岸了吗？他重新回忆起被他离弃的故乡了吗？他感受到什么呢？内疚还是后悔？这个想法在我脑际萦回很久了，我有一个预感，不久艇长的秘密就会泄露出来。

第二天，六月一日，“鹦鹉螺号”保持原来的航行路线。显然，它想认出大洋中的一个准确地点。奈莫艇长像前一天一样，来测量太阳的高度。大海风平浪静，天空碧蓝如水。在东面六海里处的天际，出现一艘大汽船。船上没有悬挂国旗，我认不出它的国籍。

在太阳经过子午线之前几分钟，奈莫艇长拿起六分仪，极其精确地进行观测。水波不兴，有利于工作。“鹦鹉螺号”一动不动，既不摇晃，也不颠簸。

这时我在平台上。观测结束以后，艇长只说了这句话：

“就在这里！”

他通过舱口又下去了。他看到那艘汽船改变了航向，好像正朝我们驶来吗？我说不准。

我回到客厅。舱盖关上了，我听到往储水罐里灌水的声音。“鹦鹉螺号”开始垂直下沉，因为螺旋桨没有开动，不再让它转动了。

几分钟以后，潜艇停在八百三十三米的深处，落在海底上。

这时，客厅天花板的灯灭了，护窗板打开。我透过舷窗看到，半海里的范围内，海水被舷灯照得亮晃晃的。

我朝左舷窗望去，只看到无边无际的平静海水。

从右舷窗看，在海底，显出一个巨大的凸起的东西，吸引了我的注意。好像是残骸，被黏糊糊的淡白色贝壳覆盖着，仿佛披上一层雪。仔细看这堆东西，我认出是一条船变得臃肿的形状，桅杆没有了，大概是船头先沉的。这次海难准定是年代久远。沉船上结了那么厚一层水垢，说明在海底待的年代不少了。

这是怎样一条船？为什么“鹦鹉螺号”来拜谒它的坟墓？难道是海难把这艘船沉入水中的吗？

我正在沉思默想的时候，听到奈莫艇长在我身边缓慢地说：

“这艘战舰从前叫‘马赛人号’，有七十四门大炮，一七六二年开始服役。一七七八年八月十三日，在普瓦普－韦尔特里厄指挥下，勇敢地对抗‘普雷斯顿号’。一七七九年七月四日，它和海军元帅德·埃斯坦[1]的舰队一起，参加了攻占格拉纳达的战斗。一七八一年九月五日，在切萨皮克湾参加了由格拉斯伯爵指挥的战斗。一七九四年法兰西共和国给它改了名字。同年四月十六日，它在布列斯特加入维拉雷－儒伊厄兹的舰队，负责为舰队运小麦的船护航，小麦是在海军元帅冯·斯塔贝尔的指挥下从美国运来的。共和二年牧月十一日和十二日，这支舰队和英国舰队遭遇。先生，今天是牧月十三日，公历一八六八年六月一日。整整七十四年之前，就是在这里，在北纬 17 度 24 分、西经 17 度 28 分，同一个地方，这条战舰经过英勇战斗，三根桅杆都折断了，海水涌进舱里，三分之一的水兵失去战斗力，但是全舰三百五十六名水兵宁愿葬身海底也不投降，把国旗钉在船艉，高喊：‘共和国万岁！’沉入海中。”

“是‘复仇者号’！”我嚷道。

“是的！先生。是‘复仇者号’！一个叫得响的名字！”奈莫艇长喃喃地说，一边抱起手臂。

[1] 德·埃斯坦（1729—1794），法国海军元帅，1779 年夺取了西班牙城市格拉纳达，并参加美国独立战争，因有共和信念，在白色恐怖时期上了断头台。

二十一
大屠杀

这样激昂的话语，这个意料不到的场面，这艘爱国战舰的历史，这个怪人讲完这段历史之后，接着又激动地说出的最后几句话，还有“复仇者”这个名字——这个名字的言外之意，我一清二楚——这一切汇拢来，深深地震动我的脑子。我两眼盯住艇长。他呢，用手伸向大海，目光炯炯地凝视光荣战舰的残骸。也许我永远也不应知道艇长是何许人，从哪里来，到哪里去，但是我越来越看清这个摆脱学者面貌的人。把奈莫艇长和他的伙伴们封闭在“鹦鹉螺号”中，并不是一般的愤世嫉俗，而是一种时间也不能磨灭的深仇大恨，这种仇恨要么是骇人听闻的，要么是崇高的。

这种仇恨是不是还在寻求报复呢？没过多久我就知道了。

但“鹦鹉螺号”慢慢地浮出水面，我看到“复仇者号”的模糊形状逐渐消失。不久，潜艇轻轻摇晃一下，向我表明，我们漂浮在自由的空气中。

这时，传来一下沉闷的爆炸声。我看看艇长，艇长一动不动。

“艇长？”我说。

他没有回答。

我离开他，登上平台。贡塞伊和加拿大人已经先到了那里。

“这爆炸声是从哪里来的？”我问。

“是声炮响。”内德·兰德回答。

我朝刚才看到的汽船方向看去。汽船在靠近“鹦鹉螺号”，可以看到，它在全速前进，离开我们六海里。

“内德，这是什么船？”

“从索具来看，从它的低桅杆的高度来看，”加拿大人回答，“我敢打赌，这是一条战舰。但愿它能开过来，必要的话，击沉这艘该死的潜艇！”

“内德老兄，”贡塞伊说，“它能损伤得了‘鹦鹉螺号’吗？会从水下攻击呢？还是会在海底开炮呢？”

“内德，告诉我，您能认出这条船的国籍吗？”我问。

加拿大人皱起眉头，眯起眼睛，使出全部眼力，盯着那条船看了好一会儿。

“看不出来，先生，”他回答，“我认不出它属于哪一国的，它没挂国旗。但是我能够确定这是一艘战舰，因为主桅杆上飘扬着一面狭长形小旗。”

我们继续观察这艘向我们开过来的大船有一刻钟。但我不能认为它在这样远的距离会认出“鹦鹉螺号”，更不会知道这艘潜艇是什么东西。

不久，加拿大人向我宣称，这条船是一艘大战舰，有冲角，是一艘有双层甲板的铁甲舰。从它的两个烟囱冒出浓浓的黑烟，收紧的帆和一排横桁混在一起。斜桁上没有任何国籍旗。距离远，还看不出像细长丝带一样飘扬的狭长形小旗的颜色。

这艘船行驶很快。如果奈莫艇长让它靠近，我们就有得救的机会。

“先生，”内德·兰德对我说，“只要这艘船在离我们一海里处经过，我就跳下海去，我劝你们也像我一样做。”

我没有回答加拿大人的建议，我继续眺望那艘在视野里变得越来越大的船。无论这是英国的、法国的、美国的还是俄国的船，可以肯定，如果我们能够上船，他们都会收留我们。

“先生会记得，我们有游泳经验。”贡塞伊这时说，“如果先生认为跟着内德老兄走合适，可以指望我照顾，我会拖着先生走。”

我正要回答，这时战舰前面冒出一股白烟。随后，过了几秒钟，一样重物坠落在水中，溅起了“鹦鹉螺号”后面的水花。不久，一下爆炸声震响了我的耳鼓。

“怎么？他们向我们开炮了！”我嚷道。

“是些好人！”加拿大人咕哝着说。

“他们没有把我们看成海难者，抓住了一样残害！”

“先生不必介意……好啊，”贡塞伊说，一面抖掉又一发炮弹溅到他身上的水，“先生不必介意，他们认出了独角鲸，他们是在向独角鲸开炮。”

“可是，他们应该好好看看，”我大声说，“他们是在跟人打交道啊！”

“也许正因如此才开炮！”内德·兰德看着我回答。

我脑子里全亮堂了。人们可能知道眼下怎么对付这个所谓怪物的存在。当初和“亚伯拉罕·林肯号”接近时，加拿大人用捕鲸叉去攻击潜艇时，也许法拉格特舰长看出独角鲸是比超自然的鲸类动物更危险的一艘潜艇？

是的，事情应该是这样。大概如今人们正在追逐这可怕的毁灭性武器！

如果像人们可能设想的那样，奈莫艇长利用“鹦鹉螺号”进行一场报复，那确实是可怕！在印度洋上他把我们关在一间小屋子里那一夜，他是否在攻击一艘船。如今埋在珊瑚墓地的那个人，难道不是“鹦鹉螺号”挑起的一次冲突的牺牲品？是的，我再说一遍，事情应该如此。奈莫艇长神秘生活的一部分显露出来了。即便他身份还未真相大白，至少现在各国联合追捕他，不再是一个虚幻的东西，而是和它们有不共戴天仇恨的人！

可怕的往事完整地呈现在我眼前。在这艘向我们驶来的战舰上，非但碰不到朋友，我们只能遇到无情的敌人。炮弹越来越多地落在我们周围，有几颗落到水面上，像打水漂一样消失在很远的地方。不过没有一颗炮弹打中“鹦鹉螺号”。

铁甲战舰这时离我们只有三海里远。尽管炮声隆隆，奈莫艇长还是没有出现在平台上。但只要有一发圆锥形的炮弹命中“鹦鹉螺号”的艇身，就可能会是致命的。

这时，加拿大人对我说：

“先生，我们应该不惜一切试图摆脱这困境。咱们发信号吧！真是见鬼！他们兴许会明白我们是好人！”

内德·兰德掏出手绢，要在空中挥舞。可是，他刚把手绢摊开，就被一只铁钳似的手抓住，尽管他膂力惊人，还是被摔倒在平台上。

“混蛋！”艇长喊道，“你想在‘鹦鹉螺号’撞击那艘船之前，先把你钉在潜艇的冲角上吗？”

听到奈莫艇长说话的声音已经很吓人，看到他的模样就更加可怕。他的脸由于心脏抽搐——心跳大概大概停止了一下而显得苍白。他的瞳孔吓人地收缩。他不是在说话，而是在吼叫。身体前倾，扭住加拿大人的肩膀。

然后，他丢下加拿大人，回过身来面向战舰，炮弹像雨点般落在他周围。

“啊！这条该死国家的战舰，你知道我是谁！”他声音洪亮地喊道，“我呀，我不需要看到你的国籍颜色，就能认出你！睁开眼睛瞧吧！我会让你看到我的国籍旗的颜色！”

于是奈莫艇长在平台前面展开一面黑旗，和他已经在南极插上的那面旗帜一模一样。

这时，一发炮弹斜着击中“鹦鹉螺号”的艇身，没有造成损伤，从艇长身边弹跳过去，消失在海里。

奈莫艇长耸了耸肩。然后，向我转过身来：

“下去，”他用生硬的口气对我说，“您和您的两个同伴都下去。”

“先生！”我大声说，“这么说，您要攻击这艘战舰了？”

“先生，我要击沉它！”

“您不要这样做！”

“我要这样做！”奈莫艇长冷冷地回答，“先生，您不要无所顾忌，对我指手画脚。命运让您看到您不该看到的东西。攻击来临了，我会狠狠地反击的。下去吧。”

“这艘战舰是哪个国家的？”

“您不知道吗？那么再好不过！至少它的国籍对您将是个秘密。下去吧。”

加拿大人、贡塞伊和我，我们只能服从。“鹦鹉螺号”的十五个水手围着艇长，怀着不共戴天的仇恨，望着这艘朝他们驶来的战舰。我们感到，同仇敌忾激励着所有人的心灵。

我下去时，又一发炮弹擦到“鹦鹉螺号”的艇身，我听到艇长喊道：

“打吧，疯狂的战舰！浪费你无用的炮弹吧！你逃脱不了‘鹦鹉螺号’的冲角撞击。不过，你不该在这里葬身！我不愿意让你的残骸和‘复仇者号’的残骸混在一起！”

我回到我的房间。艇长和大副留在平台上。螺旋桨发动起来。“鹦鹉螺号”迅速远离，到了战舰的大炮射程之外。但是追逐在继续，奈莫艇长仅仅保持开距离。

下午四点左右，我忍不住折磨着我的焦急和不安，又回到中央楼梯那儿。舱盖开着，我大着胆子登上平台，艇长还在那里焦躁不安地踱步。他望着下风五六海里远的战舰，像招惹一头猛兽那样绕着它转圈，把它引向东面，让它追击自己。但是他没有攻击。也许他还在犹豫？

我想最后干预一下。但是我刚和艇长打招呼，他就让我别说话。

“我是法律，我是正义！”他对我说，“我是受压迫者，而这就是压迫者！我所喜欢、热爱和尊敬的一切，祖国、父母和妻儿，我眼睁睁地看到一切被它毁灭！我仇恨的一切就在这里！免开尊口！”

我朝全速驶行的战舰望了最后一眼。然后，我和内德、贡塞伊会合。

“咱们逃走吧！”我大声说。

“好的，”内德说，“这艘战舰是哪个国家的？”

“我不知道。但不管怎样，它会在天黑以前沉没。无论如何，和它一起毁灭，比成为报复的同谋要好；我们不能判断这种报复是否公正。”

“这也是我的看法，”内德冷静地回答，“等待天黑吧。”

黑夜来临。潜艇上笼罩着一片深深的岑寂。罗盘指明“鹦鹉螺号”没有改变航向，我听到螺旋桨迅速而有节奏地拍打海水的声音。潜艇保持在水面上航行，轻轻的摇晃使它时而侧向一边，时而侧向另一边。

我的两个同伴和我，我们决定在战舰离得相当近时逃走，要么让他们听到我们的叫喊声，要么让他们看到我们，因为此后三天都应该是满月，月光亮闪闪。一旦登上战舰，即使我们不能预料威胁着它的打击，至少我们能做情况允许我们尝试的所有办法。有好几次，我以为“鹦鹉螺号”准备好发起攻击了，但是它仅仅让对手靠近一些，过了一会儿，它又恢复逃跑。

前半夜这样过去，没有发生什么事。我们窥伺着逃跑的机会。我们过于激动，很少说话。内德·兰德想跳到海里，我逼着他等待。照我看，“鹦鹉螺号”会在海面上攻击双层甲板战舰，那时逃跑不仅可能，而且容易。

凌晨三点，我不安地登上平台。奈莫艇长没有离开。他在前边那面旗子旁边站着，微风吹拂，旗子在他头顶上飘动着。他的眼睛盯住战舰，目光炯炯有神，似乎在吸引它，迷惑它，比用驳船牵引它还稳妥地拖走它！

这时月亮经过中天，木星在东方升起。在这安详的大自然中，天空和大洋在比试静寂。大海给明月一面镜子，映出它最美的形象。当我想到，大自然的万籁俱寂中，隐没不见的“鹦鹉螺号”艇内却孕育着强烈的愤怒，就感到全身在战栗。

战舰离我们两海里。它重新靠近，始终追着这片磷光，这表明“鹦鹉螺号”的位置。我看见战舰上红绿两色的航行灯和挂在前桅主索上的白色信号灯。模糊的反光照亮了战舰的帆缆索具，表明它已开足马力。一束束火星，一块块燃烧的煤渣从烟囱中窜出，在空中映出星星点点。

我这样待到早晨六点，奈莫艇长好似没有看到我。战舰离我们剩下一海里半，随着晨曦出现，又开始炮轰。“鹦鹉螺号”攻击敌手的时刻不会很远了，我的两个同伴和我，我们要永远离开这个人了，我不敢判断他的所作所为。

我正准备下去通知他俩，这时大副登上平台，好几个水手伴随着他。奈莫艇长没有看到，或者不想看到他们。“鹦鹉螺号”已经采取了可以称为“战斗准备”的措施。措施很简单，平台周围形成栏杆似的支索被放了下来。同样，舷灯罩和驾驶室缩进了艇身，仅仅露出一点点。这长条雪茄形状的钢铁潜艇表面，再没有什么凸出的东西妨碍它的操作。

我回到客厅。“鹦鹉螺号”始终漂浮着。有几缕晨曦射进水中。在海浪的涌动下，舷窗泛出旭日的霞光。可怕的六月二日到来了。

五点钟[1]，航速表指明“鹦鹉螺号”中速前进。我明白，它在让战舰靠近。再说，炮声更响地传来。炮弹落入周围的水里，发出古怪的嗞嗞声。

“朋友们，”我说，“这个时刻来到了。握一下手吧，愿上帝保佑我们！”

内德·兰德态度坚决，贡塞伊很平静。我呢，神经紧张，勉强能够控制住自己。

我们走进图书室。就在我推开通到中央楼梯小间的那扇门时，我听到上面的舱盖突然关上了。

加拿大人冲向楼梯，但我把他拽住。一下熟悉的呼啸声告诉我，水正灌进潜艇的储水罐里。确实，不一会儿，“鹦鹉螺号”潜入水面几米处。

我明白潜艇下沉的操作。此时采取行动为时已晚。“鹦鹉螺号”不想攻击双层甲板战舰难以穿透的铁甲，但在吃水线以下，没有金属外壳保护舰身。

我们重新受到囚禁，被迫成为即将发生的惨剧的见证人。再说。我们几乎来不及思考。我们藏身于房间内，面面相觑，默不作声。我的脑袋麻木了，思维活动在我身上停止了。我处在这样难受的状态中：在等待可怕的炮弹爆炸声。我在等待、倾听，我的生命只剩下听觉！

可是“鹦鹉螺号”的航速明显加快了，它要这样获得冲击力。整个艇身都在颤动。

突然，我叫了一声。撞击发生了，不过相对较轻。我感受到钢铁冲角的穿透力，听到了摩擦和相刮的声音。

但是“鹦鹉螺号”受到强大的动力推动，穿透了战舰，就像帆篷工

[1] 原文如此，有误。

人手中的针穿过帆布一样！

我控制不住了。我发狂了，失魂落魄地冲出我的房间，奔到客厅。

奈莫艇长在那里，一言不发，脸色阴沉，气愤难平，通过左舷窗向外望着。

一个庞然大物在水中下沉，为了一点不漏掉它的垂死挣扎，“鹦鹉螺号”也跟着它下潜到海底。离我十米远处，我看到开裂的舰身，海水带着雷鸣般的响声涌进去，随后看到两排大炮和舷栏。甲板站满了在挣扎的黑压压的人影。

水在上升。那些不幸的人冲向支索，攀住桅杆，在水中扭来扭去。这是被海水侵袭的蚁穴中的人蚁！

恐惧不安使我吓呆了，身子僵硬，头发直竖，眼睛睁得老大，呼吸不畅，大气不出，说不上话，就那样望着！一股不可抗拒的引力把我贴在舷窗玻璃上！

巨大的战舰在慢慢地下沉。“鹦鹉螺号”跟着它，观察着它所有的动作。突然，产生了爆炸。受压制的气浪掀飞了战舰的双层甲板，仿佛燃油舱起火了。海水把“鹦鹉螺号”推得改变了方向。

于是不幸的战舰沉得更快了。挤满受难者的桅楼出现了，然后是被一串串人压弯了的桅杆横臂，最后是主桅杆顶部。接着黢黑的庞然大物消失了，随之而去的是被可怕的漩涡席卷而去的全体船员的尸体……

我向奈莫艇长转过身去。这个可怕的伸张正义者，真正的复仇大天使，始终在观看。一切结束时，奈莫艇长朝他的房门走去，开门走了进去。我的目光跟随着他。

在房间尽里面的板壁上，在他那些英雄的肖像下面，我看到一个还很年轻的女人和两个孩子的画像。奈莫艇长对他们凝视了一会儿，向他们伸出双臂，跪了下来，呜咽着泪流满面。

二十二
奈莫艇长的最后一句话

吓人的场面结束以后，护窗板关上了，但是客厅的灯没有打开，“鹦鹉螺号”内部一片昏暗和寂静。潜艇离开了这个悲凉之地，在水下一百英尺的深处以惊人的速度航行。他要去哪里？是南方还是北方？这个人在这场可怕的复仇之后，要跑到哪里去？

我回到自己的房间，内德和贡塞伊默默地坐在那里。我对奈莫艇长感到一种难以抑制的厌恶。不管他在世人那里受过何种痛苦，他也没有权利这样惩罚人。即使他没有把我变成同谋，至少把我变成了他复仇的见证人！这太过分了。

十一点，电灯又亮了。我到客厅去。里面空无一人。我看看仪表。“鹦鹉螺号”以每小时二十五海里的速度向北面逃逸而去，有时在海面，有时在水下三十英尺。

我在地图上查出，我们通过了英吉利海峡的入口，以无可比拟的速度向北极海域驶去。

在快速而过的鱼中，我只能抓住长鼻角鲨，经常在这片海域出没的双髻鲨、猫鲨、大只的鹰石首鱼，模样和国际象棋里的马相像的成群海马，像焰火中的金蛇一样蜿蜒而行的海鳗，将双螯交叉放在壳上斜着跑的大队螃蟹，以及和“鹦鹉螺号”赛跑的成群鼠海豚。不过，此刻已谈不上进行观察、研究和分类了。

到了晚上，我们已经在大西洋里穿行了两百法里。夜幕降临，在月亮升起之前，大海被黑暗笼罩了。

我回到自己的房间。我不能安眠，被噩梦纠缠。战舰毁灭的可怕场景，在我的脑海里反复出现。

从这一天起，谁能说清“鹦鹉螺号”会把我们带到北大西洋的哪个地方呢？潜艇始终以难以估计的速度航行！始终在极北地区的浓雾中！潜艇到过斯匹次卑尔根群岛的海角吗？到过新地岛[1]的暗礁附近吗？是在白海[2]、喀拉海[3]、奥比湾和利亚罗夫群岛这些无人知晓的海域，以及亚洲不为人知的海岸吗？我说不出来。时间的流逝，我再也无法估计。潜艇上的钟已经停摆。就像在极地一样，日夜不再有规律地交替。我觉得自己被带到一个古怪的地域，爱伦·坡过度的想象力可以在那里任意驰骋。我时刻都像虚构的人物戈顿·皮姆[4]一样，期待看到“那张戴着面纱的人脸，这张脸比世界上任何人的脸都大得多，横放在水帘中央，守住极地入口”！

我估计——但我也许搞错了——我估计，“鹦鹉螺号”的这次冒险航行持续了十五至二十天，要不是那场灾难中止了这次航行，我不知道还会延续多久。奈莫艇长没有露面，大副就更不用说，艇上连个人影也看不见。“鹦鹉螺号”几乎不断地在水下航行。当浮到水面上换气时，舱盖自动打开和关闭。地球平面球形图上再没有标记，我不知道我们是在哪里。

---

[1] 新地岛：俄罗斯北冰洋岛屿，由两个大岛组成，面积 82600 平方千米。

[2] 白海：北冰洋的一部分，5 月至 9 月能航行。

[3] 喀拉海：北冰洋边上的海。

[4] 戈顿 · 皮姆：美国作家爱伦 · 坡的中篇小说《亚瑟 · 戈顿 · 皮姆历险记》中的主人公。

我还要说，加拿大人筋疲力尽，失去耐心，不再露面。贡塞伊从他那里掏不出一句话来，担心他在精神错乱或者思乡过度时会轻生，因此，时刻忠心地守护着他。

须知，在这种条件下，局面难以为继了。

一天早上——是哪一天，我说不清——约在天亮前几小时，我处于半睡状态，这是难受的病态的入睡。醒来时我看见内德·兰德俯下身对着我，我听到他低声对我说：

“咱们逃走吧！”

我坐了起来。

“什么时候逃走？”我问。

“今天夜里。‘鹦鹉螺号’上的警戒好像都撤了，艇上的状态一片麻木。先生，您能准备好吗？”

“能。我们眼下在什么地方。”

“今天早上我透过浓雾看到了陆地，在东面二十海里的地方。”

“这陆地是什么地方？”

“我不知道。但是，不管是什么地方，我们可以躲在那里。”

“是的！内德·兰德。好，咱们今夜就逃，哪怕大海把我们吞没了！”

“大海波涛汹涌，风力很猛，不过，坐在‘鹦鹉螺号’的轻型小艇里走二十海里，并不使我害怕。我可以瞒着艇上的人，搬过去一些食物和几瓶水。”

“我跟您去。”

“再有，”加拿大人接着说，“如果我被抓住，我就自卫，哪怕被人杀死。”

“咱们死在一起，老弟。”

我决定义无反顾。加拿大人离开了。我来到平台，我几乎顶不住风

浪。天气虽然恶劣，但由于在浓雾中能看到陆地，还是必须逃跑。我们连一天、一小时都不能浪费掉。

我回到客厅，既担心又希望遇到奈莫艇长，既希望又不想再看到他。我要对他说什么呢？我能掩藏住他使我引起的不由自主的厌恶吗？不能！最好还是不要和他面对面相遇！最好是忘掉他！但是忘得了吗？

我在“鹦鹉螺号”上要度过最后一天了，但这一天多么漫长啊！我是独自一人。内德·兰德和贡塞伊避免和我说话，担心会暴露。

六点，我吃晚饭，但我不饿。我强迫自己吃饭，尽管不想吃，因为不想体衰力弱。

六点半，内德·兰德走进我的房间，对我说：

“咱们出发之前不要再见面。十点，月亮还没有升起来。咱们要利用黑暗。您到小艇边。贡塞伊和我，我们在那里等您。”

加拿大人不等我回答就出去了。

我想核实“鹦鹉螺号”的航向，来到客厅。我们正以惊人的速度在五十米深的水里朝东北偏北方向航行。

我朝堆积在这间陈列室里的大自然珍品和丰富藏品望了最后一眼；这批无与伦比的收藏，有朝一日要和收藏者一起沉没海底。我想在脑子里留下一个最美好的印象。这样待了一个小时，我沐浴在天花板洒下来的灯光中，浏览着这些在玻璃柜子中光芒四射的珍宝。然后，我回到自己的房间里。

我在房间里面换上结实的航海服。我归拢笔记本，十分小心地夹紧在身上。我的心剧烈地跳动，控制不住脉搏。我的慌乱和激动，一准会在奈莫艇长的眼前暴露出来。

眼下他在干什么呢？我在他的房间门口侧耳细听。我听到脚步声，奈莫艇长在房里，没有睡觉。他每走一步，我都觉得他就要在我面前出现，问我为什么想逃跑！我感到惊慌不已，想象力更是扩大了我的惊慌。这种感觉变得揪心，我寻思不如闯进艇长的房间，面对他，不再惧怕他的动作和目光。

这是个疯狂的突如其来的想法。幸亏我忍住了，我躺在床上，平息一下心中的激动。我的神经平静了一点，但是脑子过于兴奋，自打我从“亚伯拉罕·林肯号”上失踪以来，所有的往事，不管好坏，一齐掠过我的脑际：海底打猎、托雷斯海峡、巴布亚土著、搁浅、珊瑚墓地、苏伊士海底隧道、桑托林岛、克里特岛的潜水人、维戈湾、大西洋岛、大浮冰、南极、受困冰下、大战章鱼、墨西哥湾暖流造成的风暴、“复仇者号”、战舰和全体人员沉没的可怕场面！……这一切事件如同舞台上展开的布景，在我眼前掠过。于是奈莫艇长在这奇特的场景中变得无限高大。这个人神采奕奕，不同凡响。他不再是我的同类，他是驰骋海上的人，是大海的精灵。

这时是九点半。我双手捧住脑袋，不让它爆裂。我紧闭双眼，不再思索。还要等半小时，半小时的噩梦会使我发疯啊！

这时，我听到管风琴的模糊声音，如泣如诉，是一首说不清的曲子，从一个想断绝陆地关系的心灵发出的真正哀怨。我屏气凝神，全神贯注地倾听，像奈莫艇长一样，沉醉在使他神游化外的音乐中。

随后，突然有个想法使我吓了一大跳：奈莫艇长已经离开了他的房间，他在我逃跑时必定经过的客厅里。我在那里会最后一次见到他。他会看到我，也许会和我说话！他的一个动作就能毁掉我，一句话就能把我困在他的艇上！

但是，快要十点了。离开房间，和我的两个同伴会合的时间到了。

即使奈莫艇长出现在我面前，也没有什么可改变的了。我小心翼翼地打开房门，但我觉得，我转动铰链的时候，门发出可怕的响声。兴许这声音只存在于我的想象中！

我匍匐而行，穿过“鹦鹉螺号”幽暗的纵向通道，每爬一步都停一下，让心跳平息下来。

我来到客厅的边门前，轻轻地打开门。客厅漆黑一片。管风琴声音微弱，奈莫艇长在里面，他没有看见我。我甚至认为，即使灯火通明，他也不会看见我，他完全陶醉在音乐里了。

我在地毯上爬行，避免发出一点声响暴露我的行踪。费了五分钟，才到达尽头那扇通向图书室的门。

我正要开门，奈莫艇长的一声叹息将我钉定在原地。我明白他要站起来。我甚至看到了他，因为图书室的几缕灯光射进了客厅。他交叉抱着手臂，朝我走来，默默无言，更像是在滑行，而不是走路，仿佛一个幽灵。他受压抑的胸脯因啜泣而起伏。我听到他喃喃地说话——这是他传到我耳里的最后一句话：

“万能的主啊！够了！够了！”

难道这是他发自肺腑的忏悔？……我发狂地冲进图书室。我登上中央楼梯，沿着上层的纵向通道，来到小艇旁，从入口钻进去。我的两个同伴已经通过这个入口进去了。

“咱们走吧！咱们走吧！”我嚷道。

“马上走！”加拿大人回答。

在“鹦鹉螺号”钢板上开出的那个洞，事先被封闭了，内德·兰德用带来的扳手把螺丝拧开。小艇的出口同样封闭了，加拿大人开始卸下把小艇固定在潜艇上的螺丝。

突然，潜艇内传来声音，好些人在热烈讨论。怎么回事？他们发现我们逃跑了吗？我感到内德·兰德将一把匕首塞到我手里。

“好的！”我低声说，“咱们就拼个你死我活！”

加拿大人停止了干活。

但一个词，重复了多少次，一个可怕的词，使我明白了在“鹦鹉螺号”上蔓延开来的骚乱原因，船员们怨恨的不是我们！

“迈尔大漩涡[1]！迈尔大漩涡！”船员们喊道。

迈尔大漩涡！即使在更可怕的局面下，一个更加可怕的名字还能这样震响我们的耳鼓吗？因此，我们是在挪威海岸的这片危险海域里吗？正当我们的小艇要脱离“鹦鹉螺号”的艇身时，潜艇却卷进了这个漩涡中吗？

众所周知，涨潮时，拥挤在弗罗埃群岛[2]和洛弗顿群岛[3]之间的潮水，水流湍急，势不可当，形成一个漩涡，任何船只都绝对不能摆脱出来。惊涛骇浪从天际的四面八方涌来。这个漩涡被称为“大洋的肚脐”真是恰如其分；漩涡的引力扩展到周围十五千米的距离。被吸进漩涡的不仅有船，还有鲸，也有北极的白熊。

“鹦鹉螺号”被艇长——无意地或者也许有意地——拖进去的就是这个漩涡。潜艇画着螺旋形的圈子，圈子越画越小。仍然挂在潜艇一侧的小艇，和潜艇一样，被带着也以令人昏眩的速度旋转。我感觉到了。我感受到在过长的回旋运动之后的相对盘旋。我们处在惊慌失措之中，恐惧到了极点，血液循环都要停止了，神经失去反应，像垂死的人全身冒冷汗！在我们这条脆弱的小艇周围，响声多么可怕啊！几海里之外都有海浪咆哮的回声！海水砸碎在海底尖礁石上的哗啦声令人胆战心惊，最坚固的物体撞上礁石也会粉碎，树干在礁石上磨来磨去，照挪威人的

[1] 迈尔大漩涡：在挪威洛弗顿群岛的一条航道中，海流造成的漩涡，爱伦·坡写过一篇关于这个漩涡的小说。

[2] 弗罗埃群岛：属于丹麦，离苏格兰北面 350 千米，由 17 个有人居住的岛和其他小岛组成。

[3] 洛弗顿群岛：在挪威西北面的外海。

说法，变成了“毛皮上的绒毛”。

形势岌岌可危！我们心惊胆战地被急流颠来倒去。“鹦鹉螺号”像人一样在挣扎。它的钢铁肌肉发出吱咯声。有时它直立起来，我们也随着它直立！

“必须顶住，”内德说，“必须再拧紧螺丝！挂在‘鹦鹉螺号’上，我们还能得救……”

他还没有说完话，只听咔嚓一声，螺丝掉了，小艇离开了艇槽，宛若投石器抛出的一块石头，飞向漩涡中间。

我的脑袋撞到一根铁杆上，在猛烈撞击之下，我失去了知觉。

二十三

尾　声

现在到了这次海底之行的尾声了。那天夜里发生的事，小艇是怎样摆脱可怕的迈尔大漩涡的，内德·兰德、贡塞伊和我怎样逃出漩涡的，我说不清楚。不过，我苏醒过来之后，是躺在洛弗顿群岛一个渔民的小屋里。我的两个同伴安然无恙，守在我旁边，紧紧握着我的手。我们激动地拥抱。

当下，我们还不能考虑返回法国。从挪威北部去南方，交通工具很少。从诺尔岬角出发，半个月才有一班汽船，因此，我不得不耐心地等待。

就是在那里，在收留我们的正直人中间，我把这次冒险经历的记叙又看了一遍。记得很准确，没有遗漏一件事，也没有夸大一个细节。在人类难以到达的海底进行这次匪夷所思的探险，这是真实的记录。有朝一日，科学的进步会使海底变成通途。

有人相信我所写的吗？我不得而知。不过，这无关紧要。现在我能确定的是，我有了谈论海洋的资格，在不到十个月的时间里，我穿越了两万海里；我也有了谈论环游海底世界的资格，经过太平洋、印度洋、红海、地中海、大西洋、南极海和北极海的时候，海底世界向我展示了目不暇接的奇观！

但是，“鹦鹉螺号”的下落呢？它顶住了迈尔大漩涡的拥抱了吗？

奈莫艇长还活着吗？他会在海洋下进行可怕的报复呢，还是在最后一场大屠杀之后就住手了呢？海浪会有一天送来容纳他全部生活史的手稿吗？我最终会知道他姓甚名谁吗？那艘沉没的战舰会通过它的国籍，告诉我们奈莫艇长是哪国人吗？

我希望这些问题都能得到答案。我同样希望他那动力强大的潜艇，在最恐怖的漩涡中战胜海洋。我还希望：“鹦鹉螺号”在何其多的船遇难的地方绝处逢生！如果真是这样，如果奈莫艇长始终住在大洋这个他选中的祖国里，但愿仇恨在他凶狠的心中平息下来！但愿观赏到那么多的奇迹能使他的复仇思想泯灭！但愿伸张正义的他隐退，但愿学者的他继续进行平静的海洋探索！他的命运奇特，但是这命运也是崇高的。我不是通过自身了解了他吗？我不是也经历了十个月超自然的生活吗？因此，对六千年前《传道书》[1]中提出的这个问题：“谁能探测到洋底的深度？”如今，世人中有两个人具备了回答的资格，就是奈莫艇长和我。

[1]《传道书》：《圣经》中的一卷，传说传道者指所罗门。

译者后记

《海底两万里》是凡尔纳的代表作品之一，当初是以连载形式发表在《教育与娱乐杂志》上的（1869年3月20日至1870年6月20日）。这本小说和《格兰特船长的儿女》（1867—1868）、《神秘岛》（1874）构成互有联系的三部曲，它属于第二部。这个三部曲以海洋为题材。海洋早就成为文学题材，远在古希腊时期，荷马的史诗《奥德修记》就描写了希腊英雄奥德修斯在海上漂流的神奇遭遇，但对海洋的描写多半是幻想式的。真正描绘海洋的文学作品恐怕要到十九世纪才出现，主要的创作者有浪漫派作家麦尔维尔和雨果。此外，美国作家库柏（1789—1851）的早期创作写的是海洋小说。美国作家麦尔维尔（1819—1891）的《白鲸》（1851）以捕鲸工人的海上生活为背景，描写了船长亚哈曾被一条通身白色的鲸鱼咬断一条腿，他发誓要以这条象征“恶”的化身的白鲸为对手，经过多次遭遇战，最后在一场惊心动魄的浴血搏斗中把白鲸杀死。这是一部浪漫主义的杰作。雨果的《海上劳工》（1866）以汪洋恣肆的笔调描绘了海上来势汹汹的暴风雨，主人公吉利亚特为了战胜大自然，与恶魔般的巨大章鱼进行了殊死搏斗，最后战而胜之。这是一曲浪漫主义的颂歌。这两部小说表明了十九世纪中叶，随着英法等国海外扩张的加强，海洋的重要性日益显示出来，读者对海洋发生了浓厚兴趣。凡尔纳显然也注意到海洋是个好题材。在他 1864 年至 1866 年间发表的《哈特拉斯船长的历险漫游》中，已描写过一个名叫阿尔塔蒙的船长远赴北极的历险。不久，他就着手创作这个三部曲了。虽然《格兰特船长的儿女》发表在先，但《海底两万里》的写作恐怕是同时展开的，因为这部小说包含的海洋知识极其丰富，凡尔纳无法一蹴而就，要花他很多时间去准备。

凡尔纳是一个严肃认真的小说家，他做了长期的准备工作。他阅读和研究各类关于海洋、船舶和水手的著作。为此，他搭乘一艘横越大洋的轮船作长途旅行。在横渡到美国期间，他写下笔记，画了许多素描，询问船长、高级船员和水手关于海洋和航船的知识。在写作的四年（这是凡尔纳写作时间最长的一部小说）中，他对当时一些奇特的科学发明十分注意。1859 年，有个美国人，名叫德洛奈，提交了一份“潜航机器”的图案和专利证。正是在这个基础上，凡尔纳设想出奈莫艇长的潜水艇，不过，第一艘真正的潜水艇要到十七年后才制造出来。而“鹦鹉螺号”的水手所穿的潜水服要到 1946 年才真正得到运用，就是说相隔了七八十年！奈莫艇长已懂得从海洋摄取他所需要的许多东西，除了氧气、电力、食品、衣服，甚至还有海藻雪茄。据说，直到多年后，人们才认真地考虑如何进行现代的海洋资源开发。

《海底两万里》中如数家珍地列举了数以百计的海洋动物和海洋植物，又详尽介绍了太平洋、印度洋、大西洋和南极的海流和大小海岛以及各地的风土人情。这些知识是从哪里来的？他算得上是个杰出的博物学家、海洋专家、地理学家了。其实，小说已经提供了部分答案，奈莫艇长的图书室陈列了一大批科学著作，包括机械学、弹道学、水道测量学、气象学、地理学、地质学、天文学、博物学等方面的，还包括科学院的论文集。另外，这个图书室收藏了许多著名人物的著作，如德国科学家洪堡、物理学家贝特曼，法国化学家贝特洛、地质学家阿加西、数学家贝特朗和沙勒，英国物理学家法拉第、廷德尔，美国水文学家莫里船长，法国生理学家米尔恩－爱德华兹等，可以说集中了到那时为止最重要的科学家的著作。这些书也都是凡尔纳的案头书。他的科学知识当然还来自报刊，凡尔纳说过：“至于我描绘的准确，来自我远在写作小说之前，长期以来就习惯从书籍、报纸、各种各样的科学杂志中搜集许多摘录。这些摘录分门别类，给我提供了价值无可估量的材料宝库。我长期以来订阅二十来份报纸。我是一个坚持不懈的科学著作的读者，我自然而然就了解各个科学领域，包括天文学、生理学、气象学、物理学和化学中出现的一切发现和发明。”这个勤奋的自学者是个饱学之士，他把自己学到的知识巧妙地运用到小说中。这些知识不仅对孩子们是有用的，成年人也未必知道。例如，盐具有防止海水过度蒸发等作用，海中的鱼超过一万三千种，而淡水中的鱼只占十分之一，一条鳕鱼产卵有一千多万只，一条墨角藻长达五百米，等等。小说中重点介绍的海洋生物有分布在各个大洋中的海蜘蛛、纤毛虫（能将海水变成乳白色）、枪乌贼、“大翡翠”极乐鸟、左旋斧蛤、船蛸、海绵、儒艮、棱皮龟、唇形水蛭、抹香鲸、海猪、海豹、海象、剑鱼、箭鱼、水母、伞电鳐（发出的电能击倒人）、海牛、卡库阿纳海龟、植形动物、星形贝、菌状贝等，无奇不有。其中有的是人们只知道名字，而不知道实际情况的海洋动物，其中有的闻所未闻，十分珍奇。

“鹦鹉螺号”的行程按千米来算，要达到十一万多千米，因为小说所指的是古海里，一古海里合 5.556 千米。潜艇在十个月中的行程几乎要绕地球赤道四圈。“鹦鹉螺号”的艇身两侧在客厅装有玻璃舷窗，在护窗板打开以后，能观察到海底的奇妙景象。艇中人还能穿上潜水服，戴上特制的氧气容器，带上灯具，走出潜艇，在海底长途跋涉，观看坐在潜艇里看不到的海底奇迹。小说作者带领读者游历和观看了美丽或神奇的珊瑚王国、海底森林、珊瑚墓地、采珠场、海中火山口、海底煤矿、墨西哥湾暖流、古代和新近的沉船、维戈湾沉在海底的巨额黄金、价值千万的硕大珍珠、海底电缆、在托雷斯海峡的搁浅、迈尔大漩涡、大浮冰下面的冰层，还有传说中的大西洋岛、苏伊士海底隧道。尤其是最后在南极的冰层里，几乎是九死一生，差一点被困在冰层里，那就永远也出不来了，会被冰挤压成齑粉。

小说最令人注目的人物是奈莫艇长。奈莫（Nemo）是拉丁文，意思是“人”。实际上是一个泛指词。他没有国籍，不知来自何方。他显然拥有超人的知识和胆量。不知他怎么会拥有巨额财富，竟能建造一艘昂贵的潜艇，并能够以世间罕见的收藏去装备，其中购买了不少文艺复兴以来著名画家的油画。诚然，这表明他具有很高的艺术水平，也有很高的文学素养。他在潜艇上具有绝对权威，又能身先士卒，有危险他先上，有困难他和船员一起去面对，和他们一起刨冰层，不怕缺氧的威胁。他是个人道主义者：在孟加拉湾采珠场发现了鲨鱼袭击可怜的采珠人时，他奋不顾身地冲上去和凶恶的鲨鱼搏斗，几乎丧命。采珠人苏醒过来后，他把一袋珍珠交到采珠人手里。这段精彩的描写展示了与吃人的鲨鱼激烈的搏斗场面，表现了他大无畏的精神。在他眼里，这个贫穷的印度人为了生计，不顾采珠会伤害身体，提前来到采珠场，是个值得同情的贫苦人。更重要的是，这个采珠人是被压迫国家的居民：“我至今仍然是，而且直到我咽气时，我都会站在这个国家一边！”这句话体现了他的政治理念。随后，他给克里特岛的起义者送去价值百万的黄金，支持他们的斗争。他的房间里挂着希腊爱国者博扎里斯、爱尔兰的保卫者奥·康乃尔、美利坚合众国的缔造者华盛顿、主张解放黑奴的林肯、为黑人解放而牺牲的约翰·布朗的肖像，他们是“把一生都献给了人类伟大理想的历史伟人”。他无疑是站在先进人类、先进思想一边的。他对法国大革命时期与英国舰队血战而沉没的“复仇者号”念念不忘，借助故事的叙述者讲了当年悲壮的战斗情景。这艘战舰上的三百五十六名水兵不肯投降，高呼“共和国万岁！”沉入海底。他的心“为人类的痛苦而跳动，他胸襟广阔的仁慈是给予受奴役的种族和个体的”。他尽管不会随意杀生，但是对付凶残的抹香鲸，却是毫不留情地大开杀戒，几乎造成一片血海。总的说来，这是一个熠熠生辉的形象。

不过，作者并非对他没有微词。他是个愤世嫉俗者，对于不断追逐他的潜艇的军舰怀有无比的仇恨。他最后把这艘军舰撞沉，军舰上的几百名官兵也随军舰沉入海底，惨不忍睹。作者通过阿罗纳克斯教授说：“不管他在世人那里受过何种痛苦，他也没有权利这样惩罚人。”这种感叹无疑是正确的。他完全可以通过其他办法来表达的自己的愤懑。他总不能把战舰上所有人都看作“压迫者”吧。最后他似乎也有所觉悟，以致神志恍惚，让“鹦鹉螺号”卷入了迈尔大漩涡。在小说的“尾声”中，作者再一次通过博物学家表示：“但愿仇恨在他凶狠的心中平息下来！但愿观看到那么多的奇迹能使他的复仇思想泯灭！”凡尔纳的思想境界显然更高一层。但从小说创作的角度来看，奈莫艇长这个人物倒是有血有肉的，毫不概念化。他虽然有正义感，大胆无畏，可是他的“凶狠”也未免过了头。屠杀抹香鲸已初露端倪，击沉战舰将他的弱点推至顶点。

在阿罗纳克斯教授的两个同伴中，捕鲸手内德·兰德是个不可或缺的人物。他本是“阿伯拉罕·林肯号”聘来的著名捕鲸手，不幸流落到“鹦鹉螺号”，使英雄无用武之地，因为潜艇根本不需要捕鲸。他脾气火暴，近乎鲁莽，被困在潜艇里实在憋屈，一心想回到大陆。由于他长期生活在海洋中，熟悉热带植物，他懂得如何利用面包树和西谷椰子树的原料做食品，也懂得烧烤猎物。他的存在活跃了小说情节。且不说他用捕鲸叉扎中穷凶极恶的鲨鱼的心脏，救出被鲨鱼掀翻在地的艇长，更重要的是他懂得驾驭小艇和操作取下小艇的技术，这样，博物学家、他和贡塞伊才能逃离“鹦鹉螺号”。

博物学家的仆人贡塞伊的法文名字的意思虽然是“建议”，但是他的作用并不在于给主人提出建议。虽然他也是一个忠仆，无论何时都站在主人一边，对主人的话没有任何异议。可是，他并不像《八十天环游地球》中的万事通那样，经常闯祸，却又憨厚可爱，起到活跃行文的作用。不错，他是个分类学家，无论什么动植物，只要说出名字，他都能马上准确无误地给以分类。不过，他只是一个“空头分类学家”，因为他并无实际经验，基本上不认识他给以分类的动植物，需要他的主人告诉他是什么东西，然后才能分类。当然，这不乏幽默意味，不失为一种调侃意趣。

人们也许并不在意小说中有些不合实际的描写，例如对海底深度的估计。这并非凡尔纳的过错，而是当年科学还达不到这样的精确度。时至今日，人类所建造的潜艇恐怕还未能到达几千米深的海底，这是需要多少年后才能实现的科学幻想了。